追想のツヴァイク

灼熱と遍歴（青春編）

藤原和夫

東洋出版

◎目次◎

第V章　赫々たる始動

はじめに――作家像のあらまし

かつてドイツ文学の世界にシュテファン・ツヴァイクという作家がいた。二十世紀の前半もっぱら評伝や伝記的エッセイの名手として盛名をはせたことは、ある世代以上の人にはよく知られている。実に多産の人で、先の評伝や伝記的エッセイのほかにも詩歌、翻訳、戯曲、文芸記事、伝説集、個別研究などの分野で健筆をふるい、ちょっと毛色の変わったものでは、当時の著名作曲家と組んで歌劇台本まで執筆した。ジャンルが広くまた内容も多岐にわたっていること、資料の蒐集や分析に多大な労力を要する歴史物の著作にしては出版点数が多いこと、そしていっときは新刊書を出すそばから飛ぶように売れたというほどの大衆的人気を得たこと、これらの事実はことごとくツヴァイクの能才ぶりを裏書きするものであろう。現在でこそ彼の名を目にし耳にする機会は少なくなったけれども、一時期はドイツ文学を代表する作家の一人として、その重々しい存在感を周囲にまき散らしていたことは衆目の認めるところである。さらに付言するならば、彼はおよそ二万から三万通の手紙をせっせと友人や知人に向けて書き続けていたというから、あの筆まめなライナー・マリア・リルケやトーマス・マンと比べても決して見劣りするものではなく、ドイツ語の書簡作家としても軽々には論じられない異能の人でもある。

あれやこれやで、この作家の事績を訴求力の強いフレーズで言い表すなら「書きも書いたり数千ページ、売れも売れたり草双紙」といったことになり、さらには我が国に古くからある説話文学の伝統にのっとって書くなら「今はむかし墺太利《オーストリア》は維納《ウィーン》なる都邑《みやこ》にひとりの男ありけり。その名をシュテファン・ツヴァイクと云ひ、文《ふみ》をものすること頗《すこぶ》る盛んにして、その誉《ほま》れ国元《くにもと》にあまねく知られけり。年たけるにつれ令名は弥増《いやま》し、ついには多脳河《ドナウがわ》を越ゆる北方日耳曼人《ゲルマンびと》の郡《こおり》にまで至れり」といったことになるのではないだろうか。私はこれからこの作家の人生と作品についてくさぐさ書こうとしているが、シュテファン・ツヴァイクという名前を聞いてピンと来る人はそう多くないと思われるので、最初にどういう作家なのか、およその全体像を示した上で、この作家を知ることの意味についても概略的に述べておくことにしたい。

シュテファン・ツヴァイクは一八八一年、オーストリアの首都ウィーンの裕福なユダヤ人家庭に生まれた。この国は当時はオーストリア＝ハンガリー二重帝国と呼ばれていて（王朝名からハプスブルク帝国とも呼ばれた）、現在の共和制オーストリアとはその規模においても社会規範においてもだいぶ異なっている。二十世紀初頭この帝国は、現代史の行政区画でいうとオーストリアやハンガリーはもとより、北は旧チェコスロヴァキア、ポーランド南半部、南は旧ユーゴスラヴィア、そして東はルーマニアおよびウクライナのそれぞれ西半部にまで及び、その版図内にはドイツ人、ハンガリー人、チェク人、スロヴァキア人、ポーランド人、ユダヤ人など総計五三〇〇万の人口を擁していた。現在のオーストリア共和国と比して、面積にして約八倍、人口にして約七倍も大きい多民族国家だったのである。作家ツヴァイクの人となりを考える場合には、何よりもまずこの国家形態の現在との違いを考慮する必要があると思われるが、そのことはここではひとまず措いておくことにする。ツヴァイクの人生行路を概観したとき、その作家としての活動は、およそ以下のような三つの時期に区分することができる。

一九〇一年ウィーン大学の哲学部（副専攻は文芸学）在籍中に最初の作品、詩集『銀《しろがね》の絃《いと》』を出した。このときわずか二十歳、若くしての文壇デビューであった。一九〇一年といえば二十世紀の最初の年、文字どおりの二十世紀の申し子ということになるが、一般にはウィーン世紀末の雰囲気を強くとどめる文人のひとりと見なされている。デビュー以後、ホフマンスタールやシュニッツラーといった当時のウィーンの作家たちと交わりながら、それまでの詩の分野に加えて、小説や戯曲の分野にも創作の手を伸ばしていった。作品の特徴としては、詩については生命エネルギーの横溢を歌ったものが多く、また小説については人間心理の内奥を鋭く見つめたものに傑出した作品が多く、精神分析の泰斗であり個人的にも親交のあったジグムント・フロイトの方法論を小説的に適用したものであると言われている。このウィーン時代を第一期とする。

一九一九年三十九歳のときにウィーンからザルツブルクに転居したが、この頃から本格的な評伝を書き始め、この分野での文学的才能が開花していった。フランス革命に題材をとった『ジョゼフ・フーシエ』『マリー・アントワネット』という評伝の傑作を、この時期に相次いで執筆している。また伝記的エッセイの分野で「精神世界の建築家たち」という副題を有する三巻からなるシリーズを書き、この中でバルザック、スタンダール、ドストエフスキー、トルストイといった文豪、さらには哲学者ニーチェや稀有な自伝作家カザノヴァといった特色の強い人々たちの姿を独自の視点で描いている。彼の蔵書票には、イギリスの挿絵作家オーブリー・ビアズリーを彷彿とさせるようなアール・ヌーヴォー趣味がはっきりと刻印されており、そこからも、耽美主義的かつ個人主義的な傾向を有する世紀末文化からの影響の一端を見ることができる。逆の言い方をすると、ツヴァイクの文学には、当時のもう一つの文化思潮であった社会改良主義や自然主義的な要素は少ないということにもなる。このザルツブルク時代を第二期とする。

一九三三年ドイツではナチス政権が成立したが、その勢力がオーストリアにも浸透していることに危機感を募らせ、ツヴァイクは翌年には早くもロンドンに亡命した。それはこの時代に多く見られた作家の亡命の中でも最初期に属しており、以後その死に至るまで、住居を構えるという意味では二度と故国オーストリアに帰ることはなかった。この時期には評伝作家としてさらなる円熟味をまし『メリー・スチュアート』や『マゼラン』などの作品を書いているが、そのモチーフは、亡命を余儀なくされたことに発したところの政治状況への文学的抵抗という色合いが強くなっている。『エラスムス』『権力とたたかう良心』という作品になると、いっそうその傾向が強くなる。ファシズムの嵐が荒れ狂うなか、政治セクトへの加担を嫌うツヴァイクは、嵐に抗する有効な手だてを見出すことができず、亡命先をロンドンからニューヨーク、さらには南米のブラジルへと変えた。終焉の地はブラジルのペトロポリスであった。この亡命時代を第三期とする。

＊

次に、ツヴァイクという作家を知ることの意味について最も特徴的な点を四つほど指摘しておきたい。一点目は、何といってもその評伝や歴史小説のおもしろさであろう。歴史の決定的瞬間を鮮やかに切り取り、また作品の主人公の内面に立ち入って、その心理的葛藤のさまを我々に見せてくれる。その叙述のあり方は、他の伝記作家、例えば当時同じぐらい名声があったイギリスのリットン・ストレイチーと比べてみてもかなり違って見える。もちろんツヴァイクの読後感のほうが、刺激的でずしりと重いと私には思える。それが具体的にどういうことを指しているか、ここではあまり詳しく述べるスペースはないが、あえて簡単に図式化していうなら、ストレイチーが理知的・客観的な態度を保ちながら、史実を着々と積み上げていって端正な歴史像を描いていくのに対して、ツヴァイクは情念的・主観的な要素をも大胆に取り込み、史実に対しても独自の解釈をほどこして、陰影の濃い歴史像を描いていくということにでもなるだろうか。ここでは、それ以上は立ち入らないが、ツヴァイクの創作方法を考える上で一つのヒントとなる小片を紹介しておくことにする。

それはツヴァイク晩年の一九四〇年、出版社のもとめに応じて受けたインタビューの中での発言である。そこで彼は、みずからの創作方法を次のように語っている。「ある一つの題材に向う時、私はまずもって一番に、心理的な問題に心をつかいます。私は全ての訴訟記録にまず目を通し研究します。……まずディテールを沢山蒐集して、それから私は選択するのです。私に余分なものを捨て去る素質が生まれつき少ないせいかもしれませんが、私が最も心配するのは、読者がとばして読むようなつまらない頁を書いてしまうのではないかということです。これは、私自身がなんでも貪り読んでしまうほど読書好きで、退屈な本がなによりも嫌いなところから、自然と出てくる心配なのでしょう。長編でも短編でも、私はつねに圧縮することにつとめます」（みすず書房『ツヴァイク全集16／マゼラン』〈一九八七年〉の月報）。ここでの発言から、ツヴァイクがいかに徹底して資料を収集し、かつ徹底してそれを読み込んでいたかが理解されよう。そしてさらに重要なのが、集めるだけ集めたものを、今度は削りに削るという作業に没頭するという点である。こうした彫琢を重ねて決定稿とするまでに、当初の原稿は半分以下にまで圧縮されたという話もある。どうやら彼の持ち味であるデフォルメの秘訣はここにあったようである。

ツヴァイクの文章表現の特徴として、ハルトムート・ミュラーという現代ドイツの文芸批評家は「ありありと思い浮かべる芸術；Kunst der Vergegenwärtigung」を挙げている（Hartmut Müller, *Stefan Zweig*, p84, Rowohlt Verlag, 1988）。では、それが実際にツヴァイクの作品の中でどのような形で現れているか少しだけ見てみよう。代表作の一つと目される『マリー・アントワネット』においてルイ十六世の姿は次のように描写されている。「鈍重なルイの挙措となると……（中略）……ヴェルサイユのぴかぴかの寄木張りの床の上を『鋤をおす百姓のように』どたばたと肩をゆらして歩き、ダンスもできなければ、球撞きもできない。いそいで歩くだけで自分の剣に足をからませてつまづいたりする。こういう身のこなしの不器用さは、このあわれな男のよくこころえているところで、そのために狼狽し、狼狽のためにまたまた動きがにぶくなってしまう。そういうわけでだれしも、フランスの国王はあわれむべき田夫野人ではないかという印象をまず受けてしまうのである」（同書一三二頁、森川俊夫訳）。このようにツヴァイクの手にかかっては、十八世紀末のヨーロッパ世界を睥睨していたフランスの絶対君主も、あわれにも、もたついた百姓ふぜいに変化させられている。このような描写が数ページも続いた末に、ブルボン家の王様は次のようにだめ押しされてしまう。「ルイ十六世の天性にひそむ本来の宿命は、血液中に鉛があるという点である。なにか固くて重いものがかれの血液の血をどろどろにしてしまい、なにをするにも軽々とできなくなる。誠実に努力をつづけるこの男はなにかをし、なにかを考え、あるいはただ感ずるためだけでも、つねに自身のうちの資質の抵抗、一種の眠気を克服しなければならない。かれの神経は、のびきってしまったゴムバンドのように、ひきしまることも、張りつめることも、躍動することもできず、ひらめきを放つことがない」(同書一三三頁)。ここまで言い切ると、人物イメージの鮮明さというよりも、それを通り越してむしろ滑稽さが漂って、不謹慎ながらついつい笑いがこぼれてしまう。

本作品が世に出てまもなく読者からの感想として「読んでいてはらはらする」とか「マリー・アントワネットは助かるかもしれない」という〝非歴史的〟な声が作者のもとに寄せられたという。ちょっと信じられない話であるが、読者は史実に精通したインテリばかりではないから、こうした突拍子もない感想が出てくるのかもしれないが、それはとりもなおさずツヴァイクの描写が十分なほどの、あるいは十分すぎるほどの迫真性を備えていたからにほかならない。読者はページを繰るたびにその場景を、あたかもそこに描写された出来事の目撃者でもあるかのように「ありありと思い浮かべる」ことができるのである。

さてツヴァイクを知ることの意味の二点目は、彼が担っている精神的遺産の伝承者もしくは文化の紹介者としての役割である。これは先の一点目とも深いところで繋がっているが、単におもしろく読めるというだけでなく、多くの知的啓発を処々に含んでいるという点で、また別個に考えるべき性質のものといえよう。別の言い方をすれば、知的啓発を受けるからおもしろく読めるのであって、決してその逆ではないということである。こう書くと何か形式論理学で言うところのトートロジー（同語反復）のように聞こえるかもしれないが、この違いはしっかりと抑えておく必要がある。キーワードは知的啓発を受けるか否か、これである。単におもしろく読めるというのであれば、その手の本はこの世にごまんとあるに違いない。わくわくする立身出世の物語、どきどきする恋のアヴァンチュール、みなそれなりにおもしろく読める。なるほど、それらは読み手にしてみれば、みずからの体験に引き比べて〝おもしろくすらすら読める〟し、作中人物を〝ありのままに思い浮かべる〟こともできよう。しかし、そこには大切な何かが欠けていると言わなければならない。では、その知的啓発とやらはどのように生じるのだろうか。簡単にいってしまうと、先人の精神的遺産に触れ、そのエッセンスをみずからの文化創造ないしは文化鑑賞の新たな賦活剤となし得たと感じたとき、我々は知的啓発を受けたと思い至るのではないだろうか。そうした精神的遺産への媒介メカニズムをツヴァイクの作品は多分に備えていると、私はここで力を込めて言いたいわけである。要するに〝おもしろくすらすら読める〟というだけでは括りきれない豊富な材料がツヴァイクの作品には盛り込まれているということであって、ページを開いた読み手は、そこに多くの知的刺激に富んだ文字列が並んでいることに気がつくのである。

例えば、近世ヨーロッパの人文学者・思想家であるエラスムスやモンテーニュについて、また〝近代の超克〟（近代的理性の再検討）を語る上で欠かせない哲学者ニーチェについて、さらには人間や社会の深層にひそむ病理をとことん剔決したドストエフスキーについて、我々はツヴァイクの作品を通してかなりの部分を知ることができる。ツヴァイクは独自の筆法をもって彼らの〝人となり〟を鮮明に描きだしており、そこから浮かび上がるのは、教科書ふうの偉人の姿ではなく、内面的な葛藤にもだえる市井人としての姿でもある。かつてフランスの思索家パスカルは「人間は考える葦である」と喝破したが、その伝でいうと我々はツヴァイクの伝記的エッセイを通して、思想の巨人たちの〝悩める葦〟としての姿を垣間見ることができるのである。そのことが、一見とっつきにくい彼らの難解な言説に接近していくきっかけになることは十分あり得る話であろう。

一例を挙げよう。伝記的エッセイ『三人の巨匠』（『ツヴァイク全集8』所収）の中に、生活資金に窮し〝ぼろぼろ〟となった哀れなドストエフスキーが登場する。あの思想の巨人の、それまで見たことも聞いたこともなかった、まったく尾羽打ち枯らした姿である。こうしたシーンがなぜ現出したのかについては、背景となる事情を少し説明する必要があろう。ドストエフスキーは一八六一年、ペテルブルクにおいて兄ミハイルと共同経営で「ヴレーミヤ」という新聞を創刊した。しかし、こうしたケースではよくある話であるが、経営はうまくいかず借金の山を築いてしまう。おまけにその兄も過労が重なり一八六四年、突然この世を去ってしまう。そして妻マリヤまでもが鬼籍に入る。兄と妻の死、そして新聞廃刊に伴って積もりに積もった債務の山、こうした苦難から逃れるべく一八六七年ドストエフスキーはドイツへの逃亡を図る。このとき同伴したのが口述筆記者をつとめていたアンナという女性であった

（のちに二番目の妻となる）。ドイツのドレスデンにやってきたドストエフスキーは、賭博で有り金すべて失ったということもあるが、毎日ロシアからの原稿料収入の送金を待ち受けている。ドイツ嫌いの彼は、終日ドイツ人と話をせずに、安ホテルに投宿、しわだらけのきたない服を着て銀行に出向く。そして自分宛ての送金はないかと、何度も銀行員に尋ねるのである。行員たちは、またロシアの馬鹿者がやってきたと、そのおろおろした哀れな動作に冷笑を浴びせる。驚くなかれ！　あの深遠な魂の救済者ドストエフスキーが実生活の上では、きたならしい挙動不審者とみなされ、まるで「のみ」や「しらみ」のように扱われていたのである。

この辺のところの描写をツヴァイクの『三人の巨匠』から少し引用してみよう。「……銀行でだけは、彼は知られていた。なにしろ彼は毎日のように青じろい顔をして銀行の窓口にあらわれ、興奮のあまりふるえる声で、ロシヤからの為替がとどいていたでしょうか、とたずねるのであるから。その為替の百ルーブルのために、彼は何度も何度もあれこれ言いわけをしながら下賤な他国人たちの前にひざまずいていたのである。……（中略）……この強大なる人物が、おべっかを使い、犬のようにへりくだった手紙を書き、たのんだわずか十ルーブルのために、五度もキリストによびかけるような調子で懇願している。夜々をぶっ通して、彼は執筆を続ける。かたわらで妻が陣痛に呻いている間にも、癲癇の発作が彼の喉元に手をかけるまぎわにも、宿のおかみが警察に訴えるといって彼に部屋代の支払いを迫っている間にも、彼はひたすら書き続ける。――『罪と罰』『白痴』『悪霊』『賭博者』など、十九世紀の記念碑的な作品、私たちの精神世界全体に普遍的な意義をもつこれらの作品は、このような状態のなかで生まれたのであった」（同書一一〇頁、神品芳夫訳）。ドストエフスキーがその文学の中で訴えたのは人間というものの根本的な救済であったが、ここには、その対象としたはずの人々から反撃をくらい、見事に粉砕されているかのような光景が現出している。降りかかる民衆の蔑みの視線、それに耐えるドストエフスキー、これは聖人と民衆、いいかえれば地上における聖俗の永遠の乖離を示すきわめてシンボリックな光景にも見える。旧約聖書において神エホバから試練を与えられたのはヨブという人物であったが、そのような不当とも思える試練を課せられたヨブ的状況の中にこそ、実はドストエフスキー文学の原点が潜んでいるということになるのかもしれない。当時、彼の最大の理解者となる資質をそなえたニーチェはドレスデン近郊のナウムブルクに住んでいたが、よもやドストエフスキー（当時四十六歳）がそのような形ですぐ近くにいるとは知らなかった。ニーチェがドストエフスキーの所在を知れば、ひょっとすれば両者は相まみえることになったかもしれないが、それは実現されずに終わった。ドストエフスキーは相変わらず銀行通いを続け、ニーチェ青年（当時二十三歳）はナウムブルク兵舎の堅い机にじっと座ったきり、ショーペンハウエルについての論文を書き続けていた。

以上がツヴァイクが描くところのドストエフスキーにまつわる話であるが、このようにツヴァイクの作品中においては、反転したネガフィルムのような、あっと驚く光景が出くわすことが少なくない。このさい正直に告白しておくが、私自身、ツヴァイクの作品を読むことで多くの意義深い事柄を知り、種々の啓発を受けてきた。その意味で、ツヴァイクは私にとって西欧文化のパイロット＝水先案内人であったといってさしつかえない。我が国の著名な評論家・林達夫に『芸術へのチチェローネ』というタイトルの著作があるが、このチチェローネ（cicerone）というのは、イタリア語で「案内人」を意味する言葉である。原義は、古代ローマの雄弁家キケロに由来しているが（つまりキケロのように雄弁に案内してくれる人という意味）、この言葉を使わせてもらうなら、私にとってツヴァイクは「西欧文化へのチェローネ」であったという言い方もできる。

昭和二十年代生まれの私でさえそうだったのだから、ましてやヨーロッパとの距離がはるかに大きかった戦前・戦中世代の人々にとって、ツヴァイクが西欧文化の水先案内人として果たした役割はずっと大きかったものと思われる。以下にその実例を一つ紹介したい。これは中央公論社『世界の歴史7／近代への序曲』の中に出てくる一節であるが、西洋史学者の島田雄次郎氏がツヴァイクの『エラスムスの勝利と悲劇』について書いた文章である。「……一九三六年（昭和十一年）前後のことになる。いいかえれば、エラスムス死後四〇〇年だ。個人的な思い出で恐縮だが、大学を出てまだまもなかった私は、ある日、東大前のドイツ書を扱うF書店の店頭で、そこにあったシュテファン・ツヴァイクの新刊『エラスムスの勝利と悲劇』を手にとっていた。表題といい、各章の題名といい、いかにも魅力的で手離しかねた。だが、懐の淋しい私は、顔見知りの主人の『三木清さんが買っていかれて、大変面白いと言っておられましたよ』という言葉がなかったら、おそらくその本を買わなかったにちがいない。私は決心した。その頃の三木清の輝かしい名前を知るものは、この決心に同感できるだろう。『エラスムスは今日単なる名前以上のものではない。』この冒頭の一句に強い印象をうけて、私は一気にこの本を読みあげた。私にとっても、まだ名前でしかなかったエラスムスが、はじめて形姿と思想をもった存在になったのである」（前掲書三一五頁）と。このように、島田氏は若き日の学問的な出会いを率直に語っている。「三木清さんがツヴァイクをおもしろいと言っていた」という部分に、昭和戦前期の青年たちを取り巻いていた知的雰囲気が感じられる。

三木清といえば西田哲学の継承者として当時の知識界で大きな存在だったから、その人がおもしろいと言ったツヴァイクなる人物に、大学出たての若い歴史学者が飛びついた気持ちは痛いほどよくわかる。かつて日本のインテリ青年が知識に渇望していた時代にあっては、三木清という人はスター的存在の哲学者であった。ちょっとおこがましいが、私自身の拙い経験でも、まだ田舎の高校生であった昭和四十年頃、哲学好きの教師の影響で、とにかくわからなくても読まねばという心境に襲われ、岩波新書『哲学入門』（旧版）を読みかじり、その旧字体の文章と難解な論理とに閉口した覚えがある。三木清とはそんな人であったが、島田氏はその人の言葉に触発されてツヴァイクの『エラスムス』を読み、このルネサンスの巨人の全体像を知ったというのである。当時の若い人々の知的啓発のありようを見る思いがするではないか。旧制高校が教育制度の中枢にでんと存在していた昭和初期の日本においては、シュテファン・ツヴァイクはヨーロッパを代表する大知識人の一人として紹介されていたのである。

エラスムスは、その思想がわかりにくい人であった。例えば主書『痴愚神礼讃』において、エラスムスは批判精神を発揮して、当時の社会のいろいろな不合理をついているが、その方法は正統的な論文という形ではなく、小噺集のように、さまざまな市井の人々を登場させ、そこに逆説的な諷刺を交えるという方法をとっているものだから、ちょっと読んだところでは、作者が何を言いたいのかわかりにくいという面がある。おまけにギリシア・ローマ神話をはじめとして西洋古典からの引用がふんだんに散りばめられており、日本人にとっては、わかりにくい人物となっていたらしい。したがって、ツヴァイクがこのような形でエラスムスを描くまでは、日本においてその思想や人物像は十分には明らかにされていなかったのである。もう一つ証言をここに引いておく。「わが国においては……彼（エラスムス）が問題意識をもって紹介されたのは、第二次大戦の直前のことであったと言える。あの暗い時代に、ステファン・ツヴァイクの『エラスムスの勝利と悲劇』が池田薫氏の訳によって公刊され……人間にまた人間社会に見られる愚行と破滅とを戒めたエラスムスの生涯と思想とは、池田薫氏の時宜を得た紹介によって、あの暗い時期に窒息状態に陥っていたかなりの数の人々に慰藉と激励をもたらしたことは確実であった」（『世界の名著・エラスムス』七頁、中央公論社、渡辺一夫氏の解説）。こうした記述から、日本においてエラスムス紹介の先鞭が付けられたのは、人文科学を専門とする学者ではなく、作家ツヴァイクのペンによってであったことが理解される。ともかく、今から五十年以上も前、日本の学徒の精神形成に影響を及ぼした人の一人がツヴァイクであったと指摘できるであろう。

そしてツヴァイクの知ることの意味の三点目、これはやや付け足しの感があるかもしれないが、どうしても付け加えたい気分になるのは、評伝であれエッセイであれ、ツヴァイクの取り上げる叙述の対象が多岐にわたっているという点である。彼の扱う領域は人文科学系だけにとどまっていない。そのペンの向かう先は、作家・思想家・芸術家の枠を跳び越えて、自然科学系の人物にまで及んでいる。案外ツヴァイクは科学的興味の持ち主というか、モダニズム志向というか、サイエンスやテクノロジーへの関心が強い人間だったようである。『人類の星の時間』には、大西洋海底電線の敷設に成功したサイラス・フィールドという人物についての物語「大洋をわたった最初のことば」が、そして一八四〇年代の米国カリフォルニアにおけるゴールドラッシュのありさまを描いた「エルドラード＝黄金郷の発見」が入っている。また著作のあちこちに二十世紀初頭の飛行機、鉄道、電信といった科学的発明や発展についての言及が見られるし、『マゼラン』『アメリゴ』といった航海史・探検史を扱った一連の評伝も、同じ系列に属する作品と見ることもできる。いわゆる狭義でいうところの文学畑以外に、こうした科学志向がときどき顔を覗かせているのは、人類史的パースペクティブが開けるものとして私には大変好ましく思える。

こういった分野の中で、とりわけ私が注目しているのが『ツヴァイク全集12』（一九八六年）に収まっている『精神による治療』という伝記的エッセイである。これは、いかにして人間を病気から救うかという丸ごと医学の範疇に属する作品であって、そこではフランツ・アントン・メスメル、メリー・ベーカー＝エディ、ジグムント・フロイトという三人の精神療法家の姿を描いており、正面から科学的な素材を扱っているという点でウィーン大学で文芸学を専攻したツヴァイクからすると、その全作品の中でも異色の存在といえる。あまりの異色ゆえに、ほんの少しだけでもここに紹介しておこう。フランツ・アントン・メスメルとは、啓蒙の時代十八世紀にあって動物磁気学を提唱し、その理論に基づいて磁気療法を創始した人物である。この療法は、簡単にいうと外科手術や投薬ではなく、磁石を患部に当てることによって病気を治そうとする民間療法のことである。これは何も突飛なものではなく、二十世紀の今日、我々の周囲には磁気ネックレスとか磁気テープという商品が出回っているところから見ても、まったくのデタラメな療法というわけではなく、何らかの有効性があるとされている。ところが何しろ今から二〇〇年も前の話であるから、正規の医術からは大きく逸脱した怪しげな〝鼻摘み〟の療法とみなされ、メスメルには医学アカデミズムから大変な非難が寄せられたという。いわく詐欺師、ほら吹き、魔法使い……などなど。この中世の巫術師的な人物、つまりはゲーテの『ファウスト』に登場する魔法使いメフィストフェレスを連想させるような人物ということであるが、そのメスメルがたどった数奇な人生をツヴァイクは縷々評伝として書いている。

科学思想の変遷という大きな視点から、ツヴァイクはメスメルの事績を説明している。すなわち磁気療法というのは、人間に本来そなわっている自然治癒力に期待したところの治療方法であると。人間の体内には不滅の霊魂が宿っていて、その霊的なものに働きかければ、病気は良くもなり悪くもなるというのが、この考え方の根底にある。であるからこそ、医学が恐ろしく幼稚であった時代、ペストや天然痘が猛威をふるったときでも人類は絶滅せずに生き延びてきた。ところが近代医学が確立されてくると、こうした民間療法は、非科学的な代物として全面的に否定されていくが、それにアンチテーゼを提起したのが、精神療法の担い手たちであったとツヴァイクは言うのである。そして、彼はこうした対立の構図を「器官派の治療学」と「精神派の治療学」ととらえ、メスメルを後者において重要な役割を果たした人物とした上で、その流れはフロイトの精神分析学にまで継承されていると書いている。要するに磁気療法の意味を考えていくと、最終的には人間の持つ霊的な部分をどうとらえるかという問題に帰着するのである。こうした考え方を、思想史的には神秘主義というが、私がこのツヴァイクの評伝を大変好ましい作品であるといったのは、ホーリスティック（全体論的観照）の視点から科学思想に一石を投じていると思ったからである。ツヴァイクの作品にはこういう〝おもしろさ〟も存在している。

そして最後に、ツヴァイクを知ることの意味の四点目は時代の記録者という点である。とりわけ、このことは彼が残した自伝『昨日の世界』について当てはまる。ツヴァイクは、二度の世界大戦という激動の時代を生きた。そしてそこで苦悩し呻吟する人間のさまをしっかりと書き留めたが、それは写真家ロバート・キャパあるいはアンリ・カルティエ＝ブレッソンが写真で成し遂げた時代の記録と相通じるものをもっている（写真家集団マグナム・フォト）。この自伝は単に戦時下の生活記録というばかりでなく、みずからの交友関係に基づくところの二十世紀初頭のヨーロッパ精神史の断面を鮮明に描いており、今日なお当時の文化状況を知る手掛かりとして、その知的源泉としての価値を失っていない。この本は、通常我々がそのタイトルから連想するような形の自伝ではなく、みずからが関わった出来事のうち、記述に値すると考えたものだけを取り上げるといったスタイルで貫かれている。いわば文学史・思想史を閲するための素材を書き残すという観点から、その材料に強い取捨選択がなされており、文学者や政治家といった盛名ある人々の動向は詳しく書かれている一方で、家庭的な事情といったプライベートに属する事柄は必要最小限にとどめてある。作者が語ろうとしているのは、自分の運命ではなく、自分に関わる世代全体の運命なのである。ここは直接、本人の言葉で語ってもらうことにしよう。自伝のはしがきにあるツヴァイク自身の言葉である。

「私の文学作品は、私がそれを書いたままの言葉では、私の書物が幾百万の読者の悦びとなっていたまさにその同じ国において、焚かれて灰に帰した。それゆえ私は、もはやいずこにも属さない。到る処において異邦人であり、よくいって客人である。私の心が選んだほんとうの故郷ヨーロッパも、ふたたび同胞戦争の火中に身を投じて、自殺も同然にわが身をひき裂いて以来、私から失われてしまった。こころならずも、私は、あらゆる時代の年代記のうちで最も恐ろしい理性の敗北と最も狂暴な野蛮の勝利との証人となったのである。いまだかって……ひとつの世代が、われわれの世代ほどに、このような精神的高みからこのような道徳的な低さに落ちたことはない。私の髯が生え始めてからそれが白毛まじりになり始めるまでの、この半世紀ほどの短い期間のあいだに、ふつうならば十世代のあいだに起るよりも多くの、徹底的な変転と変化とが起ったのである。それでわれわれの誰もが感じたのであった、これはほとんど余りにも多過ぎる！と」（同書三頁、原田義人訳）。

つまるところ、この書物は自伝という名称を冠しているけれども、自分の身の回りに起こった出来事を散文形式によって再配置したところの一つの文学作品なのである。その語り口はたぶんに抑制的で、後景に一歩さがって時代状況をスケッチしているという印象が強い。ドイツ系知識人の多くは祖国をナチスによって蹂躙され、亡命を余儀なくされたが、そうした亡命生活の実相がいかなるものか、ツヴァイクを通していろいろと知ることができる。彼はロンドン、ニューヨーク、ブラジルと流謫の生活を送り、語るべき友人を失い、蔵書や資料を失い、ドイツ語という母国語を失ってしまった。敵性外国人となったドイツ系作家は、ヴィザとてなかなか簡単には入手できず、異国の出入国管理事務所の長い列に並ばなければならない。これが、かつて国際的ベストセラー作家といわれたツヴァイクの姿である。ツヴァイクの筆致は喪失の悲しみに満ちており、ここに当時の知識人の挫折の一つのモデルケースを垣間見ることができる。しかしながら、失敗例だからこそ学ぶことが多いという言い方も成り立つわけで、我々がしばしば有益だと感じるのは、自足した幸福な結末ではなく、むしろ辛酸に満ちた挫折物語のほうにあるというのは万古不易の真実ではないだろうか。時代状況とどう向き合ったらいいのかという事態に直面したとき、我々はツヴァイクの書物からかなり多くの教訓を引き出すことが可能であろう。この書物がツヴァイクの作品の中で最も傑出していることは、既に多くの識者が認めているところであるから、こう言い切ってしまうことも可能だろう。すなわち評伝作家シュテファン・ツヴァイクは、みずからの評伝の執筆において、その最大の力量を発揮したと。

追想《ついそう》のツヴァイク

灼熱《しゃくねつ》と遍歴《へんれき》（青春編《せいしゅんへん》）

三十有余年もの間、明るい希望と絶えざる
励ましを与えてくれたＴＦに本書を捧げる

第I章　ツヴァイクとの出会い

1　政治の季節

私がツヴァイクの存在を初めて知ったのは、今から数えればもうふた昔も前、一九八一年のことであった。三十一歳での出会いである。俗に薹《とう》が立っているといわれる年齢になって初めてその本を手にしたのであるから、作家との出会い方としては決して早いほうではない。いささか弁解じみた言い方になるが、私自身もともと文学畑の人間でもなかったし、日本からずっと離れた中部ヨーロッパの、しかもとりたてて文豪といわれるほどではない〝非〟純文学系の作家であったから、私がその存在を知らなかったとしても、まあ無理からぬところがあったということになろう。「薹が立っている」とは、野菜などの花茎が伸びて硬くなり食べ頃を過ぎている状態を指しているが、転じて「ちょうどよい頃合いを逃している」、つまり平たくいうと「いい年をこいで、まだツヴァイクのツの字も知らなかった」ことを指している。その理由の一部は、私の非文学的な志向のゆえであるという形で既に述べたが、それだけでは十分な説明にはなっていない。

最初、私は文学から遠い地点にたっており、そこからこの作家の足元にたどりつくには、いくつかのステップを踏まなければならなかったのであり、そこには「個人的な要因」のほかに「社会的な要因」もからんでいる。この場合でいうと、社会的な要因とは、私が二十代の青年期を過ごしている間、作家ツヴァイクはあまり社会的な脚光を浴びていなかった、いわば出版ジャーナリズムの世界において〝お蔵入り〟に近い作家として判定され、表立って取り上げられることが少なかったということを意味している。こうした個人的・社会的な要因が重なって、私は薹が立つ年齢になるまで、ツヴァイクの存在を知ることがなかったわけである。本稿の意図は、私がこの作家とどのような形で出会ったかを記述することにある。そのためには、先の二つの要因がどのように絡み合って物事が進んでいったかを明らかにしていく必要があろう。そういうわけで少々まわりくどいと思われるかもしれないが、以下、私はみずからの〝個人史〟を多少のためらいをもって語ろうとしている。その中で「余は如何にしてツヴァイク氏と出会いし乎」が明らかにされていく。

一九六八年、私は中部地方の大都会N市にある某国立大学の工学部に入学した。先に非文学的な志向のゆえに云々と書いたが、その言もむべなるかな、入学したのはおよそ文学とは最も縁遠いと思われている工学部であった。この際、誤解がないようはっきり言っておいたほうがよかろう、私は〝少しばかり間違って〟そこに入学したのであったと。ほんの気迷いが生じた偶然の所産から、もしくは運命の匙かげんをちょっと間違えて、である。本来ならフレッシュマンらしく、桜吹雪の舞うなか青雲の志を抱いて大学の門をくぐったと書きたいところであるが、どう贔屓めにみても、そのような心境ではなかった。所期の目的かなわず、不承不承その門をくぐったというのが正直なところである。少年なりに、その幼い判断力と予知能力でもって自分が歩むであろう人生コースを頭に描いている。それが突然、変更を余儀なくされ、当初は考えもしなかった別のコースをたどらなければならなくなったとしたら、そこにはかなりの違和感がわだかまっていることになる。しかしそれだけの話なら、ある意味では事は簡単で、第二志望の学校に入らざるを得なかった話など、そこらじゅうにごろごろ転がっている。問題は、自分の資質や適性がどこにあるか、それにふさわしい学部や学科をきちんと選択したかということであろう。なんと愚かしいことに、私はどうやらそれを間違えてしまったようなのである。

私は、本州の北のはずれ、カモメ舞い飛ぶ陸中海岸の港町で生まれ、高校時代までそこで過ごした。この町で育った少年のうち、ちょっとおこがましい言い方になるが、多少とも〝出来のよい子〟は東北地方の首邑S市にある大規模な総合大学に進むことが多かった。そこには先輩が幾人もいたし、私の従兄弟も、数軒先の知人も、そのまた先の知人もいた。薫陶してくれた教師もまたそこからやってきた人たちであった。キャンパス内で同じ訛りでしゃべりあっている故郷の人々の姿を、私はひそかに想像していた。そしてその輪の中に当然、私も加わるものと信じており、彼らが形成しているランツマンシャフト（同郷人会）の中に入ってライフサイエンスを勉強すること、それが少年の私が描いていた漠然たる人生のコースであった。

このような夢の中でまどろんでいたわけだから、第二志望のことなど眼中になく、さしたる深い考えもないまま願書をすらすらと作成したのである。どうせ関係のない手なぐさみの書類だとばかりに、適当に空欄を埋めて「えい、ままよ」と投函したのだ。しかし夢はもろくも砕け散り、そのまさかの「えい、ままよ」が現実のものになってしまった。まったく予想もしていなかった道が突然あらわれたときの驚愕と狼狽、そして慌ただしく心のギヤをチェンジしなければならない落胆と不安、これらがいかばかりであったか少しは想像してほしい。もとより私の家はそう裕福ではなかったから、気をとり直して、これが天がみずからに下した判定なのだろう思って受け入れることにした。こうして、ほんのたわむれで書いた数枚の願書に導かれて、私は、生まれ故郷の港町から九〇〇キロも離れた中部地方の大学町に足を運んだのであった。

少年時代の私が親しみを感じていたのは、小説や歴史の世界よりも鉱物や生物の世界であった。文豪と呼ばれるバルザックやドストエフスキーなどは赤の他人にひとしく、私の隣人はといえば、多少とも科学の名が冠せられるエジソンやファーブルといった人々であった。したがって、大学への入学の時点で選ぶべきコースは理科系のいずれかにあったことは間違いないが、だからといって、みずからのおつむの構造までが、ニュートンやアインシュタインの言説に親しみを覚えるほど数理的にできていたわけではなく、リンネの博物学とかダーウィンの生物学といった有機物を扱う生化学系のジャンルのほうが向いていたと思われる。しかるに一九六八年の春、私が座っていたのは工学部高分子化学科の教室の机だった。「なんか変なところに来てしまったなあ」というのが、このときの率直な感想。黒板にすらすらと書かれる数式をみて、内心では「居心地の悪いことといったらありゃしない！」と叫んでいた。そうこうしているうちに三日が過ぎ、三週間が過ぎ、三カ月が過ぎていく。まだ十八歳やそこいらの若者だもの、まわりに楽しいことはいっぱいあるさ、勧められて酒を呑むこともあれば、デートのお誘いもある。学生寮に住んでいたからコンパ、ダンパ、ストームもある（コンパとは男女合同の酒飲み会、ダンパとはダンスパーティの略、ストームとは酒宴のあと列をなして大声を発しながら嵐〈ストーム〉のように寮内を練り歩く学生特有のイベントをそれぞれ指している）。やがて当初抱いていた違和感も、アルコールやフェロモンでだんだん薄らいでいく。とはいえ、どんなに愉快そうにしていても、それは単に忘れていただけで、心のどこかに居心地の悪さが存在していたのは疑いを入れない。

さて、私が大学に入った一九六八年とはどんな年だったのか。それはもう何というか、実に「この年こそものぐるしほしけれ」と形容する以外にない特異な年であった。一九〇〇年の次には一九〇一年がやってくる。そして一九〇一年の次には一九〇二年がやってくる。そんな具合に暦年に一つひとつの数字を加えていけば、間違いなくそれぞれの年号ができ上がっていくが、この年ばかりは、単に記号論的な符牒として片付けられないほどに特異な様相を呈していた。毎日新聞社から出版されている『二〇世紀の記憶』という貴重な写真をふんだんに使ったムック・シリーズがある。現代史において重要不可欠だと思われる一定の時期を選定し、一冊のムック本にまとめ上げるのがこのシリーズの狙いであって、これまでに『第一次世界大戦／一九一四―一九一九』『第三帝国の野望／一九三〇―一九三九』『一九四五年／日独全体主義の崩壊』といった幾巻かが刊行されている。そして、その一冊に『一九六八年／バリケードの中の青春』が割り当てられている。このことからしても、一九六八年がいかに突出した時期であったかおわかりいただけるだろう。この時代をあらわす言葉を挙げよと言われたら、人々はどう答えるだろうか、おそらくや次のような言葉が並ぶのではないだろうか。変革、破壊、喧騒、活気、創造、怒濤、前衛、反逆などなど……。要するに活力に満ちた騒がしい時代であったのだ。学生が走った、労働者が走った、インテリが走った、ルンペンが走った、場合によっては犬も走った、猫も走った？ 右翼も左翼も、富者も貧者も、男も女も、みんな走っていた。ひとことで言ってしまえば、日本の戦後民主主義のありようが問われた、熱く燃えさかった政治の季節だった、それが一九六八年にほかならない。

その三年前の一九六五年に始まったベトナム戦争は、植民地解放戦争という側面とともに、米ソによる代理戦争という性格も帯びつつ、一九六八年頃には米軍とその友軍の派遣人員が五〇万を超えるなど最大のピークを迎えていた。米国に肩入れしている日本政府は、米軍艦船が日本の港に入ることを許していたし、沖縄の嘉手納基地はベトナムに向かうB52の常駐地と化していた。そして「反戦平和」を掲げた日本における戦後民主主義のありようを根本からつき崩しかねない暴挙であるとする見方が強くなり、ベトナム反戦の声は大きなうねりとなって、あちこちで一大デモンストレーションが展開された。それこそ寧日のいとまなくである。目を外に転じれば、フランスでは五月革命とも呼ばれる学生反乱が起きていたし、また社会主義国チェコにおいてさえも、民主化や自由化を求めての抵抗運動が始っていた。これを西側のマスコミは「プラハの春」と呼んでいたが、そのプラハの人民の列にソ連の戦車は情け容赦なく突っ込み、彼らを次々にひねり潰していった。

こうした状況に呼応して、大学キャンパスの内部も騒然となりつつあった。一九六七年一月、医学部の学生処分に端を発した東大紛争は、初めのうちこそ、仏壇にたつ細々とした一本の蝋燭の炎のごときものであったが、大学側の不手際もあって、みるみるその勢いを増していった。東大医学部に起こった小さなトラブル、これがいわゆる大学紛争の始まりである。受動的な意味の「紛争」ではなく、もっと積極的な意味をもつ「闘争」と言い換えるべきであるという見方もあるが、そのどちらを使うにしろ、それは日本の大学制度始まって以来の〝どえらいこと〟に発展していく。何しろ最後の最後には、マスコミでさえもがニュース・ネタとして重宝していた、あの東大の入試が中止になってしまうほどだったのだから。さて東大構内で起きた小さなトラブルの翌年、一九六八年になると仏壇前の蝋燭の炎はめらめらと燃えだした。六月に文学部が無期限ストに入る。工学部や医学部などがそれに続き、そしてついに十月には全学部が無期限ストに突入した。これによって教育組織として大学の機能は完全に麻痺してしまった。

かつての帝国大学も一九六八年の秋頃には火ダルマの状態になっていた。闘争を支援する側も紛争を収拾する側も、キャンパスに入り乱れて衝突をくり返した。角材が振り回され、石ころが飛ぶ、シェークスピアもシェーと叫ぶような暴挙、もう放心のてい、サイテーだわ！　とだれかが言ったとか言わなかったとか、東京大学はもう頭狂大学とさえ呼ばれていた。キャンパスには東京出身の素っ頓狂な学生、また地方出身の痴呆っぽい学生の姿もちらほらしている。以下に綴るのは、このとき悪夢のような幻覚におそわれたある学生の独白である。〔――よく見るとイガ栗あたまのいかつい医学生、赤門からやってきた馬鹿もん、医官の卵がこんな遺憾なことをするとはイカがなものか、いかほど人は傷つくのか、いいかよく聞け、絶対にいかん。ええい聞き分けのないイカサマ野郎、以下の文言で居畏《いかしこ》まれ、いっかな田舎の温泉にでも行かはって、イカめしでも食ってイカした医学生に異化しろ……嗚呼——この学生はきっとジェームス・ジョイスの愛読者だったろう」。やはり腐っても鯛という言葉は生きていたか、この国では大学制度の中心にでんと座っているのが東大だ、これが動かないと何ひとつ動かない。紛争や闘争とて同じこと、東大で始まったからこそ全国に波及したという見方も成り立つ。ほどなく全国の多くの大学も似たような状態に陥った。あちらもこちらも「右ならえ」の状態で、権威あるものに対する反逆の様相を呈していった。それは、先の戦争が終わってから二十年余、それまで一応まともに機能していたかに見える大学制度に対して、堰を切ったかのように各種のレジスタンスが始まったことを示していた。学問の府に住まう大学人の「大学の自治を守れ」「学問の独立を守れ」という声が遠くから聞こえてきたが、それは空念仏のように響いていた。私の空耳でなければ、きっと……。私自身そう深入りしたわけではないが、それでも石ころが飛び交う危険なキャンパス空間に身をさらしたことも一度や二度ではなかった。握りこぶし大の石ころが、びゅーんと唸りあげて頬をかすめたと思った瞬間、それは私の右後方にいた学友の頭を直撃した。鮮血が飛び散る。彼の頭部には一応防護装置としてヘルメットが乗っかっていたが、大きな加速度のついた握りこぶし大の石ころの有する運動エネルギーに対しては、そんな薄っぺらいプラスチック製の板など屁の役にも立たなかった。

この時期には「既成の権威を壊してしまえ」という認識が社会全般を覆っていた。ひとり大学だけでなくマスコミ・ジャーナリズムの世界においてもしかり、左翼シンパである言論人のいさましい論調に煽られて、大学キャンパスの中には革命家きどりの学生がうようよしていた。彼らが手にしていたのは、例えばマルクスの著書『ドイツ・イデオロギー』であって、そこには「哲学者たちはただ世界をさまざまに解釈してきたにすぎない。しかし肝腎なのは、世界を変革することである」（同書二三二頁、「フォイエルバッハに関するテーゼ」廣末渉訳）と書かれていた。いっぱしの学生と認められるには、マルクスやレーニンの片言節句をそらんじていなければならなかったのであり、革命の先駆者の著作は、格好のバイブルとなったかの感があった。そこから引いた文句を、私は何度聞かされたことだろうか。いわく、学者のしちめんどうくさい解釈はどうでもよい、要は変革のための行動を起こすかどうかだと。こんなわかりやすい理屈はそうあるものではなく、これにみんな飛びついた。なるほど、これなら学生の半熟の頭でも十分に理解することができるし、何とはなしに高級そうな知的雰囲気を振りまくこともできるというものだ。

思想のみならず芸術の分野でも、既成の権威をたたき潰すのが格好よいとされていた。私が当時住んでいたN市の公立美術館では、ゴミを盛りつけたようなオブジェが〝立派な〟インスタレーションとして展示されており、どこからどう見ても、私にはゴミの山として見えなかったが、それは立派な芸術であるとの由、既成のフォルムを徹底して排除した結果、このようなオブジェに行き着いたとか何とかという趣旨の解説文が付されていたように記憶している。またポップ音楽の分野でも、これと同様の現象が見られた。アメリカにジャズという分野の音楽があるが、もともとこの音楽は譜面にとらわれずに自由に演奏することを大きな特徴としている。アドリブという即興演奏の妙味を抜きにして、その魅力を語ることはできないが、この頃には〝破壊に破壊を重ねて〟ほとんど騒音と化した音楽がもてはやされていた。某サクスフォン奏者が演奏する楽曲は、拍数とか和音とか既成の約束事をいっさい無視しているかのように聴こえ、これもやはり聴く者をして、先の美術館のゴミを盛りつけたようなオブジェと似たような印象を与えしめた。一九六〇年代の熱気が、フリージャズの傾向をいっそう後押ししていたように思われる。

では文学の世界はどうか。そこでようやくツヴァイクに関連する話に戻るのであるが、やはりここにも既成のフォルムを否定するという波が押し寄せていたように思う。従来の概念では小説とはストーリーや物語性を重視するものと考えられていたが、それらを否定する新しい実験的な小説がもてはやされていた。これらはアンチロマン（反小説）とかヌーボーロマン（新小説）と呼ばれていて、フランスの作家・哲学者サルトルなどに顕著に見られた傾向である。アンチロマンの旗手サルトルは、戦前期のフランス社会に広く見られた微温的な個人主義的態度を捨て、積極的に社会・政治問題に関わっていくことの大事さを主張していた。これをフランス語でアンガージュマンというが、一九六〇年代後半の日本の巷では、この言葉がやたらと使われていたと私は記憶している。猫も杓子もアンガージュマンだ、英語でいうとエンゲージメント、つまり歯車のように絡んでいくということ、転じてインテリなどが社会・政治参加していくという意味である。人生教訓的な教養小説は片隅に追いやられており、古いものは消え去るべしという信念が、前衛（アヴァンギャルド）の担い手の胸中を覆っていた。それは前衛としての矜持でもあったにちがいない。

こうした時代状況の中では、伝記文学というのは、もうひとつぱっとしない世界に見えた。そこを流れる空気は古色蒼然としていて、血の気の多い若者にとっては、それが魅力あるものに見えるはずもない。譬えていうと、いかにも軒下でひっそりと生き続けている陰生植物、ないしは博物館の陳列箱におとなしく納まっている昆虫の標本といったところか、暗くて湿っぽい静的なイメージ、そういうものとしてしか青年の頭には思い浮かばないのであった。それが誤った即断であることは今にしてわかるが、その時分には、時代を動かす熱気もなければ、エネルギーが渦巻いているカオスの状態にもないと信じられていた。古本屋の店頭ではマルクスやレーニン、サルトルやカミュの著作群に押し退けられ、傍らで埃をかぶったまま放置されていた。アンドレ・モーロア（1885–1967）しかり、リットン・ストレイチー（1880–1932）しかり、赫々たる伝記作家の名声いずこや、彼らの名前を、私は大学の先輩または同輩から聞くことはほとんどなかったし、またマスコミ・ジャーナリズムの世界においてもあまり取り上げられることはなかったように思う。したがって、その同類たるシュテファン・ツヴァイクもまた、ひっそりと文学の「奥の院」に鎮座ましましているばかりであった。

*

一九七二年とんでもない事件が起きた。戦後民主主義への問い掛けに始まった大学紛争であるが、一年が二年、二年が三年と経過するうちにいよいよ混迷の度を深めていった。当初、学生側が持ち出した主張には「正義はここにあり」という雰囲気が漂っており、確かにそれなりの世論の支持も集めていた。しかしながら反体制を志向する運動は、小さな暴力には小さな暴力で、大きな暴力には大きな暴力で対抗するという形でどんどん過激化していく。対抗手段も最初は人間の声であったものが（これをシュプレヒコールという）、やがて石塊や角材になり、ついには銃器や爆弾までが持ち込まれるようになった。こうなってはもういけない、世論の支持は急速にしぼんでいく。流血騒ぎももう珍しいことではなくなった。はなはだよろしくない自滅のパターン、そういう中で起きたのが一九七二年の連合赤軍事件である。革命集団の中で起きたリンチ殺人事件という構図、それはドストエフスキーの小説『悪霊』を彷彿とさせるに十分なほど忌まわしく、人々から熱気を奪うものであった。このような悲惨な結末をどこのだれが予想しただろうか。まあ人間の長い歴史を持ち出せば、フランス革命にしろロシア革命にしろ、血で血を洗う争いを繰り返してきたわけで、そうしてみると歴史の法則にのっとった〝よくある出来事〟ということになるのかもしれないが、それにしても過熱した頭を冷やすには十分にショッキングな出来事ではあった。これを境にして、戦後社会を揺るがした一大運動はいっきょに退潮期に入っていく。

みるみる退散する学生たち。あちこちから「もう終わりだな、こんなことは」という呟きが漏れる。明らかに社会の潮目に変化が起きていた。大学紛争というのは、私にとっての隠れ蓑というか、いわば格好の不満の解消策として機能していたのかもしれず、潮目の変化は、同時に私が抱えていた根本的な矛盾を表面化させることになった。ひとことでいえば向学心の衰えということになろうか。学生はぞろぞろとキャンパスに戻り、ほぼ二年ぶりで授業が再開したが、私は授業にはいっこうに身が入らない。転部すればいいではないかと思われるかもしれないが、残念ながら、私の入ったのは単科大学だったから学内に転学先はなかった。何かを変えなければいけないが、それがわからない……どうしたらよかろう、いろいろな選択肢が頭の中をちらちらした。一つは、実学重視を校風とするこの大学に向いていないが

(――ちょっと失礼な言い方になったことを許していただきたい。その分野では明治以来の伝統ある立派な学校であったと言い添えておきます――)、それでも初心にたち返って初めからやり直すか。二つ目は、きれいさっぱり投げ捨てて大学におさらばし職業人をめざすか。そして三つ目は、方針転換を図って別の大学の文系学部にでも入り直すか。このトリレンマの中で私はもやもやしていた。一つ目はどうか、もとよりエンジニアリングに向いていないという心根だし、元の鞘におさまるなど精神衛生上よろしくないから、よした方がよい。では二つ目はどうか、自分自身の不勉強を棚にあげて何がきれいさっぱり投げ捨てるだ、投げ捨てるほどの蓄積がないではないか、と私の内なる声が私を叱っている。これもよした方がよい。結局、残っているのは三つ目の選択肢であった。不完全燃焼のままでは終わりたくないという意識が抜けきらず、いにしえ人が言っているように「新しい酒は新しい革袋に入れる」のが一番よい選択だろうと私は判断した。

このような次第で、私は再び大学の門をくぐった。N市から約三〇〇キロも離れた東京の公立大学である。四年遅れの再スタート、同級生は就職に奔走する季節を迎えていたが、ひとり私は、さながらトラック長距離走における周回遅れのランナーのように、とぼとぼとまた大学キャンパスに足を運ぶことになった。ではなぜ人文学部史学科を選んだのか、あの一九六八年に始まる混沌とした社会状況とはいったい何だったのか、それを少しは社会科学的にとらえ直してみたいとも思ったからだと言いたいところであるが、そうとばかりは言えない。もちろんそうした動機もまったくなかったわけではないが、やはり前述のように、不完全燃焼のままでは終わりたくないという気持ちが強かったと正直に告白すべきだろう。家族や友人の手前、表向きの理由としては学問的情熱いまだ覚めやらずということにしていたが、私はもともと自分がそれほどアカデミックな資質の持ち主であると思ったことがない。いっぱしの理屈を付けずに、ありていにいえば、いわゆる執行猶予の自由な時間をもちたかったということに尽きる（実はこれには女性問題も絡んでいるが、それを述べようとすると煩瑣な情念の世界に足を踏み入れる恐れがあるので一切割愛する）。

そして、先の失敗から実用一点張りの機能主義にはもうあきあきしていたから、今度はできるだけ非実用の世界に身を置きたいと考えたのである。とにかく書物をむちゃくちゃ読みたい、書架も崩れよとばかりに本を集めたい、一見すると役に立ちそうにもないが、そこにこそ物事の真実が隠されているというケースも少なくないだろう、神は細部にこそ宿ると言ったのは、だれだったかちょっと思い出せないが、徹底して細部にこだわっていけば、そこから何か本質的な物事の核心が見えてくるのではないか、これがこのときの私の偽らざる心境であった。ジグソーパズルの破片を集めていくような作業を通して、確固たる価値判断の基準を探していく。それには、みずからの適性や資質に照らしても歴史学の世界がもっともふさわしいのではないかという一応の結論に達した。こうして私の二度目の大学生活が始まった。このときの私はまさに薹が立った顔つきをしていたのであろう、クラスメートとの最初の顔合わせの会で、助教授に間違えられてしまうというおまけまで付いた。それはそうと、人文学部歴史学教室のドアを叩いたことが、そのときはもちろん自覚していなかったが、今にして思うと私がツヴァイクという作家に一歩近づいた瞬間であったといえそうである。

＊

さてここで一休みとしよう。過熱した頭を冷やす意味で、ここに蛇足めいた〝ちょっとした話〟を書き添えておく。シュテファン・ツヴァイクは原語で Stefan Zweig と綴るが、「ヴァ」ではなく「ワ」を用いてシュテファン・ツワイクと日本語表記されることもあったようである。周知のようにドイツ語ではW音は「ヴァ」行の濁音となるが、日本においては、たぶん英語の音に引きずられてのことだろう、しばしば「ワ」行の清音として発音され、著者名にツワイクと刻字されることも少なくなかった。それは、かのドイツの大衆車＝人民の車（Volkswagen）をフォルクス・ヴァーゲンと呼ぶべきところ、寸毫のためらいなくフォルクス・ワーゲンと称して涼しい顔をしているのと同断であろう。いっそのこと英語ふうに訛るならV音も思い切り訛って、ヴォルクス・ワーゲンとでも呼んでもらいたいという誘惑にもかられるが、社会科学の巨人マックス・ヴェーバー（Max Weber）先生でさえもマックス・ウェーバーという清音表記で我慢しているのだから、まあさほど目くじらを立てるほどのことでもないのかもしれない。ツヴァイク氏とて「郷に入らば郷に従え」だ、音楽の都ウィーン（Wien）はヴィーンにあらずという我が国のゆるぎない慣習のゆえ、ツワイクと呼ばれて何の不都合があるというのだ、その代表作『マリー・アントワネット』の岩波文庫版には、今でもはっきりとシュテファン・ツワイクと記されている。

ちなみに、かつて英語圏ではこの作家はスティーブン・ブランチと呼ばれていたというからすごいではないか。「ツワイク」が一九一二年初めて北米旅行をしたおり、たまたま立ち寄ったフィラデルフィアの書店で、自分の著書にスティーブン・ブランチと印刷されていたのを見て苦笑するというエピソードが自伝『昨日の世界』の中に出てくる。まさに「ギョエテとは俺のことかとゲーテ言い」という、一時期、斯界に流布した川柳を地でいく話であって、さだめし後年の『マリー・アントワネット』の作者は「ブランチとは俺のことかとツヴァイク言い」とつぶやいたことであろう。なぜ、このような名前になるかというと、明敏なる読者子におかれてはもう想像がついたかもしれないが、ファースト・ネームのStefanは英語のStevenに通じており、またファミリー・ネームのZweigはドイツ語で「木の枝」の謂であるから、その意をくんで英語ではブランチ（Branch）となるわけである。この伝でいくと、我が国においても、著作権やら肖像権といった権利関係がうるさくなかった明治時代には、無神経な編集者の手にかかって著者名として「枝野捨蔵」とか何とかと冠せられた可能性なしとはしないだろう。まあ冗談めいた与太話であるが、それがまったく根拠がない法螺話かといえば、そうとばかりも言えないのである。

ここで私は卒然として、ある人物の名前を思い出す。その名を黒岩涙香という。明治末年の草創期の論壇において、その舌鋒の鋭さから「まむしの周六」と呼ばれ、また近代文学の「ひこばえ」状態にあった文壇において、その着想の奇抜さから売れっ子作家の地歩を築いた人物である。ペンの人であると同時に会社オーナーでもあった彼は、機を見るに敏であったことは言うまでもなく、欧米小説を翻訳するに当たって、人名がそのままでは日本の読者がわかりにくかろうということで、すべて日本ふうの名前に置き換えたというから、その利殖の感覚たるやすこぶる旺盛というしかない。荒唐無稽のそしりなど屁のかっぱだ。一例を挙げよう。ヒュー・コンウェイなるイギリス人作家の『暗き日々』という作品は、翻訳家・黒岩涙香のペンにかかっては『法廷の美人』と改められ、作中の語り手のタクルは「卓三」、ヒロインのヒリッパは「お璃巴《りは》」にそれぞれ換えられたのだという。さらにいえば日本の読者を飽きさせないという配慮から、話の筋も原作を離れて自由に翻案・改作されたのだという。この辺の経緯について詳しくは、三好徹著『まむしの周六――萬朝報物語』（中央公論社、一九七九年）を参照されたいが、要するに私がここで言いたかったのは、このような突拍子もない、ある意味ではおおらかな改変が許された時代にあっては、米国においてスティーブン・ブランチと置き換わったごとく、シュテファン・ツヴァイクが「枝野捨蔵」に変身するなどということも決してあり得ない話ではなかったということに尽きる。

2　星の時間

夏去りしといえども九月下旬、時おり熱風が東京の街並みを駆け抜ける。あの灼熱の一九六八年から十三年の月日が流れた。一九八一年の初秋、私は仕事帰りに渋谷駅の構内にある書店に立ち寄って、書棚にずらりと並んでいる本の列をながめていた。その書店は、国電山の手線を降りて地下鉄へ向かうコンコースの一角にあり、ちょうど私の通勤コースの途上に立地していたから、仕事帰りにふらりと立ち寄ることも多かった。ちなみに、このときには国鉄がまだ民営化されていなかったので、駅名は国鉄渋谷駅、環状線は国電山の手線と呼ばれていた。ＪＲを冠するのは民営化がなった一九八七年以降のことである。一日の仕事が終わって家路に向かうその途上、私は半時なり四半時、しばしの解放感を味わうため、その書店に入って書架を眺めるのを楽しみの一つとしていた。それは、本好きの人にはわかってもらえると思うが、心がほっとなごむ休息のひとときでもある。

さて、書架に注いでいた私の視線が、ある本のところでハタと止まった。そこには『人類の星の時間』と印字されていた。天体観測の本だろうか、それとも宇宙開発の本だろうかとまず思うが、そんなはずはない、そこはれっきとした文芸書コーナーであるから、文学や歴史に関係する書物であろうと思い直す。私の視線が止まったのは、そのタイトルの詩的な響きのゆえであった。人類、星、時間という言葉が助詞「の」を接着剤にして串刺し状に並んでいる。そもそも星は地上から仰ぎみるものであって塵界を超越して天空に鎮座しているし、時間もまた過去から未来へ脈々と流れていて、いつ始まっていつ果てるのか、とうてい人知の及ぶところではない。こうした「無窮なるもの」が二つながら並んでいるところから、いかにも奥深く静謐な空間が目前に広がっているような気持ちになる。さらに追い打ちをかけるように人類という、これまた量感にとむ枕詞が付いているから、どうしても広大無辺にして清冽なイメージが幾重にも湧いてくる仕儀となる。その詩的な響きから、人の心から塵埃を払い落とすような効果を生み出すことに成功し、高邁なものに引き上げていく浄化作用のようなものが感じられる。『人類の月の時間』ではいけないし、また『人類の海の時間』でもいけない。やはり「星」でなければならないのだ。

何か興味をそそる本だなという第六感が働く。それと同時に、さっと頭に浮かんだのは、古くから歌い継がれてきた学校唱歌「星の界」の歌詞であった。「雲なきみ空に　横とう光　ああ洋々たる銀河の流

れ　仰ぎて眺むる　万里のあなた　いざ棹させよや　窮理の船に」（明治四十三年学校唱歌「星の界」杉谷代水・作詩）。ああ、この歌はいつ反芻しても清々しい気分になっていく。そして空、光、銀河、そういう言葉からおのずと星にまつわるイメージが連鎖的に形成されていく。昔きいた楽曲のメロディが、昔よんだ空想科学小説の文章が、そして昔みた漆黒の夜空に散りばめられた星座の一群がちりぢりに浮かんでくる。それはグスタフ・ホルストの組曲「惑星」の朗々とした四分の三拍子のメロディであったり、ジュール・ヴェルヌの「月世界旅行」の荒唐無稽なストーリーの一節であったりした。

さて、私の勝手気儘な連想はひとまずおくとして、この本はどういう内容なのか、タイトルの「人類の星の時間」とはどういう時間を指しているのか知りたくなる。子細にながめると、表紙には著者シュテファン・ツヴァイクとあった。そして巻末の訳者あとがきには、著者は「一八八一年十一月二十八日にヴィーン市の中心にあった富裕な織物工業家の家庭に生れて……著作は二十世紀の西欧の一時期の精神的風土を代表している」と書いてあった。そうか、オーストリア・ヴィーンの出身なのか、ならばドイツ語の作家なのだと了解する。扉ページに一枚の写真が載っていて、そこに三人の紳士が写っている。いずれも背広姿にネクタイを締めた上品な風情で、軽く腕を組みあって、にこやかに談笑している。キャプションには「トスカニーニ、ヴァルター、ツヴァイク。一九三四年夏、ザルツブルクのツヴァイク邸にて」とある。トスカニーニといえば、あの言わずと知れたイタリアの指揮者アルトゥーロ・トスカニーニ、そしてヴァルターといえば、これまた言わずと知れたドイツの指揮者ブルーノ・ヴァルターのことだ。私の記憶に間違いがなければ、前者はミラノのスカラ座で、後者はライプチヒのゲヴァントハウス楽団で指揮棒を振っていた人だ（ちなみにヴァルターについて、前節で触れたようにWを清音化してワルターと呼ばれることが多い）。写真におさまっている二人の音楽家と一人の作家、その意外な組み合わせに少し「おやっ」と思うが、そのなごやかな雰囲気から、この三者の間にはしっかりとした友情が存在していることが察せられる。

幾枚かの写真ページに続いて、著者自身による「序」が付いている。「序」というのは、読者に対して、あなたがこれから読み進めるこの本はこれこれの執筆動機から書かれたといった事柄をあらまし述べる箇所である。ならばこれに目を通せば、およそ全体のアウトラインはつかめるはず、著者はどのように書いているのか、さっそくページを繰ることにする。まずいっとう最初の文章はこうなっている。

「どんな芸術家もその生活の一日の二十四時間じゅう絶えまなく芸術家であるのではない。彼の芸術創造において成就する本質的なもの、永続的なものは、霊感によるわずかな、稀な時間の中でのみ実現する。それと同様に、われわれがあらゆる時間についての最大の詩人と見なし叙述家として感嘆するところの歴史も、決して絶えまなき創造者であるのではない」（『ツヴァイク全集5』片山敏彦訳、以下同）。

うーん思わずそのとおりと言いたくなる文章である。そうそう確かにそのとおりだ、芸術家が真にすぐれた作品を生むのは、ごくごく稀な時間に限られるとしたものであろう。もちろん、長い下準備の期間を経なければならないという留保条件が付くだろうが。それにしても、なんと格調の高い文章であることか、ぐっと引き込まれるような強い力がある。そして「序」は以下のように続く。

「『神の、神秘に充ちている仕事場』――歴史をゲーテは畏敬をもってそう呼んだが――の中でもまた、取るにたりないことや平凡なことは無数に多く生じている。芸術と生命との中で常にそうであるように歴史の中でも、また、取るにたりないことや平凡なことは無数に多く生じている。芸術と生命との中で常にそうであるように歴史の中でも、また崇高な、忘れがたい瞬間というものは稀である。……一つの国民の中に常に無数の人間が存在してこそ、その中から一人の天才が現れ出るのであり、常に無数の坦々たる世界歴史の時間が流れ去るからこそ、やがていつかほんとうに歴史的な、人類の星の時間というべきひとときが現れ出るのである。……そんな劇的な緊密の時間、運命を孕むそんな時間は、個人の一生の中でも歴史の径路の中でも稀にしかない。そんな星の時間――私がそう名づけるのは、そんな時間は星のように光を放ってそして不易に、無常変転の闇の上に照るからであるが――こんな星の時間のいくつかを、私はここに、たがいにきわめて相違している時代と様相との中から挙げてみることをこころみた」と。

このように格調ある文章は続いており、ここに散りばめられているキーワードから「星の時間」の意味が了解せられた。ポイントは「崇高な、忘れがたい瞬間」や「劇的な緊密の時間」というフレーズであって、すぐれた芸術作品が生み出される瞬間、あるいは世界の歴史に決定的な影響を及ぼした瞬間のことを、著者みずから「人類の星の時間」と呼んでいるわけである。詩趣に富んでいると私が感じたこの言葉は、作家本人による造語であったのだ。ドイツ語の原題は『Sternstunden der Menschheit』であるが、訳者あとがきによると、ツヴァイクによる造語「星の時間」は、その言葉の響きのよさもあって、現在では普通名詞として一般化しているとのこと、実際に辞書に当たってみたら、確かに「Sternstunde」として「星の時間、決定的な瞬間、運命の時」と出ていた。

では、どういう内容となっているか、目次を見てみると、以下に掲げる十二編が列記されていた。ぱらぱらとページをめくっているうちに、この書物は歴史小説に近い形をとっているけれども、そうとばかりも言い切れず、純然たる伝記でもない、かといって史実だけを書いたノンフィクションでもないことがわかってくる。一口には定義しにくいが、歴史の断面を評伝ふうにスケッチしたエピソードふうの読み物といえばいいのか、とにかくそのような書物である。それについて著者は「十二の歴史ミニアチュール」という副題を付けている。ミニアチュールとは細密画という意味であるから、結局のところ、ドラマ性を帯びた歴史の断片をひとつまみして、史実を小説のように仕立てあげた、あるいは詩という形で仕立てあげた作品ということになろう。この中におさめられた細密画は以下のとおり。

①不滅の中への逃亡――太平洋の発見／一五一三年九月二十五日
②ビザンチンの都を奪い取る／一四五三年九月二十九日
③ゲオルク・フリードリッヒ・ヘンデルの復活／一七四一年八月二十一日
④一と晩だけの天才――ラ・マルセイエーズの作曲／一七九二年四月二十五日
⑤ウォーターローの世界的瞬間／一八一五年六月十八日のナポレオン
⑥マリーエンバートの悲歌――ゲーテ／一八二三年九月五日
⑦エルドラード（黄金郷）の発見――J・A・ズーター／一八四八年一月

⑧壮烈な瞬間――ドストエフスキー／一八四九年十二月二十二日
⑨太洋をわたった最初のことば――サイラス・W・フィールド／一八五八年七月二十八日
⑩神への逃走／一九一〇年十月末／レオ・トルストイの未完成の戯曲
⑪南極探検の闘い――スコット大佐、九〇緯度／一九一二年一月十六日
⑫封印列車――レーニン／一九一七年四月九日

私はこの本を買い求めて後日じっくりと読み進めた。そこにあるミニアチュールは、大方そのどれをとっても当初、私が抱いた清冽なイメージを損なうことのない内容であった。有名無名とりまぜ、十二編の緊密にして劇的な瞬間が、ゆるみのない筆致でそこに記されていた。あの格調の高い「序」の文章のレベルを維持したままである。時にははらはら時にはどきどき、そして時には苦笑し時には憤激する。何かと慌ただしく刺激の多い読書であることは間違いないが、ただ奇抜で非凡だというだけでなく、そこには挫折した人間への思いやりとか、未知なるものへの雄々しい冒険心といったものが見え隠れしている。別の言い方をすると、ヒューマニズムとダンディズムが入り交じったような内容となっている。読み進めているうちに、私の口から呟きがふと漏れた。「ツヴァイクはおもしろい。俺の好みにぴったりしている」と。

＊

渋谷の書店でこの本を手にしたとき、私は首都圏にある某公立高校の歴史教師をしていた。教師にな

って二年目、どうも日々の授業がしっくりいかないという難題に逢着していた。どこかしらに欠陥があるようだ、ここを何とか突破しなければならない……と。一般に、高校における歴史の授業というのは、つまらないというのが世間相場になっているが、それは推論的な思考プロセスを踏むことがなく、やみくもに暗記を繰り返すからだと受けとめられている。いや、そんなことはない、実はおもしろいのだと力説してみても、あまり説得的ではない。確かにおもしろい授業はとびきりおもしろかろう。訓詁学者のような学識と講釈師のような話術とを兼ね備えていれば、それこそ泉のようにわき出るエピソード、そして立て板に水のなめらかな語り、これほどおもしろい科目はないといっていい。しかしちょっと待て、一介の若手にこういう達意の芸当ができるだろうか。

このとき私は世界史の授業を一週間に四コマ担当していた。これを四単位というが、四クラスに対して四コマを受け持っているから、一週間の授業回数は一六ということになる。換言すると、一週間に同じ内容の話を四回繰り返さなければならない。暦年としての一年はほぼ五二週間、しかし学校現場においては三五週間をもって一単位と計算するから、年間の総授業回数は一二〇となる。これだけの数の授業をこなさなければならないが、健やかなる時もあれば病める時もあろうに、講釈師のような口吻でもって一二〇回もしゃべり続けることは至難の技である。学校の教師というのは、私自身やってみてよくわかったのであるが、傍目で見ているほど楽な商売ではない。姿かたちは小さくても、相手は生身の人間である。おもしろければ笑うし、つまらなければそっぽを向いてしまう。

どんな生徒たちに向かって話をしていたのか、その点について触れておかなければならない。なかなかつらい生徒たちであった。つらいとは何が？　皮肉まじりにいうならば、それは昭和初期における我が皇軍の行進歌「どこまで続くぬかるみぞ」の世界であった。全国に高校と名の付く学校はおよそ五〇〇〇あるといわれているが、私の感じからすると、そのうちの二割ぐらいは、いわゆる教育困難校と呼ばれているのではないだろうか。赴任した学校は、まさにそれに近いもの（今となってはそうではないと聞く）、教師は校内の秩序を維持するため奔走していた。はっきりいって授業どころではない。もてる精力の多くが無秩序状態＝アナーキーの鎮圧に費消されている。アナーキーの鎮圧には、何といってもフォルマリズムがもってこいである。形式は内容を規定するというわけで、法律書のごとき細かな校則が定められていて、生徒はすべからくそれにのっとった服装や髪形としておかなければならない。フォルムによる画一化の強制、これが学校におけるフォルマリズムの第一原則であって（ただし、ゆめ十九世紀ロシアに起こった文学上のフォルマリズムと混同してはいけない）、そのさまはイギリスの作家ジョージ・オーウェルが近未来小説『一九八四年』で皮肉った管理社会とよく似ている。

服装について、男子のズボンの幅とか、女子のスカートの丈がセンチ単位で決められており、教師はそれを物差しをもって計らなければならない。なぜなら、その測定をいいかげんに行えば、たとえその誤差が数センチであっても生徒から一斉にブーイングが発せられるからである。かくて全校あげての服装検査の日には、教師と生徒の間での数センチの攻防が始まる。髪の毛が少しでも波打っていると、パーマをかけたのではないかと疑ってかからないといけないが、これがまた胃袋が痛くなるような神経戦となる。「これはパーマではありません、天然の髪の毛です」と言い張る女子生徒に、こまかい説諭をくりかえして「実はパーマをかけました」と白状させるのは並大抵のことではない。そのうち、あちこちから教師批判めいた言葉が出てくる。「先公だと思って黙っていれば、いい気になりやがって、てめえのようなやり方はきたない……」云々と。これは聞き捨てならじと、またこまかい説諭をくりかえす。罵詈雑言が飛び交うになると、いよいよ岩波講座を読むよりバーベルで腕力を鍛えておくんだったと内心思うようになってくる。

ここで私が所属した大学の史学科における講義風景について多少とも触れておこう。そこでは、日本史、東洋史、西洋史が区別されておらず、自分の問題関心に合わせてどの科目を取ってもよいシステムになっていた。私が希望していた西洋史関係の講座についていうと古代ギリシア史、中世ドイツ史、近世イギリス史、近代フランス史に専任の教授・助教授がいて、それ以外では年度によってそれぞれの領域（例えば現代ヨーロッパ史とか近代ロシア史）の専門家が出張講義に来られるという状態になっていた。そうした中で私が最も多く受講したのは、T教授の「中世ドイツ史」だった。どういうわけか、カリキュラムの巡りあわせが、そういう結果をもたらしたのである。

さて、その講義の内容はといえば、ヨーロッパ中世の村落がいかに成立したかを土地所有や地代の形態などを手がかりにして、どの学説がもっとも妥当性をもっているのか検討していくものであった。既存の学説は大きく分ければ二つあったように思う（もう二つぐらいあったような気がするが、残りは忘れてしまった）。一つはオーストリアの歴史家イナマ・シュテルネックの主張する古典荘園説、そしてもう一つは同じくオーストリアの歴史家アルフォンス・ドープシュの主張する荘園散在説である。ヨーロッパ中世封建社会の基礎となった荘園の形態について、前者は、一個ないし数個の村落を完全に包含する形で荘園が成立していたとするのに対して、後者は、そうした村落は複数の荘園にまたがって成立していたとするものであった。何だかどうでもいい議論のように思えるかもしれないが、荘園が一つの権力支配のもとにあったか、それとも複数の権力支配のもとにあったかによって、国家全体の権力構造が規定されていくわけである。この二つの学説について、いずれにその妥当性がありやと、T教授はみずから調査した北フランスのサンジェルマン修道院やサンルミ修道院の土地台帳を細かく分析する中で詳しく論じていた。当時ハリウッド映画の喜劇王チャーリー・チャップリンの何度目かのブームにあたっていて、何度か映画館に足を運んだものだが、T先生のお顔はチャップリンに似ておられたところから、この恩師を私はひそかにチャップリン先生と呼んでいた。

高校の新米任教師となった私は、そのチャップリン先生の研究の結晶ともいうべき学説史のストーリーを、ついつい生徒に語りがちであった。もちろん十分に噛み砕いた上での話であるが、やはりいささか高尚にすぎたかもしれない。おもしろかろうと思って大胆な仮説をしゃべっても、それが生徒にはなかなか理解できない。私の学識が足りなかったのか、それとも講釈師のような話術がなかったのか、おそらくその両方だったのだろう。これではまるでウブな消化器官に、いきなり脂ぎったエスニック料理を押し込めるようなものだ。生徒が「おもしろくない」という場合、実は教師自身も「おもしろくない」と感じている。自分が生徒や学生として授業を聴く側にいるときには、教師の授業のつまらなさがよくわかるのだが、逆に自分が教える立場になってみると、変に格好をつけてしまいがちであることに気づく。これではいけない、もっと歴史のイロハから始めようと心に誓った。

例えばオランダの歴史家ヴァン・ローンに『人間の歴史の物語』という本がある。これは少年少女向けに書かれた入門書であるが、その内容レベルは決して低くはとどまっていない。こうした本を教材として使う方が、生徒には受け入れやすいかもしれないと思ったりした。専門用語を駆使するよりも、むしろ簡単な言葉を使って歴史を記述するほうが難しいという指摘もある。ターミノロジー＝用語術に制約がある中で、一定の水準を保って平易に叙述するというのは簡単なことではなく、裏を返していうと、碩学に呼ばれる人の書いたものが理解しやすいのはこのためであろう。要するに、教育という営為は、教える者と教えられる者とのバランスの上で成立しており、一リットルの容器に二リットルの栄養剤を注入しようとしても、それはナンセンスというもので、やはり適切な量を按配して与えてやることが大事である。新鮮でわくわくする知識が適切な量でもって与えられれば、教えられる者だってアナーキーに陥ることはないということであろう。

このようなことをつらつら思案しているとき、私は渋谷の書店で『人類の星の時間』に出会くわしたのである。この本が私の胸にすとんと落ちた理由、それは私が教師として歴史の授業に呻吟していた状況があったからにほかならない。わくわくするような歴史を語りたいという渇望に取り巻かれていた。そこに姿を現したのが、くだんの書物であったというわけである。これは後日譚ということになるが、実はツヴァイク自身が、みずからのギムナジウム（ドイツ・オーストリアなどドイツ語圏での高等学校）の生徒時代を回想して、歴史の授業かくあるべしという文章を残していることを知った。その中で彼は、まずギムナジウムでの歴史の授業のまずさ、歴史教科書のひどさを以下のように指弾している。

「――重要な出来事が記されている頁の端には年号が印刷されてあり、それによってこの本は区分されていました。しかもこの年号を私たちは暗記しなければならなかったのです。この特記すべき出来事とはどんなものだったのでしょうか。本をめくってみてよく分かりました。十中の九まで、それは会戦の行われた年、戦争が何時にはじまって何時に終ったかという日付だったのです。サラミスの戦いは紀元前何年か、カンナエの戦いは何時かを、私たちはそらんじなければなりませんでした。……（中略）……ハンニバル、スキピオ、アッティラ、ナポレオンだけが、戦争を遂行した男たちだけが、重要であり、英雄としてしるされている。こんなわけで、私たちの従順な頭には、この世の中で一番重要なのは戦争なのだぞ、一人の人間、一つの国にとって、一番大切なのは戦うということなのだぞ、という思想が、くりかえしくりかえし叩きこまれたのです。……つまるところ、戦いと勝利というこの永遠の歴史は、一体何を示しているのでしょうか。全くの無意味さ、たいくつなくりかえし、それだけではありませんか。……とうとう私は憤懣の情をおさえ得ず、この本を部屋の隅に投げつけました。……これが教科書だったのです」（講演「明日の歴史記述」、『ツヴァイク全集11／ジョゼフ・フーシェ』所収。三二九〜三三一頁、飯塚信雄訳）。

少年ツヴァイクの憤懣が直に伝わってくる言葉ではないか。歴史の詰め込み教育や戦争ばかりを重視する偏向教育がつまらなかったんだね、その気持ちはよくわかるよ、ああそうだったのか、本来であれば私は歴史教師として批判されている立場にいるにもかかわらず「そのとおりだ」とぎこちなく快哉を上げたりした。どうやら歴史授業のステロタイプ化という事情は、十九世紀末のオーストリアでも同じだったと見える。この「明日の歴史記述」と題する講演は、第二次世界大戦が始まる直前、つまりツヴァイク五十八歳のときにアメリカ合衆国において行われたものである。彼は六十歳でこの世を去っているから、五十八歳といえばもはや晩年に達した時期である。その彼が、四十年も前のはるか遠いハプスブルク帝国時代の学校教育を回想しつつ批判しているという文章であるが、言うまでもなく、この講演の目的の中には、目前に迫った世界大戦への批判も込められている。では、教科書にはどのような歴史が書き込まれたらいいとツヴァイクは考えているのか、それについて講演の後段で次のように語っている。

「歴史は大部分が戦争史だから、学校教育のプランからとり除けたらどうだろうか？　いや、そうは私は申しませんでした。歴史は、むしろ、人類の体験の総額なのですから、青年にとって、最も重要な教養科目として残さなければならない筈です。では、歴史記述の中で、すくなくとも戦争史だけは、出来るだけ伏せるべきでしょうか？　そうも私は申しません。何故なら、それでは事実の偽造となりましょうし、明日の歴史というものは、最高の客観的存在の一つでなければならないのですから。けれども歴史については一種の、別の、新しい意味で書かれることが、求められるべきでありましょう。人間の生活を、停滞している現象として記述せず、人間らしさと人類に共通のものへの進歩として記述するという意味でです。……私たちが求めている新しい歴史は——単に国民史・戦争史であった過去の歴史とは対照的に——、文化的に到達した高みに立ち、遠く続く登り坂をみはるかしながら、書かれるものでなくてはなりません。……私たち諸民族をそれぞれ孤立化させ、敵視させ合ったことはすべてあやまりだったのであって、私たちが共々手をたずさえて進むようにさせてくれたものこそ本当に文明であり、進歩だったのだ、という認識を、私たちが明日の歴史にあたえることが出来るとするならば、明日の精神状態は今日のそれよりもよほど良いもの、明るいものになろうか、と私は思います」。

ふむふむ、なるほど対立・敵視の歴史ではなく共存・連帯の歴史を述べよと言っている、ヒューマニスト・ツヴァイクの面目躍如といったところだ！　戦争や殺戮ばかり見せつければ少年たちは野蛮になっていくから、幼い精神を鍛練して高尚な文化の頂きにまでもっていくようにしろ、そうすれば、今より少しは〝まし〟な国家社会ができ上がる、これがツヴァイクのいうところの正しい歴史記述のあり方である。この主張に対して、文化史だけを偏重する抽象論だとか、現実の迫り来る戦争に対して無効であると論難するのはたやすいことかもしれないが、やはりここで私はツヴァイクの〝純〟な魂を諒として受け入れたいと思うのである。私が今ここに述べたツヴァイクに対する感想は、何度もいうようだが、私が渋谷の書店で『人類の星の時間』に出会くわしたあとの、いわば後付けとしての知識である。このことが、私のツヴァイクへの傾斜を強めたことは言うまでもない。出会いはひょんな形であったが、その下地は奥深いところで着々と形成されていたのであろう。神様が導いてくれた運命の糸などという乙女チックな解釈をふりまわすつもりはないが、渋谷の書店で手にした一冊の本によって、私はツヴァイクという作家に深入りしていくことになった。

3　歴史転換の瞬間

さて、ここから『人類の星の時間』（『ツヴァイク全集5』所収、みすず書房、片山敏彦訳）の具体的な中身を見ていくことにしたい。最初に取り上げるのが、世界の歴史に決定的な影響を及ぼした瞬間としてツヴァイクが書いた「ウォーターローの世界的瞬間／一八一五年六月十八日のナポレオン」である。まずは小さなこだわりから話を始めよう。表題にあるウォーターロー（あるいはウォータールー）という言い方は英語ふうの呼び名であって、一般にはフランス語風にワーテルローと呼ばれることが多い。ベルギーのブリュッセル近郊にあるこの寒村の名前は、ナポレオンが完敗した地名としてつとに有名である。ところが、実際に戦闘が行われたのはワーテルローではなく、その南方数キロにある二つの地点、ラ・ベル・アリアンスおよびモン・サン・ジャンと呼ばれる場所であるという。ではなぜワーテルローの戦いとして歴史に名を刻んでいるのか、その理由は以下のとおりである。この戦いでは、フランス軍、そしてそれに対抗するイギリス・プロイセンなど連合軍を合わせて兵員の総数はかれこれ二五万にも上ったというから、戦場としてはかなり広い地域にまたがっていたことがわかる。各軍がそれぞれしかるべき場所に本営を置いたが、そのうちイギリス軍の本営が置かれた場所がワーテルローであったので、戦勝国イギリスはその地名をとってこの戦闘を一括してウォータールーの戦いと呼んでいるとのことである。プロイセンでは、もっぱら自軍が戦った地名をとってラ・ベル・アリアンスの戦いと称しているらしい。ちなみに、この大規模な戦いは、作家の目には格好の素材と映ったらしく、幾人かの作家がその作品の中で取り上げている。とりわけフランスの作家ヴィクトル・ユーゴーは大河小説『レ・ミゼラブル』において戦場の様子をかなり詳しく書いており、私がこれから述べる文章の中でユーゴーへ言及が見られるはずである。

ツヴァイクが描く「ウォーターローの世界的瞬間」をよく理解するには、あらかじめ多少の状況説明を施しておく必要があると思われる。ワーテルローの戦いはナポレオンにとっての最後の賭、まさに浮沈をかけた戦いであった。ロシア遠征の失敗によって一度は失脚した身の上、ここで破れるようなことがあれば、永遠に権力の座から滑り落ちてしまうのは明らかだったからである。一八一五年六月十八日、広いワーテルロー平原ではその北側にイギリス軍が、東側にプロイセン軍が陣取っており、その動きを南方からフランス軍が窺っている。それぞれの軍勢は、正面で対峙しているイギリスのウェリントン軍は兵六万七〇〇〇と砲一五〇門、それに対してフランスのナポレオン軍は兵七万四〇〇〇と砲二四六門である。この数字だけ見れば、英仏それぞれの軍勢はほぼ拮抗しているが、ウェリントン軍の背後には、対仏同盟軍としてそれぞれプロイセン、オランダ、ベルギーの軍隊が合わせて十数万も控えている。どう見ても連合軍のほうが優勢で、まともにぶつかってはナポレオンの勝ち目はないとするのが大方の見方であろう。

ところが、このような不利な状況下で幾たびもの戦争を勝ち抜いてきたのがナポレオンであり、それが兵術の天才と呼ばれるゆえんでもある。勝ち目はどこにあるのか、それには最初に中央突破をはかり、敵方の主力であるイギリス軍とプロイセン軍を分断した上で、個別に撃破していくことであろう。これはナポレオンがそれまでにも何度か用いてきた戦術であって、その効果はアウステルリッツで証明済みである。そうこの十年前の一八〇五年、ヨーロッパ中央部のアウステルリッツの地において、彼はこの各個撃破の戦術を用いて、兵員数においてまさるオーストリア・ロシア連合軍を打ち破ったのであった。六万五〇〇〇のフランス軍が約九万の連合軍を破った、これはナポレオン戦史上最大の勝利といわれている。「そうだ、これを使えば勝てる！」と、この軍事の天才は思ったにちがいない（文中の兵力数は松村劭『ナポレオン戦争全史』〈原書房、二〇〇六年〉などによる）。

戦術のポイントは、別働隊が敵方の兵員を分散させ、それを十分に引き離したところで、反転して主力本隊と合流するというところにある。この場合の要諦は、反転の時機をきっちりと計測して、自軍を優勢にみちびくことであって、それができなければ戦闘全体が画に描いた餅となってしまう。ワーテルローの戦いにおいて、この役割を担ったのがフランスのグルシー将軍である。このやや凡庸と思われていた人物が、ナポレオンの命令を受け別働隊三万三〇〇〇を率い、プロイセン軍六万一〇〇〇（ブリュッヘア将軍）を追撃することになった。他の有能な将軍は既に戦場で倒れたり、ほかの重要な部署に張りついていたから、ナポレオンはこの男に運命を託すしかなかったのだ。そう、まさにこの人物グルシーに焦点を当て、ワーテルローの戦いの顛末を描いたのが、ツヴァイクの作品「ウォーターローの世界的瞬間／一八一五年六月十八日のナポレオン」ということなのである。

前夜来の豪雨がやんだ午前十一時半、戦端は開かれた。ナポレオンは、前方に対峙するイギリスのウェリントン軍に向かって砲撃の開始を命じる。ぬかるみがひどくて砲兵の行動も思うにまかせず、三時間たっても一進一退を繰り返し、両軍の間でじりじりとした攻防が続く（こまごまとした戦況を論ずる必要はないし、またそうすることはかえって煩雑ともなろう)。以下どのような推移となったかについては、ツヴァイクの文章を借りる。

〔——朝からつづけさまに四百の大砲が両軍から絶えまなくとどろいていた。前線では騎馬兵の軍列が陣地からの射撃に抵抗しながら、その射撃を受けてきしみの音を立て、太鼓は突撃の合図をしきりに鳴らし、平原の全体がさまざまな音に振動した! しかし、両軍の丘のいただきでは、両方の総指揮官が、軍隊の嵐を超えて耳を澄ましていた。二人とも、もっと小さな音を聴き取ろうとして注意をこらした。……(中略)……ウェリントンはブリュッヘアが近づいて来ていることを知っていたし、ナポレオンはグルシーを今か今かと待っていた。両方とももはやすべての隊を出しつくしていた。それで、援軍が先に到着する方が勝つにきまっていた。……そのとき脇腹へ向けて射撃の音がとどろく。狙撃兵だ、軽歩兵の射撃だ!「とうとうグルシーだ!」とうとうグルシーが来たのだとナポレオンはほっと息をついた。……いや、それは軍隊をひきいて来たグルシーではなく、ブリュッヘアだった。それは決定的運命の到着だった。それについての知らせは皇帝の軍隊の中にたちまちひろがり、彼らは退却しはじめた。——〕(同書一六八〜一七〇頁)。

このような次第でフランス軍の隊列は乱れ、やがてナポレオンの完敗という結果に終わる。ではなぜグルシー別働隊の本隊への復帰が遅れたのか。一言でいえば、みずからの職務に忠実であろうとするあまり、大局の判断を見失ったということに尽きる。戦況は刻々と変化していくから、武将たる者には臨機応変の対応が求められるが、グルシーにはそれができなかった。十数キロ遠方から聞こえる大砲の音を聞き取ったとき、彼は速やかに反転してイギリス軍の左翼を突くべきであったし、実際にそうするよう進言した下士官もいた。しかしグルシーはナポレオンの命令をひたすら守るばかり、むしろ大砲の音を聞きつけていち早く反転したのはプロイセン軍のブリュッヘア部隊のほうであって、これが勝敗のゆくえを左右する決定的な要因となったのである。

ツヴァイクの描くワーテルローの戦いは、こうして終局を迎える。著者は、ナポレオン完敗の主たる原因はグルシーのしくじりにあったとして次のように書いている。「重大な運命を左右する糸が、一瞬間だけまったくつまらない人間の手に握られることがある。すると常にこんな人々は彼らを雄々しい世界的な劇の中に引き入れる責任の強大さに、幸福を感じて、ほとんど常に彼らは自分に使命された運命を、ふるえおののきながら手ばなしてしまう。偉大さが、つまらない者の身にゆだねられるのはほんの束の間だけであり、それを取り逃がすと、そんな機会は二度とめぐまれない」(同書一五三頁)と。このような凡庸な男のもたつきによって、ナポレオンは皇帝の椅子からころげ落ち、歴史の表舞台から消え去ったというわけである。ナポレオンが流された先は、鳥もかよわぬ絶海の孤島セントヘレナであった。そして六年の月日を送ったのち、彼はこの島で五十二歳の生涯を終えた。ええっ、五十二歳とは！　あれだけのいろいろなことをやり遂げた男にしてこの若さ、と私は驚く。その事績をざっと挙げるだけでもイタリア遠征、エジプト遠征、ブリュメール十八日のクーデタ、第一帝政、アウステルリッツの戦い、ロシア遠征、エルバ島への配流、百日天下といった言葉が浮かぶ。いかに彼が若くして国運を左右する立場にあったかがわかる。皇帝の椅子にすわったときでさえ三十五歳、これが稀代の風雲児といわれるゆえんであるが、その没落の契機となったのがワーテルローにおけるグルシーの判断ミスにあったと、ツヴァイクは断じるのである。

＊

さて、ここでちょっと立ち入って検討してみたいのがツヴァイクの歴史叙述のあり方である。ワーテルローにおけるグルシーのしくじり物語のアウトラインだけを追ってみると、なんだ戦場にいくつも転がっている数あるエピソードの一つにすぎないではないかと思われるかもしれないが、ここにツヴァイクが「歴史の細密画」を描く上での重要なポイントが含まれていると思われる。既述のように、ナポレオンの敗北について、ツヴァイクはその原因をつくった張本人は凡庸なグルシー一人だと決めつけているような書き方をしているが、一〇キロ四方もの広大な地域で約二五万人の兵士が激突した戦闘において、たった一人の武将のヘマによって勝敗が決するなどということがあり得るのだろうかという疑問も残る。

ここで想起されるのが、しばしば識者によって指摘されるツヴァイクの文章表現上での省略のテクニックもしくは戯画化のテクニックである。それに関してここでは詳述しないが（後述のヘンデルの項を見ていただきたい）、ある事象についてそれが有する特性を肥大化させることで絶妙なコントラストを生みだし、個性的な全体像に仕立てあげるのがツヴァイクのペンの力である。賢明な彼のことであるから、この戦いの帰趨において大小さまざまな要因が混在していることを知らないはずがない。例えば、前夜来の豪雨のため砲撃がうまくいかなかったこと、正面攻撃でのイギリス軍の抵抗が予想外に頑強であったこと、地形の事前把握が十分ではなく騎兵や歩兵の前進が阻まれたことなど、この敗戦にはいくつもの原因があったことは十分に承知していた。しかし、彼はあえてこれらを取り上げずに、グルシー一人に絞って物語を展開した。それはなぜか？　歴史を細密画として描くにはそのほうが効果的かつ説得的であると判断したからであろう。譬えてみれば、それは広大な戦場を〝顕微鏡〟を通して見ているような手法ともいえる。数多い人物の中でたった一人に着目し、かつ半日という時間帯をたった三時間に限局して観察する。それゆえに読者には、戦場での他のこまごまとした出来事は目に入らず、決定的瞬間のそこだけが浮き上がって見える。これは著者ツヴァイクの意図的な操作にほかならない。これをもって彼の歴史叙述の第一の特徴とする。

このことは他の作家の描写と比べてみると、いっそうよく理解されるはずである。比較の対象として取り上げるのは、先に名前を挙げたヴィクトル・ユーゴーの大河小説『レ・ミゼラブル』である。周知のようにこの小説はヴィクトル・ユーゴー畢生の大作であって、時代背景を一八一五年から三一年とし、ジャン・ヴァルジャン、ファンティーヌ、コゼットといった〝惨めな人々〟（これがレ・ミゼラブルという題名の意味）が数多く登場し、全五部からなるストーリーが縦横無比に展開する、まさに大河小説と呼ばれるにふさわしい小説である。かつて脱獄囚ジャン・ヴァルジャンの物語として、少年少女向けに縮小廉価版『あゝ無情』が出回っていたから、記憶している方も多かろうと思われる。とにかく人道主義的思想が盛り込まれた非常に長い小説である。その第二部の冒頭において、ワーテルローの戦いが九〇ページにわたって細かく描写されている。この中でフランス軍が正面戦線での突破をはかる場面は、次のように書かれている。

「……騎兵は、剣を高く上げ、軍旗を風にひるがえし、ラッパを吹き鳴らし、師団ごとに縦列を作り、ただ一人のごとく同一な運動の下に整然として、城壁をつき破る青銅の撞角のごとくまっしぐらに、ラ・ベル・アリアンスの丘を駆けおり、既に兵士の倒れてる恐るべき窪地に飛び込み、戦雲のうちに姿を消したが、再びその影から出て、谷間の向こうに現われ、常に密集して、頭上に破裂する霰弾の雲をついて、モン・サン・ジャン高地の恐ろしい泥濘の急坂を駆け上がって行った。猛烈に堂々と自若として駆け上がって行った。小銃の音、大砲の響きの谷間にその巨大なる馬蹄の響きは聞かれた。ヴァティエの師団は右に、ドロールの師団は左に。遠くからながむると、あたかも高地の頂の方へ巨大なる二個の鋼鉄の毒蛇がはい上がってゆくようだった。それは一つの神変のごとく戦場を横断していった。――」(五五八頁、豊島与志雄訳、岩波文庫、一九八七年、初版は一九一七年)。

こういった描写が、それぞれの戦闘ごとに詳しく書かれている。つまり何を言いたいかというと、ツヴァイクの微視的な手法とは違って、ユーゴーの作品では、広大な戦場で繰り広げられた出来事がかなり忠実に、つまり巨視的に再現されているということである。細大もらさず書き上げてしまおうという筆法は、古代ギリシアのホメロスが著した長大な叙事詩のそれを、あるいは我が国の中世期における戦国合戦絵巻のそれを思わせるものであって、打つ人＝砲兵、駆ける人＝騎兵、走る人＝歩兵などさまざまなタイプの武人が次から次に登場してはまた消える。もとより、作者のユーゴー自身が言っているように、神ならぬ身であるからすべての場面を再現することなど不可能であろうが、ともかく極力それに近づけようとする努力が感じられる。それは、広大な戦場を〝双眼鏡〟を通して見ているような手法ともいえよう。ツヴァイクの〝顕微鏡〟に対するユーゴーの〝双眼鏡〟である。そしてユーゴーは、ワーテルローの敗戦をたった一つの原因に限定することはなく、豪雨のため砲撃の不首尾という気象条件、イギリス軍の頑強な抵抗という軍事的条件、そして兵員の前進が阻まれたという地理的条件など、数多くの原因が複合して起こったと結論づけている。そしてグルシー将軍についてはその中で「グルシーの遅延」という言葉がたった一度きり見られるだけである。壮大な叙事詩ふうの記述の中での些少なエピソードの一つにすぎないという位置づけになっている。

ツヴァイクの歴史叙述の二つ目の特徴も、またユーゴーとの対比において明らかになる。ユーゴーは、ナポレオン敗北の遠因として、あるいは真の原因といってもいいかもしれないが、十九世紀初頭の時代状況を挙げている。いちいちの戦術の巧拙ではなく、国内外の政治情勢の大局において既にナポレオンの存立基盤は失われかけていた、つまりその支配体制がもはや時代にそぐわなくなっていたと喝破している。ユーゴーの文章はこうである。

「――ナポレオンはその戦いに勝利を得ることが可能だったろうか？　吾人は否と答える。何ゆえに？敵がウェリントンであったがためか、またはブリューヘルであったがためか？　いや。それは実は神の意《こころ》であったからである。ボナパルトがワーテルローの勝利者となる、それはもはや十九世紀の原則に合っていなかった。ナポレオンがもはや地位を占めることのできぬ他の多くの事実が生じかかっていた。ナポレオンに対して快からぬ世運の意志は既に疾くに宣言されていた。この巨人の倒るべき時機はいたっていた。……ナポレオンは既に無窮なるもののうちにおいて告発され、その墜落は決定されていた。――」と（前掲書五六三頁）。

このようにユーゴーは、ナポレオンの歴史的限界についてまで踏み込んで言及している。風雲児ナポレオンを叱りつけるがごとき言説、そして革命児ナポレオンに歴史の舞台から退場を迫るがごとき説諭、これはユーゴーやトルストイといった文豪と呼ばれる人々だけがなし得る力わざであろう。これはまったくもって叙情家ツヴァイクのよくするところではないし、そもそもツヴァイクの意図もそこになかったと思われる。わずか三〇ページ弱の小品であるから、史的事実に対して一定の価値判断を下そうにも下せないということはあろう。ただし、そこには、これ以後のツヴァイクの作品にも見られる一定の傾向といったものが読み取れるものと思う。

彼の主たる関心は、歴史の一瞬をとらえて、そこで展開された緊密な時間としての転換のドラマを描くことであって、政治の変遷とか権力の構造といった歴史の根本的な構造を見るところには向いていない。あくまでも苦悩する人間の姿といった人間的な興味から発しているのであり、国家社会あるいは時代状況をトータルに描こうとはしていない。したがって、素材を見つける鋭い感覚を働かせて、急所を突くジャックナイフのような筆法でもって作品を仕上げるときには並々ならぬ力を発揮するわけである。それが、先にツヴァイクは〝顕微鏡〟を携えていると私が指摘した根拠でもある。それに対して、世にいう文豪たちは、国家社会あるいは時代状況をトータルにとらえて、大樹をたたき切る大鉈をもって、双眼鏡やら望遠鏡で覗いたような広々した眺望のもと、長大な物語を構築していく。私はここでどちらがいいと言っているわけではない。作家としてのスタイルが彼我ではぜんぜん違っていると言いたいだけである。それぞれの作家がもっている資質や性向、めざしている目的や志向、置かれた時代的・社会的状況など、ことごとく違っているのだから、要はそのいずれを読者として選択するかという好みの問題にもつながっていく。大河小説には、ゆっくり時間をかけて風呂に入っているような悠然とした味わいがあるが、ダンディズムに溢れた切れ味のよい短編作品にもまた捨てがたい魅力がある。

ただし、ここで注意を喚起しておきたいのは、ナポレオンに対して苦言を呈したユーゴーもやはり文学者であって歴史家ではないということである。彼がナポレオンの歴史的限界に言及したといっても、それはナポレオンの統治形態がどうなっていたとか、あるいはフランスの社会構造がどうなっていたかについてまで細かく触れているわけではない。もし仮に歴史家がナポレオンの没落を語るとすれば、彼らはまずフランス革命から話を説き起こして、辺境コルシカ島生まれの貧乏貴族出身のナポレオンが権力へ接近していくプロセスを跡づけたあと、フランス第一帝政の権力構造について言及することになるだろう。そして、その権力構造（歴史学ではボナパルティズムという）が維持できなくなったとき、ナポレオンは失脚せざるを得なかったと結論づけるにちがいない。それはきわめて筋道だったストーリーであって、ナポレオンという人物の歴史的背景がすっきりと理解されることになるだろうが、それだけでは文学にはなり得まい。ユーゴーにしろツヴァイクにしろ、彼らがめざしたものは、おのずと社会経済史の論文とは違ったところに存在していると言うしかなく、やはり、木によりて魚を求めてはいけないのである。その意味ではユーゴーもツヴァイクも同じ位置に立っているということになる。

では最後に、ユーゴーとツヴァイクとではナポレオンを見る目にどのような違いがあったかと問うてみる。ユーゴーは、ナポレオン軍の将軍の一人を父親として一八〇二年に生まれており、この頃にはナポレオン自身も旭日昇天の勢いがあったから、ヴィクトル青年が当初、親ナポレオン感情をもっていたことは自然の流れであった。ところが長ずるにしたがって、その感情に変化が生じてくる。一八三〇年の七月革命や一八四八年の二月革命といった政治の激動はユーゴーを共和主義者にしていく。そしていっとき代議士になったり、政争のはて国外逃亡の憂き目にあったりと、政治と深い関わりをもってその人生を歩んでいる。こうした辛辣味をもった紆余曲折の経験がベースとなって、ユーゴーの口から先の「ボナパルトがワーテルローの勝利者となる、それはもはや十九世紀の原則に合っていなかった」という言葉が漏れてくるわけである。それは一種の〝近親憎悪〟の感情に基づいているといえるかもしれない。『レ・ミゼラブル』の執筆・脱稿は一八六二年であるから、ワーテルロー事変から見れば四十七年もたっていることになるが、ユーゴーの悲喜こもごもいまだ覚めやらずといったところか、若き日のナポレオンに寄せる親密な感情は、みずからの有為転変をへるにつれて冷淡・嫌悪・忌避に変化しているといった印象を受ける。

それに対して、ナポレオンを見つめるツヴァイクの視線は、まったく違っている。そこにあるのは、二〇〇年前の英雄を見つめるまなざしというか、崇拝・憧憬・羨望といったプラスのイメージのみである。したがって、彼の口からナポレオンの瑕疵を云々する言葉が発せられることはなく、ましてやナポレオンを断罪するなどという言葉は片言隻句とて漏らされることはない。したがって、ツヴァイクが、ワーテルロー敗戦の理由としてナポレオン個人の過失を指摘することもなければ、政治組織としてのナポレオン体制の矛盾を言挙げすることもないわけである。オーストリア人のツヴァイクにとってナポレオンは異国のフランス人、しかもユーゴーと違って一族の中にナポレオンとの関わりがあった人物がいたわけではなし、書物の中でのみ知っている遠い過去の偉人としか見えない。そのような人物の細密画を書くにあたって、わざわざ歴史的な価値判断を持ちだす必要はないと考えたのではないか。さらにいうと、そのようにすると、かえって細密画としてのコントラストが曇ってしまうと考えたのかもしれない。そもそもツヴァイクという作家は、政治の根幹に関わる部分についてはそれを慎重に回避したいという心性の持ち主であった。

4　芸術創造の瞬間

次にツヴァイクが「星の時間」として挙げている偉大な芸術が生まれる瞬間について見ていく。ここで取り上げるのは「ゲオルク・フリードリッヒ・ヘンデルの復活／一七四一年八月二十一日」である。ヘンデルとは、もう言うまでもないだろうが、十八世紀前半に活躍したドイツ出身の大音楽家のこと、前節のナポレオンの物語は、世界歴史に決定的な影響を及ぼした「劇的で緊密な瞬間」に関するものであったが、今回のヘンデルの物語は、同じく「劇的で緊密な瞬間」といっても、その内実においてだいぶ様相が異なっている。すなわち前者が、数多くの人々の運命に関わる国家的スケールでの出来事であるのに対して、後者は、一人の芸術家の内面で起こる個人的スケールでの出来事ということになる。芸術の創造という行為は、ほとんどの場合、天分ある彼／彼女の頭脳という狭い範囲の中だけで完結する。したがって、そのプロセスは、戦争や政変といった社会的事件の推移ほど明瞭に見てとれないが、後世への影響という点では、芸術作品が決して戦争や政変などより劣っているということにはならないはずである。

このミニアチュールを見ていく前に、まず予備知識として彼がどのような音楽家だったのかについて若干説明しておく必要があろう。ヘンデルは一六八五年ドイツ中部のライプチヒ近郊のハレという町に生まれた。あのバロック音楽の巨匠ヨハン・ゼバスチャン・バッハ（いわゆる大バッハ）も同じ年に、しかもアイゼナハという一五〇キロしか離れていない場所で生まれているから、両者は限りなく近似する同時代人ということになる。同じ時刻に同じ場所に現れた二人の天才、まずこのことにちょっとした驚きを感ぜずにはいられない。しかるに、バッハについては、音楽の父とかドイツ・バロックの完成者とか、ありとあらゆる讃美が渦巻いているのに対して、ヘンデルは宗教曲『メサイア』の作曲者として讃美されているものの、さほどの名声に包まれているという印象ではない。手掛けた楽曲の数は両者ともさほど変わらないにもかかわらず、音楽史上のヘンデルは、バッハあるいは後発のベートーヴェンの威光の影に隠れているという感じがする。

その理由は、もちろんバッハやベートーヴェンの音楽が飛び抜けてすばらしかったことに尽きようが、それ以外にもヘンデルの手掛けた楽曲が、今日の我々の耳にはちょっと古めかしいと聴こえるからかもしれない。彼の手掛けたのは歌劇＝オペラ、宗教曲＝オラトリオ（聖譚曲ともいう）、世俗的声楽曲＝カンタータ、器楽曲などのジャンルである。とはいうものの、ここで私の声はいちだんと高くなるが、ヘンデルのオンガン協奏曲（HWV 289–294）を聴いてみたまえ！　自由闊達にして流麗至極、すばらしい音楽の世界がそこにある、バッハばかりではないぞと。じっくり聴いてみると、実に良い曲がたくさんあることに気づかされ、楽曲によっては、良質のジャズ演奏によくみられる刺激に富んだインプロヴィゼーション（即興）への傾きさえも感じられる。

ヘンデルは音楽一家に生まれたわけではないが、十代で既にきわだった音楽の才能を示していたという。床屋の父親は息子を法律家に育てようとしたが、ヘンデルはその反対を押し切り、ハンブルクなどで音楽の勉強を続け、二十五歳のときハノーファー選帝侯の楽長となり（日本ではハノーヴァーと呼ばれることが多い）、ほどなくイギリスのロンドンに渡り、そこで多くのオペラを書いて成功をおさめた。しかし「好事魔多し」というか、成功すればするほどスケジュールは過密となり、やがて病気で倒れてしまう。病状も悪化して曲想も途絶えがち、作曲活動もままならない。こうしたスランプ状態を彼はどのようにして脱したのか、その復活のプロセスを描いたのが、ツヴァイクの「ゲオルク・フリードリッヒ・ヘンデルの復活／一七四一年八月二十一日」である。話の都合上、ツヴァイクが綴っているストーリーを梗概という形で以下に示しておく。

〔――五十二歳となったロンドン在住の作曲家ヘンデルは脳溢血で倒れ、四カ月間も病床に伏して悶々として過ごす。何とか不屈の意志で病気を治すが、今度は肝心の創作がままならない。創造力も涸れ果ててしまったのか、酒などを呑んで気を紛らわそうとするが、何の解決にもならず、いっそのことテムズ川に身を投げて死のうとも考える。しかし、この苦悩の中からヘンデルは一つの楽想を得る。ジンネンスというあまり有名でない詩人が書き寄こした作曲依頼の手紙とその原稿の一節に「慰めあれ、神なんじを浄めん、神に栄光あれ、歓喜せよ！」という文句があった。これが啓示となった。苦しみが多ければ多いほど絶望を切り抜けたときの歓喜は大きく、それを知っている者だけが、本当の生きる喜びを口にすることができる。ヘンデルは創作意欲が湧いてくるのを感じ、その体の内側で「ハレルヤ（神を頌めよ）」という声がこだましているのを聞き取った。こうして不眠不休の三週間ぶっとおしで仕事を続けて、壮大な『メサイア』を書き上げた。起死回生のきっかけとなったくだんの手紙を受け取ったのが一七四一年八月二十一日、この日ヘンデルは奇跡の復活を遂げた。——」

こうしてでき上がったのが、ヘンデルの名を年代記に確固として刻みつけた宗教曲『メサイア』である。そう、このオラトリオは絶望の淵から生まれたものだったのだ。ここにおける「崇高で忘れがたい瞬間」というのは、ジンネンスという三文詩人が書き寄こした原稿の一節にヘンデルが「慰めあれ、神なんじを浄めん、神に栄光あれ、歓喜せよ！」という文句を発見した瞬間を指している。先のナポレオンのワーテルローの決定的瞬間に比べると、いかにもこじんまりとして秘やかであるという印象を拭えないが、それは前述したように、芸術の創造行為というものが、すぐれて個人的な営為に属しているからである。事の一切は、ヘンデルの部屋の中で、ヘンデルの頭の中で起きている出来事でしかなく、他の人間がそこに介在するのは十中八九あり得ない。しかしながら、ここが芸術作品のすばらしいところであるが、後世の我々に与えた影響たるや、それはもう計り知れなく大きく、かつ永遠に朽ち果てることがない。あの日あのときにヘンデルの脳壁の内側に湧き出たメロディは、二〇〇年たとうが三〇〇年たとうが、その生命力を失うことはなく、今の今でも世界各地で演奏されている。「メサイア」は、創造の主体たるヘンデルその人自身を復活させただけでなく、それを聴く幾千、幾万という実に多くの人々を勇気づけ、復活の契機を与えることになった。そういうわけで、ここで我々は改めて、優れた芸術作品のもっている不朽の生命力といったものに思いを致さなければならない。作品にピリオドを打つ間際、ツヴァイクが最後の文章として「復活祭の鐘の音がまだ目ざめない頃おい、ついに彼は世を去った。――ゲオルク・フリードリッヒ・ヘンデルと呼ばれた存在のうちの、滅ぶべき部分だけが滅びたのである」と書くとき、そこには作品の不滅性を顕彰する気持ちが強く込められていることに、読者のだれしも気づくことだろう。

ところで、メサイアとはユダヤ起源の宗教上の「救世主」を意味する言葉である。メシアともいうが、こちらのほうがむしろ聞きなじみがあるかもしれない。ヨーロッパ世界において「救世主」といえばキリスト教の始祖イエスを指しているが、もともとの意味からすれば両者は決してイコールではない。まあ細かな詮索はそこまでとして、私がここで言いたいのは、イエスにまつわる降誕・受難・復活といった宗教上の物語を音楽化したものがオラトリオと呼ばれているということである。ヘンデルのオラトリオ『メサイア』は全五十三曲からなり、その演奏には二時間二〇分を要する。また人員は、管弦楽団員と合唱者を合わせてゆうに数百名を要する。それほど大がかりな曲である。ちなみに、ヘンデル没後一〇〇周年に当たる一八五九年の演奏会では、オーケストラ四六〇名、合唱者二七〇〇名という圧倒的スケール感をもって演奏されたのだというし、現に私がひと昔前、東京・上野の東京文化会館大ホールにおいて、恒例になっている東京芸術大学管弦楽団による「メサイア演奏会」でこの曲を聴いたときにもオーケストラ六〇名と合唱者二〇〇名という大きな陣容であった。ただし、ここで注意しておきたいことが一つある。クリストファー・ホグウッドというイギリスの演奏家・音楽学者が著した浩瀚な伝記『ヘンデル』(東京書籍、一九九一年)によると、このメサイアがあまりにもすばらしかったので、ヘンデルの他の作品が顧みられることが少なかったのだという。ヘンデルといえばメサイア、メサイアといえばヘンデルという具合にである。だとすれば、さぞかしヘンデルは草葉の陰で「俺はメサイアだけの作曲家ではない」と呟いているのではないだろうか。同情を禁じえない話である。

＊

ヘンデルの苦難の物語は音楽史に精通している人であるならば、ある程度のことまでは既に知っている話かもしれない。私は寡聞にして知らず、ツヴァイクによって初めて知った次第であるが、それはさておき、ここでの私の課題は、ツヴァイクの記述の特徴とは何なのかを明らかにしていくことである。どのような視点でヘンデルを見つめているか、どのような創作動機に基づいているか、いかようの筆致でヘンデルを描いているか、これらについて以下、三つの視点から順を追って見ていくことにしたい。

ツヴァイクの視点は、物語の主人公のかなり近いところに置かれている、これがまず特徴の一点目である。作者はヘンデルを遠くから見つめているのではなく、ずっと接近して見ている。作者がカメラを手にしているとするならば、その立ち位置は被写体にぐっと接近している。被写体がまとっているものは細部まで鮮明にとらえられており、そのためストーリーは三人称で語られているが、ほとんど一人称で語られているかのような効果が生じている。その例を示そう。すっかり萎えたヘンデルが、ふらふらと町を徘徊しているさまは、次のように描写される。

〔自分自身に倦み、自分の力を、おそらくまた神を信じなくなって絶望した男ヘンデルはその当時いく月ものあいだ、夕方が来るとロンドンの町をほっつき歩いた。夜が更けてから初めて家を出かけるのだった。なぜなら昼間のうちは債鬼が書付けをもって、彼をつかまえようと戸口で待ちかまえているし、通りへ出ると人々の、冷淡な侮蔑的な眼ざしが、彼にはいとわしかった。……たびたび彼は居酒屋に腰をおろす。しかしけだかい酔心地を、創造の浄福的な純粋な酔心地を知っている者には酒の味も厭わしい。またたびたび彼はテームズ河の橋の上から、真暗な、夜の無言の水流を見つめる――覚悟の一飛びで万事を投げ棄てるほうが良くはないかと自問しながら。この空虚さの重荷、神と人とから見捨てられているという寂寥のもの凄さは何としてもやり切れないのだ!〕(同書一〇二～一〇三頁)。

このようにツヴァイクのペンは、ヘンデルの心を動きにぴたっと寄り添うような形で進んでいる。それゆえに、読者には主人公がごく近いところで行動しているように感じられ、例えば借金取りに追われるヘンデル、酒場で酔い痴れようとするヘンデル、テームズの川面を陰鬱に見つめるヘンデルの姿がそれぞれ鮮明なイメージとして頭に浮かんでくる。

それと同時に、ツヴァイクの文章からは、ヘンデルに寄せる共に芸術に携わる者としての親近の情が感じられる。これが二点目の特徴である。もとより真にすぐれた芸術の創造プロセスには大なり小なり〝生みの苦しみ〟が伴うものであろう。それゆえに完成したときの喜びも大きいとしたものであるが、ツヴァイクとて創作を事とする著述家であるから、その喜びや苦しみを日々感じていたことは間違いなく、そうした感情生活への理解もしくは配慮が、このヘンデルの物語の味付けをよりスパイシーなものにしているように思われる。ここでもまたその例を示そう。苦悩するヘンデルが、ジンネンスなる三文詩人の書き寄こした原稿の一節に重大なヒントを見つける場面は、以下のように記述されている。

〔最初の句を読んで彼はハッと愕いた。Comfort ye——台本はこの言葉で始まっていた。「慰めあれ！」この言葉は不可思議な力を持っていた——いや、もはや言葉ではなかった。それは、神から与えられた答であった。悲嘆に荒れた彼の心へ、運命をみちびく天の奥から呼びかけた天使の叫びだった。「慰めあれ！」何たるひびきだったろう、何とこの言葉は！　そしてこの言葉を読み、その意味を深く感じるやいなや、ヘンデルはそれが音楽となって聴こえてきた。それは音となって漂い、呼び、ざわめき、歌った。おお、この幸福よ！　扉は急に開け放たれた。彼は感じた、彼は聴いた、ふたたび音楽を通じて！〕（同書一〇六頁）。

ちょっと過熱ぎみであるけれども、創造のヒントがもたらされた瞬間の様子がよく表れている。ここに出てくる「音楽」を「小説」に置き換えれば、そのまま小説家ツヴァイクが創作のヒントを得たときの心境を表した文章ということになるのではないか、それほどにヘンデルの喜怒哀楽を、ツヴァイクはみずからのものとしており、両者の創作家としての感情のうねりは共振している。現在の時点で、私はあらためて自分の部屋の整理棚からCDを取り出して、ヘンデルの『メサイア』を聴いてみた（バッハ・コレギウム・ジャパン、指揮・鈴木雅明、一九九六年録音）。演奏技術といい録音技術といい、昔のそれに比べると格段に上がっていることがわかるが、それはともかくとしてツヴァイクの作品を読んだ後では、この曲はまた違ったふうに聴こえてくる。イエスの復活する物語が、旧約・新約の聖書の文句にのせてアリア＝詠唱、レチタティーヴォ＝叙唱、コーラス＝合唱という形で順々に歌い継がれていくが、今となっては以前には気づかなかった部分までがよく理解できる。

第十一曲　アリア――〔イザヤ書より〕
闇の中を歩む者は、大いなる光を見、
死の陰の地に住む者の上に、光が輝いた。
（あなたは深い喜びと
大きな楽しみをお与えになり、
人々は御前に喜びを祝った。）　〔家田足穂訳―以下同じ〕

第四十四曲　コーラス――〔ヨハネ黙示録より〕
ハレルヤ、全能であり、
わたしたちの神である主（が王座につかれた）。

ハレルヤ。
この世の国は、我らの主と、
そのメシアのものとなった。
主は世々限りなく統治される。

じっと耳を澄ましていると、イエスの苦難はヘンデルの苦難であり、イエスの復活もまたヘンデルの復活であるというように聴こえてくる。そうか、ヘンデルはイエスに仮託して曲づくりをしていたのだ。聖書の中にヨブという人物が登場する。数多い登場人物の中でも、もっとも同情をさそう人物で、忠誠を試すために神はヨブにさまざまな試練を課す。ヨブはその苦難に耐える。この「ヨブ記」を引用している第二十三曲では、ヘンデルは哀れなヨブに感情移入して、泣きながら作曲を続けたのだという。そして、ここが大事なところであるが、ヘンデルがイエスやヨブを見つめている視線は、同時にツヴァイクがイエス、ヨブ、ヘンデルを見つめている視線でもあるということである。そこには受難に屈せずに忠誠を貫こうとするメンタリティが感じられる。

このヘンデルの物語はツヴァイクがイギリスに亡命した後の一九三七年に脱稿されている。その執筆動機は、おそらくドイツ語圏出身でロンドンを活躍の場とした芸術家として、当時同じ境遇にあったツヴァイクはこの人に注目したからだと考えられる。あるいはまた、当時親しい友人関係にあったロマン・ロラン（元音楽史教師）がヘンデルについての詳しい論文を書いていることも刺激になったのかもしれない。そもそもこうした芸術創造にまつわる題材は、ツヴァイクにとって最大の関心事の一つであり、「すぐれた芸術はどのようにして生まれるのか」「その創造の秘密はどこにあるのか」を探ることは生涯をかけての大テーマだった。これまた後日譚ということになるが、彼は後年の一九三八年、米国において「芸術創造の秘密」と題する講演を行っている。この中で、くだんの大テーマをいつになく平易な言葉遣いで明瞭に語っている。

「わたくしたちは真の芸術が生まれる際の過程を覗い知ることができるのか？　わたくしたちのあの生殖のいとなみの証人、作品誕生の証人たり得るのか？　きっぱり申しあげてよろしいとおもう。それはできない、ある芸術作品が受胎するということは、これは内部の出来事である。それはどんな個人的な場合でもわたくしたちの世界の創世のように、闇につつまれているものなのです。――それは覗い知ることのできぬ、神の業のような事件であり、一つの秘儀なのであります。わたくしたちにできるただ一つのことは、この行為をあとから自分たちに復元してみせることだけであって、このことでさえもある程度までしかゆるされていないのであります。だが、ともあれわたくしたちはこの探究しがたい迷路をも、すくなくともいくらかは手探ることができるわけです」(『ツヴァイク全集21／時代と世界』所収、一〇頁、猿田悳訳)。

ここで言っている〝手探ることができるもの〟とは、とりもなおさず、芸術家がその創造の過程で残したさまざまな小片、つまり一括していうと自筆原稿のことを指している。そしてツヴァイクは、芸術を生むためには、芸術家の内部で霊感＝インスピレーションが働かなければならず、それは目に見えないものだから、何らかの物質的な媒体（例えばペン、インク、紙など）を経なければ余人が具体的にわかる形とはならないと言っている。その上で、次のように言葉をつないでいる。「芸術的プロセスとは……この行為は大部分感覚的素材をもって為されるものゆえ、ヴィジョンから現実への移行の行為なのです。……（中略）……精神の世界から感覚の世界への、ヴィジョンと、作品としての最終的に完成されたものとのあいだにある過渡的状態をうめる実体のある痕跡をあとにのこすのです。その実体ある痕跡とは前段階での仕事、つまり音楽家の場合ならスケッチ、画家における下絵、詩人のさまざまな草稿、手書きのもの、準備作業、仕事場で生まれたもののことごとくを考えているわけです。これらのこされた前段階の仕事は物言わぬ証人でありますからして、もっとも客観的で、わたくしたちの手に入る唯一の証人とおもわれるのです」（一八頁）と。

ここで言っている〝物言わぬ唯一の証人〟が自筆原稿のことを指しているのは明らかであろう。このような次第でツヴァイクは、さまざまなジャンルの自筆原稿を蒐集することに熱をあげていった。一種独特のフェティシズム的な趣味の世界といっていい。この趣味は、実は既に学生時代から始まっていたが（学生時代の彼の部屋の壁にはゲーテ自筆の詩「五月の歌」が掛かっていた）、時が経つうちにいっそう熱を入れ、その数はどんどん増えていった。作家として売れ出して、それなりというか、かなりの収入が入るようになると、それを投じてそれこそ血道をあげて自筆原稿の蒐集に没頭したのである。こうして手に入れたものを一部を列挙すると、作家ではバルザック、ドストエフスキー、フロベール、ノヴァーリス、ニーチェ、シラー、ヴェルレーヌ、ヘルダーリン、クライスト、ホイットマン、また音楽家では（この場合は自筆の楽譜原稿）バッハ、ベートーヴェン、モーツァルト、シューベルトなどなど、かれこれ総数では、自筆カタログも含めておよそ四〇〇〇点に達したという。かくして、ツヴァイクは、こうした自筆原稿蒐集の分野において国際的な権威になったのである。ツヴァイクが亡命を決意したとき一番頭を悩ませたのが、この膨大なコレクションの保管をどうするかという問題であった。しかし、これについては、ここではこれ以上述べない。

いやはや先走りの感あり、自筆原稿コレクションの話が長くなってしまったが、元にもどしてツヴァイクの記述の特徴の三点目に移ることにしたい。三点目として挙げられるのが、独特のレトリックを駆使したその文章技術であろう。もちろん作家には、いろいろな文体の持ち主がいるわけで、さらりとしたもの、ぎらぎらしたもの、甘いもの、辛いもの、華麗なもの、貧相なもの、冷たいもの、熱いもの、過剰なもの、過少なもの、情緒的なもの、論理的なもの、それはそれは有象無象あるにちがいない。一見してツヴァイクの文章では「ぎらぎらしたもの」「熱いもの」「過剰なもの」が目につくが、それ以外の要素もないわけではなく、冷たく突き放していると見えるときもあれば、人間味に溢れていると見えるときもある。そのことを一応考慮した上での話であるが、彼の場合は何といっても、すこぶる秀抜な対比や比喩を多用しているという点を挙げなければならないだろう。

既に前節において私はツヴァイクの文章表現の特徴として、人や物が有している特性をとらえ、その部分を肥大化させることできわめて特徴ある全体像を作り上げるという点を指摘したが、それを可能ならしめているのが、この秀抜な対比や比喩のテクニックということになるのではないだろうか。針小棒大といっては語弊があるかもしれないが、あえて言い切るなら戯画化のテクニック、そうしたカリカチュアの造形においてツヴァイクという作家は並外れた能力を発揮する。ときにはそれが行き過ぎて歪みが生じていると指摘する向きもあるが、まあともかく奇抜で陰影の濃い表現方法を、そしてときには大胆で辛辣さも含む表現方法を好む作家であるといってさしつかえあるまい。ヘンデルがメサイアを完成させた瞬間の描写は、以下のようになっている。

〔……（メサイアの）全作が書かれた、出来た、形をなした。旋律となり勇躍となって展開した。――ただ一語だけがまだ音楽とならなかった。それは、全曲の結語である「かくあれかし！」Amen という一語であった。……（ヘンデルは）宏大な遁走曲の形でこのアーメンを建て上げた。あらゆる音のうちのもっとも始源的な、単純素朴な母音Aから始まってついに一つの音楽の伽藍が建つまで。とどろき、充実して、尖頂は天に触れつつ、ますます高まってはふたたび堕ちふたたび高まり、ついには大オルガンの嵐につかまえられて搬ばれ、結合した声々の力によってくり返し空へと高く投げ上げられ、あらゆる高さの層を充たして、最後にはこの感謝の凱歌に、天使らもまたその諸声を併せてうたっているかのようであった。限りもないこの讃美の声に押されて、建築の頂きが裂けるかのようであった。〕（同書一一二～一一三頁）。

ここで私はこう言いたくなる、この天翔けるようなぎらぎらとして華麗なレトリックに刮目すべしと。念のためにいうと〝刮目〟とはかっと目を開いて見つめるの謂だ。目を開いて以下の言い回しを見つめるべし、「宏大な遁走曲の形でこのアーメンを建て上げた。あらゆる音のうちのもっとも始源的な、単純素朴な母音Aから始まってついに一つの音楽の伽藍が建つまで」とか「あらゆる高さの層を充たして、最後にはこの感謝の凱歌に、天使らもまたその諸声を併せてうたっているかのようであった」という言い回しを。こうしたツヴァイクのレトリック（修辞）に満ちた文章をおもしろいと感じるか否か、それはもちろん受け取る側の好みの問題に帰着するところであって、いささかも無理じいはできないが、私の目にはそれがおもしろいと映じるのである。いや正確にいうと〝映じたのであった〟と過去形を使わなければならないかもしれない。油ぎったものを好む若い頃には——私もまだ三十代の初めであったから——特にそう思ったということだろう。今の今これをこうして書いている五十代になった時点では、昔とはまたちがった感じも抱いているが、それはともかくとして、そのとき私はツヴァイクの文章をおもしろいと感じたのである。そして、しばらくしてハタと思ったのは、この〝ぎらぎらした〟言い回しは、原文のドイツ語ではどうなっているのかということであった。

たしか一九八三年頃ではなかったかと思う、私は折にふれて訪れていた東京・神田の古書店で一冊の本を見つけた。それが、ほかならぬ『人類の星の時間』の原書「Stefan Zweig, *Sternstunden der Menschenheit—Zwölf historische Miniaturen*, S.Fischer Verlag, 1943」であった。早速ぱらぱらと読み始めたが、この当時は、今ほどには私のドイツ語の力がなかったから、それはもうたどたどしいものであったが、ともかく辞書を引き引きページを読み進めた。このような次第で、ツヴァイクの書いているレトリカルな文章を直に目にすることができたわけである。ちなみに、ツヴァイクの文章はドイツ語の中でも難しい部類に入るという、その筋での評判がある。確かに、『ツヴァイク全集』の訳者の幾人かが、あとがきの中でこのような趣旨の感想を述べ、翻訳に難儀した旨を書き記している。さてそこで話はヘンデル物語に戻るが、先に引用した箇所は原文ではどうなっているか、ここではそれについて見ていく。引用した箇所の前半部分の「宏大な遁走曲の形でこのアーメンを建て上げた。あらゆる音のうちのもっとも始源的な、単純素朴な母音Aから始まってついに一つの音楽の伽藍が建つまで」はこうなっている。「……in großartiger Fuge baute er dies <Amen> auf aus dem ersten Vokal, dem hallenden A, dem Urklang des Anfanges, bis es ein Dorm war」と。そして同じく後半部分の「あらゆる高さの層を充たして、最後にはこの感謝の凱歌に、天使らもまたその諸声を併せてうたっているかのようであった」はこうなっている。「……alle Sphären erfüllend, bis daß es war, als ob in diesem Päan des Dankes auch die Engel mitsängen」と。

このうち前半部分についてちょっとコメントしておくと、この文章全体は三つの部分からなり、原文と訳文の対応関係は以下のようになっている。すなわち①「宏大な遁走曲の形でこのアーメンを建て上げた」はin großartiger Fuge baute er dies <Amen> auf、そして②「あらゆる音のうちのもっとも始源的な、単純素朴な母音Aから始まって」はaus dem ersten Vokal, dem hallenden A, dem Urklang des Anfanges、さらには③「ついに一つの音楽の伽藍が建つまで」はbis es ein Dorm warとなっている。このように、まとまりのあるフレーズごとに分解して見ていくと、訳者の片山敏彦氏は、原文の流れに忠実に沿って、つまり構成要素の順番を入れ換えずに訳していることがわかる。そして訳語についても、原文からそう離れることのない語彙を当てはめており、日本語としても〝こなれた〟表現となっていることがわかる。特に〝こなれた〟表現となっていると思われるのは②の部分である。ためしに②の部分を直訳ふうに日本語に置き換えると「最初の母音、鳴り響いているA、始源的な響きから」というぐらいの言い回しになるが、それが訳者によって「あらゆる音のうちのもっとも始源的な、単純素朴な母音Aから始まって」という実に〝すてきな〟日本語の文章に変身している。

こうして見てみると、訳者が果たした役割もまた小さくないということがわかってくる。「原著者より翻訳者のほうが優れている場合もある」とは、翻訳界において昔からよくいわれてきた〝定説〟の一つであるが、かりにそうだとすれば、その場合に作品に寄せられる名声の多くは、原著者よりむしろ翻訳者に帰せられることになろう。たしかフランスの詩人ランボーの『地獄の季節』については、小林秀雄の訳文が大変に優れており、日本における名声の半分以上は訳者に属していると聞いたことがある。さはさりながら、ツヴァイクのこの場合に限っていえば、そこまで言い切れるのかどうか、やはりここでの結論はこうでなければならないだろう、原文あっての訳文であると。故事格言に模した言い方をするなら、死せるツヴァイク生ける独文学者を走らすと。

＊

さて、これまで長々とツヴァイク作品の特徴について、いくつかの具体的な文章を掲げながら述べてきたが、そろそろ締め括りのときが迫ってきたようである。「余は如何にしてツヴァイク氏と出会いし乎」について、もっぱら『人類の星の時間』に的を絞って語ってきた。そこには歴史の隙間に埋もれている秘話、人知の及ばない運命をめぐる奇譚、古老が炉辺で語っているような伝承といった物語が十二編も並んでおり、読む者をして歴史における不可避の運命あるいは人間にとりついた不思議な因縁といったものを強く感じさせる。それが何に由来しているのかというと、歴史のとらえ方やその書き方において、ツヴァイクには他の作家にはない著しい特徴があったからにほかならない。それをここでは再論する愚はおかしたくないが、あえてその骨子だけでも取り上げるなら、歴史叙述において、さまざまある因果関係のうち、その一部に着目してストーリーを再構成していること、その際ユマニストとしての中庸さを保つため、歴史的相対主義の地点に立っていること、また文章表現において、描こうとする対象の内側に入り込むような〝密着の視点〟を堅持しながら、秀抜なレトリックを駆使して、きわめて個性的な肖像を仕上げているということであった。このことが、決定的瞬間を描く上で有効に作用していたといえるのではないだろうか。ある種の大人向けのおとぎ話のような味わいもある『人類の星の時間』、その成功の秘密はどうやらその辺にあったといえそうである。

この本の初版が出たのは一九二七年であるが、あっという間に売り切れて増刷に次ぐ増刷、当時としては破格の二十五万部も売れたのだという（正確にいうと初版本に載っているミニアチュールは五編のみで、順次追加されて最終的に十二編となった）。この商業的成功についてツヴァイクは自伝の中でこう書いている。「私の個人的生活において最も注目すべきことは、それらの歳月に一人の客が私の家を訪れ、そこに好意的に腰を据えたことであった。それは私のけっして期待しなかった客――すなわち成功であった。……（中略）……この成功は突然私の家に闖入して来たのではなかった。それはゆっくりと、慎重にやって来たが、そのかわりヒットラーが彼の指令の鞭でそれを私のもとから追い払うときまで、変ることなく忠実に止まったのである。それはその効果を一年一年と高めていった。私が『イェレミアース』の後に発表した最初の書物、私の『精神世界の建築家たち』の最初の一巻、すなわち三部作『三人の巨匠』が、まず道を拓いてくれた。……小冊子『人類の星の時間』は――すべての学校で読まれ――短時日に『インゼル叢書』で二十五万部を出した。……私がドイツで偶然一軒の書店に立ちどまり、一人の小さなギムナジウムの生徒が私をそれと知らずに入って来て、『星の時間』を求め、とぼしい小づかいからその本の代価を払う有様を見ることは、感動的なことであった。……自分が三、四カ月で三百枚の紙に書いたところのものが、一体どれぐらいの人々の仕事を知らぬうちに活動せしめているのか、ということを見ることは、私には妙な感じを起させた。労働者たちは本を大きな箱に荷造りし、ほかの人々はあえぎながらそれをトラックまでひきずってゆき、そのトラックは世界のあらゆる方角へ行く貨車へとその本を積んでゆくのであった。何十人という娘たちが印刷所で全紙を積み重ね、植字工、製本工、運搬人、仲買人は朝から夜まで働き、これらの本を煉瓦にして並べれば、すでに堂々たる街路を建設しうるだろう、と計算することができた」(『ツヴァイク全集20／昨日の世界2』所収、四六八～四七〇頁、原田義人訳)。

二十五万部といえば現在でもそうであるが、大変なヒット作である。ましてや現在と比べて学校教育がそれほど行き渡っておらず識字率がずっと低かった当時としては、驚異的な数字ということになる。したがって、この本はツヴァイクが作家としての地位を築いた作品の一つといって差し支えなかろう。

いま私の手元には、尾鍋輝彦・和歌森太郎『決定的瞬間史』(雪華社、一九六五年)と中野好夫『世界史の十二の出来事』(文藝春秋社、一九七八年)という二冊の本があるが、これは、多分にツヴァイクの

『人類の星の時間』に触発されて執筆された本ではないだろうか。前者では、西洋史と日本史の歴史専門家二人が分担して書いているから、西洋史と日本史でそれぞれ約二十五編ずつ、合計約五十編の出来事が載っており、また後者では、歴史の造詣のある英文学者の手になる、タイトルどおり「十二編の出来事」が載っている。そして、その中にはツヴァイクが取り上げたストーリーと重なっているものも含まれていて、例えば前者における「ナポレオン最大の痛恨事――一八一五年六月十八日」、後者における「世界最悪の旅――ロバート・スコット」などがそうである。そして内容の構成、執筆の動機、刊行の年次などあれやこれや考えてみると、先の私のツヴァイクに触発されたのではないかという推測はいよいよ強まってくる。がしかし、歴史がその中に含んでいる出来事はそれこそ無尽蔵であって、だれであっても掘り出していけば、いくらでも決定的瞬間を描くことはできるだろう。何もツヴァイクだけがその方面の専売特許をもっているわけではなかろうから、後世の物書く人々にツヴァイクが良い意味での影響を与えたということで納得すれば、十分に折り合いのつく話ということになるだろう。

若い頃の私は、重たいテーマの過激で難解そうな本ばかり選んで読んでいたような気がする。例えばマルクスの『ドイツ・イデオロギー』とかレーニンの『帝国主義論』あるいは文学方面ではサルトルの『嘔吐』やドストエフスキーの『死の家の記録』、さらには高橋和巳の『憂鬱なる党派』といった本である。それには、もちろん時代的な背景も関係しているが、私自身の迷走した履歴とも大きく関わっている。若いときには若いなりの物事の感じ方があり、壮年になると壮年なりの感じ方がある。やはり、人には年齢にふさわしい出会いの時期というものがある。例えば、ドストエフスキーは率直にいって若いときに読んでおくべき作家の一人であろう。もちろん、この人の持っている強烈なエネルギーは、汲めども尽きぬ泉のように深いものがあり、いくつになってもその魅力が失せることはないが、私の場合でいえば体力がやや落ちてきたとき、この〝ペテルブルクの夢想家〟はいささか重すぎて少し手に負えないなと感じたこともあった。その点でいうと、ツヴァイクは壮年期になってその良さがわかってくる作家の一人ではないだろうか。三十歳という一つの年齢の壁、而立の年を越えて、きっと私は「何か」に煩悶し「何か」を渇望していたのだと思う。ツヴァイクのヒューマニスティックな伝記的エッセイなどの文章を読むと、からからの喉に一滴もう一滴と潤いがもたらされるような、不思議な癒しの気分にとらえられた。そして一冊また一冊という具合に匍匐前進のように読み続けていくうちに、この作家の中に大きなオアシスがあることを発見したのだと思う。

実は、若いときのみずからの読書遍歴を突き詰めて思い出してみると、私はドストエフスキーを知ったあと、それに引きずられるようにして、初期社会主義の幾人かの思想家に接近していったのである（周知のように、若き日のドストエフスキーは初期社会主義思想のサークルに入ったことで、いわゆるペトラシェフスキー事件に連座して死刑の判決を受けた。しかしながら実際には処刑寸前に恩赦によって減刑された）。その初期社会主義の思想家とはフランスのシャルル・フーリエ（1772–1837）、クロード・サンシモン（1760–1825）、ピエール・プルードン（1809–1865）、そしてイギリスのロバート・オーウェン（1771–1858）といった人々である。私が彼らの著作を読み進めていった先に見いだしたのは、無政府主義（アナーキズム）に近いものであった。私はそこで、ある種の深淵というか虚無というか、そういうものに向かっている自分の姿を見たような気がした。こうしたものに対する一つの反作用として、のちにツヴァイクといった〝穏健な作家〟が私の前に現れたのである。

「はっはっは……マルキシズムは間違っていることが証明されたんやで」と豪語したのは関西出身の饒舌な学友だった。「ここに一本の丸木があるとするやろ。それを池に放り込んだら浮くか浮かへんか」「そりゃ浮くだろう」「そう丸木は浮く、沈まない。だから丸木（マルキ）沈む（シズム）は間違っているんや」「そういうことか、くだらねえ！」。馬鹿ばかしいほどのダジャレ、もう三十年以上も前の話だ、あの冗談ずきの学友は今ごろどうしているだろうか。実はこのジョークは、我が学友のオリジナルではなく、けっこう古くからある古典的なそれであるらしい。それはともかくとして、この一見くだらない小咄は案外、物事の本質を突いていると言えるかもしれない。ある特定の思想をかたくなに信奉し、それに対する一切の批判を受け付けない態度のことを教条主義（ドグマティズム）というが、このジョークには、そうした教条主義に対する批判が込められていると考えられなくもない。硬直した物の考え方を笑いのめす、ユマニスト的な批判精神の表れと言ってしまえば、それは私の深読みにすぎるだろうか。いや、そうではないだろう、人生における観照の態度として、そこに左右いずれの側にも何がしかの「あそび＝クリアランス」の部分を持たせることは重要なことであるにちがいない。

ともかく若いときの読書のありようは、えてして無謀である。自分が何者かまだわからない、いわば「未決囚」の状態にあるから、活字になった作家の名前を見て、この人は何歳のときに既にこんなことをやっていたのかと妙に肩に力が入ったりするものである。誰某は十六歳で小説『花ざかりの森』を書いたとか、誰某は二十三歳で難解な『国体論及び純正社会主義』を書いたとか、彼我の才能の違いに目をふさいでとにかく乱暴な比較をする（ちなみに前者は三島由紀夫、後者は北一輝）。そうした行為がいかに無謀であるか、そのときは全然わかっていないが、そのような経験を積み重ねていくうちに、やがて自分の資質にあった作家との出会いを果たしていく。一見地味だと思っていた作家が、あるときを境に大変おもろく読めるようになったりするというのも稀ではなく、そういった今から思えば何ほどのことでもないような紆余曲折を経ながら、自分の波長に合った作家との出会いを果していく。初めは性能のあまりよくないラジオのようにわんわん騒音を発していたものが、次第に周波数のズレが修正されていき、やがてチューニングがぴたりと一致する。考えてもみよ、だれもが学者になるわけではないし、革命家になるわけでもないのだ。若いときに熱っぽく語っていたマルクスやサルトルの名前が、その同じ口から聞かれなくなったといって、だれがその人を論難することができよう。おそらく理性や感性とても寄る年波の中で経年変化を起こし、ある部分では純化し、ある部分では劣化するといった具合に変質していくものと考えなければなるまい。これまでに述べてきたかなりもどかしげな遍歴を重ねていくうちに、私の中にツヴァイクとの出会いを果していく素地が形成されていったということなのだろう。私が渋谷の書店で『人類の星の時間』に出会ったのが一九八一年、牽強付会というなかれ、チューニングがぴたりと一致した瞬間、それは奇しくもツヴァイク生誕一〇〇年目のことであった。

第II章　南十字星のもとで

1　航海者マゼラン

さて『人類の星の時間』によって大いに知的好奇心を刺激された私は、今度は偶然ではなく自覚的な出会いを求めてツヴァイクの本に目をこらした。そして手にしたのが『マゼラン――人物とその偉業』(『ツヴァイク全集16／マゼラン』所収、関楠生・河原忠彦訳)という作品である。マゼランとは、いうまでもなく十六世紀初頭の探検家、一五一九年から約三年の歳月をかけて史上初めて世界一周の航海を成し遂げた人物である(正確にいえば航海途中で死没)。いわゆる大航海時代に続々と登場した〝英雄〟たち、例えばエンリケ航海王子、バスコ・ダ・ガマ、クリストバル・コロン(クリストファー・コロンブス)、アメリゴ・ヴェスプッチなどと並んで、マゼランの名はよく知られている。彼はポルトガルの下級貴族の出身で、本名をフェルナン・デ・マガリャンイス(Fernão de Magalhães, ca.1480–1521)という。現在では人名表記について原音を使うのが常識とされており、それに従えばマガリャンイスとしなければならないが、一般にはラテン語形マゲラーヌスから派生した英語読みでマゼランと呼ばれることが多く、本稿でもその慣例に従ってマゼランと呼ぶことにする。ちなみに、それはかのコロンブスについても同様で、本来であればイタリア出身なのでイタリア語ふうにクリストフォロ・コロンボ、あるいはスペイン宮廷の援助を受けていたのでスペイン語ふうにクリストバル・コロンと呼ばなければならないが、これも英語式にコロンブスと呼ぶことが慣例になっているので、本稿でもこれに従う。ただし現在ではコロンを使っている書物も多い。

こうした人名表記がばらばらである原因の一つは、この時代に企画された航海事業が、その実施主体である国家（宮廷）と実際の統率者（提督）の国籍とが必ずしも一致していないことにある。航海事業といっても、単に大洋横断だけが目的ではなく、通商や植民をめざした、まさに一大国家プロジェクトというにふさわしい大規模な事業であった。ポルトガル人マゼランの世界周航、およびイタリア人コロンブスの新大陸到達は、ともにスペイン（イスパニア）の国王の許可を得て実行されたもの、またイタリア人のジョヴァンニ・カボットが北米大陸の北端への航海に乗り出したのは、イギリス王室の援助を受けてのことであった。このように許認可権者としての国家と当該プロジェクトの実行者の国籍とはしばしば一致していない。現代ふうにいえば、国境を超えて動いている新興起業家（アントレプレヌール）ということにでもなろうか、彼らはみずからが作成したプロジェクト企画書を携え、資金援助先（スポンサー）を求めて各国宮廷を渡り歩いたのである。絶対王政の確立期にあった各国の政府では、国内体制の整備のため莫大な財源を必要としていたから、こうした探検事業家に対して、その見込まれる収益の対価として特許状を与えた。さぞや探検事業家は「それがしの計画によれば、数年以内にこれこれの収益が見込めるので、それに伴うかくかくの資金援助をお願いしたい」といった具合に〝もうけ話〟を各国の宮廷に持ち込んだのだろうと想像される。こうした数ある探検事業家の中でも、単に利殖に先鞭を付けたというだけでなく、地球という惑星についての新しい科学的知見を得たという意味において、とりわけマゼランの事績は突出している。

今日我々はマゼランにかかわる名称を地球や天空にいくつも認めることができる。南米の南端をマゼラン海峡といい、その先に広がる世界最大の海を太平洋というのは彼の航海のゆえである。この広大な海洋の約三カ月の航海中ほとんど嵐らしい嵐に遭わなかったことから、彼はこの海を「静かな海＝太平洋」と命名した。フィリピンという国名はイスパニア皇太子フェリペに由来し（最初に到達したマゼランはキリスト教聖者にちなんでサン・ラサロ諸島と命名したが、この二十数年後にフィリピン諸島と改名された）、またパタゴニアというのは「大きい足の人・パタゴン」のいる地方という意味であって、ともにマゼランの航海に関係がある。さらに目を天空に転じれば、もちろん後世の命名であるが、マゼラン星雲という大星団がはるか遠い南の空に浮かんでいる。そして何より我々が何気なしに使っている「地球」という言い方そのものが、マゼランの労苦の賜物である。人類の住むこの天体が球形であることを証明するには、ある地点から出発し、その表面上を経線や緯線に沿う形で一周し、再び元の地点に帰ってくることが必要であった。そのためには緻密な計画性、優れた統率力、強靱な意志力をそなえていることが不可欠であったことはいうまでもない。ためしにマゼランの航海で使用された物的資源や人的資源を見てみると、まず物的資源では一〇〇トン前後の五隻の帆船（これをナウ船またはカラベル船という）、そして計測器具といえば天体観測器、羅針盤、ポルトラーノ海図などがあったにすぎず、また人的資源では、乗組員の総数二六五名（この数字については諸説あるが、およその内訳はスペイン人一九〇余名、ポルトガル人三七名、イタリア人二三名、フランス人一〇名、フランドル人四名、ギリシア人二名、ドイツ人二名、イギリス人一名など）であって、これほどの簡単な機器類とばらばらの国籍の船員という陣容で世界周航をなし遂げたのである。科学的知識や交通手段において現代とは比較にならない劣悪な条件の中で、これを果たした十六世紀の「鉄の意志」をもった航海家、それがマゼランであった。

なぜツヴァイクは評伝の対象としてマゼランを選んだのか。理由は大きくいって二つあると思われる。まず一つはだれしもが考えつく明解な理由、マゼランという稀有な「鉄の意志」を持つ人物像を描きたいと思ったこと、つまり、その統率下で実行された比類のない冒険物語を再現してみたいと思ったからである。ツヴァイクは、この大がかりな冒険物語を古代ギリシア神話のオデュッセウスの航海になぞらえて、近世における「別種のオデュッセウス航海」という言い方をしているが、極限的な行動の記録は、人間はどれだけの苦難に耐え得るかという一つのケーススタディとして、それ自体が伝記文学の対象たるにふさわしい資格を備えているものといえよう。もともとツヴァイク自身が若い頃から大の旅行家であった。三十歳前後にインドや北米に旅行するなど、その方面での実践を積み重ねてきたから、彼には他の書斎派の作家よりも、よけいにマゼランの旅が親近感あるものと感じられたものと見える。

一九三六年八月、ツヴァイクは南米アルゼンチンの首都ブエノスアイレスで開催される国際ペンクラブ会議に出席するため、大西洋上の船旅の途上にあった。イギリスのサザンプトン港をたった豪華客船アルカンタラ号は、南米の最初の寄港地リオデジャネイロへ向けて大西洋上を走っている。快適な旅で安全は約束され、ヨーロッパの大都会にいるときと同じように何ひとつ不自由のない生活であるが、やがて時間がたつうちにそれが退屈なものに感じられてくる。そこで彼は無聊をまぎらわすため船内の図書室に入って、古い時代の航海に関する書物などを読み始めた。そこには想像を絶するような先人の苦労がまざまざと書き込まれていた。アルカンタラ号の航路が約四〇〇年ほど前マゼランが辿ったルート上にあったことも手伝って、いやが上にもかつての海洋冒険家マゼランの事績が思いやられ、退屈を感じていたみずからの高慢さにハッと気づくのである。この辺の心境について、ツヴァイクは評伝『マゼラン』の緒言においてこう書いている。

「書物は種々様々な感情が動機になって書かれるものである。熱狂にゆすぶられて、あるいは感謝の気持に動かされて本を書くこともあるし、一方、憤慨、立腹といったさまざまな怒りが、精神の情熱に点火することもありえる。時には好奇心がその衝動となるし、みずから筆をとって、人間ないし事件を明らかにしたいという心理的欲求や、虚栄心、金銭欲、自己描写の悦楽など、かんばしからぬ動機が人を制作に駆りたてることもまた実に多いのである。……本書の場合、私の執筆の動機はまったく明瞭である。それはいくらか異常な、しかしきわめて切迫した感情、すなわち羞恥心から生まれたのである」（同書七頁）と。この本は羞恥心から書かれたとは、ずいぶん意表を衝いた言い方だと思うが、著者のパラドキシカルなユーモアが感じられて、ふと微苦笑が洩れてしまいそうになる。このときの羞恥心をもう少し著者自身の言葉で引いてみる。

「思い出してみるがいい、この短気者よ！　考えてみるがいい、この不平家よ！　これが昔はどうであったかを！　まあちょっとこの航海をかつての航海と、とりわけこの巨大な世界をはじめてわれわれのために発見した大胆な男たちの最初の航海と比較して見たまえ。そして彼らの手まえ恥ずかしく思うがいい！　当時彼らがとるに足らぬ小帆船に乗って道もわからず、果てしない大海原にまったく身を没し、たえず危険にさらされ、あらゆる悪天候、あらゆる欠乏の苦しみに身をささげて、未知の世界へと旅立って行ったようすを思い描こうと努力してみるがいい！　……そしてこのひとりでいる、救いようもなくひとりでこの無慈悲な海の曠野にいる、という意識がこれに加わるのだ」と書いている。

こうしてホメロスから二四〇〇年後の「オデュッセウス物語」であるマゼランの航海を、事実に沿ってできる限り忠実に書いてみようと心に決めた。その執筆の過程では「たえず何か架空のこと、壮大な願望のこもった夢、人類の聖なる童話」を書いているような気持ちになったとも吐露している。これがツヴァイクの執筆動機の第一である。翌一九三七年、南米から帰国した彼はマゼランの母国ポルトガルあるいは関連の地スペインやイタリアを訪れて資料蒐集に当たった。そして関連する資料を整理分析し、マゼランに同行した記録者アントニオ・ピガフェッタの『航海日誌』を基本資料としつつ、翌々年五十七歳のときこの作品を書き終えた。なお、この『航海日誌』は詳細で信頼性が高くマゼランの航海の全貌を知る上では不可欠となっており、日本においてもその優れた邦訳が「マガリャンイス最初の世界一周航海」というタイトルで出ている（長南実訳『大航海時代叢書Ⅰ』所収、岩波書店、一九六五年）。

ツヴァイクならずとも、外洋航海を経験した人であれば、外洋の満々と海水をたたえたその途轍もないスケール感に圧倒される思いを抱くのではないだろうか。私も似たような経験をしたことがある。大航海時代という言葉を聞いて、ついつい連想してしまう小さな出来事……ずいぶん前の話であるが、かつて鳥もかよわぬ流人の島と呼ばれた八丈島への船旅がそれである。一九三六年のツヴァイクの航海は大西洋縦断という長旅であり、私の経験と比較するのはおこがましい気持ちがするけれども、私が八丈島へのちっぽけな航海で感じたことも、その核心となる部分では、ツヴァイクの心境とどこかで通じているものがあると思っている。

＊

――東京から南に三〇〇キロ、太平洋に飛び石のように点在する伊豆諸島のはずれに八丈島がある。大洋の上に落とした一個のブイのように浮かんでいるこの島は、交通手段の発達した今日ではさほどの隔絶感はないが、二三〇〇トンの船に乗り東京の竹芝桟橋から十三時間の航海、ちょっとした外洋航海の気分を味わうことができる。地図上では太平洋全体からすると、近海のごくわずかの船旅であるが、東京湾を出て黒潮の海に出ると、うねりの中で船は大きくローリングする。半日後には右舷に、お碗を伏せたような巨大な地塊・御蔵島が見えてくる。周囲一八キロメートルのほぼ円形の島に対して、八五〇メートルの御山が聳えており、底辺の直径に対して高さの比が六分の一、実際の目には海の上にそそり立っているように見える。有史以来、何度もあった海退現象のことが頭に浮かぶ。もし何らかの理由で今、海水が引けば、そこには富士山もかくやという険しい高山が現出するはずである。我々は何事も海面を基準にして考えがちであるが、それは相対的なものであって、もし目の前の海水がなくなったとしたら、どんなにか地球の様相は一変しているだろうなどと考える。八丈島に着いて南端の岬に立つと、夏の陽光に照らされた海が目の前に広がる。海、海……海、ただただ海が広がる。周囲に全く人気がないので、東京からの実際の距離以上に寂寥感は強く、何か南洋の孤島に一人立っているような気分がする。しかし、太平洋のことを思えばこれはまだまだ序の口なのだ。この視線の向こうには青ガ島があり、小笠原諸島があり、またその先にはサイパン、テニアン島がある。それでもまだ太平洋からすればごく一部であって、その海の広がりに圧倒される思いがする。現在、世界地図に欠けているところは存在しない。すべてどこに何という島があり、何という海峡があるかはわかっている。これがもし満足な海図とてない状況下での航海であれば、どんなにか深淵の中に突き進むような恐怖感を味わったことだろうか。およそ暗中模索という状態ほど人間に恐怖心を抱かせるものはないだろう。現在ではほぼ完成され尽くした海図、その制作にかかわった過去の探検家たちの苦労がしのばれてくる。――」

わずか往復六〇〇キロ程度の短い航海であっても、海洋の広さを実感するには十分な船旅であった。舳先によって切り裂かれた海水は、白波となって逆巻き、やがてホワイトからエメラルドグリーンへの漸次的移行をへて元の海水へと戻っていく。そこには白線となってずんずん後方へと消えていく航跡が残る。こうした光景を私はあかず眺めていた。それを見ている私には、不思議なことであるが一向に飽きが来ないのである。それはおそらく私が港町で育ったことに関係しているのかもしれない。少年時代の私のもっとも親しい遊び場は海浜であり、砂浜で転がったり岩場の磯を渡り歩いたりするのが無上の喜びであった。また近くには水産学校や海員学校があり、幾人もの友人がそこに進学してカッターの漕ぎ手となって湾内を疾走していた。さらに港の岸壁に北米サンフランシスコからの不定期貨物船がやってきたおりには、高校生となった我々の仲間は、英語の勉強と称して、その船員たちに話しかけるのを冒険的な快楽としていた。このような生育環境のゆえに、私には生来的にいわゆる〝海洋もの〟を好む傾向があったということはいえよう。そしてまた、私は地図を眺めることがめっぽう好きな少年でもあった。既に学童時代に、陸地といわず海洋といわず日本および世界の地図の細々とした部分まで暗誦していて、周囲の大人を驚かせたことも再三あったし、少し長じてからは野外観察の必要性から国土地理院発行の縮尺「五万分の一」地図のコレクターでもあった。したがって、ツヴァイクの数ある作品のうち『人類の星の時間』に続いて、真っ先に評伝『マゼラン』に私の手が延びたのはまったくの自然の成りゆきであった。

＊

初めに香辛料ありき、ツヴァイクの評伝『マゼラン』はこの言葉から始まる。以下数十ページにわたって、ツヴァイクは当時のヨーロッパ社会がいかに香辛料を必要としていたかについて縷々説明している。アジアから香辛料を入手すること、ずばりそれが航海の第一義的な目的である。肉食を常とするヨーロッパ人の食生活において、味覚の面でもまた保存の面でも香辛料は不可欠であった。喉から手が出るほど欲している状態について〝垂涎の的〟という言い方をするが、まさに涎を垂らしてヨーロッパ社会が欲しがっていた産品、それがアジア産の香辛料であったわけである。当時の三大香辛料とは胡椒、丁字、肉ズクを指しているが、このうち胡椒はインド西海岸やジャワ島などアジア各地に広く分布しているが、丁字はモルッカ諸島のみ、そして肉ズクはモルッカ諸島の中でもアンボン島などごくわずかの島にしか産出しないといわれている（山田憲太郎『香料への道』中央公論社、一九七七年）。これがモルッカ諸島が別名〝香料諸島〟といわれるゆえんであるが、このように産地が限られていたことが「インドの商品は値段が一向に下らず、ますます高くなる」原因の一つであった。もう一つの原因は、複雑な輸送ルートの問題にかかわっている。香辛料がヨーロッパの食卓に運ばれるまでに何段階もの流通ルートを経なければならなかった。例えばモルッカ産の香辛料は、いったんはマライ半島のマラッカに集められ、そこからインド西海岸のカリカットを経由して、一つはペルシア湾沿いに、もう一つは紅海を沿いに地中海の港に運ばれた。さらにイタリア商人の手を経てアルプス山脈を越え、ようやく西欧の食卓に上ったのである。このように幾人もの商人の手を経ているから、当然そこには中間利潤が発生するわけで、モルッカで採れたときの元値は、ヨーロッパの食卓に上ったときには三〇倍から八〇倍にも跳ね上がったといわれている。香辛料を直接アジアから運ぶことができれば莫大な利益が得られるのは自明の理、実に大航海時代を推進した経済的動機の一つは、まさにここに存したということになる。

周知のように、アフリカ大陸の南端・喜望峰を越えて、一大船団をもっていち早くインド方面への到達に成功したのはポルトガルであった。この東回り航路での航海事業の成功によって、ポルトガルは一躍ヨーロッパの強国の一つに数えられるようになったが、その様子について書いているツヴァイクの筆は滑らかである。いや滑らかすぎるぐらい滑らかである。学問的な厳密さにはやや欠ける面があるかもしれないが――それでこの作家はよく誤解されることがあるようだ――、いたずらっ子ツヴァイクの面目躍如というところか。正直に告白すると、こういう悪戯とも見紛うツヴァイクの文章技術を私は憎からず思っているのである。内容的には大したことを言っているわけではないが、その言葉遣いのセンスには、私としてはただただ舌を巻くばかりで、その味わいを少しばかり知ってほしいとの考えから、以下に十五世紀末以降のポルトガルの躍進ぶりを伝えるツヴァイクの文章を引用する。

「今や世界は驚嘆と羨望の眼を、このヨーロッパの片隅の人目をひかぬ小さな海国民に向ける。強国フランス、ドイツ、イタリア等が無意味な戦争でたがいにしのぎをけずっている間に、このヨーロッパの灰かぶり姫（注／シンデレラ姫の意）ポルトガルは、その生活圏を千倍にも万倍にも拡大した。そのはかりしれない優越には、もはやいかなる努力も追いつけない。ポルトガルは一夜にして世界最初の海運国になったのである。……全体で人口百五十万を出ないこんな弱小国が、ただ一国の力で永久に全アフリカ、インド、ブラジルを所有し、そこに植民し、管理することはできないし、貿易を独占することだけでも容易でなく、まして恒久的に他国民の嫉妬から身を守ることはとうてい不可能であるということくらいは、どんな子供にでも判断がつくことであろう。一滴の油では、荒狂う大海を静めることはできないし、留針ほどの小国が十万倍の大きな国々を決定的に服従させることはできるはずがない」（同書二八～二九頁）。

ヨーロッパ最西端の海洋国家ポルトガルを〝人口百五十万を出ないこんな弱小国〟とか〝留針ほどの小国〟とは、いやはや恐れいるが表現であるが、形容がきついわりには妙に納得させられる気分になるのはどうしたことだろうか。おそらくちょっと傲慢な感じを抱かせつつも本質をずばりと突いているからだろうと思われる。的を射た表現であればこそ、例えば〝留針ほどの小国〟という言い回しに実に絵画的なイメージを私は抱くのである。温厚な紳士ツヴァイクから発せられる辛辣な言葉の数々、このような文章を書いているとき、さぞかし彼は書斎でニタリとほくそえんでいたのではないだろうか、そのような光景が私には浮かんでくる。それはそうと、もう一つ例を示そう。一四九二年の例のコロンブスの西回り航路による新大陸への到達によって、東回り航路を推進していたポルトガルが衝撃を受けた出来事について、ツヴァイクは次のように書いている。「インドの王位も財宝も、ジョアン王（注／当時のポルトガル国王）の手に確保されたかに見えた。というのは、喜望峰迂回後はもはやだれもポルトガルの先廻りをすることはできなかったからだ。その上ヨーロッパのどの国も、この長い間確保された航路では、ポルトガルに追随することができなかった。……それゆえに、あの誇大妄想狂のジェノヴァの冒険家が、スペインの旗をおし立てて暗黒の大洋を実際に乗切り、五週間足らずで西方の陸地に到着したというにわかの知らせは、まるで窓ガラスをがちゃんと破って飛びこんできた投石のようにリスボンの宮殿を驚かした」（三二頁）と。これもまた、びっくりの修辞テクニックであるというしかない。鬼面人を驚かすというほとではないにしても、唐突の感をまぬがれない限りなく暗喩に近い明喩。真面目くさって歴史物語を読んでいる最中に〝まるで窓ガラスをがちゃんと破って飛びこんできた投石のように〟という文章に出くわすとは、私もよほど人間がおめでたくできているということかもしれない。まあ正直にしかも自嘲ぎみにいうと、これだからツヴァイクは止められないということになる。

さて話を戻してマゼランの航海に移ろう。航海の目的がモルッカ諸島への到達であったことは既述のとおりであるが、問題は、いかなる航海技術や地理的知識を駆使してそこに到達するか、そしてその航海事業の合法性はいかに担保されているか、さらにいうとポルトガル人のマゼランがなぜスペイン王室の援助を受けることになったのか、この三点である。いくら強固な〝鉄の意志〟を持っていたとしても、航海プロジェクトを可能にする客観的条件をクリアしていなければ、それは必ずや失敗に終わってしまうだろう。

一つ目は、いかにしてモルッカ諸島へ到達するのか、別の言い方をすると、西回り航路の実現性は当時どれほどあったのかという問題でもある。ツヴァイクは、この全体で十三章から成るこのマゼラン評伝において、第二章から第五章までを青年マゼランの履歴についての記述に費やしているが、そこで語られていることから、我々はマゼランが香料諸島について事前にどの程度の知識をもっていたかを知ることができる。一四九八年にバスコ・ダ・ガマが苦難のすえに喜望峰経由のインド航路を確立し、インド西海岸のカリカットにポルトガルの拠点を築いたのはよく知られた歴史的事実である。ポルトガルはこの拠点を確固たるものにするため、一五〇五年に一五〇〇人の乗組員を擁する二〇隻の大船団を派遣したが、この中に二十五歳の若き代理士官マゼランが含まれていた。以来七年間、彼はインドのカリカットやマライ半島のマラッカでの軍務に服している。我々は、ともするとマゼランの世界一周の航海がまったくの未知への船出であったと思いがちであるが、ここに述べたアジアでの七年間の軍務体験によって、彼がこの地域についてのかなりの地理的知識をもっていたこと、つまり決して無手勝流で世界周航の旅に出たのではなかったことを知るのである。彼は世界一周の半分の行程、ポルトガルからマラッカまでの海上ルートについては既に熟知していたということになる。

そしてなお注目されるのは、マラッカ攻略での軍務を通じて、マゼランは同国人のフランシスコ・セッランという人物と親しい間柄となっていたという事実である。この人物は一五一一年、ポルトガル艦隊のモルッカ征服に参加したが、たまたま乗り組んだ船が漂流し、かねがね軍務に嫌気がさしていることもあって、そのまま香料諸島の一つテルナテ島に居ついてしまったというのである。テルナテといえば、香料諸島の中でも物資の集散地として知られたところ、セッランは現地テルナテ島の王から宰相の地位を与えられ悠々自適の生活、その地からマラッカ滞在中のマゼランに宛ててせっせと手紙を書くのである。その文面は以下のとおり。「私はここに一つの新しい世界を発見しました。バスコ・ダ・ガマの発見した世界よりもずっと豊かで大きい世界を。ぜひとも君にもこの島に来てほしいのです。この島はアジアの最東端に位置しているので訪問するにはバスコ・ダ・ガマの東回り航路よりもコロンブスの西回り航路を使ったほうが得策です」と。これはかなり驚くべき情報ではないだろうか、マゼランは親しい友人を通して、モルッカ諸島への西回り航路を使った航海を慫慂されていたというのだから。

周知のようにコロンブスは西回り航路で新大陸に到達し、そこをアジアと誤認してインディアスと命名したが、当時の地理的知識では、この大きな陸地のどこかに海峡があって、それを抜ければ大洋に出て、ほどなく香料諸島に達する可能性があると考えられていた。その海峡がどこにあるかのか、何人もの航海者がこの難問に取り組んでいたが、コロンブスの最初の航海から二十七年たってもいまだに解決が得られていなかった。カボットしかり、カブラルしかり、ヴェスプッチしかりである。マゼランが航海前に親しんでいたとされるのが十五世紀末のドイツの地理学者マルティン・ベハイムの世界地図である。そこには巨大な大陸の南端に海峡があることが記されており、この海峡を抜けて〝南の海〟に出れば、マゼランおよびその協力者であった天文地理学者ルイ・ファレイロの計算では、めざすモルッカ諸島はそう遠くないところに存在しているはずであった。

現在の我々の見方からすると、ここには二つの大きな誤りが存在している。一つは、マルティン・ベハイムの世界地図に記された海峡の位置は南緯二三度付近であって、実際のそれとは二〇度ほどもずれていたということである（のちにマゼラン海峡と呼ばれる水路は南緯五二度にある）。これだけ違っていれば、多少の困難はあろうとも何とか海峡通過を果たせるはずだとマゼランが考えたとしても、あながち不自然なことではないだろう。もう一つは、海峡を抜けてからモルッカ諸島に達する距離を実際よりもずっと短く考えていた、換言すると、太平洋という世界最大の海洋の存在をからっきし知らなかったということである。知らぬが仏というか、知らないからこそ挑んだ探検事業であって、このマゼランの航海が、それまでの探検史上もっとも悲惨な結果をもたらしたことは有名な話である。ついでにここで言っておくと、このときのマゼラン船団の〝はらはらどきどき〟の物語を綴るにおいて、レトリックの名手ツヴァイクのペンは並外れた力を発揮するであろう。

なぜ距離を誤認したのかについてもう少し述べておこう。当時の航海技術では、南北方向である緯度の測定については、アストロラーベという器具を使って正確に把握することができたという（観測する天体との角度から船の位置の緯度を測定する）。それに対して、東西方向である経度の測定については、かなりあやふやであったとされている（船の速度と時間、つまり距離によっておよその経度を測定する）。これが、我々がよく古地図で見るような地球の東西方向における歪みを生じさせる原因であり、コロンブスが西航して三十数日でアジアに達したと考えたのは、こうしたあやふやな経度の感覚に基づいているとされる。正確に経度が測定されるには、十八世紀に入ってクロノメーター＝経線儀が発明されるまで待たなければならなかったのである（織田武雄『地図の歴史』講談社、一九七三年）。要するにマゼランなどの当時の航海者が――あるいは地理学者や地図製作者といっても同じことであるが――、スタートとゴールとの間の距離を大幅に間違ってとらえていたのは、このような当時の稚拙な技術レベルが背景にあったわけである。

ただし、このような従来の見解に対して（つまりマゼランが間違った地理的知識をもっていたということ）、現在の学界では異論を唱える人もいるようである。ちょっと立ち入った話になるが、最新の研究成果が盛り込まれていると思われる合田昌史『マゼラン――世界分割を体現した航海者』（京都大学学術出版会、二〇〇六年）は、この点について、ベハイムの世界地図は時代遅れであったこと、そしてマゼラン自身は太平洋の存在を薄々知っており、モルッカ諸島までの距離がかなり遠いことを想定していたという見方を示している。その理由は、マゼランは太平洋の横断航海を行うにあたって、当時の常識とされていた「等緯度航法」をとっていないからというのである。確かにその航海の軌跡を見ると「等緯度航法」をとらずに、北西方向に太平洋を斜めに進んでいることがわかる。さらに合田氏は、マゼランは別の目的があって――例えば食糧の確保、通商拠点の確保など――意図的にフィリピン諸島をめざしたことが考えられると説明しているが、これについて説明しようとするとかえって煩わしくなるので、これで切り上げておくことにしよう。要するに、従来の通説にしろ最近の新説にしろ、ここでの結論は、マゼランには西回り航路の実現性について、かなり成功の確信めいたものがあったのではないかということに尽きる。

では二番目の問題、その航海事業の合法性はいかに担保されているかという点である。実は当時の国際情勢ではモルッカ諸島の支配権がいずれの国に帰属するのか、はっきりしていなかった。そこで一四九四年――というからコロンブスの新大陸到達から二年後のことであるが――ポルトガル・スペイン両国の領土の範囲についてローマ教皇アレクサンデル六世が裁定を下すことになった。これがトルデシリャス条約といわれるものである。ローマ教皇が地球上の非キリスト教世界を勝手に分割して、どこどこの国家に占拠の権利を与えるというのは、ずいぶん傲慢なそれこそヨーロッパ中心史観に基づいた身勝手な〝侵略の論理〟であるが、まあそれが当時のヨーロッパ・キリスト教社会における常識でもあったわけで、その教皇分界線によって、大西洋上の西経四六度三七分を境として、その東側をポルトガル領、西側をスペイン領ということで一応の決着をみたのである。

しかしながら西半球についてはそれでよいとしても、では東半球にあるモルッカ諸島はどちらの国に属するのか、必ずしも判然としない。何しろ正確な経度測定が不可能なため地球の輪郭がぼんやりしていた時代であるから、西経四六度三七分の対極にあるのが東経一三三度六三分だとしても、それではモルッカ諸島ははたしてその東側なのか西側なのか、だれも明確に判定することができない。これを対蹠分界線というが、モルッカ諸島がこの線の東側であればスペイン領、西側であればポルトガル領という理屈になる。現在でこそ、この線がパプアニューギニア島の西側を走っており、トルデシリャス条約の条項に照らせばかろうじて当時のポルトガル領に所属していたことがわかるが、その時点では両国とももちろん自国領と主張していたし、実態的には「先占」という概念が支配的であったという事情もあったようである。マゼランは、スペイン王室からの援助を引き出すにあたって、モルッカ諸島がスペイン領側に属していると主張してやまなかった。これが航海事業の合法性を担保している大きな理由である。

そして三番目の問題は、ポルトガル人マゼランがなぜスペイン王宮の支援を得るに至ったのかという点である。若き代理士官マゼランが、ポルトガルのマラッカ攻略に参加したことは既に述べた。その後、彼はポルトガルのモロッコ征服にも参加するが、こうした戦役を通して深い痛手を負って、いわゆる〝びっこ〟の状態になってしまう。負傷したマゼランは一五一六年、年金の増額を求めるべく、しかるべき人物を通してポルトガル国王マヌエル一世への拝謁を願うが、このドン・マヌエル幸運王と呼ばれた国王は、リスボン王宮の中庭においてマゼランの請願を断固として拒否するのである。この場面を活き活きときわめて象徴的に記述しているのが現代イギリスの伝記作家イアン・カメロンである。伝記作家ツヴァイクのことを論じている本稿において、別のもう一人の伝記作家の文章を利用するのは、いささか気が引けるが、ここではあえてカメロンが著した『マゼラン――初めての世界周航』（鈴木主税訳、草思社、一九七八年）に活写されているそのシーンを利用することにしたい。

〔……彼（注／マゼラン）は、東方のすばらしい香料諸島たるモルッカを目ざしてまもなく出帆することになっている王のカラベラ船団の一隻を、自分に指揮させてもらいたいと求めたのである。これも、ドン・マヌエルは拒否して、そっけなく、船でも他のどの場所でもマゼランに働いてもらう必要はないと言い放った。マゼランはそんなことを予想していなかった。彼の正義感は刺激された。居並ぶ廷臣たちの面前で侮辱されただけに、怒りはいっそう激しかった。『それでは、別の君主に仕えたいと思いますが、そうしてもよろしいのでしょうか？』と、彼は叫んだ。
ドン・マヌエルは、玉座から立ち上がった。堂々たる威風が、小さなマゼランを圧した。『誰になりと仕えるがよい、えび足め』と、彼は大声で言った。『余の知ったことではない』。しばらくマゼランは動かなかった。これほどひどい事態は、彼は想像しうるどんな悪夢をも上まわっていた。やがて、機械的に、彼は身を乗り出して王の手に接吻しようとした。それは忠実な貴族が謁見の終わりに行なう慣例の儀式だった。だが、ドン・マヌエルは手を引っこめてしまった。再度の辱めを受けて、王の御前からおぼつかない足取りで退出するマゼランは……目もくらむほどの怒りと悲しみをおぼえつつ、マゼランはよろよろと宮殿をあとにした。〕（同書五～六頁）
なんというひどい仕打ちであろうか、王室がとった態度はあまりにも冷たいものであった。国王マヌエルがかつての臣下に投げつけた「えび足め」という侮蔑の言葉！「けんもほろろ」とはこのことだ。「カラベラ船団の一隻を、自分に指揮させてもらいたい」と求めたマゼランの頭の中には、もう既に西回り航路によるアジア行きの構想が芽生えていたが、その構想どころか年金の増額まで拒否されたマゼランは、憤然として祖国を去り隣国スペインのセビリアに赴くのである。もとより東回りインド航路が生命線となっていたのがポルトガルであり、エンリケ航海王子以来の膨大な努力をふいにするような〝暴挙〟にポルトガルが乗るはずもなかったことを思えば、西回りの航海を考えていたマゼランがスペインに行ったのは、当然の帰結ということになるのかもしれない。

セビリアに赴いたマゼランは、いろいろな手蔓を使って、一五一八年ようやくスペイン国王カルロス一世への拝謁がかなう。そこで彼は、モルッカ諸島が断然スペインに帰属していること、そして自分は西回り航路を使ってそこへの航海計画を抱いていることを、カルロス一世に恭しく申し述べる。そして国王はそれを諒とし、マゼランとの間で航海に関する契約文書を交わすのである。その文面には、国王がマゼランに対して「一定トン数の五隻の船を艤装した上でこれに二年間に必要な人員・食糧・大砲を提供する」代わりに、マゼランには「① 最初の一〇年間、何人にも、両人の計画した発見を達成せんがため同じ道、同じ航路を通る許可を与えない、② 発見された土地から生ずる全収入の二〇分の一が与えられる、③ 六個以上の新しい島の発見に成功した場合には、その中の二つの島における特権が約束される、④すべての国々と島々の太守、あるいは総督の肩書が彼ら二人とその息子たち、その遺産相続人たちに与えられる」という権利が与えられるというものであった。こうしてマゼランは、一五一九年九月二十日、スペインのサンルカール港から世界一周の航海に乗り出すのである。

2 簒奪された栄誉

さてツヴァイクがこの評伝『マゼラン』を執筆しようと思ったもう一つの理由とは何だったのか、私が当初に提起したこの問題が残っている。それは、世界周航の達成という偉業から当然マゼランが受けるべき栄誉が、他者によってごっそり横取りされたということである。あろうことか、この不当な仕打ち、あるまじき詐取、ツヴァイクのペンの矛先はこの点に向けられている。本来なら国家的な大事業の達成者として大変な名誉と富が約束されるはずであったものが、その多くにおいて〝鉄の意志の人〟から奪われてしまう。それは航海途中で不慮の死をとげたことも大きくかかわっているが、この提督が名誉を受けては都合が悪いと考える人々が存在していたからだ。マゼランの行為がすべて善ならば、自分たちの行為が悪になってしまうという所業を行った者たちよ！　彼らは「死人に口なし」といわんばかりに、かつての提督を貶める言説をなし、みずからの非を打ち消すことに躍起になったのである。それがどのような形で行われたのかを見ていくには、この航海の経過をいま少し詳しく知っておく必要があろう。

まず結論から先にいおう。出発時の船団は五隻であったが、苦難の果てに最後にスペインの母港に戻ってきたのはビクトリア号のただ一隻だけであったと。他の四隻は、それぞれ航海途上で沈没（サンティアゴ号）、逃亡（サンアントニオ号）、破棄（コンセプシオン号）、破損（トリニダード号）によって船団から順次脱落している。こまごまとした航海のありさまを時系列で書き記すのも、それはそれで興味の尽きない展開にはなろうが、ともすると平板な記述に堕してしまうので、ここでは思い切って枝葉となる部分を切り落とし、提督マゼランに対するあからさまな反逆事件となった「サンフリアン暴動」およびマゼラン海峡探索時における「サンアントニオ号の逃亡」、この二つに対象を絞って話を進めることにしたい。

まず船団に関するちょっと細かなデータを示す。その陣容を記せば、一番艦はマゼランが乗船した旗艦トリニダード号（一一〇トン）、二番艦はスペイン王室監督官フワン・デ・カルタヘーナを船長とするサンアントニオ号（一二〇トン）、三番艦はガスパール・ケサーダを船長とするコンセプシオン号（九〇トン）、四番艦は財務官ルイス・デ・メンドーサを船長とするビクトリア号（八五トン）、そして五番艦はポルトガル人ジョアン・セッランを船長とするサンティアゴ号（七五トン）となる。スペインの国家事業として行われた航海であるから、王室監督官（前述のカルタヘーナ）や財務官（前述のメンドーサ）や会計官（アントニオ・デ・コーカ）が重責を担って乗り込んでおり、五人の船長のうち三人がスペイン人であったこと、そして乗組員の大半がスペイン人であったことと相まって、当初からポルトガル人の提督マゼランに対する、ある種の牽制というか、もっというと反感めいたものが船団の中に渦巻いていた。

船団はサンルカール港を出発してから一路大西洋を南下したが、それは当初の航海計画にはなかったアフリカ大陸沿いに南下するコースであった。マゼランの命令によって、南米大陸への最短コースではなく、ヴェルデ岬の沿岸近くを通るコースをとったのである。これが王室監督官カルタヘーナは気に入らない。「なぜそんな無駄をことをするのか、ひょっとするとスペインの国家事業をわざと妨害するため、このポルトガル人の航海指揮者はわざわざ難しい航路を取っているのではないか……」と。カルタヘーナは、そもそも国王カルロス一世の最高官吏としての強いプライドの持ち主であって、マゼランに対して一介の異国人にすぎないという軽侮の気持ちを打ち消しがたく、どこかでへこましてやれという感情を抑えることができない。そのことはマゼランも十分に承知しており、しかるべき機会をとらえて、自分にこそ航海に関する命令権があることを知らしめなければならないと思っている。そこでマゼランは、再三の命令指導に従わないカルタヘーナを毅然とした態度でもって謀叛人と断じて、サンアントニオ号の船長職を解くのである。このとき、れっきとしたスペイン貴族カルタヘーナに鎖や枷を嵌めることはいくら何でもひどいのではないかという嘆願の声が、他のスペイン人船長の中から上がる。こうした出来事が伏線となり、マゼランに対する反逆事件が起こるのである。

さてマゼラン艦隊はスペインを出てから半年後、当時ベラクルスと呼ばれていた南米東部の入江に入った。これは後にリオデジャネイロと呼ばれる町となるが、ここでしばしの休息をとったあと、新大陸の南端にあるはずの海峡をめざした。入江という入江をことごとく探索するものの〝南の海〟への出口となる海峡を発見することができない。ついに季節は冬の始まりとなり、マゼランは、南米大陸の最南部パタゴニアのサンフリアンという入江で越冬することを命じた。越冬するためには、南緯四九度の寒風ふきすさぶ荒涼としたこの地で三カ月近くも過ごさなければならない。サンフリアンに上陸したのが一五二〇年三月三十一日、その翌々日、不安に駆られた乗組員による暴動が発生する。首謀者は前述のカルタヘーナ、メンドーサ、コーカ、そしてコンセプシオン号の船長ガスパール・ケサーダおよびフランス人僧侶ベルナール・カルメットの計五人であり、これに同調した乗組員は約五〇名、これがサンフリアン暴動と呼ばれるものである。

反逆者たちの言い分は、ツヴァイクの文章を借りれば「マゼランが『海峡』の位置を知っていると言い張るのは、王をあざむいているか、それとも自分自身をあざむいているのかのどちらかである。……いまは、引返して嵐を避け、ふたたび海岸ぞいに快い暖かい国ブラジルへ向かって北上し、そこの健康な風土で冬を越し、船と乗組員が元気を回復してから、春になって改めて南へ向かうほうが利口……」(同書一五三頁)である、要するに、本音は無謀な航海計画を中止し、今はとりあえず温暖なブラジルあたりに引き返したほうがよいというものであり、さらに忖度すると彼らの主張の奥底には、いっそスペインに帰国したほうがよいという願望も隠されていた。船団にはマゼランの予測的判断によって一応の目安として「二年間分の航海」の食糧、すなわち乾パン二万一三八〇ポンド、ベーコン五七一ポンド、イワシ二〇〇樽、チーズ九八四塊、野菜三五〇束などが積み込まれていたが、そのことも乗組員たちの不安をかきたてた、このような苦しい航海があと一年半も続くのかと。しかしながら、それらの抗議や要求に対して〝鉄の意志の人〟マゼランはいっさい耳を傾けることはない。彼にとって退却はあり得ない。もし不平分子の言い分を聞き入れて船の舵をブラジルに向けた瞬間に、みずからの統率力が瓦解してしまうことを十分に知っていたからである。

暴動の細かい顛末を記す必要はないだろう。概略だけをつまみ出すと、当初は五隻の船団のうちの三隻（サンアントニオ号、コンセプシオン号、ビクトリア号）が叛徒側の手に落ちたが、マゼランの巧みな計略によって奪還され、ただちに叛徒側は制圧せしめられたのである。そこで待っていたのは、断乎たる航海続行の決意を示す必要を感じたマゼランによる苛烈な処罰であった。マゼランはただちに海事法にのっとった刑事裁判を開き、コンセプシオン号の船長ケサーダとビクトリア号の船長メンドーサを死刑とし、残りの王室監督官カルタヘーナと僧侶カルメットを同地の無人島への置き去り処分とする判決を下すのである。死刑判決の二人の船長の体は四つ裂きにされ、晒台の柱に三カ月間つるされ、また置き去り処分とされた二人は——王室監督官や僧侶という職位を考え、処刑にまでは踏み込めなかったとされる——まもなく餓死したものと推測されている。ただし叛乱に加わった乗組員五〇名については、それをすべて失ってはその後の航海が難しくなるという判断のもと、マゼランは特赦を発して原職への復帰を認めた。

さて、このサンフリアン事件についてどう解釈し、どのような判定を下すべきだろうか。不平分子を取り除いて航海を続行したマゼランを是とするのか、あるいは無謀な航海を諫めたカルタヘーナらの言い分を是とするのか、この歴史論争めいた問題は、一見明瞭に思われるかもしれないが、現在までに識者の間で必ずしも決着がついていないのだという。前出のイギリスの伝記作家カメロンは、次のような注目すべき評価を下している。

「十五世紀ないし十六世紀の船乗りが船長に従うことを拒否する場合を論ずるにあたって、歴史家は乗組員の行動を反乱として非難しがちである。しかし、その言葉は見当ちがいであり、その当時には決して使われなかった。オクスフォードの辞典は、反乱を『軍隊の五人ないしそれ以上の兵員が上官の命令に従うことを拒否すること』と定義している。しかし、十六世紀の船乗りは軍人ではなかった。彼らは半ダースもの国の波止場からかき集められたさまざまな国籍をもつ雑多な人間たちであるにすぎず、王の支配や提督の指令ではなく、もっとおおまかに定められた中世の海事法たるロードスおよびオレロン法典に拘束されていたわけである。それらの法は、とくに『船の乗組員は、自分たちの生命を危うくする航海を拒否する権限をもつ』と明記している。したがって、問題は、マゼランが乗組員の生命を実際に危うくしたという点であり、当然彼らは自分たちの権利を行使して服従を拒んだのだということである」（前掲書九二〜九三頁）と。

このようにカメロンは述べており、いかにもサンフリアン事件での反乱側にも一片の正当性があったかのように論じているが、その真意は決してそこにはないように思われる。それには「マゼランが乗組員の生命を実際に危うくした」かどうかという一定の留保条件がついており、カメロンは、マゼランの航海が十分な用意周到な配慮のもとで実行されており、その限りにおいてマゼランに瑕疵はなかったという見方に立っているからである。

では肝心のツヴァイク自身はどのような見方をしているのか、結論からいうと、一定の留保は付けながらも同工異曲というか、カメロンと同じような判定を下しているように思われる。いや正確にいうと、この場合はカメロン（一九七四年執筆）のほうが、先行するツヴァイク（一九三八年執筆）の見方を下敷きにしているといったほうが当たっているかもしれない。ここにツヴァイクの文章を引いてみる。「こういう危険な状態を招いた責任は、スペイン人の船長よりもむしろマゼランの方にあった、そしてマゼランに反逆する士官たちを腹黒い裏切者の一味、天才を嫉妬し敵視する者どもとかんたんに割切ってしまう在来のやりかたは、あまりにも安っぽい。あのような危機の瞬間には、マゼランの船長たちは彼の意図を知る権利があった、いや知らなければならない義務さえもあったのである。それは彼ら自身の生命の問題であるばかりか、王の命令で指揮下に配属された乗組員の生命にかかわる問題だったからである」（一五九頁）と。ここにおいても、前記のカメロンと同様、一見するとツヴァイクの文章からはマゼランの側に落ち度があったかのような印象を受けるが、それに続く部分において以下のような判定を下している。「もしマゼランが海峡を発見せず、彼の仕事を完遂しなかったならば、彼の危険な冒険に抗議するスペイン人の船長を片づけた処置は、明白な殺人と評価されたであろう。しかし彼はその業績によって正しい者とされ、不朽の名声をかち得たために、名誉も得られずに死んだ人々は忘れられたままになった。そして道徳的にとは言えないまでも、歴史的には、マゼランの成功が彼のきびしさと不屈とをのちに承認させる結果となったのである」（一七三頁）と。やはり、無謀な航海を諌めたカルターナの側でなく、不平分子を取り除いて航海を続行したマゼランの側に軍配を上げているということになる。

＊

さて、ようやく五カ月間にも及んだ長い越冬を終えて、マゼラン艦隊は海峡の探索を再開した。実は越冬地から南へわずか二〇〇余キロの場所にめざしている海峡が存在していた。一五二〇年十月二十一日、四隻の艦隊はマゼランが聖処女岬と命名した岬から、深い切り込みの水路に入っていった。これが、のちにマゼラン海峡と呼ばれる水路の探索の始まりである。約ひと月かけて約五〇〇キロの海峡を通り抜けるストーリーは、マゼランの航海のうちでも最もよく知られた場面の一つであろう。ツヴァイクの表現を借りれば、この海峡の形状は「不断の十字路であり、屈折と湾曲、すなわち湾、入江、フィヨルド、砂州、複雑なくねくねした水路がきれぎれに迷宮のように入り乱れて」いると表現されている。表面上には同じようにみえる水路でも、河川と海峡とではその性質が違っている。これまでの探検者が海峡だと誤認したラプラタ川の河口幅は数十キロもあって、これではいかにも海峡と誤認しても仕方がないと思われるが、河川の場合は遡上していくにつれ水質がだんだん塩水から真水に変わっていくし、また潮の流れが大体において一方向となる。さらに測鉛をおろして深さを調べてみると徐々に浅くなっていくことが測定される。しかるに、マゼラン艦隊が入っていった水路は、行けども行けども塩水のままであり、また曲がりくねってはいるが水深もいっこうに浅くならないのであった。

ツヴァイクは、このときのマゼランの心情を次のように推量している。「まる一カ月間、彼は信頼のおける、責任ある探索を断乎として続行した。とうとう、とうとう、とうとう出口を、とうとう南の海を見ることが許されるのだ……(中略)……この一分《いちぶん》こそ、マゼランの偉大な瞬間であった。人間がだれしも一生にただ一度だけ味わう、最高の感激の瞬間であった。すべては実現された。彼は皇帝にした約束を果たし、彼の前の何千人もがただ夢にのみ見たものを実現した最初の唯一の男であった。彼は別の海への道を発見したのだ。彼は、この瞬間によって自分の生涯が是認され、不滅の価値を授けられたことを知った。そしてこのとき、このきびしい、内にこもる男の上に、だれもが予想だにしなかったことが起こったのである。眼に涙があふれた。涙が、熱い、燃えるような涙が、黒々としたひげのなかにころげおちた。彼の生涯ではじめて、ただ一度、マゼランは幸福のあまり泣いたのだ」(一八九〜一九四頁)。

あの少々のことでは微動だにしない鉄人マゼランが、ついに涙を流している！　むかしから「講釈師みてきたような嘘をいい」という格言があるが、この場面はどう考えても伝記作家ツヴァイクによる創作であるとしか思われない。しかしながら、一連のページを読み進めた後では、まったくのデタラメだという不快感を抱くまでには至らないのである。つまりストーリーの自然の流れの中で、読者に対して〝さもありなん〟という感情を抱かせるというわけなのだ。ついに、マゼランこと〝石部金吉〟は、講釈師ツヴァイクの熟達した話術にかかって泣かせられているのだが、それは、賢明なる読者子からは、ひとえにツヴァイクの筆力のしからしむるところ、伝記作品に許される許容範囲内での創作であると見なされるだろう。

ところで、五〇〇キロの海峡を通過するのに三十七日もかかったというのは、どうも計算が合わないと考える読者もいるだろう。当時の帆船は、風の強さや向きにも関係するが、一日あたり一〇〇キログらいは帆走する能力があったといわれているから、この海峡はせいぜい十日ほどで渡れるぐらいの距離でしかない。たとえ未知の複雑な水域であるゆえに、行きつ戻りつを繰り返して探索に時間がかかったとしても、十五日もあれば通過できる距離である。三十七日という長い時間がかかったのは、実はこの海峡探索の途中でサンアントニオ号が逃亡を図ったという事情があったからである。この船は、探索の途中で船団から離れた機会をとらえて、単独で秘密裡にスペインに戻ってしまう。もちろん、このことをマゼラン本隊が知るはずもなく、船団の中で最も大型でそれゆえに最も多くの食糧を積んでいたサンアントニオ号を懸命に捜索するが、それになんと約十五日もの時間を要したのである。

この船の指揮にはサンフリアン事件後アルバロ・デ・メスキータという人物が当たっていたが（マゼランの従弟）、首席航海士エシュテヴァン・ゴメスはこの船長メスキータを捕縛し、母国スペインに向けての逃亡を図ったのである。ゴメスの言い分はこうである。どうやら当初めざしていた海峡が発見されたので、現在の自分たちの船にはもう十分な航海力がなく食糧も不十分である以上、一度スペインに戻って新しく艦隊を整えた上で、香料諸島への航海をやり直したほうが賢明であるというものであった。マゼランが、向後の航海の進め方について、幹部クラスにその考えを聞いたとき、その大方が不承不承、マゼランのいう航海続行に賛成したのに対して、ひとりゴメスのみが航海の中止を主張したのだという。したがって、ゴメスは何も言わずこそこそ逃げるようにスペインに戻ったわけではなく、一応主張すべきところを主張したというわけである。このゴメスの言い分について、ツヴァイクが下している評価は、これまた先のサンフリアン事件の場合と似たようなものである。「今は、堂々と帰還し、新たな探検隊を組織して所期の目標を達しようというエシュテヴァン・ゴメスの提案は、実際、論理的に見ても実際的に言っても正しいものであった。それに従っていれば、マゼランとほぼ二百人の人命とは救われたであろう。しかしマゼランの重視したのは、死すべき生命ではなく、不死の業績だった。英雄的な考えを持つ者は、どうしても反理性的にせざるを得ない。マゼランはためらうことなく反論した」（一九二頁）と。ともかくサンルカールを出港してからほぼ一年後、ゴメスはスペインに戻り、マゼランは三隻を率いて太平洋へと乗り出したのである。まさかその二年後にマゼラン艦隊の生き残りビクトリア号がスペインに帰還することになろうとは、このときのゴメスは考えもしなかったことだろう。

*

さて、マゼラン海峡を抜けた船団は、太平洋を横断すること約一〇〇日、フィリピン群島のサマル島付近に到達することになるが、そこに至る細かな経緯およびフィリピン群島での活動（一五二一年四月二十七日マゼラン同地にて戦死）についての記述はここでは割愛する（第三節を参照）。マゼランの死後、船団の指揮をとる者は二転三転するが、彼らの手に委ねられて以降、船団全体の規律は緩みがちで、というか乗組員に対する抑えが効かなくなり、略奪や暴行といった海賊行為が横行することになった。逆にいうと、このことは、いかにマゼランが鉄の意志を発揮して海賊に類する行為を禁止していたかという証明でもある。

トリニダード号とビクトリア号の二隻になった船団は、一五二一年十一月八日ようやくにして当初の目的であったモルッカ諸島へ到達した。ティドーレ島に停泊した船には、ひと月の間に大量の香辛料（ほかには食料品や砂金など）が積み込まれた。香辛料は締めて五二〇キンタル、つまり二六トンにも達したという。それがため重さに耐えられずトリニダード号は浸水事故を起こしてしまう。これが四隻目の脱落である。こうしてただ一隻残ったビクトリア号は、香料を満載して一五二一年十二月二十一日、ティドーレ島から祖国スペインに向けて最後の航海に出た。ビクトリア号の船長を努めたのはセバスチアン・デル・カーノ（大航海時代叢書ではエルカーノと記載している）という人物で、彼の指揮のもと乗組員四七名、ほかに現地人一九名が乗船していた。デル・カーノはサンフリアン事件では反逆者の側に回った人物である。ピガフェッタの航海日誌では、デル・カーノの名前は一言も出てこず、ただ「われわれは航海した」「われわれは決心した」という固有名詞をぼかした形でしか記述されていない。それはこの同行記録者が、新しい船長デル・カーノに対してよからぬ感情を抱いていたからにほかならない。

ビクトリア号は、モルッカ諸島からインド洋を西に向けて航海し、喜望峰を経由して大西洋を北上した。この航路は当時ポルトガルの支配下にあったから、いずれの港湾に立ち寄ることもなかった。なぜなら、スペイン王室の派遣したマゼラン艦隊であることが判明すれば、逮捕拘束されることは間違いなかったからである。実に苦しい航海、またまたあの太平洋横断時の悪夢のような〝飢餓〟に襲われた。この無寄港航海は五カ月に及び、とうとう耐えきれずにアフリカ東端のポルトガル領ヴェルデ岬諸島に立ち寄ったとき、モルッカ諸島を四七名で出発した乗組員は三一名に減っていた。ここで、ついにポルトガルの仇敵マゼラン船団の一隻であることが発覚してしまい、そそくさと錨を上げ帆を張って出港する。このとき物資調達のため島に上陸していた一三名が残され、乗組員はついに一八名となってしまった。この一八名が、祖国スペインに帰還して英雄にまつり上げられた人々である。出発時の総数が二六五名であったことを思えば、当初の目標を完遂できたのはおよそ十五分の一だけということになる。

かくも長き不在、ともかくマゼラン船団はたとえ一隻であろうとも母港サンルカールに帰ってきた。マストは折れ帆布はぼろぼろ、さながら幽霊船の趣きであったが、ビクトリア号の帰港は無比の偉業達成として熱狂的な歓呼の声で迎えられた。幾重にも張りめぐらされた苦難をすり抜けて生還した一八名の英雄たち、万事めでたし……となったか？　しかし事はそう単純ではなかった。ピガフェッタの航海日誌の記載は、この祖国帰還のところでそっけなく終わっており、その後についての記載はない。航海日誌という性質上それは当然といえばそうであるが、それにしてもピガフェッタにはおもしろからざる事態が進行していたから、もしその必要があったとしても、彼はもはや紙の上に文字を連ねる気持ちにはならなかったであろう。芝居でいうなら、脇役が突然ステージの中央にせせり出て、主役づらをし始めたのであるから。

船団の帰還に一番びっくりしたのは途中、南米の南端から脱走したサンアントニオ号の水先案内人エシュステヴァン・ゴメスであった。いち早く帰国したゴメスは、提督マゼランを無謀な冒険者に仕立てあげ、みずからの〝脱走〟行為を貴重な王国財産を守った愛国的なものと吹聴し、マゼランこそ思慮分別を欠いた不忠者と報告していた。その船団が二年後に帰ってきた。ゴメスは驚愕する、嘘がばれて脱走者の汚名を浴びせられる！　しかし聞けばマゼランは既に死亡し、戻ってきたのはデル・カーノであると知って安堵の胸をなでおろす。というのは、このデル・カーノはゴメスと同じサンフリアン暴動での共犯者であったからだ。死人に口なし、彼らは自分たちにとって不利なことには口をつぐみ、都合がいいことばかりを報告書に盛り込んだ。口裏を合わせたこの二人は〝悪の同盟〟を結び、ポルトガル人マゼランに対するスペイン人のある種の反発を利用しつつ、意識的にマゼランを危険人物視するような言動をなしたのである。

ツヴァイクは、この評伝の最後に第十三章として「死んだ者が損をする」という章を設け、船団が帰国した後に起こった出来事について詳述している。そこでいかにマゼランが無視され〝悪の同盟〟の不正がまかり通ったかを次のように書いている。「この場合の配当は腹がたつほど不公平であった。決定的な瞬間にマゼランの事業をはばもうとした当の人間、マゼランに刃向かったかつての反逆者セバスチアン・デル・カーノが、一切の名声、一切の名誉、一切の顕職をおのが手にさらいこんでしまったのだ。……（中略）……五百金グルデンの終身年金が与えられることになった。皇帝は彼を騎士の身分に叙して紋章を与えたが、それは明らかにデル・カーノが不滅の完成者であることを示すものであった。……そして、かのエシュテヴァン・ゴメスにも恩賞を与えることによって、不正はますますひどいものとなった。この男こそマゼラン海峡で逃亡し、セビーリャの法廷で、発見されたのは海峡などではまったくなくて開いた湾にすぎない、と述べた男なのだ。マゼランの発見をかくも鉄面皮に否定したこのほかならぬエシュテヴァン・ゴメスが……功績によって貴族の称号を授けられたのである。マゼランのあらゆる栄誉、あらゆる業績は、意地悪くも、えりにえって航海中もっともはげしく彼の生涯の事業をはばもうとした人々の手に与えられてしまったのだ」（二六八〜二六九頁）と。

このようにして富と名誉の簒奪が行われた。エシュテヴァンをドイツ語化すればシュテファンだ、このようにツヴァイクは、デル・カーノをやっつけた後、自分と同じ名前を持つもう一人のシュテファンを糾弾する。真実の記録を保管していたのがピガフェッタであるが、その記録を引き渡すようデル・カーノは迫る。しかし、改ざんされることを恐れてピガフェッタはそれに応じない。そのおかげで我々は今日、ゴメスの逃亡とかデル・カーノの反逆という真実の記録を読むことができるわけである。死人に口なし、死んだ者は損をする、しかし永遠の名誉とは、決して一時的・現世的な年金や貴族の称号を意味するものではない、ツヴァイクが力説したかったのはこの点である。ここにこそ、いっときの名誉は勝者の側に、しかるに不滅の名誉は敗者の側に存在するという、この作家の基本哲学が表れている。作者がこの評伝の中で本当に言いたかったことは、次の文章に凝縮されていると思われる。「宮廷が偶然による勝者デル・カーノに報賞を与えようとも、真の名声は、もはやいかなる名誉によっても報いられないマゼランによってのみ帰せられるべきである。……ある人間の究極的な生涯の秘密は、いつも死によってはじめて謎がとける。孤独な人間、常に使命の重荷を担わされるばかりで、最後の成功を楽しむことは決して許されない人間、そういう人間の内的悲劇性は、彼の理念が勝利のうちに実現される瞬間になってはじめて明らかとなる」（二七〇頁）と。

ツヴァイクがこの評伝を書いたのが一九三八年だったことは既に述べた。その四年後にこの世を去ったツヴァイクにしてみれば、この作品は晩年に属することになる。この一九三八年といえば、ドイツやオーストリアでは軍事独裁のナチス勢力が猛威を振っており、第二次世界大戦が目前に迫っていたという政治的緊張の中にあった。こうした現実政治のテンションが上がっているときに、一見はるか遠い昔話のような大航海時代の人物の評伝を、なぜツヴァイクはわざわざ書く気になったのか、それは彼が、マゼランという悲劇的人物の中に自分自身の姿を見ていて、それに仮託してみずからに押し寄せる時代の火の粉を振り払おうとしているからである。ナチスの台頭によって亡命を余儀なくされ、遠く南米にまで行かざるを得なかったこの作家にとって（イギリス亡命を経て一九四一年にブラジルに再度亡命）、マゼランがそうであったように、不当な扱いを受ける人々というシチュエーションは自分自身の置かれた立場でもあった。ツヴァイクの基本的立場は、高い精神性をもった人が必ずしも世俗の成功者ではないというものであって、これは、ほとんどの作品に共通している特徴となっている。とりわけ晩年になればなるほど、その傾向は強くなっている。ファシズムの横暴に対して、ドイツ語圏の作家はさまざまな抵抗を試みており、例えばトーマス・マンはボン大学の博士号を投げ返すなど正面きっての抵抗を行ったが、温厚な紳士ツヴァイクがとった方法は、マゼランの事例で見るように伝記の主人公の姿を借りて、時代状況の不当性を糾弾するやり方であった。波が激しくなってきたら、いよいよ堤防を高くしなければならない、ツヴァイクは晩年になるにつれて、冷遇されている歴史上の人物を見つけてきては、せっせとペンを握りしめ、その評伝の執筆に邁進したのであった。

3　西欧的偏見とは何か

マゼランに関して独自の見解を表している本多勝一氏のルポルタージュ『マゼランが来た』（朝日新聞社、一九九二年）について、ここで論ずることにしたい。本多氏の多くの著作がそうであるように、この本はジャーリナストとしての著者自身が直接現地を取材して書き上げたルポである。氏自身も冒険家であって、これまでにも北極地方やニューギニア高地を歩いたりしているのはよく知られているが、この本についても、マゼラン船団の航路を丹念に追いつづけ（全行程ではないが）、自分の目で見たものや感じたものに基づいてこのルポを書いている。したがって記述は具体的であって、そこに盛り込まれた情報は有益的である。この著作の冒頭に献辞として「コロンブスのアメリカ到達五〇〇周年にさいして、本書をアメリカ先住民の虐殺された何千万の魂にささげる」という言葉が書かれているが、ここに既にこの人の強烈な主張が込められている。氏は「コロンブスのアメリカ発見」とは決して言わない、アメリカ到達である。周知のように「発見」という概念には現地人の存在を無視するという前提に立っている。この大陸にはれっきとした人間が存在し、それまでの何千年もの間営々と生活してきたことからすれば、到底この発見という言葉を使うわけにはいかないというのはわかる。氏は、先住民インディオを無視したヨーロッパ中心の歴史観に反省を迫り、抑圧の歴史にピリオドを打とうとしていて、歴史記述に公平性を求めている。その態度はどの著作、例えば『アメリカ合州国』『殺される側の論理』『戦場の村』などを見ても一貫している。

考えてみればよくよく傲慢な話であるが、十六世紀の地理上の発見が続いた歴史的な事象を、かつては文字どおり「地理上の発見」と称していた。現在ではもはやそういう言い方をする人はいなくなった。私が先に大航海時代や英雄という言葉の初出のところで「いわゆる」という形容詞を冠したり、コーテーションマークを付けておいたのも、これを意識してのことである。はっきり覚えているが、私が高校教育を受けた一九六〇年代末、この国の有力出版社から出てきた世界史教科書には太明朝の大きい文字で堂々と「地理上の発見」と書かれていた。今あらためて思い返してみると一九六五年に岩波書店から画期的なシリーズ『大航海時代叢書・第Ⅰ期』（十二巻）の刊行が始まっているが、どうやらこの辺りから使用する名辞の転換が行われ「地理上の発見」から「大航海時代」へ移行していったものと思われる。そして引き続いて同じ岩波書店から『大航海時代叢書・第Ⅱ期』（二十五巻）、さらに補遺編ともいうべき五巻のエクストラシリーズ『大航海時代叢書』の刊行されたことが、この名辞の定着化を決定的に促したということなのであろう。率直にいって、近世以降の世界史はヨーロッパ諸国による侵略と収奪の歴史でもあった。初期にはポルトガルやスペイン、そして後期にはイギリスやフランスといった西欧列強は現地人の意向を全く無視してアジア・アフリカ・アメリカに専断的に植民地をこしらえたが、その根底にあるのはヨーロッパ中心史観の思想であった。そこには産業的にも文化的にも優れたヨーロッパが他の〝遅れた〟地域を支配するのは当然だという認識が見られた。「地理上の発見」という呼び方の背景には、こうしたヨーロッパ中心の侵略史観が潜んでいるというわけで、そうした反省から現在では先に示したような呼称となっている。こうした文脈からいえば、本多氏の立論がとりたてて目新しいということにはならないだろう。

本多氏の論旨について私が「強烈な主張」といったのは、もちろんそれとも深く関係するが、ちょっと別のところにある。現地人を無視したヨーロッパ中心の歴史観に反省を迫り、抑圧の歴史にピリオドを打つという観点から、氏はツヴァイクの作品『マゼラン』について次のような評定を下している。以下、本多氏の文章である。「（……マゼラン軍とラプラプ連合軍との戦闘……）の結果は、世界史に周知のように、マゼラン軍の大敗とマゼランの戦死であった。マゼラン側から記された戦闘の様子は、ピガフェッタの記録として日本でも訳されている（長南実訳『マガリャンイス最初の世界一周』＝岩波書店

「大航海時代叢書」第I巻)。有名なツヴァイクの伝記『マゼラン』は、西欧的偏見があまりにも強い」と(なお傍線部分のヴァは、本多氏の本では「ワ」に濁点で表記されている)。ここで、どのような経過でマゼランが死に至ったのか若干触れておく必要があろう。

一五二一年四月二十七日、マクタン島での現地人との戦闘でマゼランは戦死した。フィリピン群島の中央部にあるセブ島(ズブともいう)、ここにあるセブの町は古くから近隣との通商の中心地として栄え、フマボンという人物が島の首長として支配していた。マゼランは、このフマボンを手なづけ、通商を開始しキリスト教に改宗させること、つまりこの地域の中心勢力であるセブ島をスペイン王国の影響下におくことに一応成功する。ところが、セブ島の隣にある小さな島マクタンは決してマゼランに服従しようとしない。日本でいうと伊豆諸島の三宅島ぐらいのこの小さな島の土侯の名をシラプラプという(ラプラプと記載している本もあるが、頭に付いている「シ」というのは現地語で「王」という意味であるから、シラプラプとはラプラプ王ぐらいの意味になる——本多前掲書)。大小数千もあるフィリピン群島では、島と島とが対立していることなど珍しくはなく、セブ島とマクタン島もそうした対立関係にあった。セブ島の懐柔に成功したマゼランは、その勢いをもってみずからマクタン島の土侯を説得するため、わずかの武器と六〇名の兵員を連れてこの島に乗り込む。それに対して、はなからマゼランの説得など聞き入れるつもりのない土侯シラプラプは一五〇〇名の戦闘員を配備して、ヨーロッパからの来寇者を迎えるのである。

要するに戦闘員はマゼラン軍六〇に対してシラプラプ軍一五〇〇、いくら鉄製の甲冑に数十門の大砲

（臼砲）という近代装備をしているとはいえ多勢に無勢、しかも遠浅の海岸であるため遠すぎて、艦艇に備付けの臼砲は使えない。このような不利な条件下にあったが、そもそもマゼランは威嚇のためちょっとだけヨーロッパ人の武力を示したかったということであろう。むろん、六〇名ぽっきりでは危険だから止めたほうがよいと進言する者も多かったが、そうした部下の忠告を聞き入れることなく、あたかも悪たれ小僧を一喝する鬼教師でもあるかのように、ほぼ丸腰に近い形での大将みずからの出動となった。このときの戦闘の一部を、ピガフェッタの航海日誌から抜粋してみる。「敵はわれわれが脚に防具をつけていないのをみて、上半身をねらわずにもっぱら脚をねらって攻撃してきた。われわれはあの槍と石の雨霰にたいして抵抗できなかった。バッテルロの臼砲は距離が遠すぎてわれわれをたすけることができなかった。……敵はどの人が提督であるかを知って彼に攻撃を集中し、そのため冑が二度もはねとばされた。しかし提督は立派な騎士として雄々しく振舞った。……敵は全員提督に襲いかかり、一人の敵兵が大きな広刃刀で提督の左脚を切りつけた。提督はうつぶせに倒れた。敵は鉄の槍と竹の槍と広刃刀をいっせいに提督に浴びせかけ、かくてついに、われらの明鏡、われらの光明、われらの慰藉、われらの無二の指導者はついに息が絶えた」（同書五六九～五七〇頁）。いかに甲冑をまとった鉄人でも、多勢に無勢では劣勢いかんともしがたい。こうしてマゼランは、祖国から遠く離れた異国フィリピンにおいて水漬く屍となってしまったのである。

この出来事は、本多氏に言わせれば、マクタンの首長ラプラプの統率のもとで、ヨーロッパの侵略的行為を打ち破った愛国的な戦闘の結果ということになる。ラプラプは大砲で威嚇した侵略者マゼランを倒した民衆の英雄であって、事実、地元にはその銅像が建っているとのことで、その写真まで紹介している。そしてその上で結論として「この決戦は、ある意味ではヨーロッパのアジア侵略に対して日露戦争以前に行われた最大の戦捷であった」と書いている。ルポ『マゼランが来た』の約三〇〇ページの本文のうち、本多氏がツヴァイクに触れている部分は、先に引用したたった三〇字のセンテンスだけである。後にも先にもない、この一言「西欧的偏見があまりにも強い」という文章が藪から棒に出てくるだけである。本多氏は『殺される側の論理』（朝日新聞社、一九七一年）という著作の中で、在日のアメリカ人宣教師クラーク・オフナー氏との間で「民族的偏見とは何か」というテーマで、一〇〇ページにもわたって延々と論争したことを知っている私としては、このきわめてポレミークなジャーナリストに対して迂闊なことは言えないという気持ちになっている。厳密を期してそっくり氏の文章を引用しているのはそのためであるし、その上で、ツヴァイクに対して下された判断の根拠というか、文章の真意を探りたいと思っているわけである。先の「西欧的偏見があまりにも強い」とは具体的に何を示しているのか、私なりにツヴァイクの文章を探ってみると、何箇所かこの辺がそうかと該当しそうな部分に思い当たるが、そのうちの一箇所だけをここに引用してみる。

「マゼランがセブ王に、もし彼の権威に反抗することをあえてする者があれば軍事的援助をしようと申し出たのは、無思慮の軽率によるものではなく、十分に考え抜かれた政治的なたくみな布石だった。ちょうどそのころ、偶然そういう示威を行う機会が到来した。セブの向う側にあるごく小さな島のマクタンは、シラプラプという名の土侯が治めていて、これが昔からセブの王に敵意を示していたのである。

……ふつうの地図には全然のっていないこの蚤のような島の土侯……（神聖ローマおよびイスパニアの）皇帝の提督ともあろう者が、汚い小屋のなかにつぎのあたらないござ一枚持っていないような褐色の野蛮人に対して、全軍を戦場に派遣して、こういうみすぼらしい賤しい島民を数で圧倒して戦おうなどということは、面目にかかわるように思われたのである」（二三〇頁）。こうした一かたまりの文章を見れば、西欧的偏見に該当する言い回しは確かにある。例えば「ふつうの地図には全然のっていないこの蚤のような島の土侯」や「汚い小屋のなかにつぎのあたらないござ一枚持っていないような褐色の野蛮人」といった文章は、ヨーロッパ人の傲慢さを表す表現以外の何物でもなく、本多氏の言う、ツヴァイクは西欧的偏見に貫かれているとの主張に的を射ている部分があることは正直に認めざるを得ないだろう。したがって氏の立場からすれば、ツヴァイクが「マゼランの死」を、フィリピンの野蛮人によってなされた文明人の非業の死といううぐあいに表現するのは納得できない、アジア人の痛みが全然わかっていないヨーロッパ優位の思想の表れである、というわけなのである。

しかし、何か一刀両断的に「西欧的偏見があまりにも強い」と断定を下すところに釈然としないものが残る。そのあまりの明快さに、かえって何か重要なものまでばっさり切り捨てているような気がしないでもない。それはちょうど、かつて文化大革命時の中国において、孔子の思想はブルジョア思想だ、あるいはベートーヴェンの音楽はブルジョア音楽の権化だからけしからんと言って排斥したことと似ていないだろうか。あまりにも明快な二元論であると感じるがゆえに、ある種の独断によるところの危険性を感じてしまうのである（本多氏の『殺される側の論理』の中には、フランス人作家アルベール・カミュの小説『異邦人』を植民地におけるフランス人側の思考法の所産とした上で、その同じ論法をもって、あのドイツの大作曲家バッハの音楽をアウシュビッツ的文明の一環としてとらえているといった記述があるし、さらにまた切腹した三島由紀夫に弔意を示す人々をすべて「殺す側」に属していると分類しているのは、私としては大変に気になるところである)。周知のように、ベートーヴェンの生きた時代はブルジョアジー勃興の時期に当たっており、彼はその時代の空気を吸って独自の音楽を創造した。その作品には、よくも悪くもブルジョア的な雰囲気が漂っているわけで、それを時代的にも空間的にも全く違うところにもってきて、いきなりブルジョア音楽の権化だからけしからんと全面的否定の言辞を弄するのは、何か見当違いの誹りを免れないのではないかと思うのである。

そういえば小説の世界でも、ある作品がいったんイデオロギー上の価値判断にさらされたとき、本来その作品が蔵している生命力まで否定されたという事例を思い出す。旧ソビエト連邦において、当局公認のプロレタリア文学こそが素晴らしいもので、その反対にドストエフスキーは反動的文学者と言われ、作品の発禁が続いたというが、このときもたしか西欧的偏見云々の言葉が浴びせられたように私は記憶している。私が若かりし頃、唯物史観を信奉していたYという哲学者から、イマヌエル・カントはブルジョア哲学者だ、カール・マルクスの足元にも及ばないと講釈をもらったことがあるが、へえ、こんな簡単な図式でぶった切って本当にいいのかしらんと妙に感心した覚えがある。ツヴァイクの先の文章は、字面からは確かに現地人を見下した表現とも見えるが、それは言葉の綾としての、ちょっと筆がすべった〝文学的粉飾〟に類するものであって、ヨーロッパに内在する旧弊の人種差別主義思想に発したものとは思えない。西欧的偏見を論じるとき、よく持ち出されるのが、例えばドイツ皇帝ヴィルヘルム二世が主唱した黄色人種に対する代表的な人種差別としての「黄禍論」である。こういった実態の伴わない感情論としての偏見に基づく考え方こそが、根っからの人種差別主義思想というべきであって、ツヴァイクの作品を、その全体を通して見る限り、ヨーロッパ優位の思想があることは認めるとしても、彼に差別思想が充満していたとはとても言い切れるものではあるまい。むしろ、独善を排して寛容のヒューマニズムを説いているところに彼の真骨頂があると私には思えるのである。

本多氏がツヴァイクをやっつける論理展開は、きわめて明快な二元論（「殺す側」と「殺される側」の二元論）、もしくはきわめて明快な三段論法であって、その論法は次のような構成になっている。まず第一段として、マゼラン艦隊の通った場所を実地に調べてみた結果、長いスパンではそのことごとくで先住民の大量抹殺が行われたと断定する。例えばブラジルではツピナンバ族などの先住民が現在までに二〇〇万人も虐殺され、パタゴニアではチョニク族やチャルーア族などが、そしてマゼラン海峡付近のフエゴ島の地域ではセルクナム族やヤマナ族などが絶滅またはそれに近い状態に追い込まれている。またマリアナ諸島のグアム島ではチャモロ族がマゼランの到達時には少なくとも五万人いたが、一七八三年には一五〇〇人にまで減少している。そして第二段として、上記の先住民の絶滅という事実からして、マゼラン艦隊は、抜きがたいヨーロッパ人優越の思想に貫かれた悪魔の使者であると規定せざるを得ない。マリアナ諸島での現地の聴き取りから得られた言葉、すなわち「悪魔の使者」という表現が「民族絶滅の尖兵たる悪魔の使者」という形で何度も使われている。さらに第三段として、アジアや中南米に対する侵略への先鞭を付けたヨーロッパ人マゼランを偉大な人物であるかのように描いている以上、ツヴァイクは西欧的偏見に満ちていると断ぜざるを得ない。ざっとこのような論理展開となっていると私には思える。

十六世紀の時代状況においてコロンブスやマゼランが果たした歴史的役割については、確かに上記の三段論法のうち第二段までは認めなければならない側面もあるだろうと思う。コロンブスの同時代人のスペインの神父バルトロメー・デ・ラス・カサスが書き残した書物『インディアスの破壊についての簡潔な報告』染田秀藤訳、岩波書店、一九七六年）を見れば、いかに絶対王政国家スペインが中南米大陸において残虐非道を繰り返し、インディオを死に追いやったかが理解される。その書物にはエスパニョーラ島（現ハイチ島）、サンフワン島（現プエルトリコ）、キューバ島、ヌエバ・エスパーニャ（現メキシコ）、ベネズエラなどにおいて筆舌に尽くしがたい絶滅政策が進められたことが、筆者ラス・カサス自身の現地での見聞に照らして実に詳しく書かれている。この有名なラス・カサスの告発の書は、次のような文章で始まっている。「インディアスの発見という偉業が達成され、スペイン人たちがそこへ赴いてしばらく暮らすようになってから現在にいたるまで、そこでは種々様々な出来事が起きた。人類史上、これまでに見聞されたいかなる偉業も、それらに較べると、色を失い、声も出ず、忘却の彼方へと追いやられる。それほどインディアスで起きた出来事は、ことごとく驚くべき、また直接目にしなかった人にはとても信じられないようなものであった。その中には、罪のない人びとが虐殺絶滅の憂き目に遭ったりと、スペイン人の侵入をうけた数々の村や地方や王国が全滅させられたこと、そのほかにもそれに劣らず人を慄然とさせる様々な出来事があった」（同書一一頁）と。

　このラス・カサスの本には、もう読み進めるのが辛くなるような深刻な内容が〝もうこれでもか〟というぐらいに書き連ねられている。したがって、コロンブスないしはマゼランの航海物語が、ツヴァイクの言うようなファンタジックな近世のお伽話どころではなく、現地住民を酷使し徹底的に収奪を図ったエンコミエンダ制（一五〇三年創設のスペイン人によるインディオ委託労働制）の開始を告げる悪魔的所業の役割を背負っていたことは間違いない事実である。本多氏も、自著『マゼランが来た』の中でこのラス・カサスの書物の画期的な内容について言及している。

〔ウルグアイやアルゼンチンでスペイン人たちが行なった虐殺の最も古い記録は、マゼランと同世代のスペイン知識人ラス＝カサスの著書『インディアス破壊を弾劾する簡略なる陳述』（石原保徳訳＝現代企画室「インディアス群書」第6巻――注／先に掲げた『インディアスの破壊についての簡潔な報告』と同一）に現れる。ラプラタ地方で行なわれた残虐行為の「無数の報告のなかのごく一部」として次のように書かれている。ある悪虐なる総督は、いくつかのインディオの集落に食糧徴発のため配下を派遣し、要求に応じなければ皆殺しにせよと命じた云々……〕という具合にである。このようにラス・カサスは、本多氏のルポの中では数少ない良心あるヨーロッパ人の一人として登場している反面、コロンブスやマゼランについてはまったくの侵略主義者のお先棒かつぎ役としてのみ登場している。しかしながら、暴力的支配装置としてのエンコミエンダ制から発生した罪科のすべてを、航海者コロンブスやマゼランに帰すことは果して可能だろうかという疑問も湧いてくる。少なくとも植民地経営に邁進したコロンブスと比べた場合、事業半ばで落命したマゼランにおいては有責の程度は少ないとも思えるし、ましてや、マゼランの伝記を書いたツヴァイクまでにもその責の一端が及ぶがごとき議論は、かなりの暴論というべきではないだろうか。

*

あの植民国家スペイン全盛の時代にあって、ドミニコ会士修道僧ラス・カサスがその国家経営方針を真っ正面から批判する言説をなしたことは驚きに値する。まさに後世の歴史のために命がけの戦いを続けた「正義の人」という以外の何ものでもなく、この人の存在によって、とかく植民地収奪国家として、また宗教弾圧国家として悪名高いスペインの評価がどれほど救われているか、たまには想起したほうがよいというものだろう。ただし、ラス・カサスも当初は窮乏するインディオを救うため、それに代わる労働力として黒人奴隷の導入を考えていたというから、最初から全きヒューマニストではなかったということになるし、また当初は彼自身がエンコミエンダ制のもとで農業や鉱山の経営に従事しており、みずからが体験し観察したその非情さのゆえにこの制度に疑問をもったという経緯がある。それは、ちょうど我が国における白樺派作家・有島武郎の快挙を思わせる出来事ではないだろうか。有島は、北海道・羊蹄山のふもと三五〇ヘクタールにも及ぶ広大な農園（有島農場）を父親から遺産として受け継いだが、みずからが共鳴したところのクロポトキン的ないしトルストイ的な相互扶助論ないし人道主義思想に基づいて、大正十一年この農場の解放を決意するのである。配下の小作人を解放し、彼らによる土地共有の自治組織の農団を結成せしめる（狩太共生農団という）、これは、単なる上すべりの思想しか持ち合わせていない口舌の徒には、いっかな実践できることではないだろう。今からもう二十年も前になるが、私はどうしてもこの旧有島農場を訪れたくなって、函館本線ニセコ駅に降り立ったことがある。羊蹄山のふもと蕭条として吹き渡る風のなか、白亜の有島記念館が聳えていたが、その前に立ったとき亡き有島武郎の——ときにはアイロニカルに酷評されることもある——悩み多くも高邁な博愛精神が伝わってくるような気分にとらわれたのであった。私は、ラス・カサスのインディオ解放という壮挙に思いを致すとき、どうしても有島武郎の小作人解放を連想してしまう。

閑話休題。そもそも、ヨーロッパ人がインディオやアジア人を支配できるとする思想的根拠はどこに求められるのかを考えてみると、これは地理的概念としてのヨーロッパの成立に関わる奥深い問題に突き当たるようである。この問題は、ルイス・ハンケという現代アメリカの歴史学者が書いた『アリストテレスとアメリカ・インディアン』（佐々木昭夫訳、岩波書店、一九七四年）という書物を読むと実にすっきりと理解される。一四九二年、周知のように、この年はコロンブス船隊が新大陸に到達し初めてその地の先住民インディオと遭遇した年でもあると同時に、キリスト教国家スペインが異教徒たるムーア人やユダヤ人をイベリア半島から駆逐して、カトリック体制の覇権の確立に向けて大きく踏み出した年でもある。ハンケによれば、このときスペイン人が直面したのは、これらのインディオと呼ばれる人々の本性をどう考えるかという認識論上の問題であった。インディオは一体何者なのか、そして彼らをいかに扱うべきか、彼らはキリスト教に改宗され文明的な生活を身につけることができるのか、どうやってそれを試みるべきか、戦争によってか平和的な説得によってか、こういった新たな神学的論争が、国家経営の方向性とも複雑に絡む形でスペイン知識階層の前に提起されたというのである。

そうなると当然とるべき道は二つに分かれる。一方には戦争によってインディオを屈伏させせよと主張する者あり、他方には平和的な説得によってインディオを馴致させせよという者あり。すなわち征服者は端的に「インディオを力ずくで神と国王とわれわれに奉仕させるための正義の戦いは、いつ開始することができるか」と尋ねがちであり、そして聖職者は熱心に「原住民を現在の彼らの状態から真にあるべき姿に変えさせるにはどのようにしたらよいか」と問うこととなる。前者を代表しているのが、当時のスペインの法学界の権威フワン・ヒネス・デ・セプルベダという人物であり、後者を代表しているのが、これまで何度も名前が出てきたドミニコ会士修道僧ラス・カサスである。この両者の間で激しい論争が闘わされることになる（一五五〇年八月のバリャドリード論戦）。

ここでセプルベダが持ち出した理論が、インディオはもともと野蛮で獣的な存在であって、奴隷たるべく自然によって生まれつき定められているという学説であった。これを先天的奴隷人説というが、この不遜とも思える学説の主唱者が、ほかならぬ古代ギリシアの賢人アリストテレスであったというわけで、ここにおいてようやくハンケの本のタイトルが『アリストテレスとアメリカ・インディアン』である理由が諒解されるのである。セプルベダは、インディオにはこの先天的奴隷人説がストレートに適用され得ると主張したわけである。「もう一つ自然によって定められているのは、治者と被治者とのそれであって、これはおたがいの生存を安全にするためのものなのである。すなわちその知力によって先を見ることのできる者は、生まれつきの治者であり、生まれながらにして人の主となる者である。これに対して肉体を使って労働する力をもっている（だけの）者は、被治者となり、また従者（奴隷）となるのが自然なのである」（田中美知太郎編『世界の名著・アリストテレス』六六頁、中央公論社、一九七二年）。周知のように、中世ヨーロッパの教会組織において絶大なる権威とされたのがアリストテレス神学であった。セプルベダは、このアリストテレス神学を根拠として、野蛮で獣的な存在であるインディオを強制的にキリスト教に改宗させるためには、彼らに戦いを仕掛けることが、便利でもあり合法的でもあると主張したのであった。

もちろん、それに反対したのがラス・カサスをはじめとした人道的救済を訴えるインディオ擁護論者であり、その主張はインディオが善良で従順であり独自の素晴らしい文化の創造者であること、そしてスペイン人植民者と原住民からなる共同体（コムニダー）の建設すべきであるというものであった。このようなラス・カサスの主張は、後の歴史が証明しているように、先天的奴隷人説を基礎にしたところの絶対主義的植民地政策に押し切られる形で敗退していくのであるが、要するに、ここで私が言いたいのは、立法権を有する支配機構としての国王が最初からすべてインディオ擁護論を否定したわけではないということである。つまりストレートに植民地収奪に突き進んだわけではなく、そこには一定の人道主義的修正も加えなければならないという主張にも配慮した動きが見られる。事実一五四二年、国王カルロス一世はエンコミエンダ制の漸次撤廃、インディオの奴隷化の禁止を盛り込んだ植民地に関する「新法」の制定に同意するなどの動きも見られるが、結局は、さまざまな抵抗にあって撤回を余儀なくされていくのである。

したがって、十六世紀の時代状況においてコロンブスやマゼランが果たした歴史的役割は、一方においてセプルベダの言っている正義のための征服戦争の尖兵という側面があったのは間違いないにしても(しかもそれは古代ギリシア以来の根深さをもっている)、他方において、ラス・カサスの言っている新大陸におけるスペイン人とインディオとの共生社会の構築という側面もまったくなかったわけではないということになろう。繰り返しになるが、コロンブスやマゼランの航海物語を、ツヴァイクの言うようなファンタジックな近世のお伽話ととらえることは無理だとしても、だからといって、それが徹頭徹尾ヨーロッパ人の侵略思想の実践であったという議論にはやや無理があるのではないかという気もするのである。旧世界と新世界の共生の余地を残しながらも、結局は、絶対主義的な経綸に重きを置くいわゆる〝前近代的な掠奪の論理〟によってそれらは潰され、後代の歴史に見られるようなヨーロッパ中心史観に基づく〝人類史〟に再編されていったというのが、まあ歴史の順当な見方ということになるのではないだろうか。したがって、中世以来アリストテレス神学を振り回して、ヨーロッパ列強がその優位の思想的根拠としたことは歴史的事実であろうが、それを否定しかかった一群の人々の存在も認める必要があるのではないか、そうした西欧的偏見を排する人々の系譜の中にラス・カサスも含まれるし、またツヴァイク自身もみずからのポリシーとしてその末席に連なろうと努力していたと私には思えるのである。

＊

私がどうして反差別を標榜するルポルタージュに対して反論めいたものを書くなどといった「反動的」

な言辞を弄するかというと、本多氏の次のような主張に「ほんまかいな」という疑問を持つからである。すなわち、氏は、ヨーロッパ人が命名した地名をほとんどすべて現地語に言い換えよと要求している。例えば南米大陸の南端部分でいえば、あのマゼラン海峡をアオニケンク海峡と言い換えよと要求している。アオニケンクというのはこの付近に住む先住民族の名前である。以下同様に、フエゴ島はセルクナム島、ビーグル海峡はカウェスカル海峡という具合にである。フエゴとは「火」が燃えさかることからマゼランが命名した島の名前、ビーグルとは一八三二年ダーウィンが乗ってここを通過した測量船の名前であって、この船は進化論の構築に大きなきっかけを与えたことになっている。こうしたヨーロッパ人の命名による名前は侵略主義の表れであるから、使わないほうがいいと本多氏は言う。

さらに氏は、現在の日本での国語表記にも植民地根性が見られるから、それを正せと言う。数字の三桁法はサウザンド、ミリオン、ビリオンという欧米の習慣に基づいたものだから、四桁法にするべきである、日本の呼称は万、億、兆という具合に四桁で切ることになっていると。ローマ字のヘボン式はやめ、日本式とする、shi → si とし、chi →tiとするという具合に。そしてカタカナ表記はWI WE はヰ、ヱとしVの行も変える（わ行は上記の二字以外ワープロに出ないから表示しない）、ヰ、ヱは日本古来の用法であると。したがって、ダーウィンはダーヰンとなる。こうした改革の主張は、一部わからないでもなく、特に数字の表記などは十分に納得的である。しかし果してそれで問題は解決するだろうか、そしてこれまで営々と蓄積されてきた広義の文化というものに不都合は生じないだろうか、そこが私には、いまひとつわからない。こうした論理を進めていくと、北海道の地名は一切アイヌの現地名でなければならなくなるし、アメリカ大陸の地名は一切インディアンの現地名に変えなければならなくなりはしないか。おっと、インディアンという名前もインド人との誤認が発祥であるから使ってはいけないことになる。もっとも現在ではインディアンとは言わず、ネイティブ・アメリカンとかアメリカ先住民の何々部族と言い換えるのが普通になっている。

確かにこうした地名の言い換えは現在では、ある程度めずらしくなくなってきており、エベレストとかつて呼ばれた山は今はチョモランマというし、エスキモーはイヌイットという。しかし、言い換えができていない事例もまだたくさん残されていて、東シナ海のシナは蔑称ということになっている。同じ日本の中でも東北地方は古来、京都朝廷の不当な支配を受けていたから、地名をすべて先住民である蝦夷に由来する名称に戻すといった主張が妥当性をもつものだろうか。漢字はもともと外来文字だから、これからは日本古来の、といっても相当怪しいものであるが、いっそのこと古史古伝に出てくる古代文字にしたらどうだろう。この伝でいくと英語も安泰ではない、イギリスでもウェールズ地方の人々はルーネ文字を使うなければならないようになるかもしれない。あまりにも性急に事を急ぐと、おかしなことになりかねないのではないか。文化の連続性、文化の相対的価値を考えると、私にはどうもわからなくなる。

もちろん、本多氏が言葉だけに拘泥しているのではなく、実質的な差別をなくそうと努力している人だというのは私は十分知っている。確かに先ほど引用したように、ツヴァイクの文章に西欧的偏見がないことはない、だからといって、この『マゼラン』という作品が、わずか数十字の言葉でもって全面的に否定されるべき性質のものだろうか私には疑問が残る。西欧的偏見云々を持ち出せば、そのとたんに過去の多くのヨーロッパの文献は紙のごみと化してしまう可能性がある。ツヴァイクの作品を含めて、多くのヨーロッパ人の手になる芸術作品の中には、おそらく人間や歴史を考える上でのさまざまな要素が盛り込まれている。複合的な要素を持っている文化遺産＝芸術作品の中には、継承されるべきものと、否定されるべきものが混在しているはずであって、それを時代のコンテクストの中で正しく選別していく作業が必要となるということではないだろうか。アバンギャルドを主張していた人が、年齢を重ねるうちに古典の伝統主義に魅かれるという例は、そうめずらしいことではなく、劇団「天井桟敷」を主宰するなど、かつて日本演劇界の革命児として知られた某劇作家、そのラディカルな人が、晩年には古典歌舞伎の脚本を書きたいと言っていたことを思い出す。この挿話は、かつては否定していたものの中に、実は優れた文化要素が含まれており、年齢を経るうちにそのことがよくわかった、ということを示す事例の一つではないかとも思う。一つの錦の御旗のもとに参集し、一つの価値尺度だけで判断するのは、いずれろくなことはないと私は信じている。

4　航海者ヴェスプッチ

『マゼラン』が収められている『ツヴァイク全集16』には、実はもう一つの小さな評伝『アメリゴ――歴史的誤解の物語』が併録されている。これは一九四一年ツヴァイク五十九歳のとき移住地アメリカ合衆国のニューヘヴンで執筆され、死後の一九四二年に出版されたもので、著者自身が刊行された現物を見ていないという意味で、まさに遺作中の遺作といって差し支えない作品である。前作『マゼラン』に関する調査研究のため、彼はポルトガルやイタリアに出向き、大航海時代の史料をいろいろと猟渉しているうちにイタリア人航海者アメリゴ・ヴェスプッチ（Amerigo Vespucci, 1454–1512）について関心を持つようになった、つまり『マゼラン』の副産物としてこの作品は生まれたということになる。そういうわけで、この二つの作品は同じ時代背景をもっており、似たような動機で書かれたということになるが、では大航海時代の著名な二つの航海を、その時期を若干ずらし同じ手法でもって並行的に描いただけかというと、全然そういうことにはならない。両者を読み比べたときその読後感は全く違っている。

第一節で見たように、確かに評伝『マゼラン』おけるツヴァイクの筆力には舌を巻くものがあり、その迫真性には人をして唸らせるものがあるが、あえて苦々しいことをいうと、読者たる我々はマゼランの世界一周航海の事績については、およそのことを知っていて、話の筋がそこから大きく外れることはない。ページを繰るとき、はらはらどきどきしながらも、その次に何が起こるかは大体の察しがついており、いわば紙上シミュレーションのような形で冒険プロセスを追体験するわけである。ところが、これから検討しようとしているヴェスプッチの場合はそうはいかない。最初から謎のヴェールに包まれている。ヴェスプッチは生涯に四回の航海をしたとされているが、それは本当なのか。そして今日の我々がアメリカというとき、その由来となった名前、すなわちアメリゴ・ヴェスプッチのファーストネームの Amerigo をラテン語の形にし、かつ土地を表す女性形の語尾（-a）を付けた America が大陸名として通用しているのはよく知られているが、ヴェスプッチという人物は、このような栄誉に浴する資格があるのかどうか。実は不当にその栄誉を奪い取った簒奪者なのだという見方が、ヨーロッパなどでは根強くあるのだという。はたして英雄なのか、それとも簒奪者なのか、こうした毀誉褒貶の中でヴェスプッチはさまよっている。

まずツヴァイクが述べている冒頭部分を引いてみる。「一人の男が、自ら決して企てなかった旅行、少なくとも企てたとは決して主張しなかった旅行にもとづいて、自分の呼び名をわが地球の第四の大陸の名称にまで高めるという法外な栄誉を簒奪したのである。この男の物語は一体どのようにして生まれたのか、それは全くの偶然や錯誤や誤解といった一連の錯綜した事件そのものといえるのである。四世紀このかた、この命名は世人に不審の念や憤慨の気持をかきたて、不正な、また陰険な策略を弄してこの栄誉を密かに横領したという罪が、アメリカ・ヴェスプッチに何度となく帰せられたのであった。……ヴェスプッチは無罪だと主張するものもあったし、永久に消えない汚名を着せる判決を下すものもあった。彼の弁護側が、確信をもって彼の無罪を宣言すればするほど、反対側は、ますます躍起になって虚言や偽造や窃盗の罪を彼に着せるのだった。今日、これらの論争は、その一切の仮定や証拠や反証を含めて、すでに一図書館全体を埋めつくしている」（二八四頁）と。もし歴史的な錯誤があるとすれば、それはなぜ起こったのかという謎とき、それがこの本の副題の「歴史的誤解の物語」という意味である。そこには推理小説を読むような怪々とした味わいがあり、読み物としてのおもしろさという点では、実はこの評伝『アメリゴ』は前作『マゼラン』を凌ぐものがある。

問題の核心は「アメリカという名称はアメリゴ・ヴェスプッチに由来しているると言われているが、それはいかなる経緯でそうなったのか。またその呼称は妥当性をもっていると言えるのか」これである、これ以上でもこれ以下でもない、四〇〇年も続いている論争のポイントは、右のたった一〇〇字にも満たない短い文章に要約される。周知のように、後にアメリカと呼ばれる新大陸にヨーロッパ人として初めて到達したのは、イタリア人の航海者コロンブスであった。以後もコロンブスは三回にわたって航海をかさね、この地にさまざまな足跡を残した。このことからすればアジア、ヨーロッパ、アフリカに続く第四の大陸に、コロンブスの名が冠せられても何の不思議もない。いや、彼はこの地を終生アジア（すなわちインディアス）だと信じ、新しい大陸であるとはつゆほども考えなかった、だからコロンブスにはその資格はないという言い方も成り立たないことはないが、その壮大な事績からして後世の人がコロンビアと命名してもちっともおかしくないのである。まあ南米にはコロンビアという国があるし、ニューヨークにはコロンビア大学という学校もあって、そのような形でコロンブス関連の名称が残っていることは残っているが、それらはいずれも比較的スケールが小さいと言わなければならない。なお言い添えると、コロンブスが最初の新大陸到達者であると言い切るのは、実は歴史的には正確ではなく、十一世紀頃、既に北欧ヴァイキングは北米海岸、現在のニューファウンドランドのあたりに到達していたと言われているが、だからといって、彼らを自覚的な最初の到達者と見なすことはできないというのが一般的な見方である。

混乱はどこから生じているのか、ポイントは二つある。まず一つは、基礎史料がきわめて少ないことである。ヴェスプッチは艦隊を組んで大々的に航海に乗り出すという一大プロジェクトのリーダーであったわけではなく、せいぜい高く見積もっても上級航海士という副官クラスのポジションにあった。確かに後には、航海士総監という上位の官職に就いているが、それは船を降りてからのことで、航海当時は提督ではなかった。コロンブスやマゼランのような提督であれば、正式な航海報告書を提出する義務があるから、それらの記録はしっかりと後世に残ることになるが、ヴェスプッチの場合は正式な報告書は残されておらず、ただ私的な書簡が残っているにすぎない。しかもその量たるや、フィレンツェのメディチ家などに宛てた私的な六つの書簡（第一書簡から第六書簡）、わずか三十二ページだけである。なんとヴェスプッチの記録の少ないことか！　コロンブスやマゼランの航海日誌と比べてみよ、それらは数百ページにも及んでいる。したがって、現存の史料からはヴェスプッチの航海についての基本的データ、例えば船団の編成、指揮系統、航路、船員のリストなどを得ることはできない。こうした曖昧さが、航海そのものの信憑性を疑うもとになっている。この辺の事情をツヴァイクは「今日もはや、専門地理学上の、ないし言語学上の問題ではない。それは誰でも好奇心のある人なら、腕だめしの出来るクイズなのである。そればかりではなく、簡単に見通しのきく遊び、いわば僅かな『駒』で遊べる将棋なのである」（二八五頁）と書いているが、いかにもチェス好きだったこの人らしい比喩の仕方である。問題は史料の多寡ではない、その捌き方であると言い切るところに、ツヴァイクの伝記作家としての自信と余裕を感じることができる。

もう一つのポイントは、少ないながら現存する、その史料の信憑性である。ヴェスプッチは生涯に四度の航海をしたことになっているが、詳細に見ていくと疑問点が少なくない。例えば第一回の航海では、早くも北米に到達したとされ、その地点が第一書簡によれば現在のコスタリカの北緯一〇度付近に到達したことになっているが、第六書簡ではメキシコの北緯一六度付近となっている。そしてこの航海では、現在のアメリカ合衆国のフロリダ半島からニューヨーク付近まで行ったことになっている。信じがたい！　また第三回の航海では、マゼラン海峡付近の南緯五〇度付近まで南下しているが、マゼランの航海に先行すること二十年も前にこの地方にまで行っていることになる！　そのわりには、ポルトガル王室の公式事業にもかかわらず、ポルトガル側には記録が一切残っていないのである。以上が、四回の航海をごくごく簡単にまとめた問題点であるが、このような曖昧さから、ヴェスプッチは同じ航海を二回とか三回とかに分けて記述し、あたかも複数の航海をしたかのように割り振ったのではないか、単なる誤記なのか、それとも意図的な捏造なのか、といった数々の疑問が生じてきて、史料そのものの信憑性を疑う声が上がってくるのである。それはちょうど我が国の古代史における邪馬台国論争に似ているといえよう。周知のように、この論争の根本史料『魏志倭人伝』はわずか二〇〇〇字にすぎず、あまりにも少ない史料によって、ある人は邪馬台国は近畿に存在していたといい、また九州に存在していたといい（福岡説、佐賀説、熊本説などあり）諸説紛々の状態になっている。しまいには邪馬台国は存在していなかったという人さえも出てきて（邪馬壱国説）、論争は果てしなく広がっている。

＊

このあたりの謎をすぱっと解明したのが、ツヴァイクの作品である。この物語は五幕物の喜劇だとツヴァイクは喝破しているが、少々の我慢に付き合っていただいて、この論理展開をざっと追ってみることにしたい。まず第一幕は一五〇三年に始まる。この年、ある一つの小さな出版物が刊行された。その出版物とは、ヴェスプッチが出身地イタリア・フィレンツェのメディチ家の要人に宛てた書簡という形式の四ページの『新世界（Mundus Novus）』と題するラテン語パンフレットである。著者名はラテン名のアルベリクス・ヴェスプチウスで、そこには、ポルトガル王の委託航海で訪れた未知の国についてさまざまに書かれていた。金は豊富で、真珠も多量に産し、気候がよく自然が豊かで、人間も無邪気で云々……要するに「もしも楽園というものがこの世のいずこかに存在するというならば、それはかならずやかの地から程遠くはあるまいと私は推察いたすものであります」と、いかにも読者の目を引きつける内容であった。そして「かの国々はまさに新世界と呼称するにふさわしいものであります」とも書かれていた。

このような文句が人々の目を引かないはずがない。パンフレットは大いに関心を持たれ、ドイツ語、フランス語など各国語に翻訳されて版を重ねた。さてその二年後、ここからツヴァイクの言う第二幕が始まるが、今度は別の印刷業者が同じような内容のイタリア語のパンフレットを出した。そのときのタイトルは『四回の旅行の途次発見された島々に関するアメリゴ・ヴェスプッチの書簡』であって、具体的な航海の模様が日付入りで紹介されており、前回の四ページから十六ページに膨らんでいた。内容的にはそれは前回の冊子とそう変わるものではなかったが、ここから活字の一人歩きが始まる。最初のパンフレットでヴェスプッチは「新世界と呼ぶにふさわしい」と言っているだけであるが、版を重ねて何度も「ヴェスプッチ」と「新世界」という文字が目に入るうちに、新しい土地をヴェスプッチが発見し、それが「新世界」と命名されたという共通理解が人々の間に形成されていった。

さて第三幕に登場するのは、ドイツ・ロートリンゲンの小都市に住むマルティン・ヴァルトゼーミューラーという地理学者である。この新進の学者は、近年の新発見を盛り込んだ、それまでのプトレマイオスの『世界誌』に代わる新しい世界地図を著すことを計画していた。第二のプトレマイオスになろうとする野心が、新たな局面を展開させる。彼は新地図の作成に当たり、ヴェスプッチの書いたパンフレット「新世界」を利用することにした。その場合そのままでは箔が付かないから細工を施し、高貴なラテン語に翻訳して上級航海士のヴェスプッチをアメリクス・ヴェスプッチという著名な地理学者に仕立てあげた。こうして新しい知見を盛り込んだ新刊『世界誌入門』を書き上げたが、その中で「この第四の部分は、アメリクスがこれを発見したのであるから、今日よりアメリクスの土地ないしアメリカと呼ばれてよいであろう」と記述したのである。この『世界誌入門』の記述が、後になって、またまた活字の一人歩きを始める。一五三八年というから最初のパンフレットが出てから三十五年後、ドイツの地図製作者メルカトール——今日メルカトール図法としてその名が知られている——がこの記述を採用し、第四の大陸にアメリカと書き入れた。このメルカトールの地図は画期的な技法を有するものであったから、後の人々が地図を作成するたびにその典拠とされた。次の人がこれを引用し、また次の人がこれを引用する。こうして新大陸の名称としてアメリカという固有名詞が、その響きの良さと相まって定着していった。したがってヴェスプッチ自身がそう望んだわけではなく、本人の意図を離れたところで事態がどんどん進んだのだとツヴァイクは言う。

ここまで来て、読者は「そうだったのか」と大きく深呼吸をすることであろう。しかし物語はここでは終わらず、ここからツヴァイクの言う第四幕が始まるが、あとのストーリーは各自読んでのお楽しみということで、ここでは割愛しておく。このような歴史的誤解を一つのストーリーに仕立てたのが、ツヴァイクの評伝『アメリゴ』である。アメリカという名称の陰にはこのような劇的な場面転換があったわけで、コスモロジカルな命名の由来変遷といい、旧大陸におけるエキゾチズムの受容のあり方といい、私にとっては、そのいずれをとっても、わくわくするような歴史の好題材に思える。食材に譬えれば何よりネタがいい。芋蔓式にどんど膨らんでいく歴史的置き土産の問題を、ときには文学の粉をふりまき、ときには論文の針金を差し込んで、手際よく裁いていくツヴァイクの手腕に、正直いって私はプロ作家の凄味を感じないわけにはいかなかった。プロの作家とていくらもいる。十年一日のごとく私小説ふう身辺雑話を飽きもせず書き続ける人もいるし、針小棒大に瑣末事を一〇〇〇ページもの大作に仕上げる人もいる。しかし、それらがおもしろければいいが、とても読み進めるのに五〇ページももたない作品もある。その点でツヴァイクのこの『アメリゴ』は大いに違っていて、錯綜した歴史の糸を、こんなにもわかりやすく、しかもストーリー的に無理なく解きほぐしていく作品はそう滅多にあるものではない。

ことのついでに、ここで一般論ふうに歴史と文学をめぐる若干の私見を述べておくと、歴史と小説を結び合わせれば、簡単に歴史小説という言葉が生まれるが、なかには「看板に偽りあり」のものも相当含まれているやに思える。単に時代背景をそこに借りてきて置いていているようなもの、それらはしばしば現在の日本の出版界では時代小説と呼ばれていて、その内実をただせば、武将という名の経営者、武士という名のサラリーマンといった、中身は現在の企業社会にアナロジーを求めている小説だったりする。造園用語で、山野や樹木など周囲の景色を、あたかも自分の庭園の一部として取り入れることを「借景」というそうだが、その言葉を使わせてもらえば、今述べたような小説は借景的な現代小説であるともいえよう。歴史と推理を一緒にした歴史推理というジャンルもあるが、それらとて事情は同じで、歴史の謎を解くような体裁にはなっているが、その実やはり借景的な現代小説であろう。ある程度までアカデミズムにも足を置きつつ、ストーリーの面白さも失っていないものを求めるとすれば、借景だけの小説ではやはりもの足りなさを感じてしまう。

ところで学術論文の読みにくさについては既に「定評」があるところである。もちろん、そのすべてとは言わないが、――尊敬おくあたわざる丸山真男、大塚久雄といった大先生は除いて――何を伝えたいのかわからない、引用ばかりで地の文が少ない、他者への判定ばかりで自分の意見がないなどという批判に事欠かない。要するに書くために書くというか、業績というアリバイをつくるために書いているという面なきにしもあらずで、一般読者というのは、あまりに煩瑣だと感じると嫌気がさし途中で投げ出してしまうことも稀ではない。歴史論争を判定する場合、その論理性や厳密性から見て文学作品はとても学術論文にかなうところではないが、かといって大衆的啓蒙という点ではその両者の関係は逆転することもなくはない。専門学者のスコラ論争を、一般レベルに〝引き下げ〟て、そのポイントを理解できる形で示すというのは、優れた評伝や歴史小説がもっている役割ということになろう。『アメリゴ』という作品は、文学と歴史の〝幸福な結合〟というか、そうした私の生来的な嗜好を二つながらに満足させる内容をもっている。

*

ツヴァイクは最後に「ヴェスプッチは誰か」という章を設け、この人物像のスケッチを試みている。「ヴェスプッチは中庸の人物以上のものではなかった。アメリカの発見者でもなく、『地球上の陸地の拡大者』でもなかったが、そうかといって、人を罵るような虚言者、詐欺師でもなかった。偉大な文筆家でもなかったが、またそうした人物と見做されることを自惚れるような人間でもなかった。大学者でもないし、思索の深い哲学者でもなく、天文学者でもない。コペルニクスでもなければ、ティコ・ブラーエでもなかった。……（第一列の）コロンブスやマゼランのように、彼には一船団が託されることはなかった。あらゆる職業、あらゆる地位において、彼は下位に立つ身であったから、発明し、発見し、命令し、あるいは指導することは出来なかった。常に彼は第二列にあった。いつも他人の陰にあった。それにもかかわらず、名声の輝かしい光が、まさしく彼を射したとすれば、それは特別の功績のためでもなく、特殊な罪過によるのでもなく、運命の定め、誤謬、偶然、誤解によって起こったのである」（三七一〜三七二頁）と。つまりヴェスプッチは悪意はなかったが、歴史のいたずらによって、新大陸に自分の名前を冠するという「有名人」になったとされている。

話がいくらおもしろくても、それが真実であるとは限らないとばかりに、ツヴァイクの提出した答えに対して重大な疑義を提出している人がいる。色摩力夫氏は自著『アメリゴ・ヴェスプッチ――謎の航海者の軌跡』（中央公論社、一九九三年）の中で、ツヴァイクのこの評伝に対して次のようなコメントを書いている。「ツヴァイクは、アメリゴを『偉大な賢者でもなく、鋭い哲学者でもなく、たいした天文学者でもなく、かと言って大著作家でもない一個の凡人』ときめつけて、二流の人物扱いをしている。しかし、われわれとしては、アメリゴの事績はやはり画期的な歴史的事件と認めざるを得ないし、その人物像もなかなか興味深いものがある。ツヴァイクの如く、いとも簡単に片づける訳にはいかない」（同書九〇頁）とし、別の箇所でも「アメリゴの人物像に全く関心を示していないのは不可思議である。しかも、人間アメリゴの評価が低過ぎる」と書いて痛烈に批判している。その詳細を述べると、煩わしくなるのでここでは割愛するが、私の見立てをいうと、確かにツヴァイクの人物描写には、個性の増幅という点でやや極端にすぎるという傾向があることは認めなければならないが、全体を通してみれば、ツヴァイクの文章はそれなりにバランスを取って書いているとも思えるのである。

5　ツヴァイクの死

前述のとおり『アメリゴ』という作品は一九四一年、移住地アメリカ合衆国のニューヨークにほど近いコネチカット州ニューヘヴンで執筆された。ツヴァイクの寿命は翌年六十歳で尽きているから、ほんの死の直前に脱稿された作品であって、人生の最終局面において執筆されたこの本には、当時の作者を取り巻く時代状況が色濃く反映されている。ツヴァイクは、故国オーストリアがドイツ・ナチス政権による脅威を受けてからというもの、いちはやくドーヴァー海峡を越えてイギリスのロンドンに亡命した。そして、さほどの時間をおかずに今度は遠路、大西洋を越えてアメリカ合衆国のニューヘヴンへと住居を変えた。こうした流浪生活の中で、彼は自分の意志とはかかわりなく回転する歴史の歯車を切歯扼腕の思いで見つめており、そのような自分の姿は、歴史に翻弄されたヴェスプッチの姿とどうしても重なってくるのであった。ヴェスプッチに寄せるツヴァイクの親近感はいや増しに増していく。したがって、この十六世紀の航海者をして、ツヴァイクが鬱然たるみずからの思いを語らしめたいという衝動に駆られたとしても、それは無理からぬことといえよう。移住地である米国のニューヘヴンには、名門として知られたイェール大学が存在している。その大学図書館には、さすが本場というべきか、ヴェスプッチに関する資料がどっさりと置いてあった。このようにニューヘヴンは、ヴェスプッチの事跡を調べるには有利な条件を備えており、こうした状況のもとで、この評伝は執筆されたのである。

しかるゆえに、どうしてもツヴァイクの描くヴェスプッチ像は、歴史の犠牲者の側面を強調する方向へと傾いてしまいがちであった。先に紹介した色摩氏の批判のベースはここに存するというわけであるが、前にも触れたように、それが極端な歪みかどうかはまた評価の分かれるところである。ツヴァイクは本作品を書いてまもなく、慌ただしくアメリカ合衆国を立ち去って、今度はさらに遠い南米ブラジルへと向かった。それほどに迫りくるナチスの脅威を、亡命した同僚作家たちよりもよけいに、しかも先取りする形で感じ取っていたということであろう。同行したのは三十三歳の二度目の妻シャルロッテのみであった。彼女は旧姓をエリザベート・シャルロッテ・アルトマンといい、つい五年ほど前から秘書としてツヴァイクの作家活動を支えてきており、一九三九年ロンドン時代に作家本人の妻となった人物である。ツヴァイク夫妻を乗せた大西洋航路客船のブラジルへの航海、それはまさにヴェスプッチが四〇〇年以上も前に航海士として辿ったその航路とほぼ一致している。熱帯ブラジルの陽光に照らされたヨーロッパ人作家ツヴァイクは、いったんは熱帯の空気を吸い英気を取り戻し、新たな創作活動にエネルギーを注ぐかに見えたが、ほどなくして宿痾であったところのメランコリーに襲われた。

そして運命の一九四二年二月を迎えた。この時期には、ドイツ軍は、ヨーロッパ東部戦線ではロシアの大地奥深くまで攻め入っていたし、西部戦線や地中海方面では、Uボートによって盛んに連合国側の船舶を沈めたりしつつ、スエズ運河への進出が始まっていた。またアジアでは、ドイツの同盟国である日本の軍隊がマライ半島に進出し、シンガポールを陥落させていた。戦況の不利が刻一刻と、新聞を通じてツヴァイクに伝えられる。ついに同年二月二十二日、それはツヴァイクが『アメリゴ』を脱稿してからわずか半年後のことであるが、さながら陸上競技の短距離ランナーがあっという間にトラックを駆け抜けるかのように、リオデジャネイロ近郊のペトロポリス市の寓居でみずからの命を絶ってしまったのである。享年六十歳！　ツヴァイクの傍らには、同じく冷たくなったロッテが寄り添っていた。早すぎる死であると作家仲間はいちように嘆じた。なぜなら、仲間たちはツヴァイクの創作力はまだ衰えていないと見ていたからである。この時点で先の『アメリゴ』の原稿は、スウェーデン・ストックホルムの版元ベルマン・フィッシャー社に渡されていたが、いまだ書籍の形にはなっていなかった。それが単行本として刊行されたのは没後二年目の一九四四年である。ツヴァイクは、その心血を注いだ労作を一度も目にすることなく、故郷オーストリアから遠く離れた南十字星のもとで永遠の眠りについたのである。

*

このような顛末を知ったとき、私の体内には、びりびりと感応する驚きが走った、ええっ、あのツヴァイクがこのような死に方をしていたのかと。前章でも述べたように『人類の星の時間』の冒頭には、扉写真として一九三四年夏ザルツブルクのツヴァイク邸で写された一枚の写真が載っていた。そこにはトスカニーニやヴァルターと、互いに腕を組みながら微笑んでいるツヴァイクの姿があった。仕立てのよい背広に蝶ネクタイを締めており、そのなごやかで気品を漂わせている表情から、さぞや作家としての充実感および私人としての幸福感に包まれた生活を送っていたのだろうと私は考えていた。ツヴァイクは第一次大戦後、生まれ故郷のオーストリアのウィーンからザルツブルクに転居しているが、これは、そのザルツブルク時代に撮影された写真である。したがって、このブラジルでの死去は、その写真が写された時点からわずか八年しか経っていないことになるが、いったい彼の内部で何が起きていたというのだろう。ザルツブルク時代には名声あるベストセラー作家として、揺るぎない地歩を占めていたはずである。富もあれば、名誉もある、いっときには著書の売上げが、あのトーマス・マンやフランツ・カフカを差しおいてドイツ語圏の作家として最上位に置かれていたこともあるという。そのような成功をおさめたペンの人が、ヨーロッパからはるか一万キロも離れた、ほとんど地球の裏側といってもよい南米の地で、しかも自殺という形での最期を遂げていたとは、何とも悲惨な人生の結末というしかない。

ツヴァイクは、詳しい自伝『昨日の世界——あるヨーロッパ人の回想』（『ツヴァイク全集19〜20』所収、原田義人訳）を書き残しており、その最後のページに死の直前に書いたと思われる「遺書」が載っている。

表明（Declaraçao）

自由な意志と明晰なこころでこの人生からお別れするまえに、私はぜひとも最後の義務を果しておきたいとおもう。私と私の仕事に対して、このように居心地のよい休息の場所を与えてくださった、このすばらしい国、ブラジルに、心からの御礼を申しあげたいとおもう。日一日といやますおもいで、私はこの国を愛するようになった。私自身のことばを話す世界が、私にとっては消滅したも同然となり、私の精神的な故郷であるヨーロッパが、みずからを否定し去ったあとで、私の人生は根本から新しく建ておなすのに、この国ほど好ましい所はなかったとおもうのである。

けれども、六十歳になってから、もう一度すっかり新しくやりはじめるのは、特別な力が必要であろう。ところが私の力といえば、故郷もない放浪の幾年月のあいだに、尽きはててしまっている。それで私は、手おくれにならないうちに、確固とした姿勢でこのひとつの生命に終止符を打ったほうがいいと考えるのである。この私の生命にとって、つねに精神的な仕事が、もっと純粋な喜びであり、個人の自由が、地上最高の財産であった。

友人のみんなに挨拶を送ります！　友人たちが、長い夜の後でなお曙光を目にすることができますように！　私は、この性急すぎる男は、お先にまいります。
シュテファン・ツヴァイク
ペトロポリス　一九四二年二月二十二日

ああ落涙を誘いかねない、実に悲しくなる文章ではないか！　死の淵に臨んだ人が、このような冷静な文章を書けるものだろうかと思ってしまうほど、言いたかったことが過不足なく、しかも抑制されたスタイルで書き表わされている。不謹慎な言い方かもしれないが、実に要領を得たというか、みごとと思わず言いたくなるような遺書である。まず「居心地のよい休息の場所を与えてくださった、このすばらしい国、ブラジルに、心からの御礼を申しあげたい」と彼はブラジルへの感謝の言葉を忘れない。これは、彼にとっては休息の場所を与えてくれた国に対して、ぜひとも言わなければならない義務であった。そして、死を選んだ原因として自分にとっては「精神的な仕事が純粋な喜びであり、個人の自由が地上最高の財産」であったが、それが否定されてしまったこと、それは同時に「私の精神的な故郷であるヨーロッパが、みずからを否定し去った」ことを意味しており、そのため自分の生命のエネルギーは「放浪の幾年月のあいだに、尽きはててしまっている」ことを挙げている。そしてみずからを「性急すぎる男」と自己分析し、その性格のゆえもあって、あくまでも内発的な動機によって自分は死を選んだことを明言している。原田義人訳の『自伝』のページでは、日本語の活字訳文のあとに、ツヴァイク自筆のドイツ語の文章も添えられている。その金釘流とも思える筆跡で綴られた文字からは、ひょっとするとツヴァイクの気持ちの動揺が見て取れるのかとも考えたが、それは別の書物で見た通常の彼の筆跡と同じであって、特にその文字列に取り乱れた様子を窺うことはできない。タイトルだけは、ブラジル国に敬意を表してのことであろうか、ポルトガル語でデクララサン（表明）と書いてある。

＊

ツヴァイクの死をめぐっていろいろと調べていくと、そこに奇妙な事実が浮かび上がってきた。ツヴァイクがどのような死に方をしたのか諸説入れ乱れていて、いっこうに定まっていないのである。考えてみれば不思議な話であるが、その死因は大きくいって三つある。まず三省堂の『コンサイス外国人名事典』（一九九一年版）であるが、そこには「一九四二年、後妻エリザベット・シャルロッテとともに同地（ブラジル）でピストル自殺」と書かれてある。また同じことが岡田朝雄・岡田珠子著『立体・ドイツ文学』（朝日出版社、一九六九年）にも書かれていて、そこにある文章を引いてみると「日本軍の真珠湾攻撃の報告を聞いた翌日、うら若い二度目の妻シャルロッテと共に、リオデジャネイロの山荘でピストル自殺をとげた」（一〇五頁）とある。ただし、これ以上の詳しい事柄は書かれておらず、そのときの状況がどうであったのか、つまり具体的にどのような型式のピストルだったのかなどについては、まったく書かれていない。これが第一のピストル自殺説である。

次に、『ツヴァイク全集11／ジョゼフ・フーシェ』の月報に田中利一氏が「ツヴァイク最後の地を訪れて」と題する一文を書いており、そこでは死因をガスによるものとしている。これが第二のガス自殺説である。田中氏は朝日新聞の南米移動特派員だった人で、この月報の文章は、彼が一九五三年に当地ブラジルのペトロポリスを取材で訪問した際、そこで聞き出した事柄に基づいて書かれたものである（月報への掲載は一九六一年）。したがってツヴァイクの死から十年余の歳月が過ぎた時点での聞き書きということになる。田中氏が、そのツヴァイク終焉の家（亡命ゆえに小さな借家であった）を訪れたとき、そこにはもう既に別の住人が住んでいた。この住人から聞いた話として田中氏は以下の文章を綴っている。「窓と扉を締め切って、セロテイプ風のものでめばりされ、ガス管を引き入れたガス自殺であった。ベッドの位置は今と同じ位置で、ロッテ夫人と二人並んで安らかな大往生であったのを翌朝訪問者が発見したという」と。はっきりとガス自殺と書いている。状況描写は実に克明で、その場を見た人でなければ言えない迫真性があるが、しかしよくよく読んでみると、この住人がここに移ってきたのは聞き取りのわずか一年前であって、それ以前には別のイタリア人一家がこの家に住んでいたのだという。そのイタリア人一家から聞いた話を、くだんの住人はそっくり田中氏に語っているわけで、つまりこれは人づてに聞いたところの伝聞に基づく状況説明ということになる。

そして三番目に登場してもらうのが飯塚信雄氏の著書『ヨーロッパ教養世界の没落――S・ツヴァイクの思想と生涯』（理想社、一九六七年）である、この本によれば睡眠薬ヴェロナールによる自殺となっている。これが第三の服毒自殺説である。飯塚氏の文章をここに引用すると「男（ツヴァイク）は栗茶色のスポーツシャツに黒ネクタイ、黒茶の半ズボン姿であおむけに横たわっており、女（ロッテ）は花模様のスカートをはき、左腕で自分の胸を抱くようにしていた。……推定死亡時刻は午後十二時から四時までの間、サルタリスという商標のミネラル・ウォーターのあきびんが二人の枕もとにあった。これでヴェロナールを飲んだのが死因だった。腰まで旅行用の毛布がかかっていた」（五四頁）となる。非常に具体的な状況説明であって、死亡の時刻、着衣の状態、薬物ヴェロナールの服用などがきっちり書かれてあり、いかにもこれが真実であろうと思わせる内容になっている。またドイツ文学者・西義之氏もその著書『戦後の知識人――自殺・転向・戦争犯罪』（番町書房、一九六七年）の中で同様に服毒自殺説をとっている。

このように一つの死に対して、三つの答えが提出されている。ピストル、ガス、服毒という三者三様の死因が、我が国のれっきとした公刊物に載せられている。これはどう考えても珍妙の話であるといわなければならない。その真相やいかに、このことが、まるで私をして芥川龍之介の小説『藪の中』を読んでいるような気分にさせるわけである。周知のように、この芥川龍之介の小説は、死に方をめぐって三人の登場人物がそれぞれ三様の答えを述べているという作品であって、「藪の中」という言葉は真相がわからないときなどよくマスコミなどでも使われているので、読者においても聞きなじみのある言葉であろう。さて、ここで問題にしているツヴァイクの死の場合、だれがどう殺したというのではなく、どんな方法でみずからが死んだのか、上記の三者三様の死因について、以下それぞれに正誤の検討を加えていくことにする。

まず第一のピストル説については前述のように出典も示されておらず、どこにその根拠あるのか不明である。『立体・ドイツ文学』に書かれている前掲の「日本軍の真珠湾攻撃の報告を聞いた翌日、うら若い二度目の妻シャルロッテと共に、リオデジャネイロの山荘でピストル自殺をとげた」という文章、くだんのピストルの箇所を除いても、この短い文章の中に間違いが二つも含まれている。ここでは「真珠湾攻撃の報告を聞いた翌日」となっているが、真珠湾攻撃は一九四一年十二月八日であるから、正しくは「シンガポール陥落の報告を聞いた翌日」であろう。そしてまた「リオデジャネイロの山荘」とあるが、正しくは「リオデジャネイロの北方四〇キロにあるペトロポリスの別荘ふうの邸宅」であろう。南米大陸は広いから四〇キロぐらい何でもない、「リオデジャネイロの山荘」としたところで大した違いではなかろうと言われそうであるが、ペトロポリスはかつてブラジル王室の夏の避暑地があった名の知れた独立の都市である。このように、この書物には少なくない間違いが含まれている。ただし、著者の名誉のためにいっておくと、この書物は現在は改訂増補されて同じ著者名で『ドイツ文学案内』(二〇〇〇年)として刊行されており、その中ではいくつかの箇所に修正が加えられていて、ピストル自殺説も撤回されている。おそらく三省堂の『コンサイス外国人名事典』が誤まって書いたピストル自殺説を著者は鵜呑みにして、そのまま自著に載せたのではないか、私はそう見ている。

次に田中氏のガス自殺説であるが、これも考えてみれば伝聞がベースになっているから、その根拠は薄いと見なければならない。これも、先の場合と同じように傍証ということになるが、よく読むと田中氏の文章にも誤りが多いことに気づく。先ほど引用した文章とは別の箇所であるが、「一九三三年十月、ザルツブルクからロンドンへと、漂泊の旅は始まり」と書いている。これは、より正しくは一九三四年二月と書くべきだろう(この日時にツヴァイク家は国家警察から不当な家宅捜索を受け、亡命を決意する)。またペトロポリス図書館の館長がツヴァイク本人と交わした思い出話として「もちろんツヴァイク氏がその時書いておられた『明日の国ブラジル』の材料集めが話の中心でした」と書いているが、この『明日の国ブラジル』というのは、現在『未来の国ブラジル』（宮岡成次訳、河出書房新社、一九九三年）として刊行されている本のことであろうが、この本の脱稿は米国であったから、この時期にツヴァイクが取り組んでいたのは評伝『モンテーニュ』か『バルザック』でなければ話の辻褄が合わない。さらに、ペトロポリスはリオの西方四〇〇マイルと書いているが、先ほども出てきたように、正確には北方四〇キロと書くべきところである。このように、いくつかの誤りがあるのを見ると、ガス自殺も疑わしくなってくる。さらに付け加えれば、ツヴァイクの自殺直前の様子として「……自殺の日が近づくにつれて、狂人かと思われるほど目の光がおかしくなり、やせて、焦ら立ち、顔色も悪くなっていったという」と書いているが、それは後付けの話であろう。幾人かの友人は、まさかツヴァイクが死へのジャンプを決行するとは、直前まで気づかなかったと追悼文に書いているぐらいであるから。「狂人かと思われるほど目の光がおかしくなり」云々という話は全くおかしい。したがって、ガス説は伝聞に基づく錯誤であると考えられる。

やはり最初に紹介したように、その詳細な状況説明からして第三の服毒自殺説、これが真相のようである。何しろ警察による正式の発表がこの説であるから。死の現場はどうなっていたか、前出の西氏の本によって見てみる。「一九四二年二月二十三日、ブラジルのペトロポリス警察は、郊外ルア・ゴンザルヴェス・ディアス三十四番地のM・バンフィールド所有の別荘に心中死体のある届出をうけた。係官が行ってみると、それはこの別荘をかりていたオーストリアの作家シュテファン・ツヴァイクとその妻エリーザベト・シャルロッテ・アルトマンであることがわかった。死亡推定時刻は午後十二時から四時までのあいだ。……外国人の死亡事件というものは、どこの国の警察にも頭の痛いものだ。ペトロポリス警察も死亡の原因を自殺と見ながらも背後事情に神経をとがらさせたが、遺書も発見され、まぎれもなく本人の自由意志による自殺と断定することができた」（同書九四頁）とある。事ここに至っては四の五と言っている場合ではない、結論はこれにて決着、ツヴァイクは、古代ギリシアのソクラテスがそうであったように、毒を仰いでみずからの人生に終わりを告げたのである。

＊

さて三つの死因説について決着がついたとして、ツヴァイクが死に至る直前の生活の断片をいくつか取り出すことで、これまでの疑問めいたところを払拭してみようと思う。自殺者は必ずその信号を周囲に発するという。ツヴァイクの発した信号とは、どのようなものだったのか、それは彼の死の原因のすべてを明らかにするものではないが、少なくともその重要な原因の一端、あるいはその決意のほどを示してくれるだろう。一九四二年二月十六日というから、ツヴァイクの死の一週間前の話である。

この日、リオデジャネイロにおいて、あの有名な情熱の祭典「リオのカーニヴァル」が開かれていた。静かなペトロポリス生活の無聊をはらすため、ツヴァイクは妻ロッテと友人のエルンスト・フェーダー（ペトロポリス在住のドイツ人亡命作家で、この町でツヴァイクと親しい交際のあった人物）を伴って、この賑やかな祭りを見に出かけた。町中あげての陽気な大騒ぎを楽しんで、上機嫌で一日を過ごし、ツヴァイク一行はリオのホテルに泊まった。翌十七日朝ツヴァイクは、新聞で前日のカーニヴァルの賑々しい記事を読もうとしたが、その傍らの記事も同時に目に入ってきた。それは、日本軍によって、アジアにおけるイギリス最大の拠点シンガポールが陥落したことを伝える記事であった。見出しには「シンガポール陥落。反撃もはや不可能。大英帝国の国々は大いに悲憤」とあった。その当日、十七日火曜日はカーニヴァルが最高潮に達する日であり、当然ツヴァイクもそれを見るためにリオにやってきたはずであったが、この記事を読んでから急に態度を変え、あたふたとペトロポリスに引き返してしまった。

当時、凶暴なナチスの軍隊およびその一味のことを、危険な病原菌になぞらえて「ペスト」という言い方をしていた。当時の人々は、ドイツのナチスをその制服の色に譬えて「褐色のペスト」、オーストリアのナチスを「緑色のペスト」と呼んでいた。そのペストの一味が世界を席巻するという恐怖感が、ツヴァイクの頭をよぎった。当初、彼は、ヨーロッパでの戦況の悪化は、新天地ブラジルには及ぶまいと考えていたが、ペストはアジア地域にも着実に汚染を広げていることに、ツヴァイクは激しい衝撃を受けたのである。この調子でいくと、世界のどこに行ってもナチスの手を逃れることはできない、ペストの蔓延は不可避である、このような追跡妄想が彼をとらえて離さない。もはやカーニヴァル見物どころではなかった。心ここにあらず、せっかく楽しみにしていたカーニヴァル見物を取り止めにするほどのショックを受けたのであった。

だいぶ以前、ツヴァイクがパリに滞在していたとき、ブラガというブラジル人作家と知り合いになっていた。ツヴァイクがリオのカーニヴァルから慌ただしく帰った四日後の二月二十一日の夜（死の前日、土曜日）このブラガがツヴァイク家に電話している。「（翌日の）日曜日にお訪ねしてもよろしいか」とブラガが尋ねたのに対して、ツヴァイクは「あしたは都合が悪いのです」と断った。「では来週はいかがでしょうか」と畳みかけるブラガに、ツヴァイクは「来週になると、わたしたちはもういませんよ。電話をくれたことを幸せに思います」と答えた。ブラガはツヴァイクが旅行にでも出るものと思ったが、ツヴァイクの声の調子から少しいつもと違うなと思ったのだという。「来週には、わたしたちはもういません」というのは、いかにもこのウィーン生まれの洒脱な作家が口に出しそうな別れの言葉ということになろうが、ともかくツヴァイクの決意のほどが知られる。

そして次にブラガの話と同工異曲ではあるが、リオのカーニヴァルに随行したエルンスト・フェーダーとのやりとりである。この人とはツヴァイクはチェス友達でもあった。ツヴァイクは上手というわけではなかったが、チェスは好きだったようで、彼の最後の小説は、このペトロポリスで書いた『チェスの話』という作品である。ブラガからの電話があった同じ日の夜二月二十一日フェーダー夫妻はツヴァイクの勧めで、ペトロポリスのゴンザルヴェス・ディアス通り三十四番地のツヴァイク邸を訪問した。予定した時刻の夜八時に訪問すると、ツヴァイクは机で何か書き物をしていた。何を書いているかはフェーダーには、もちろんわからなかったが、なぜかツヴァイクはその姿を見られ、慌てた様子だったという。その晩フェーダー夫妻は延々四時間も話し込んでしまったが、途中でツヴァイクは、借りていた四巻本のモンテーニュ（注／当時ツヴァイクはモンテーニュ伝を執筆中で、その資料として借りていた）をフェーダーに返している。「これがいらないとすると、完全な版が手に入ったんですね?」とフェーダーが聞くと、ツヴァイクは曖昧に「ええまあ」と答えた。そして、フェーダーとツヴァイクは、いつものようにチェスに始めた。フェーダーのチェスの申込みにツヴァイクはすぐ承知したが、これを見て、なぜかツヴァイク夫人ロッテはびっくりしたように、しげしげとツヴァイクの顔を見つめていた。いよいよ帰る段になり、別れの言葉を交わすときツヴァイクは「わたしが不機嫌にしていて済みませんでしたね」とフェーダーに謝ったのだという（ハンス・アーレンス編『偉大なるヨーロッパ人シュテファン・ツヴァイク；Hanns Arens, *Der große Europäer Stefan Zweig*, 1981』による）。

さて今述べた挿話の中には、いくつかの重要なポイントが含まれている。最初のポイントは、ツヴァイクが書き物をしている姿を見られて慌てたということであるが、その理由は、もちろんそれが遺書であったからである。やはり死の前夜、それも友人が来宅する直前まで遺書は書かれていたということになる。二つ目は、四巻本モンテーニュを返却していることである。もう借りている必要がなくなったことに、フェーダーはおやっと思った。この時点でツヴァイクのモンテーニュ伝は確かに脱稿していたから、必要ないといえばそうであるが、ツヴァイクは自分で納得がいくまでモンテーニュ伝を推敲していたのかどうか疑問なしとしない。量的にも少ないし、質的にもそれ以前の作品に比べて突っ込みが足りず、要するに途中で意気沮喪したのではないかと思われる。三つ目のポイントは、チェスをするツヴァイクを見てロッテがおやっと思ったということ。その夜に夫妻が凶事を決行することは確定していた。一切が無に帰そうとしているさなか、その死を目前にして今さらチェスとは……とロッテは呆れたのである。そして最後にツヴァイクが、フェーダーの辞去に際して「不機嫌にしていて済みませんでした」と言っているあたりも、死を前にしての友人への最後の別れの言葉と受け取れる。ともかく以上のポイント（遺書の執筆、モンテーニュ本の返却、チェス対局を見たロッテ夫人の驚き、そしてメランコリーへの友人への謝罪の言葉）から、ツヴァイクの自決への堅い決意をはっきりと読み取ることができるのである。

一九四二年二月二十四日、つまり死の二日後であるが、ツヴァイク夫妻の葬儀がペトロポリス市内で執り行われた。「ツヴァイクの死」と題するこの項の最後に、その葬儀の模様を見ておくことにしよう。

ツヴァイクとその妻ロッテの二つの棺は、豪華な生花で飾られ、市内の大学に設けられた棺台に安置された。実はツヴァイクは生前、ブラジルにおいて関係のあったコーガンという出版業者に宛てて、みずからの葬儀は控えめで落ち着きのあるものにしてもらいたい旨の手紙を書いていたが、そうした願いが聞き届けられることはなかった。その希望はブラジル政府にまで届いていなかったからである。ブラジル政府は、世界的に著名でありブラジルの友人であるこの作家に敬意を表するため、国葬をもってこの葬儀を執り行うことにしたのである。

葬儀には、ブラジルを代表する錚々たるメンバーが参加した。ヴァルガス大統領、国務大臣、軍部高官、報道出版関係者、芸術家、大学教授といった面々が会場に集まったが、弔辞を読んだのは芸術アカデミー総裁のカラウタ・デ・ソウザという人物であった。葬列は、陽光がさんさんと降り注ぐなか、ペトロポリスの街路をしずしずと進んだが、市井の人で途中からこの葬列に加わる人も少なくなかった。また街路の両側には、手に手に草花をもった多くの市民が集まり、その中には白人も、黒人も、混血人（メスチゾ）も、インディオふうの人もいた。折も折、ペトロポリスの教会から鐘の音が聴こえてきたが、それは葬列から発せられる鐘の音と一つになって、周囲に鳴り響いた。そして、ようやくにして埋葬所に着いたツヴァイク夫妻の遺体は、大変名誉あることに、国王ペドロ二世の廟墓に隣接している〝格式の高い〟墓所におさめられた。

第III章　ウィーンの夢の城

1　追想の試み

本稿ではこれまで、私がどのようにしてツヴァイクという作家と出会ったのか、そしてこの作家がどのような形で死を迎えたのかについて、あらまし述べてきた。それは言ってみれば「出会い＝スタート」と「分かれ＝ゴール」の部分を、若干の総括的評価や私自身の感慨をまじえながら述べたにすぎず「真ん中」の部分がすっぽりと抜け落ちている。それだけでは、この作家の全体像を描いたことにはならない。私としては、このユニークな作家がどのようにして誕生したのか、そしてどのような時代を生きたのか、もっと具体的にいうとツヴァイクはどのような社会的環境のもとで生育し、どのような学校教育を受け、どのような人間関係のもとで人生を構築していったのか、先行する作家や知識人からどのような啓発を受けたのか、二度の世界大戦にどのように対処したのか、亡命地でどのような暮らしをしていたのか、そしてそれらの体験は実際の作品にどのように刻印されているのかといった事柄を明らかにしていきたいと考えているわけである。

評伝作家の名手ツヴァイクの評伝めいたことを書こうというのだから、大それた試みであることに違いない。それが決して簡単ではないことぐらいは十分に自覚しており、うまくいくかどうかは私の筆の走りぐあいということになる。ただし、通常よく見られるオーソドックスな評伝を書こうとしても、資料的な制約や言語的な能力などから、それが正直いって私の手に余ることははっきりしているから、別の方策を考えなければならない。そこで一計を案じて、かなり変則的というか、極私的というか、ツヴァイクの残した事跡のうち私自身の関心や興味を引いた事柄に着目して、そこを手掛かりにして彼の人生の歩みをたどっていければ、それでよしと考えたわけである。いわば、ツヴァイクという過去の作家を追想したり断想したりしながら、時折たちどまって突出していると思われる事柄を書きとめていくという方法である。おのれの能力を考慮すれば、まあこの辺のところが当面のベストの方法ということになろう。本稿のタイトルを「追想のツヴァイク」としたのは、そういう考えがあってのことである。こうした試みは縺れた糸を解きほぐす作業に似ていて、時には素材をばらばらに分解したり、時にはそれを拾いあつめて一本化したりといった工程を踏まなければならないが、何しろ長い物語になることが予想されるので第一部を「青春編」、第二部を「壮年編」、第三部を「望郷編」という三部構成として綴っていくことにしたい。

このような評伝めいた試みは、ツヴァイク自身が詳しい自伝を書き残しているので、それに依拠すればことは簡単だと思われるかもしれないが、決してそういうことにはならない。確かに大変に優れた自伝『昨日の世界』が私の手元にあるが、この本は本稿の「はじめに」でも述べたように、通常我々がそのタイトルから連想するような形の自伝ではない。そこでは詳細な事実を編年体で述べるというよりも、自分が関わった出来事のうち、記述に値すると考えたものだけを取り上げるといったスタイルで貫かれていて、ロマン・ロランやジグムント・フロイトといった、いわゆる有名人の動向は詳しく書かれている反面、彼の周辺にいた友人フェリックス・ブラウン、ヴィクトル・フライシャー、エルヴィン・リーガーといった〝中級の知識人〟、さらに最も重要な人生の伴侶であったはずの二人の妻フリデリーケ（初婚時）とロッテ（再婚時）については全くといっていいほど記述されていない。したがって、この自伝からロマンスの経緯がどうだったのかといった作家本人のプライベートに関する基本データを得ることはできない。繰り返しになるが、作者が自伝の中が語ろうとしているのは、自分の運命ではなく、自分に関わる世代全体の運命なのである。

この作家の足跡を追いかけようとすると、上記のように自伝の性格がかなりパブリックであるため、おのずとそれに代わる資料が必要になる。そのうち主だったものを以下にいくつか示しておく。まず初めに挙げなければならないのは最初の妻フリデリーケによる回想記『シュテファン・ツヴァイク』（Friderike Zweig, *Stefan Zweig*, translated by Erna McArthur, W.H.ALLEN & CO.LTD., London, 1946）である。これは原著（ドイツ語）の英語版であるが、身近な人間ならではの貴重な証言を数多く含んでいて非常に参考になる。フリデリーケは、自身が作家として活動した人であり、その筆力でもって夫ツヴァイクの生涯およびその作品の成立過程などについて網羅的に書き込んでいる。近親者ゆえの貴重な情報源であって、とりわけツヴァイクとの結婚そして離婚の経緯については、当事者であるだけに我々はこの人を通してしか知りえないということになる。

次にクヌート・ベックの編集による『シュテファン・ツヴァイク日記』(*Stefan Zweig–Tagebücher*, herausgegeben von Knut Beck, Fischer Verlag, 1984) である。この『日記』は一九一三年ツヴァイク三十二歳から始まり、以下飛び飛びの記載になっており、例えば一九一八年から一九三一年までは全く記述がないという具合に、時期的に欠けている部分も少なくない。なぜ一九一三年から記述が始まるのかについては、日記の冒頭に、それ以前の部分が〝盗難〟によって紛失されたと説明してある。またツヴァイク自身が英語で書いている部分(ロンドン亡命期)もあったりで、それはそれで興味つきないが、公表を前提に書かれていない分だけ、誤字や脱字があったり、注釈なしの人名や地名が続出したり、また推敲が十分でなかったりと、読み取りにはかなりの困難がつきまとう。この際正直に告白すると、彫琢されていないツヴァイクの文章がこんなにひどかったのかと、私はかなり驚いた。

そして三つ目がハンス・アーレンス編著『偉大なるヨーロッパ人シュテファン・ツヴァイク』(Hanns Arens, *Der grosse Europäer Stefan Zweig*, Kindler Verlag, 1956) である。この本は、ツヴァイクに関するまとまった本としては時期的に最も早く、没後ほどなく刊行された追悼集としての性格がある。友人フェリックス・ブラウンやエルヴィン・リーガー以外にも、リヒャルト・フリーデンタール、フランツ・ヴェルフェル、エルネスト・フェーダー、カール・ツックマイヤーなど多くの作家仲間による各種エピソードや貴重な証言も多く含まれている。追悼集としての性格があるため、収録された論文数が多く、そのほとんどは一〇ページ未満といずれも短い。またツヴァイク自伝に依拠しただけのものもあるが、なかにはここでしか見られない証言も散見される。

四つ目がハルトムート・ミュラーによる評伝『シュテファン・ツヴァイク』(Hartmut Müller, *MONOGRAGH Stefan Zweig*, Rowohlt Taschenbuch Verlag, 1988)である。これは現在のドイツで刊行されている個別研究(モノグラフ)シリーズの一冊で、ツヴァイクの生涯と作品をきっちりとポイントを押さえつつ概括的かつコンパクトに綴ったものである。このローヴォルト社による一連の個別研究シリーズ(ロロロ叢書という)は、日本での類書を挙げるならさしずめ岩波新書というところか、古今の作家・思想家・芸術家などを網羅しており(総数は数百点にも及ぶ)、そのうち著名な人物については邦訳が出ているが(例えばトーマス・マンやカザノヴァなどつまり売れ筋ということだ!)、ツヴァイクについてはいまだ翻訳されていない。このシリーズの日本における版権は、私が問い合わせたところによると、かつては理想社という版元にあったらしいが、現在この版元は、本シリーズの翻訳企画を取り止めたとの返事であった。したがって現在、このシリーズにおけるツヴァイクの版権は他社に移ったということであるらしい。

五つ目はドナルド・A・プレーターによる評伝『シュテファン・ツヴァイク——焦燥の人生』(Donald A. Prater, *Stefan Zweig—Das Leben eines Ungeduldigen*, Carl Hanser Verlag, 1980)である。この評伝は、著者名からわかるようにイギリス人によって書かれたもの、つまり原著は英語であるが(*European of Yerterday—A Biography of Stefan Zweig*, Oxford University Press, 1972)、私が入手したのはドイツ語版であった。これは、本文だけで五〇〇ページ近くもあるという大変にボリュームある書物で、しかもボリュームだけでなく、内容的にも友人の証言や多くの手紙類を資料として盛り込むなどきわめて充実している。現在のところ、これにまさるツヴァイクに関する評伝は見当たらないと思われる。

六つ目はウルリッヒ・ヴァインツィール編『シュテファン・ツヴァイクの勝利と悲劇』（*Stefan Zweig—Triumph und Tragik*, herausgegeben von Ulrich Weinzierl, Fischer Verlag, 1992）である。この本の刊行は見てのとおり一九九二年、ごく最近出た本で、ツヴァイクにかかわった多くの文筆家の論文、新聞記事、日記、書簡を集めたもので、従来の刊行物からの再録、あるいは新規の書き下ろしなど取り混ぜて入っている。ツヴァイク（生年は一八八一年）の生誕一〇〇周年の年を迎えて、全体としてこの作家の再評価の意味が込めてある。

以上が外国語で刊行されたツヴァイク関連の本であるが——私が目を通した限りという意味での——、以下に日本人の手になる書物をあと二つ紹介しておく。

七つ目は飯塚信雄『ヨーロッパ教養世界の没落——シュテファン・ツヴァイクの思想と生涯』（理想社、一九六七年）である。この本は「思想と生涯」と銘打っているけれども、体系的に伝記として一挙に書いたものではなく、大学の紀要などに発表したテーマごとの独立の論文をまとめたもの。したがって、体系性という点でどうしても散漫な印象が残ってしまう。次に示す河原忠彦氏の単行本が出るまで、長らく日本語による書物としてはほとんど唯一の本であったが、飯塚氏は、この書物を上梓したあと早々にツヴァイクに見切りをつけ、フランス絶対王政期のロココ文化などの領域に研究テーマを移したようである。

最後の八つ目は、河原忠彦『シュテファン・ツヴァイク――ヨーロッパ統一幻想を生きた伝記作家』（中央公論社、一九九八年）である。この本は副題からもわかるように、ツヴァイクのヒューマニストとしての側面を基軸にして（文学作品の分析というより、政治思想ないし社会思想の変遷をたどっている）、この作家の生涯を見渡した労作である。新作であるだけに最新のデータが盛り込まれており、益するところが大きい。著者自身は「あとがき」で基本フレームについて前掲のプレーターによる評伝に負うところが大きかったと書いているが、独自の切り込み方（ヒューマニストとしてのツヴァイク像）を維持しているという点でツヴァイク研究の新しい局面が示されている。ただし惜しむらくは、ルーヴァンをルーアンとするなど若干の地名（および数値）について記載ミスが見られる。ルーヴァン(Leuven)はベルギーの古都で、第一次大戦の際にドイツ軍の爆撃を受け、十五世紀創設の伝統あるルーヴァン大学が無残にも破壊された町。この爆撃の是非をめぐって「とんでもない文化破壊の暴挙だ」とするフランスの作家ロマン・ロランと「やむを得ない国家防衛だ」とするドイツの作家トーマス・マンとの間で大論争が巻き起こったことはあまりにも有名な事実、したがって、この町をフランス北部の地方商工業都市であるルーアン(Rouen)と記載するのは看過できないミスということになる（編集や印刷段階でのミスだろうか？　四箇所ある）。またツヴァイクの蔵書について、その数字を「一〇〇万」冊としているのは「一万」冊の誤りであろう。いくら何でも個人蔵書でその数は多すぎる。あの東京都立中央図書館でさえ蔵書は「一二一万」冊であるから。

さらに、文献資料としてこれ以外にもいくつもあるが、それらは引用が生じたたびごとに記すことにする。もちろんツヴァイクの事績を追いかけていくのはこれだけでは不十分であって、周辺的な事実に関してはこれに倍する、あるいは倍々する資料が必要となることは言うまでもない。

＊

平成六年二月、私は『ツヴァイク全集』の版元「みすず書房」編集部に一通の手紙を書いた。ツヴァイクの基礎資料の収集の必要から、何の面識も何の紹介状もなしに、しかも担当者の氏名も知ることなく、大胆にも編集部宛てで手紙を書き送ったのである。この方法は、大学の研究室に属しているわけでもなく、また物書きとしての実績があるわけでもない私がとれる数少ない方法の一つだった。礼儀を失することなく、しかも最低限ポイントをおさえて言いたいことを書きつらねた文面の手紙を、徒手空拳というか、結果を恐れずに投函した。そこに当時、私がツヴァイクという作家をどう考えていたか、自画自賛めいた言い方になるが、わりあいに簡潔にまとめられていると思うのでその抜粋をここに示しておく。

〔――小生は、日頃、貴社の本を愛読している者ですが、このたびは以下に申し上げる問い合わせの件がありまして、突然のお便りを差し上げる次第です。非礼は重々お詫びしますが、ほかに適切な方法がないものですから、こうした唐突な手紙という形になりました。何卒、格別の取り計らいをお願い申し上げます。

さて十数年ほど前から、私はシュテファン・ツヴァイクの本を読むようになり、そのおもしろさに、以来その愛読者という状態が続いております。そしてこの作家はどういう人だったのかを知りたいと思うようになり、少しずつその伝記めいたことを調べてきております。言うまでもなく現在、日本では『ツヴァイク全集』は貴社からしか出ていません。単行本だけでいえば、例えば『マリー・アントワネット』『ジョゼフ・フーシェ』といった作品が岩波文庫や河出文庫から出ていますが、彼の著作全体から見ればほんのわずかです。また過去には角川文庫、白水社、新潮文庫、三笠書房あたりから何種類か出ていたようですが、現在では絶版となっています（あるいは慶友社とか青磁社といった現在では聞かれない名前の書肆から出ていたようです）。それらはいずれも単発的であって、とても体系的なものとは言い難く、一部の作品に集中しているという偏りがあります。また近年では、評伝『バルザック』が復刻、エッセイ『未来の国ブラジル』が新刊として出ていますが、どういうわけか、貴社の全集ラインアップからは漏れています。

ここから、どのようなことが浮かび上がってくるのか、過去においてはツヴァイクという作家は今よりずっと注目されていて、その人気を維持していたのではないか、そのゆえに数々の文庫本が出版されていたと、まず考えられます。つまり現在はひところの人気は衰えてしまったと。さらに言えば、もっと大きな全体状況が関係していて、文芸書の一般的な退潮の傾向というものがあって、単行本の生命サイクルはどんどん短くなってきている状況にある、この作家もその例外ではない、こういう全体的な括りが可能なのかもしれません。ひるがえって逆のことも考えられます。同じ事象のメダルのコイン、全く逆の想定も可能です。すなわち、全集の発刊を期に、文庫本などの単行本が存在理由を失い、全集の中にそれらは吸収される形で姿を消しただけであって、その人気は全集という形で支持されているのかもしれないということです。現在は第二期の全集ということで、やはりロングセラーの根強い人気がある作家だということになるでしょうか。ドイツのフィッシャー社の目録を見ると、やはりドイツでもツヴァイクの作品は人気があって、ロングセラーを続けていることがおおよそ推察されます。

しかし、意外にもそのわりには、その文学的評価についてはいろいろ賛否があるようです。作家研究については、例えば『ドイツ文学文献一覧』などで見ると、同時代のトーマス・マンやカフカなどとは比較にならないぐらい、その研究者は少ないようです。こうした大衆的人気と文学的評価の落差にびっくりするわけですが、先ほどの過去における出版点数の多さと、研究者の少なさから判断して、この作家はある意味では、専門家にとっては過去の人になった、ある種の限界を示しているのでしょうか？私には、評伝作家としてツヴァイクが取り扱う対象があまりにもたくさんあるので、評価のとらえどころが難しいのではないか、例えば文学プロパーからは遠い距離にある、カルヴァン、カザノヴァ、マゼランなど肌合いの違う人物が相当含まれている、そういう問題も潜んでいるのではないかと思います。それとも評伝はあくまで評伝であって、しょせんは借り物の材料と見る向きがあって、作家としてのオリジナリティが乏しいという評価になっているのでしょうか。

それはともかくとして、ツヴァイクのおもしろさは、いろいろな人が指摘しています。例えば代表作の一つといってよい『マリー・アントワネット』、同じく貴社からアンドレ・カストロというフランス人作家が同名の本を出していますが、それと比べてもツヴァイクのほうが、格段にとは言いませんが、相当におもしろいと思うのです。ただし、ツヴァイクの場合は相当デフォルメしているので、そこがおもしろいのにすぎないのだという人もいるようです。おそらく全集月報などでも多くの人が指摘しているように、この辺がツヴァイクのロングセラーの秘密だと思いますが、私はこの辺をもっと知りたいわけです。彼の自伝や最初の妻の回想本を読んでも、はっきりしません。だいいち作家本人が自分のここが良さだ、ここがおもしろいはずだとは、なかなか言わないものです。しかし大体のことは察しがつきます、小説、戯曲、評伝、自伝とジャンルがあって、その中で評伝が最も読まれているものと思います。ではその中で何が最も読まれているのか、『フーシェ』か『人類の星の時間』かなどと考えていくと、はなはだ興味はつきません。

そこで、いよいよお願いです。大体の傾向でいいのですが、全集の中でどの辺が一番人気を得ているのか、つまり一番売れているのかを、教えてほしいのです。私は何も、それを利用して商売をしようとか、貴社の不利益になることをしようと考えているわけでは全然ありません。そういう不純な動機で言っているのではなくて、純粋に傾向を知りたいだけなのです。正確に部数がどれほどかではなくて、指数化したものでも構いません、全集二十一巻のそれぞれについて、その数値傾向を知りたいという誘惑に勝つことができません。もしくはジャンルごとでも構いません、小説はこう、戯曲はこう等、そして評伝の中では作品ごとにどういう色合いの違いがあるのかを知りたいと思っているわけです。

私の心づもりについて一言しておきます。私がツヴァイクに興味を引かれるのは、実は作品のおもしろさばかりではありません。ドイツ・オーストリア亡命作家のたどった道、作家として、また一人の人間としてファシズムにどう向き合ったのかという極めて重要な問題を含んでいます。このことは、歴史の中に正しく位置づけて、今日でもなお検討されなければならない問題だと思いますし、そうした作家像を明らかにしたいと考えているわけです。いずれ教訓をたくさん含んでいて、簡単には解明されそうにありませんが、この亡命を支えた経済的基盤（つまり印税など）も、もっと明らかにされなければなりません。またツヴァイクは、多くの同時代の若い作家に対して経済的援助を惜しまなかったと言われていますが、その裏付けとなるものが、どのようなものだったのでしょう。さらにまた、作家が本当に書きたかったものと、売れたものの間には乖離はなかったのか、たしかツヴァイクは、最も商業的に成功したと言われる『フーシェ』について「あんな節操のない人間は描くべきではなかった」と書いてますね。これは本音なのかどうか、乖離はなかったのか、この観点からも検討が加えられるべきでしょう。

以上はなはだ勝手なお願いだとは思いますが、上記の意をくんで、よろしくお願い申し上げます。――」

このように一方的に懇願した内容の手紙を、版元の編集部に書いたところ、まもなくその要望を満たしてくれる返信が来た。まさに、これは文筆家が謝辞などで使う常套文句の「望外の喜び」以外の何物でもなく、私はみすず書房がいっそう好きになったのであった。こうしたデータを手掛かりとしながら、ここではツヴァイクに関して書誌学的に瞥見していこうとしているが、まずそれに先立って現在の日本で刊行されている全集二十一巻の中身を見ておく。

1「アモク」……小説、六つの短編

（『燃える秘密』『女家庭教師』『アモク』など）

2「女の二十四時間」……小説、五つの短編

（『異常な一夜』『女の二十四時間』など）

3「目に見えないコレクション」……小説、七つの短編

（『感情の混乱』『目に見えないコレクション』など）

4「レゲンデ」……歴史小説集と二つの短編

（『永遠の兄の眼』『埋められた燭台』『圧迫』など）

5「人類の星の時間」……十二の歴史ノンフィクション

（『不滅の中への逃亡』『一と晩だけの天才』など）

6「心の焦躁」……長編小説

7「無口な女」……戯曲、三編

（『ヴォルポーネ』『貧者の羊』『無口な女』）

8「三人の巨匠」……評伝的エッセイ、三編

（『バルザック』『ディケンズ』『ドストエフスキー』）

併載・評伝『モンテーニュ』

9「デーモンとの闘争」……評伝的エッセイ、三編

（『ヘルダーリン』『クライスト』『ニーチェ』）
10「三人の自伝作家」……評伝的エッセイ、三編
（『カザノヴァ』『スタンダール』『トルストイ』）
11「ジョゼフ・フーシェ」……評伝
併載・講演『明日の歴史』
12「精神による治療」……評伝、三編
（『メスメル』『ベイカー・エディ』『フロイト』）
13「マリー・アントワネット」Ⅰ……評伝
14「マリー・アントワネット」Ⅱ……評伝
15「エラスムスの勝利と悲劇」……評伝
併載・講演『世界大戦中の発言』ほか
16「マゼラン」「アメリゴ」……評伝
17「権力とたたかう良心」……評伝
18「メリー・スチュアート」……評伝
19「昨日の世界」Ⅰ……自伝
20「昨日の世界」Ⅱ……自伝
21「時代と世界」……講演とエッセイ集

（『芸術創造の秘密』『ロシア紀行』ほか）

以上が全二十一巻のあらましであるが、それをジャンル別に分けると小説（戯曲を含む）六巻、評伝（評伝的エッセイと歴史ノンフィクションを含む）十二巻、自伝二巻、講演（エッセイ含む）一巻ということになる。評伝など歴史関連のものが半分以上を占めており、この比率からしてもツヴァイクが伝記作家の範疇に属しているのは一目瞭然である。一巻から七巻まではフィクションとしての小説類に当てられているが、これらは作家修業時代に書かれたものであって（長編小説『心の焦躁』を除いて、ツヴァイクの小説はほぼ四十歳台までに書かれた）、後の本格的な評伝を書くための筆ならしの役割を果たしていたと見ることもできよう。なお厳密にいうと、みすず書房版は〝全集〟と銘打っているけれども、ここから抜け落ちた小説・エッセイ・書簡も少なくないことから、むしろ著作集や選集に近いとする見方も成り立つ。ここから洩れた作品のうち主なものを挙げると、先にも書名が出てきた評伝『バルザック』（水野亮訳、早川書房、一九五九年）、エッセイ『未来の国ブラジル』（宮岡成次訳、河出書房、一九九三年）があり、さらに小説『変身の魅惑』（飯塚信雄訳、朝日新聞社、一九八六年）がある。また未邦訳のものでは、

戯曲『*Tersites*（テルジテス）』

『*Jeremias*（エレミヤ）』

『*Das Haus am Meer*（海浜の家）』

『*Der verwandelte Komödiant*（変身した喜劇役者）』

詩集『*Silberne Saiten*（銀の絃）』
『*Die frühen Kränze*（若き花冠）』
評伝『*Romain Rolland*（ロマン・ロラン）』
『*Emile Verhaeren*（エミール・ヴェルハーレン）』

などがある。小説では『*Die Liebe der Erika Ewald*（エリカ・エーヴァルトの恋）』のほかに、さらにS・フィシャー社の現行の目録を見ると『*Clarissa*（クラリッサ）』『*Praterfrühling*（プラーターの春）』等の小説の名前が挙がっているが、おそらくどちらかというとマイナーの作品であろう。詳しいことはわからないが、おそらく完成稿ではないもの、あるいは完成稿ではあってもツヴァイク本人が発表をためらったものを、利にさとい出版社が発掘してきて刊行にまでこぎつけたというのが実態に近いのではないだろうか。これ以外にも、ウィーンの新聞に寄稿した文芸欄記事などを集めたエッセイ『*Auf Reisen*（ツヴァイク旅行記）』をはじめとして細々としたエッセイが多数ある。大体これらがツヴァイクが生涯中に書き残した著作のあらましである。

次に時系列的で見てみるとどうなるか。先に紹介した手紙の中で私は「過去においてはツヴァイクという作家は今よりずっと注目されていて、その人気を維持していたのではないか」と書いたが、以下に述べることは、まさにこの点にかかわってくる。『国立国会図書館所蔵・主題別図書目録――外国文学』（一九八五年）などに載っている翻訳文献一覧を見ると、ひと昔前には多くのツヴァイク作品が翻訳されていたことがわかる。例えば代表作の一つと目される『ジョゼフ・フーシェ』は、これまでに八種類の訳本が出ている。そのうち世界文学全集への再録といった重複を差し引くと、次のような六種類となる。

昭和　六年　春陽堂　（大野俊一訳）
昭和一四年　河出書房（高橋禎二、秋山英夫訳）
昭和二三年　青磁社（高橋禎二、秋山英夫訳）
昭和二六年　岩波書店（高橋禎二、秋山英夫訳）
昭和二九年　河出書房（川崎芳隆、大野俊一訳）
昭和五四年　学研　（福田宏年訳）

最初の春陽堂版は昭和六年である。これは原書の出版の翌々年ということであり、翻訳の反応が非常に早かったことがわかる。マキアベリズム的な観点から背徳的な政治家の諸相を描いたこの作品は、それほどに前評判が高かったというなのか、これをめぐってのツヴァイク自身の次の言葉が思い出される。「私の著書はすでにそれ以前に、たくさんの国家主義者たちに読まれるという光栄に浴していた。特に彼らが遠慮会釈のない政治政略の手本としつねに研究し議論したのは、『フーシェ』であった」（自伝五五四頁）と。昭和六年＝一九三一年といえば、日本においてもドイツにおいてもファシズムを志向した軍国主義が跋扈し始めた時期であって、日本の二・二六事件などに連なる〝革新的〟青年将校やドイツ・ナチスの幹部党員たちが、このツヴァイクの本を熱心に読んでいたということは〝書物はしばしば著者の意図を離れて逆の作用をもたらす〟という書物のもつ反面教師的な役割を示すエピソードということになるのではないだろうか。

次にもう一つ『人類の星の時間』について見てみる。現在は単行本では絶版となっていて全集以外では入手することはできないが、かつては次のような五種類の翻訳本が出ていた。

『白熱の歴史』（菅谷恒徳訳、昭和一六年、青磁社）
『人生の星輝く時』（芳賀壇訳、昭和二七年、三笠書房）
『運命の星輝く時』（芳賀壇訳、昭和三一年、角川文庫）
『歴史の決定的瞬間』（辻瑆訳、昭和三九年、白水社）
『人類の星の時間』（吾妻雄次郎訳、昭和四三年、大和書房）

ずいぶんいろいろな題名で出されているものだと感心する。人生の星とか、運命の星とか似ているようでも少し違っていて、原題シュテルンシュトゥンデ（Sternstunden）の訳語に苦労した跡がありありと見える。ちょっとした字句の入れ替えで、読者に与える印象は相当違ってくるという格好の見本であって、なかでも『白熱の歴史』とはいかにも苦心のネーミング、今でいうコピーライティングの練習帳のような趣あり。以上二つの例で見たように、かつては、それなりの数のツヴァイクの作品が競作という形で日本において出版されていたことがわかる。版元の中にはあまり名を聞いたことがない社名もあって、その中のいくつかは現在は姿を消してしまったが、いずれにしろ昭和三十年頃までは、文庫本や単行本の形で複数の種類が出版されていたことが知られる。現在では、それらはほぼ絶版の運命をたどっているが、その理由として、作家個人のブームの終焉のほかにも、出版界における文芸書の全般的な退潮傾向を挙げることができるかもしれない。

では個々の著作の中でどのような作品が売れ筋となっているのか、先に紹介したみすず書房編集部への手紙の中で私が懇願したのはこの点に関してであったが、それについて見ていく。私信という版元に対する信義の観点から、ここでは具体的な部数の数字を挙げることはできないが、大体の傾向として述べるならば『人類の星の時間』『マリー・アントワネット』『メリー・スチュアート』が上位の三つを占め、それに続いて『マゼラン』『フーシェ』『昨日の世界Ⅰ』『デーモンとの闘争』『女の二十四時間』『権力とたたかう良心』『昨日の世界Ⅱ』『アモク』『エラスムス』といった作品が並ぶ。やはりここでも評伝あるいはそれに類する作品が上位を占めており、伝記作家としての相貌は変わらない。こうした傾向はどうやら本場のドイツ語圏でも同様で、前出のハルトムート・ミュラーの研究書の中に同じようなランキングを見つけることができる。ただし日本においては、ヨーロッパ精神史研究の格好の材料になっているということで、自伝『昨日の世界』を手にする読者が多いという傾向が認められるといえそうである。

この辺で、往時のツヴァイクの名声ぶりを垣間見ておくのも決して無駄ではないだろう。以下に引用するのは、プラハ出身の友人の作家フランツ・ヴェルフェルが一九四二年、ツヴァイクの追悼スピーチで述べた文章である。「シュテファン・ツヴァイクには国際的な名声があった。彼の広くゆきわたった、そして持続的な成功に並ぶものを私は想像することができない。彼は一冊だけでなく、多くの本で読者を喜ばせ、わずかの年月ではなく、二十年にもわたって人気を勝ち得ていた。カイロ、ケープタウン、リスボン、上海、バタビア、メキシコシティの書店で、シュテファン・ツヴァイクの作品は見つけられ、しかも途切れることなく配本され、有望な位置に置かれていた」（ハンス・アーレンス前掲書所収、一一三九頁）。ここから、いかにツヴァイクの作品が世界中にいき渡っていたかを理解することができるが、このことを裏付ける記述として、あの控えめなツヴァイクが自伝にこう記しているのである。「私の眼の前には、インゼル書店が私の第五十回誕生日のための贈物として印刷した、あらゆる国語で刊行された私の著書の文献目録が横たわっていて、それはそれ自身がすでに一冊の立派な本となっていた。ブルガリア語もフィンランド語もポルトガル語もアルメニア語も中国語もマラッティ語も、あらゆる言葉が欠けてはいなかった。点字や速記で、あらゆるエキゾティックな文字や方言で、私の言葉と思想とは人々に伝わっていった。……私は憂える必要は何もなかった。私がもうそれ以上一行も書かなくなっても、私の著書が私の心配をしてくれるであろう」（五二四頁）と。この記述は一九三一年頃のナチス勢力が台頭し政治的不安が増大してきた時期のものであるが、ナチスの文化弾圧によってペンをとることができなくなっても、生活には困らないだけの印税収入が既に確保されていたことを示している。

またこれより以前の話であるが、自伝の中には「私は、自分の著書の翻訳のあらゆるちがった版を嘆賞するために、大きな壁書棚を買わなければならなくなった。或る日私は、ジュネーブの国際連盟の『知的協力委員会』の統計で、私が目下世界で最も多く翻訳されている著者である、という記事を読んだ（私はそのときもまた私の気質に従って、それを誤報であると考えた）」（四七四頁）という記述もある。この記事が本当だとすれば、まさか嘘ということはないだろうが、世界で最も翻訳点数の多い作家がツヴァイクということになる。戦間期において、ツヴァイクの翻訳点数は世界中の作家のうちで第四番目に位置していたと記している本もあって、ともかくも翻訳点数が最も多い作家の一人だったことは確かであろう。

さて、そこで問題になるのが大衆的人気と文学的評価は必ずしも一致しないということである。私は先の手紙の中で、ツヴァイクの知名度と文学的評価について次のように書いた。「作家研究については、例えば『ドイツ文学文献一覧』などで見ると、同時代のトーマス・マンやカフカなどとは比較にならないぐらい、その研究者は少ないようです。こうした大衆的人気と文学的評価の落差にびっくりするわけですが、先ほどの過去における出版点数の多さと、研究者の少なさから判断して、この作家はある意味では、専門家にとっては過去の人になった、ある種の限界を示しているのでしょうか」と。この場合「文学的評価」をとりあえず「研究者の少なさ」というメルクマールで推し量ってみることにしよう。

日外アソシエーツ社から出ている『ドイツ文学研究文献要覧』には、戦後一九四五〜一九七七年の間に大学紀要や学術的専門誌に掲載されたドイツ文学関係の論文が網羅的に列記されているが、それを見るとシュテファン・ツヴァイクを扱った論文の著者として、ざっと二十数人の名前が挙がっている。例えば飯塚信雄「シュテファン・ツヴァイクにおける世界市民意識の限界」（国学院大学紀要）とか、西義之「シュテファン・ツヴァイクはなぜ自殺したか」とか、西尾幹二「S・ツヴァイクの魅力と退屈」とか専門的な論文が二ページにわたっていろいろ載っている。ところが、同じこの文献要覧の中で、例えばトーマス・マンについてについて見ると、佐藤晃一、高橋義孝、原田義人、森川俊夫など、いちいち列挙できないぐらい延々二十二ページにわたって論文名が続いている。日本のドイツ文学者のほとんどのすべての人が、トーマス・マンについては論文を書いていると思えるほどである。これをツヴァイクと比べたときに、その差はもう圧倒的である。つまりベストセラー作家としてそう大差ないと判定される両者であるが、専門研究者の研究対象としては圧倒的にトーマス・マンが多いのである。それは一体どこに原因があるのだろうか。

それを考えるには、当該作家がその作品の中で提示した中心的テーマに触れなければならないが、今はそのスペースがないので、とりあえず次のアナロジーだけ言っておく。例えば、ここにAという純文学作家とBという大衆文学作家がいたとしよう。双方とも大変によく読まれている作家であるが、専門研究者の間での関心の持ち方には違いが認められる。Aについては、その文体から、その知的源泉から、その病跡に至るまで微に入り細を穿ってくりかえし論文が書かれているのに対して、Bについては、そのベストセラー作家ぶりについては頻々とマスコミの話題になることはあっても、国文学なり外国文学の研究者が専門的論文として分析しているという話は聞いたことがない。Bの歴史（例えば古代史論争や、現代史シリーズなど）についてのさまざまな推理には、その方面での大変な造詣が感じられるが、それを歴史学者が正面から取り上げて分析しているのを読んだことがない。ここにアカデミズムにおける、この文学ジャンルを学問的認知の外に置こうとする〝見えざる手〟が働いていると見ることができるのではないか。

さらに、伝記作家を論じる場合に、その作家自身だけでなく、伝記の対象になっている人物についても相当の知識がないと論じられないという難しさが関係しているのかもしれない。ツヴァイクがニーチェを論じるとき、評者はニーチェについても知っていなければならないし、またツヴァイクがドストエフスキーを論じるには、ドストエフスキーについても知っていなければならない。さらに、ニーチェが論じたドストエフスキーについても知っていなければならない。こうした幾重にも張りめぐらされた評価の網をかいくぐって、初めてツヴァイクという人の全体像が見えてくる。評伝作家の対象として議論をする場合には、あたかもオランダ人画家エッシャーのだまし絵のような二重、三重の錯綜した視点を持たないと論じにくいということは言えるであろう。となると、ツヴァイクの場合、ドイツ文学者であってもバルザックやスタンダールといったフランス文学の知識も必要となるし、フロイトやメスメルの精神医学上の知識も必要となる。またフーシェやマリー・アントワネットが生きたフランス革命の歴史的知識も必要となるし、エラスムスやモンテーニュといった人文主義者の知識も必要となる。さらにカルヴァンやルターの宗教改革、あるいは作品に通底しているユダヤ思想、そしてマゼランやヴェスプッチといった大航海時代の基礎知識も必要となる。このような具合になってくると、いいかげんにしてもらいたいという悲鳴にも似た呻きが、どこからともなく聞こえてくるとしたものである。

率直な感想をいうと、これまでに幾人かの評者がツヴァイクについて論じた文章を見たとき、私は群盲が象を撫でるような感じを持たざるを得なかった。つまり哲学が得意な人はツヴァイクの哲学の部分について論じた。精神分析の学者はツヴァイクのフロイト像について論じた。またヨーロッパ近代史専門の歴史学者はツヴァイクの書いた宗教改革の部分を論じた。さらにイベロ・アメリカ史専攻の人は、ツヴァイクのマゼランについて語った。専門の学者はそれぞれの分野に限定して、あれこれと判定しているように見えるが、それらは言ってみれば、すべて個々のパーツにすぎないのではないか、ツヴァイクの全体について総合的に論じた人は皆無に近かったという印象を持つのである。ここで私はハッと思う、ひょっとして私は途方もないことを言っているのかもしれない、おのれの乏しい能力をかえりみず、世の碩学と呼ばれる人たちに蟷螂の斧をかざしているのではないかと。そうした自戒を抱きつつも、私はあまりの豊穣な材料のゆえに、壮大なディレッタントたるツヴァイクに対する関心を放擲することができずに、以下に追想の試みを展開しようとしている。

2　富者の都

シュテファン・ツヴァイクは十九世紀も押し詰まった一八八一年、当時ハプスブルク帝国と呼ばれていたオーストリアの首都ウィーンの裕福なユダヤ人家庭に生まれた。父をモーリッツ、母をイダというが、その両親のもと二人兄弟の下の子、つまり次男として生まれた。ちなみに二歳年上の長男の名をアルフレートという。ツヴァイク家の出自は幾世代か前までさかのぼることができるが、とりあえずここではシュテファンの祖父ヘルマンから語り出せば十分であろう。祖父ヘルマンは、チェコ南部のモラヴィア地方プロスニッツ（チェコ語ではプロステヨフという）の実業家で、もっぱら手工業製品の仲売業に従事していた。彼は、正統的ユダヤ信仰とは関係を断ったユダヤ人に属しており、当時この社会を覆っていた〝進歩〟という時代宗教の熱烈な信奉者であった。政治的には自由主義者を任じており、ドイツの大ブルジョア階級への接近を図りつつ、ほどなくして帝国の首都ウィーンに進出した。多くのユダヤ人実業家は、既にかなり早い時期から、伝統的な織機よりもイギリス製の紡績機の方が優れていることを認識しており、わずかな資本で紡績工場を立ち上げ、一八七〇年代のオーストリアを取り巻いていた全体的な経済好況によって利益を得ていった。

こうしてツヴァイク家は、祖父ヘルマンの代にして社会的上昇の階段をひとつ上がったが、このヘルマンの事業を受け継いだのがその子モーリッツ、すなわちシュテファンの父である。モーリッツは前述のような一八七〇年代の好況の波に乗ってボヘミア地方の北部の町ライヘンベルク（チェコ語ではリベレッツという）に小さな織物工場をつくったが、ひたむきな努力が効を奏して、その工場はオーストリアにおける最も優れた紡績企業の一つへと発展した。モーリッツ・ツヴァイクは用心深く計画性に富んだ経営者であって、将来性があっても高いリスクを伴っている投機よりも、安全な経済的成長を好んでおり、いかなる経済上の冒険も避けることを常とした。その企業人ぶりについて、のちに息子シュテファンは自伝にこう書いている。「有利な景気の誘惑があるにもかかわらず、このように慎重に事業を拡大していくやりかたは……私の父の控え目で全然がつがつしたところのない性質にかなっていた。……誰もけっして彼の名前を借用証書や手形の上に見たことはなく、その名前はいつも彼の銀行の――勿論最も堅実な信用銀行であるロスチャイルド銀行の――貸方のほうにあったということは、彼の生涯の唯一の誇りであった」（一三頁）と。モーリッツは五十歳にして、既にオーストリア経済界で大金持ちとしてその名が通っており、一〇〇万オーストリア・クローネの財産をその一存で動かすこともできたという。

モーリッツ・ツヴァイクは、蓄財に成功した単なる幸運な事業家にはとどまらなかった。世故にたけた教養人として英語とフランス語をマスターし、また音楽に親しみピアノを弾くのがとてもうまかった。生活様式は、目立たないが自立的であることを旨としており、フットライトを浴びて世間の人々から注目されるなどということは好まなかった。このウィーン地方で恒例となっている十年目ごとの誕生日パーティでも、百万長者だからといって、たくさんの知人を招んで〝どんちゃん騒ぎ〟をするのではなく、ごく内輪だけで簡単に済ませたし、また嗜好品の煙草にしても、高価な外国葉巻ではなく、いつもありふれた国産煙草を吸っていた。さらに大ブルジョアとなれば当然持ちかけられる名誉職への就任や勲章の授与についても、モーリッツはいっさい断り続けた。金持ちではあっても一種の清貧の哲学の持ち主であったが、こうした父親の性格は、かなりの面で息子シュテファンに受け継がれている。

モーリッツが精神文化を重んずるタイプの人間であったことは既に述べたが、そうした生活哲学は、そもそもユダヤの律法タルムードの教えるところであって、一般にユダヤ人の特性であるとされている。社会的上昇を遂げたユダヤ人の家庭において、その子弟が精神的な分野に進出していく傾向が強いというのは、よく知られたところである。ウィーン世紀末に登場した文化人の中にたくさんのユダヤ系出身者が含まれているのは、そうした理由によるものであろうが、ツヴァイク家の場合もその例外ではない。後に詳述するが、ツヴァイクがウィーン大学に進学した際に、彼は父モーリッツから何としても、そして何でもいいから博士号を取ることを強く求められている。これなども、モーリッツがいかに忠実なユダヤ生活哲学の実践者であったかをよく示している事例であろう。「一族から博士を出す」ことがユダヤ家門の名誉であるとモーリッツは信じており、その夢は次男シュテファンに託されることになっていく。

社会的に成功したブルジョアの家庭においては、おしなべて長男がその家業を継ぐことが〝しきたり〟となっていたが、ツヴァイク家でもこの〝しきたり〟は守られ、モーリッツが経営する紡績工場は長男アルフレートに引き継がれた。したがって、もしこの長男なかりせば、のちに多大な名声を受けることになる作家シュテファン・ツヴァイクは生まれ得なかったということになろう。

シュテファンの母イダは、旧姓をブレッタウアーといい、ユダヤ人の銀行家一家の出身である。この一家は、一七七四年以降オーストリア西端のフォアアールベルク州ホーエネムスのユダヤ人居住区に住んでいた。そして後には、この一家は国際的銀行業に参入することに成功した。ヨゼフ・ブレッタウアーは二十年間、イタリア中部のアンコナに住み、そこで彼の二番目の娘イダが生まれた。カトリックの総本山ヴァチカンでさえもその銀行顧客名簿に名を連ねていたというから、ブレッタウアー家が相当な資産家であったことは間違いない。社交的で功名心が強く、派手で豪華なことを好むといった彼女のラテン的性質は、イタリアで少女時代を過ごしたことが多少とも影響しているといえるのかもしれない。工場経営者モーリッツ・ツヴァイクと結婚するとき、イダはかなりの持参金を携えてきており、それはそれで夫を大いに喜ばせたが、こと家柄に関しては、自分のほうが夫よりも上級に属しているという意識がいつまでも抜けなかった。

このように、イダは何かと夫モーリッツの家柄を見下し、そのうえ派手で豪華好みで〝わがまま〟を押し通すという根性の悪いところがあったから、どうしても息子の目に母親像として良く映っていない。シュテファンは母親について、自伝の中ではそうひどいことは書いていないけれども、フリデリーケの回想によれば、後年かなり辛辣な母親評をしばしば口にしていたという。例えばフリデリーケの回想記には次のような文章がある。「彼（注／シュテファンのこと）の母親は〝わがまま〟だった。この活発な女性は人生の喜びに満たされていたが、不幸にも若い頃からほぼ完全に耳が聞こえなかった。彼女は、自分に残された世界については自分流にやりたいと、いつも思っていた。……彼が子供のときの旅行は、両親、耳の悪い叔母、同じ年齢のいとこ、女家庭教師、メード、そして数えきれないぐらいのトランクを伴ったものだった。……母と伯母の上流階級風の騒ぎぶりは、父でさえもあまりに度が過ぎると苛々させた。これがシュテファンをよけいに苛々させた。……子供たちは女家庭教師と一緒に食事をしなければならなかったが、大人たちは高級レストランで大いに食べていた」（同書一〜七頁、拙訳、以下同）と。ここにある描写から、母イダの我が強く派手好みの行状の一端が、そしてそれを見せつけられたシュテファン少年の〝いらつきぶり〟が明らかとなる。

のちにツヴァイクが書いたいくつかの小説には、この母親像がちらほらと投影されている。子供の目から見て不信感を抱かせる母親像については、例えば一九一一年の短編小説『燃える秘密』の中にそれを見いだすことができる。〔――十二歳の少年エドガーは夏の間、母に連れられて、ウィーン近郊の避暑地ゼンメリンクに病気保養のため来ている。母は、夫への愛情が薄れかかって結婚生活に不満を感じているが、女としての魅力はまだ十分に持っている。そこへ一人の男、ウィーンの某男爵が現れる。やがて母親はこの男と親密になっていくが、その情事のため子供は邪魔者あつかいされる。エドガーは、自分の知らない世界が、この世にはまだまだあることを自覚する――〕といったストーリーであるが、これは、少年が大人の世界（性の世界）に目覚めていく心理的葛藤が中心的なテーマになっており、最終的には少年と母親の和解が見られるが、それにしても、あまり優しくない母親像が作品の大きな要素となっているところを見ると、どうしてもその部分からシュテファンの母イダを連想してしまう。

何かこう見てくると、母親イダは負の遺産ばかりをもたらしているとも思えてくるが、もちろんそうばかりは言えない。母親の贅沢が、逆にいい方向に作用することもあったのであるから。彼女にはそのラテン的気質から〝美しいもの〟や〝楽しいもの〟に夢中になり、ときには豪華な調度品や装飾品を買いあさったりしたが、これがシュテファン少年の目を美術や音楽に、さらにフランスやイタリアなどのラテン系文学に向かわせる要因にもなった。後年のツヴァイクは、金に糸目をつけずに自筆原稿の蒐集に精を出したり、また後のザルツブルク時代には自宅にたくさんの文人墨客の訪問を受け入れたりしたが、それはやはり母親からの形質を受け継いでいるものであろう。ツヴァイクに審美眼という目に見えない財産を残したのは、この母親イダにほかならない。なお一言つけたしておくと、ツヴァイクとその母親の関係は、いつまでも険悪だったわけではない。親子関係においても互いに年齢が増していけば、おのずと大人の知恵でその関係は修復されていく。これはずっと後の話であるが、祖国を離れてイギリスに亡命したツヴァイクが、ウィーンにいる老齢の母親に会いに行こうとする、つまりナチス政権下という厳しい状況のもとであっても、親の死に目に会いに行こうとする姿には、少年時代の母との確執はもう完全に消えている。

*

モーリッツ・イダ夫妻は、ウィーン市第一区のショッテンリンク十四番地の立派なアパートメントに住んでいたが、その家がシュテファンの生家である。十一歳になって地元の小学校を終えたシュテファンは、ウィーン九区にあるマクシミリアン・ギムナジウムに入学した（この学校はのちにヴァサ・ギムナジウムと改称）。ギナムジウム（Gymnasium）というのは、ギリシア語やラテン語といった古典語を必修とする教養主義教育を行っていた八年制の中等教育学校のことである。そこで行われていたのは大学に進学するための予備教育、いわばエリート候補生の養成であった。当時のドイツ語圏での教育制度では、初等教育を受けたあとギムナジウム以外にもさまざまな職業系の学校があって、階層社会がいまだ厳然と生きていたヨーロッパにおいては、親の職業を世襲するという社会的要請から、多様な選別的職業コースが設けられていた。例えば北ドイツのリューベック出身の作家トーマス・マンは、生家が代々貿易業を営んでいたから、当然のこととして職業高等学校に進学している。それに対してツヴァイクが進学したギナムジウムは〝たっぷりと〟教養を仕込まれる学校であった。

これには、十九世紀後半にオーストリアで実施された教育改革が多少とも関連しており、ギムナジウムの教育は、それまでのモラル重視から大量の知識を詰め込む内容へと移行していたことが関係している。科目数が増えただけでなく、授業のあり方も専門科目ごとの科目別担当制へと変化した。当然、生徒側の負担は大きくなるわけで、これでは〝かなわん〟という声が生徒の側から上がるのは仕方ないことだろう。ツヴァイクは自伝で「一般教養の要求したものは古典語のギリシャ、ラテンとならぶ『現代の生きた』言語であるフランス語、英語、イタリー語である。それゆえ、幾何と物理とほかの学課に加えて五カ国語であった。これでは余りにも多すぎて、肉体的発達、スポーツと散歩にはほとんど全く余地が残されていなかった」（五三頁）と憤っている。そして、もし成績が下がろうものなら、彼ら生徒には、親といわず教師といわず大人たちから「悪い成績をとると学校を止めさせて丁稚小僧にするぞ」とか「そんなことをしているとプロレタリアへ転落してしまうぞ」という威嚇と恫喝が浴びせられたのであった。

ちなみに、当時の苦々しい心象風景をとらえたツヴァイクの小説がある。ごくごく初期の『落第生』という作品がそれであり、ここではかなり激昂した調子で教師批判が展開されている。例えば「あの教壇上の間抜けづら。猫をかぶってたわ言をしゃべっている。自分の偽りを毛ほども感じていない。どしがたいうぬぼれ男！　こんな人物に人生を左右されなくてはならないとは。……思わず知らず拳をつくって、憎悪の目で相手を見やった」（池内紀編訳『ウィーン世紀末文学選』所収、岩波書店、一九八九年）といった具合である。それほどに勉強器械であることを抑圧的に感じていたということであろう。まあこれほどではなくとも、後に名をなした幾人もの作家の口からも、同じような学校批判の声を聞くことができるが、新しい文化創造をなそうとする者は、たいていは学校教育には満足していないものであると了解するしかあるまい（例えばトーマス・マン『ブッデンブローク家の人びと』〈一九〇二年〉やヘルマン・ヘッセ『車輪の下』〈一九〇六年〉などを参照）。ツヴァイク自伝の第二章のタイトルは「前世紀の学校」であって、まさにギムナジウム時代の部分的には不愉快ともいえるような思い出が綴られている。彼は、干からびて生気のない学校内での時間、教育組織の冷たさと非人間性、そして若者を敵視するかのような学校制度を嘆いている。そして学校の唯一の重要な任務は、時代の要請として「我々を成長させるというよりも、むしろ我々を抑制することにあった」と書いている。

また、ツヴァイクは最晩年の評伝『モンテーニュ』（一九四二年執筆。『ツヴァイク全集8／三人の巨匠』所収、渡辺健訳）においてさえも、敬愛するフランスの人文主義者モンテーニュへの称賛の言葉にかかわらせて、そこに学校批判のメッセージを忍び込ませている。「天才にとっては誰にもまして学校が苦痛となるものである。ひからびた方法をふりまわす学校には、彼らの素質を引き出し、それを実らせることなどできないのだ。モンテーニュがこの少年時代の監獄から無事に出て来られたのは、ひとえに、他の多くの天才たちとおなじように――バルザックがそのような体験を『ルイ・ランベール』のなかできわめて美しく描いている――ひそかな慰め手と助言者を見出したからである。すなわち、教科書のかたわらに文学書を見出したおかげだったのである」（三〇二頁）とある。これなどを読むと、まさに〝三つ子の魂百まで〟というか、骨の髄まで学校教育への嫌悪感が滲みとおっていたことがわかる。

このようにギムナジウムの教育を口を極めて弾劾するツヴァイクであるが、だからといって、それが無駄であったということにはならない。今日の我々が、ギムナジウムでしっかりと教養教育を受けた人々の文章を読むと、そこにギリシア・ローマ神話などの古典から引いた、実に妙味のある多彩な表現が散りばめていることに気づく。例えば「永遠なる星辰のもとで雪に輝くパルナッソスの永遠なる峰」とか「オデュッセウスが邪気のない若者の心情を策謀の蔓にからめとるがごとく」といったフレーズの、なんと気品があって清々しいことであろうか。これはホフマンスタールの紀行文『ギリシャの瞬間』（後出『チャンドス卿の手紙』所収）の中に出てくる文章である。またツヴァイクの後年の力作『マリー・アントワネット』の中には、例えばカサンドラの予言、パンドラの箱、ヘラクレスの棍棒、アルゴスの千の眼といった字句がちりばめられている。古典を引用して修辞に満ちた文章を書くことはヨーロッパの文人の伝統になっているが、これはギムナジウムの教育が下地になっているからと思われる。

さて悪戦苦闘のギムナジウムでの四年間が経過し、残り半分にさしかかると、ツヴァイクをはじめとする早熟な生徒たちは、その目を、学校の外へと向けていった。大体この年頃の若者には、教室の椅子にじっと座って、外国語の七面倒くさい文法の暗記をするなどということが魅力あるものにはとても見えないだろう。彼らは町に繰り出してカフェで議論する楽しみを知った。劇場に出入りして芝居やオペラに熱中する喜びを知った。そしてみずから詩や小説のごときものを創作して、それぞれに朗読し合うというカタルシスを知ったのである。何しろウィーンには、若者を熱中させる〝芸術〟がそこかしこに転がっていたからだ。一度それに火がついてしまうと、どうにも止めることはできない。カフェに行けば、それなりの議論の相手をしてくれる若い文化人がたむろしていた。

若者というのは熱中する生き物であって、たえず熱中する対象を求めている。ツヴァイクが自分自身について正直に告白しているところによれば、彼は「十八歳になっても私はまだ、泳ぎも、踊りも、テニスもできなかった。今日でもまだ、自転車も自動車も運転できない。……一九四一年の今日でさえ、野球と蹴球、ホッケーとポロの区別さえ、私にははなはだはっきりしていない」というスポーツ音痴であったし、さらに「若い娘と散歩するなどということは、われわれには時間の浪費に思われた。知的な不遜さをもって、われわれは異性を前から精神的に劣等なものと考えていた」という恋愛音痴であった。したがって、体内に充満した若いエネルギーは、当然のごとくそれ以外の方面へ、すなわち文化芸術へと向かった。そしてエネルギーはそこに徹底的に投入され、あつく燃え盛ったのである。最初のうち、芸術への熱狂現象が見られたのはクラス内で数人であったが、次第にその数を増していき十人になり二十人になり、しまいにはクラス全体に「麻疹や猩紅熱」のように伝染していった。もっとも、これについては反論もあって、ややオーバーに過ぎないかとフリデリーケは疑問を投げかけている。とにかくツヴァイク少年とその仲間たちは芸術熱に浮かれていて、ウィーンの有力新聞の紙面上に、著名作家による作品の初演日時を見つけると——例えばリヒャルト・シュトラウスの歌劇やゲルハルト・ハウプトマンの戯曲——、彼らは、その立ち見席の切符を手に入れるため早朝三時から行列の中に並んだ。ときには管弦楽団のリハーサルにこっそりと忍び寄ったりもした。

カフェというのは、どういうところだったのか、まあ簡単にいえば日本でいうところの喫茶店ということになるが、ヨーロッパのカフェは、それよりもさらに規模が大きく、より豪華にできている。より多目的で文化活動に適した場所といえる。談話や読書を楽しむ休憩施設として、芸術や政治などを議論する場所として、あるいは執筆といったプライベートな文化活動を行う場所として、文化人や学生などが大いに利用した。ロンドンのコーヒーハウスやパリのカフェがよく知られているが、ウィーンのカフェもそれに劣らない。十九世紀末にはウィーンには六〇〇ぐらいあって、仮にそこへの出入りを禁止したとすれば、かえってエネルギーの発散場所がなくなり、政治体制が危なくなると言われていたほどであるという。ウィーンの文学カフェ、例えばグリーンシュタイドル、ここには若きウィーン派と呼ばれた文学者たち、すなわちヘルマン・バール、アルトゥール・シュニッツラー、ペーター・アルテンベルク、カール・クラウス、そしてフーゴー・フォン・ホフマンスタールといった連中が出入りしていた。今挙げた人々の中でアルテンベルクはカフェの作家と呼ばれるほど、一日じゅうそこに座って談笑したり執筆したりしていた。カフェにたむろする当時の若者の心をとらえたのは、古い伝統に縛られていないニューウェーブの芸術家・文化人であって、彼らの間ではもてはやされたのは、例えば音楽においてはムソルグスキー、ドビュッシー、哲学ではニーチェ、抒情詩人ではボードレール、ヴェルレーヌ、そして文学ではゾラ、ドストエフスキーといった人々であった。若者の関心は、もはやゴットフリート・ケラーの散文、イプセンの戯曲、ブラームスの音楽、ライブルの絵画、そしてエドゥアルト・フォン・ハルトマンの哲学には向けられていなかった（ツヴァイクの自伝による）。若者は、貫禄があり尊崇されている作家、および高い尊敬は受けているものの、体はでっぷりと太り、髭も白くなり「詩人のビロード上着」をまとった、いわば文学の帝王然とした人々、すなわちヴィルブラント、エーベルス、ダーン、ヘイゼとは距離を置いており、新しい名前こそが注目の的になっていた。また文学カフェには国内外の一流の新聞や雑誌が置かれていたが（例えば「メルキュール・ド・フランス」「ノイエ・ルントシャウ」「バーリントン・マガジン」など）、ツヴァイクとその仲間は、それらを貪るように読んでいた。

＊

ここで改めてツヴァイクが生まれ育ったオーストリアという国、そしてウィーンという町について考えてみたい。本書の冒頭「はじめに」でも少し触れたように、この国は当時ハプスブルク王家によって支配され、オーストリア＝ハンガリー二重帝国と呼ばれていた。今日オーストリアというと、その面積は日本に例えるなら北海道ぐらいで、せいぜいスキー観光やらクラシック音楽鑑賞やらの、雪深いアルプス山中の小さな共和国としか思い浮かばないけれども、ツヴァイクが生まれた第一次大戦以前には、約六八万平方キロの面積を有するという、ヨーロッパにおいて最大の勢威ある国の一つであった（ただしロシアを除く）。どのぐらいの広さがあったのか、現在の国名に置き換えてみると、そこには北はチェコやポーランド（南半部ガリチア）、南はクロアチアやボスニア、西はイタリア（東部イストニア）、そして東はルーマニアやウクライナ（西部ルテニア）などが含まれていた。また民族的にはドイツ人、ハンガリー人、チェク人、スロヴァキア人、ポーランド人、ルテニア人、ユダヤ人などが含まれ、総計約五〇〇〇万の人口を擁していた。要するに、現在のオーストリアよりも面積で約八倍、人口で約七倍も大きかったのである。当然そこで使われる言語も実にさまざまで、例えば第一次大戦中の一九一七年に印刷された絵はがきを見ると、そこにはドイツ語をはじめとしてハンガリー語、チェコ語、スロヴァキア語、ポーランド語、イタリア語、イディッシュ語（ヨーロッパ化されたヘブライ語）など十種類ちかくの文字が印字されていた。役所の文書などに使われる公用語は基本的にドイツ語であったが、地域的にはハンガリー語やチェコ語が使われることもあった。このようにオーストリア＝ハンガリー帝国は、さまざまな要素をその内に含んだ、いわゆる〝複合多民族国家——寄せ集めのモザイク国家〟であった。

しかしながら、第一次大戦の敗戦によって国家そのものが消滅し、一九一九年のサンジェルマン条約によって「民族自決」の大原則のもと、民族ごとの小さな独立国家に分裂してしまった。その結果、オーストリアは先に述べたアルプスの小国にすぎない現在のオーストリア共和国という形になっているわけである。今となっては、かつての大帝国の威容を思い浮かべることは簡単ではないが、よくよく目をこらして見ると、あちこちにその〝遺産〟を見いだすことができる。具象的なイメージとしては、後述するようなウィーンの街並みの中に、そして文字による抽象的なイメージとしては、若干の文学作品の中にである。ツヴァイクと同時代の作家ロベルト・ムージルの長編小説『特性のない男』もその一つであって、この本の中で、かつての帝国のありさまは次のように描写されている。

「カカーニエン、その後に消滅して、理解されることのなかった国、認められはしなかったが、多くの点で模範的であったあの国――そこにも速度がなくはなかった。とまれ、多少の速度である。異郷にあってあの国を思うとき、目の前にまざまざと、分列行進と特別駅逓馬車の御世以来、整然とした水路状に、また明るい兵士服の帯のように四方にのびて、書類好きの当局の白い腕とともに、あまねく全土を治めていた白い宏壮な道が浮かんできた。それにしても、なんと広大な国だったことだろう！　氷河もあれば紺碧の海もある、石灰岩の山並みからボヘミアの麦畑まで。アドリア海にのぞむ地方では賑やかにコオロギが鳴いている。スロヴァキアの村々では獅子っ鼻のような煙突から煙がたちのぼり、集落が二つの小さな丘のあいだにひっそりとうずくまっていた」（前出の池内紀編訳『ウィーン世紀末文学選』三四一頁。ただし、この訳本には抜粋のみが掲載されている）。またガリチア出身の作家ヨーゼフ・ロートも、その長編小説『ラデツキー行進曲』（筑摩書房『世界文学全集57』一九六七年）の中で同じような言葉を連ねて、この昔日の帝国のありさまを記述している。我々はこれらの作品を通して、この帝国がロシア平原の西端から紺碧のアドリア海に至るまでの広い地域にまたがっていたことを具体的なイメージをもって思い描くことができる。

　さて、ここに引用した文章の中にカカーニエン（K–K–nien）という言葉が出てきたが、これはこの帝国の統治のありようを象徴的に示している。この言葉はオーストリア皇帝（kaiser）とハンガリー国王（könig）の二つの頭文字を取って、それに地名を表す語尾（nien）を付けたもので、作家ムージル個人による造語である。個人による造語であるが、ときには一般にも使われることがある。もともとこの中欧地域は、過去に小国分裂を繰り返してきた土地柄で、領邦と呼ばれる小国がモザイクのように存在していた。その点で、国民国家をいち早く形成してきたイギリスやフランスとは国情が相当に違っている。そもそもオーストリアという名称にしてからが、オストマルク（東の辺境）という言葉に由来していて、ドイツ民族の本貫地であるライン地方から見て、漠然と東方の地域を表していた名称である。そのぐらい国家としてのまとまりは弱かった。大小いくつもある領邦のうち、十九世紀半ばになってオーストリアとハンガリーが有力となり、合邦（アウスグライヒと呼ばれる）を達成したことから、オーストリア＝ハンガリー二重帝国と呼ばれるようになった。オーストリアには皇帝がいて、ハンガリーには国王がいて、それぞれに対等の行政権を有しつつ、その上に軍事・外交・財政などの主要政策について統一的に管理する共通政府が乗っかっている。これが二重帝国という意味である。とはいっても、皇帝を輩出するなど実質的にこの国を支配していたのはオーストリアであったから、その王朝名であるハプスブルクの名前をとってハプスブルク帝国と呼ばれることが多い。

そのハプスブルク帝国の首都がウィーンである。「ウィーンを訪れたら、ぜひ環状道路に沿って歩いてみたまえ！　なんとすばらしい都市景観であることか！」とは、私の旅好きの友人がよく口にする台詞であるが、その台詞にたがわず、ウィーンには壮麗な公共建築物がずらりと並んでいる。ウィーンの中心部を取り巻いている一周約五キロの大通りが、リングシュトラッセである。幅員が五〇メートルもあろうかという堂々たる街路（Strasse）であって、まさにその名のとおりリング（Ring）の形状をしている。これに沿って左右両側に旧王宮、新王宮、国会議事堂、市庁舎、国立オペラ劇場、ブルク劇場、ウィーン大学、自然史・美術史博物館といった施設がずらりと建ち並んでいる。そこには華麗なルネサンス様式もあれば、北ドイツ風のゴシック様式もあり、また神殿を思わせるギリシア様式もある。現在の小国オーストリアの首都としてみれば、不釣り合いなほどの豪華さであるが、その理由は言うまでもなく、それらがハプスブルク帝国の首都にふさわしい建物として建設されたからである。

ウィーンは、古くから軍略上・商業上の要地であったため、早くから外部勢力の侵入を阻止するための城壁がつくられていた。実際に十六世紀以降、二度にわたってオスマン・トルコの来襲を受けたが、この城壁のおかげでその侵入を食い止めることができた。城壁といっても、ちょろっと石を積み上げた程度のものではなく、かなりの高さとかなりの幅をもって頑丈につくられた構造物である。ウィーンの城壁の場合、いくつかの塔に当たる部分と、その塔と塔の間を結ぶ壁の部分からなっており、さらに敵の砲弾が届かない距離を確保するための無人地帯が設けられていた。ちょっと細かい話になるけれども、その塔の部分を陵保（バステイオン；Bastion）、壁の部分を膜壁（クルティーネ；Kurtine）、そして砲弾の届かない無人地帯を斜堤（グラシー；Glacis）という。ウィーンの場合、オスマン・トルコ対策として城壁は増築に増築を重ねたが、それが最大となったときの寸法は、膜壁の高さ八メートル、厚さ三〇メートル、そして斜堤の幅四五〇メートルに達していた。つまり合計すると幅四八〇メートルもの帯状空間が、ぐるりとウィーン中心部を取り囲んでいたということになる（平田達治『輪舞の都ウィーン――円形都市の歴史と文化』人文書院、一九九六年）。十九世紀の半ばになり、都市の近代化に合わせて城壁は撤去されたが、その跡地としての帯状空間につくられたのがリングシュトラッセである。十年あるいは二十年の年月をかけて、そこに公共的な建物が続々とつくられていった。このような経過で、私の旅好きの友人をして「なんとすばらしい都市景観であることか！」と言わしめるような、現在の壮麗な景観が形成されたわけである。

首都ウィーンには帝国の内外から、それこそドナウの鉄門を越え、ハンガリーの平原を横断し、あるいは波しぶくアドリア海の港町からゼメリンク峠を越えて、多くの有為の人間が集まってきた。そして、そこで各種の異質の文化がぶつかりあって、新しい文化が生み出されていった。例えば一番なじみのある音楽家の場合を例にとってみよう。グルックはボヘミアから、ハイドンはハンガリーから、カルダラとサリエリはイタリアから、ベートーヴェンはライン地方から、モーツアルトはザルツブルクから、ブラームスはハンブルクから、ブルックナーは上部オーストリアから、ウィーンにやってきて音楽活動を展開した。またそれは音楽の分野だけではなく、芸術一般、人文科学、社会科学、自然科学の分野においても、比類のない高水準の成果が生み出されていった。芸術ということでいえば、例えばグスタフ・クリムトの絵画やアドルフ・ロースの新建築などを思い浮かべるとよくわかるが、文学、音楽、思想、絵画、建築など十九世紀後半にウィーンが生み出したものから、今日の我々はいかに多くの恩恵を受けていることだろうか。実に大きいと言わなければなるまい。これらは今日では一括して「ウィーン世紀末文化」と呼ばれている。以上これまで見てきたように、ツヴァイクの生まれた一八八一年のウィーンは、帝国の内外から参集した多くの民族が行き交い、多彩な文化をたっぷりと湛えた、きわめてエネルギーに富んだ町であった。

ツヴァイク家の住所は、前述のようにウィーン第一区ショッテンリング十四番地であった。この都心の豪奢なアパートメントの一角に住居を構えることができたのは、もちろん父モーリッツの裕福さのゆえである。すぐ後にラートハウス通り十七番地に移転しているが、ラートハウスつまり市庁舎に近接する場所であって、ここも都心の一等地ということになるし、また先住のショッテンリンク十四番地の住まいより、こちらのラートハウス通り十七番地の住まいの方が豪華であったという。ウィーンという街は円形の都市構造をもっていて、リングシュトラッセに囲まれた都心地区を基点として、郊外に向かってちょうど「の」の字を書くような格好で放射状に延びている。その中心地区が住居表示でいうところの第一区である。

ウィーンには当時第一区から第十区まであって（現在は第二十三区までである）、各区にはそれぞれの特色があるとされる。例えば第一区は、貴族や大ブルジョアの住む地区（あえて日本の首都・東京の例を持ち出すなら、さしずめ千代田区ということになろうか）、また第二区は、貧困なユダヤ人の住む地区（東方ユダヤ人が多く別名レオポルトシュタットという）、さらに第八区や第九区は、大病院や大学に近いこともあってインテリの住む地区だとされている。したがって、ツヴァイクの生家が第一区にあったという事実は、出自が富裕層のそれであったということだけでなく、ものの十分も歩けば劇場や博物館にも行くことができるという、文化的アクセスに優れた環境下にあったことを意味している。階層のバリアがまだ強く残っていた当時にあっては、どこに住んでいたかは、その個人の特性を知る上で大きな要素でもある。

3　文学への覚醒

ギムナジウムでの詰め込み教育を、ツヴァイクが重苦しく退屈なものと感じていたことは既に述べた。教師が教壇の上から語っている言葉は〝ありがたく〟かつ〝ためになる〟教養教育の基であったが、それはツヴァイクをはじめとする早熟な生徒の耳には空疎な呪文のようにしか聞こえなかった。彼らは授業中にリルケやボードレールの詩集を開いており、授業が終わると街中に繰り出し、書店を覗いたりカフェや劇場に出入りしていた。そして偶然にもせよ、街角などでひょいと有名な芸術家に出くわそうものなら、それはツヴァイク一派にとって大事件であり「マーラーを見たんだぜ」と友だちに告げる声は感激で震えていた。先鋭的な若者にとって熱狂に値する音楽家は、古めかしい名人芸のヨハネス・ブラームスではなく、何といっても若々しい生命力に満ちながらも世紀末的な憂愁をたたえたグスタフ・マーラーであった。このときの感激いまだ覚めやらずといったところか、のちにウィーンの『新自由新聞＝ノイエ・フライエ・プレッセ』の寄稿者となったツヴァイクは、この名声ある高級紙の文芸欄に一九一五年「グスタフ・マーラーの回帰」と題するエッセイを寄せている。

「わたしたち一世代の全員にとって、彼は一介の音楽家、巨匠、指揮者という以上のものだった。たんに芸術家である以上に、彼はわたしたちの青春の忘れられぬものだったのだ。〈若い〉ということは、つまりは、並外れたもの、なにかある夢のごとく美しく、狭い視界をたかく抜けでた事柄、夢想と幻影の実現とおもえる現象を待望することなのだ。……デーモンのような意志がマーラーのなかにあった。それは他人を強圧し、抵抗をうちくだく意志だった。しかも他人に魂を吹き込み、充溢をあたえる力だった。彼の周辺には、各人を灼熱させる炎の世界がもえていて、しばしば火傷を負わせるのだったが、それはいつも浄化を目指していた。……このたぐいなき意志で、マーラーは、歌手たち、端役たち、演出家たち、楽員たちのつくる一個の世界、何百の人間のつくる錯雑した集団を、二時間か三時間のうちに彼の統一の世界へとつくりかえてしまうのである」（『ツヴァイク全集21／時代と精神』所収、一六〇〜一六三頁、猿田悳訳）。なおこのエッセイの表題にある「回帰」というのは、かつてウィーン国立歌劇場の音楽総監督であったマーラーが一九〇七年に渡米して（ニューヨークのメトロポリタン歌劇場などで活動したのち）、再び一九一一年にウィーンに戻ってきたことを指している。

十九世紀も押し詰まった一八九九年、十八歳になったツヴァイクはウィーン大学哲学部に入学した。

一三六五年に創設されたドイツ語圏では最古の大学の一つである（ちなみに同じドイツ語圏ではプラハ大学は、これよりもうちょっと早く一三四八年に創設）。中欧史に刻印されているいくつかの特徴的な出来事、つまり一七九八年その大講堂でハイドンのオラトリオ『天地創造』が初演されたのも、一八四八年のウィーン三月革命の集会場となったのも、このウィーン大学であった。当時このハプスブルク帝国においてはギムナジウム卒業生を受け入れるための総合大学（Universität）が九つ設置されていた。すなわちウィーン、グラーツ、インスブルック、プラハ、クラカウ（現ポーランド・クラクフ）、ブダペスト、クラウゼンブルク（現ルーマニアのクルージ）、アグラム（現ユーゴのザグレブ）、チェルノヴィッツ（現ウクライナのチェルノフツィ）の九都市であるが、首都に立地していた関係もあって、伝統と実績という点でウィーン大学はぐんと他を圧している。

ではツヴァイクはなぜウィーン大学の哲学部を選んだのだろうか。ギムナジウム時代あれほど文学や演劇に熱中していたツヴァイクであるが、その背後でひっそり哲学書を読んでいたのだろうか、確かにギムナジウムの教室内で友だちと熱っぽくキルケゴールやニーチェを語っていたことは窺えるが、さりとて本格的にそれにのめり込んだという気配はない。実はウィーン大学の場合、学部名として哲学部と称しているけれども、その実態は人文科学を広く網羅したところの、日本の大学でいえば文学部に相当している。伝統的なヨーロッパ流の考え方では、哲学という学問は、現在の我々が考えているよりも広い領域を含んでおり、哲学博士（Doctor of Philosophy）、もしくはその短縮形であるPh.D.は、広く学術研究を行う専門職に与えられる称号のことを指している。ウィーン大学では、哲学部の学生には主専攻の哲学以外に二つの副専攻を取ることが義務づけられていた。ツヴァイクはそれに従って第一副専攻としてドイツ文献学、そして第二副専攻としてロマンス語（フランス文学）をそれぞれ選択した。

この学部を選んだ理由として、もう一つ彼の家庭的事情も考慮に入れておく必要がある。ツヴァイク家では、既に述べたとおり、家業である紡績工場は長男アルフレートが継ぐことが家庭内の協議で決まっており、次男であるシュテファンに期待されたのは家門の名誉となる博士号を取得することだった。ツヴァイクは自伝にこう書いている。「どんな博士号であるかはどうでもよいことであった。そして奇妙なことだが、選択は私にとってもまた、どうでもよかった。……そこで私の選択の本来の規準となったものはどの学科が最も私を内面的に没頭させるか、ということではなく、反対に、どれが私をわずらわすことが最も少なく、私の本来の情熱に対して時間と自由との最大限を許すことができるということであった」（一四四頁）。ほとばしる向学心があったわけではなく、最も楽な学部を選択する、ここにツヴァイクの本心があった。ウィーン大学には学部として哲学、法学、経済学、医学の四つが置かれており、帝国の各地からこの大学を目指して多くの学生がやってきた。地方からやってくる比較的貧しい学生は、家庭的事情もあって、法学や医学など職業と直結する学部を選ぶ傾向があったが、ツヴァイクにはそうした差し迫った家庭の事情は存在していない。実学志向とはおよそ無縁なところに立っていたのであり、そうであればこそ、彼は芸術に我が身を奪われるがままに任せていたのである。

ウィーン大学の教室の中をちょっと覗いてみよう。残念ながら私の手元には、ツヴァイクが在籍していた当時の授業風景を伝えている記録の持ち合わせはないけれども、それに代わって一九八〇年代の日本人留学生が経験した記録があるので、その記録に沿って、某月某日の哲学部におけるラテン語の授業風景を少し見ていくことにする。「授業の際の学生の反応は、まず『謙虚な』日本の学生と正反対と言ってよいであろう。自分を実力以上に見せ、本当はわかっていないことをわかっていると言い張り、誤りを指摘されてもおいそれとは認めようとせず、といった日常生活から容易に推察される態度が、見事なほどに貫かれている。……こうした学生たちの反応を目のあたりにして、ひどく驚かされたものである。ハダモフスキー教授が学生たちを次々に指してテクストを読むように命ずると、学生たちはまったく臆するところなく朗々と読み上げるのであるが、その読みかたの自己流なこと、原則にかなっていないことは呆れるほどである。ハダモフスキーは、得意然と読み続ける学生を何度も叱りつけ訂正するのであるが、それでも、学生は少しもひるまず堂々と最後まで自己流のままで読み通す。『これはどう読むのでしょうか』『予習してこなかったので読めません』とはまちがっても言わない。……ほとんどの学生は落ち着き払ってまったく考えられないような誤訳、珍訳をする。……ハダモフスキーはそのたびごとにフンフンと聞き入り、最後に『まったく違う!』と雷を落とす」(中島義道『ウィーン愛憎――ヨーロッパ精神との格闘』一一五~一一六頁、中央公論社、一九九〇年)。

いやはや学生の自己主張の強いことには恐れ入る。おそらくツヴァイクが在籍していた九十年前も、保守的なヨーロッパの大学のことであるから、これと似たような風景が展開されたことであろう。すべての学生がそうだとは言わないが、多少間違っていてもおかまいなし、堂々と自説を主張してやむところがない。こうした自己主張の強い世界の住人たちを見ると、こうでなくては多民族のひくめくモザイク社会では生き残っていけないのだろうと、同情の一つも口にしたい気持ちになってくるが、どちらかというと引っ込み思案のツヴァイクが、こうした授業を前にして鼻白むような思いをしたことは疑いを入れない。

では教室の外の様子はどうだったのか。当時の大学キャンパスを支配していたのは野蛮主義（バーバリズム）であった。したがって、これまた学校に向かうツヴァイクの足は重くなりがちであった。なぜバーバリズムが跋扈するのかちょっと疑問に思うかもしれないが、それは、現在よりもずっと学生が少なかった当時にあって、学問の相続人として、また将来の社会的指導者として、彼らにはさまざまな特典が与えられていたことに多少とも関係がある。例えば兵役に対する特典もその一つである。ハプスブルク帝国における兵役は、一八六八年の法律で一般人は三年間であったが、学生に限っては一年間だけで済むとされていた。こうした学生は一年志願兵と呼ばれ、一般兵とは別に机の上で七カ月間ほど軍事理論を学び、その後に多少の実戦訓練を受けると、すぐに予備役に編入された。ことほどさように学生にはある種の特権がさまざまに認められており、未来のエリートが多少の乱暴狼藉をやらかしたとしても、それは大目に見られていたのである。通常の法律の枠外にいるという暗黙の了解が社会的に成立していた。

キャンパス内には、いくつもの学生団と呼ばれる集団が組織されていた。そのうちの代表的なものが出身地方別の学生組織ランツマンシャフト（Landsmannschaft）、そして学生による任意の親睦組織コーア（Korps）である。このような学生団が、アルコールを大量にラッパ飲みし、キャンパス内を群れをなして歩いていた。大声でわめきながら色とりどりの旗を掲げてである。ぶっ倒れるまでビールを飲む、些細なことで喧嘩を始める、それが「男らしい」とか「学生らしい」あるいは「ゲルマン魂の発露」と見なされていた。特権的地位に基づくところのアナクロニズム以外の何物でもないが、まるで治外法権のもとにあるかのように傍若無人に振る舞っていた。こうしたバーバリズムの最たるものが「決闘」である。一対一の学生が、介添人の立会いのもと、厚い詰物の入った防護服を着てサーベルでもって相手が「まいりました」と言うまで闘うのである。これをメンズーア（Mensur）というが、まあ日本でも明治時代以前には「敵討ち」という私闘の形式が法的に認められていたのだから、およそ人間の行うことは洋の東西を問わず大差ないというか、そのヨーロッパ版ということになるのだろう。

ツヴァイクは自伝の中でこう書いている。「学生の名誉を傷つけた者は、その学生に名誉回復をさせねばならなかった。……〝立派な学生〟として通るためには、その男らしさが証明されていなければならなかった。すなわちできるだけ多くの決闘に耐え、これらの英雄的行為のしるしさえも〝切傷〟としてはっきり顔にとどめていなければならなかった。のっぺりした頬とか、切傷のない鼻とかは、一個の正銘のドイツ学生にはふさわしからぬものであった」（一四一～一四二頁）。こうした決闘による傷は、ゲルマン魂の勇気ある勲章というわけで、十九世紀末から二十世紀初頭のドイツの政治家の顔にはそう珍しいものではなく、例えば鉄血宰相といわれたビスマルクの顔にも、こうした傷痕が幾筋か残っていたと記憶している〈決闘の社会史的背景については、潮木守一『ドイツの大学――文化史的考察』〈講談社学術文庫、一九九二年〉に大変詳しく書かれている）。

こうした決闘が行われるシーンを、実際に自分の目で見た日本人がいる。それは明治十七年（一八八四年）陸軍軍医としてドイツに留学した森林太郎こと森鷗外である。言うまでもなく明治時代のわが国を代表する文豪の一人、その彼が著した『独逸日記』の中にミュンヘン郊外で目撃した決闘のくだりが記述されている。あまりにも生々しいので、ここにその一部を引用しておきたい。「独逸の学生は多く某の団 Corps 某の壮年一会 Burschenschaft と唱へ相結合して異様の衣を着、異様の語を吐く。是れ中古士風の遺にして、愛すべきところも少なからねど、また弊害の甚しきものあり。即ち決闘是れなり」（一一三〜一一五頁、筑摩書房、一九九六年）云々とあって、それにしてもちょっと読みにくい文章であるが、これに続く箇所で実際の汗みどろの闘いのシーンを〝決闘者が興奮して、まるで釜から取り出したゆで蛸のように見える〟といった具合に描いている。そしてそれに続いて、鷗外は「決闘は戦争と同じ。その廃絶は言ひ易くして行はれ難し。ただこれを個人の良心に委ねずして社団の制裁に附するものは、独逸大学の悪弊といふべし」と断じている。こうした悪しき風習は、既にイギリスなどの先進国では一八五〇年頃には消滅したが、ドイツやオーストリアでは二十世紀の初めまで残ったという。なぜこれらの国々ではこうしたアナクロニズムが二十世紀においても通用していたのかという問題は、社会科学的な分析欲を大いに駆きたてるが、やはり社会の成熟度というか、民主化の度合いが先進的なイギリスなどとは違っていたということに帰着するのであろう。これやそれやで、野蛮主義が横行するウィーン大学のキャンパスに向かうツヴァイクの足が重くなったのも無理はなかった。

＊

芸術の炎に身を焼かれたツヴァイクであったが、まずもって彼が向かった芸術ジャンルは詩歌であった。以前からかなりの詩をつくっており、文学好きの仲間と競っていろいろな雑誌への投稿を繰り返していた。そのうちの一つは、早くも十七歳のときベルリンの雑誌『ゲゼルシャフト』に採用され、その二年後には、当時の新しい自由主義的な潮流を代表するマクシミリアン・ハルデン主宰の週刊紙『未来』にも採用された。この間にツヴァイクが書いた詩は自己申告によると四〇〇にのぼり、そのうち五十ほどが各地の新聞や雑誌に掲載されたが、それらはいずれも『プラハ日報』とか『バーデン地方新聞』といったローカルな新聞や雑誌であった。したがって、もっと全国的な規模の新聞に作品を載せたい、もっと高い文学の所在地とみなされていた媒体、すなわち権威筋によって認められたいと彼が考えたとしても、それは自然の流れというものであろう。このような習作時代を経て一九〇一年、ツヴァイクはまだ大学生という身分で最初の詩集『銀《しろがね》の絃《いと》』を出版した。自分の名を冠した初めての書物である。ベルリンのシュスター&レフラー書店を版元とするこの本には、約五十編の詩が収録されているが、これは、それまでに書きためた作品のうち気に入ったものを自選したものである。どのような詩を書いていたのかを知るため、その中から一つだけ抜き出してみる。

少　女

安らぎを求めて私の心はさまよっている
それはある夏の夜の出来事であろうか

開け放たれた窓越しに菩提樹の
夢想的な花の香りが漂っている

いとしさゆえに少年がやって来て
——お母さんはとうに寝入っている——
君を腕の中に引き込んだとしたら
たおやかな人よ……どう応じるのだろうか?

（『銀の絃』所収、拙訳）

このような抒情詩を、彼はあちこちに手本を求めながらせっせとつくっていたのである。参考のため章末にドイツ語原文を掲げておくが（注1参照）、その内容について若干コメントしておくと、四行詩と呼ばれる形式の各連の奇数行と偶数行では脚韻が踏まれている。第一連における（finden, Linden）、および（sein, herein）、そして第二連における（käme, nähme）、および（Ruhe, Du）は対応関係にあって、ABABの押韻形式になっている。そこに盛り込まれた内容といえば、よく抒情詩に見られる月並みなものといえるかもしれないが、この短いセンテンスからでも、彼が美的センスに富んだ鋭い感受性をもっていたことは確かに感じられる。

これは専門家の目にはどう映じたのか、約四十の書評が新聞や雑誌などの活字媒体に載ったが、その多くはこの詩集をおおむね好意的に受けとめていた。例えば「一つのひっそりした荘厳な美しさが、この若いウィーンの詩人の旋律の上に注がれている。それは、処女作ではめったに見いだされないような明晰さである。……ツヴァイクは名人芸的な詩のテクニックを持っており、そのそれぞれの詩が、我々に彼の言葉の洗練さを味わう機会を与えている。それらは限りなく美しい響きや比喩に富んでいる」（プレーター前掲書三七頁）といった具合にである（レヴュ・フランコ・アレマンデ〈仏独批評〉誌）。そして、この中の二つの詩については、大変名誉なことにマックス・レーガーという当時の著名作曲家によってメロディが付けられ、歌曲（作品九七および一〇四）仕立てとなった。ただし厳しい見方もないではなく、ジグマー・メーリンクという批評家は『ベルリン日報』の文芸欄においてやや辛口に評しており、それを読んだツヴァイクは、しばらくの間〝げんなり〟した気分に襲われたのであった。

第一詩集の刊行から五年後の一九〇六年、ツヴァイクは、今度はライプチヒのインゼル書店から第二詩集『若き花冠』を出版した。ここには約四十編が収録されているが、先の第一詩集と比べたとき、より洗練された仕上がりとなっており、ギナムジウム時代以来、芸術に熱を上げてきたツヴァイク青年の努力は、このような二冊の詩集という形で一応の結実をみたことになる。ツヴァイクについての詳しい評伝を書いたヘルトムート・ミュラーは、その詩に対して次のような評価を与えている。「ツヴァイクの叙情詩には……あまり独創性は感じられない。文体とテーマの選択において彼の詩は、先行する大詩人としてのゲーテ、ハイネ、ホフマンスタール、ゲオルゲ、リルケを思い出させる。新ロマン主義と表現主義の要素が混ざっており、形容詞は幾重にも積み上げられ、意図的な対比がなされ、官能的な感情がむせかえるようである。韻を巧みに操作し、作者は、不自然さを感じさせずにテルツィーネ（三連句）、バラード（物語詩）、ソネット（十四行詩）、回転詩といった異なった詩型をうまく配置している」（ミュラー前掲書二三三頁）と。この第二詩集についても、先の第一詩集と同様にその中から具体例として一つ「秋」と題する五行詩を以下に掲げておく。

秋

しわがれた叫びが　たまゆら夢の静寂をやぶる
わなわなと震え　烏の翼は切り株に軽く触れる
陰鬱そうなおおぞらは　鈍くて重い鉛のように
大地をへこませ　ビロードの柔らかい足どりで
秋はゆっくり　灰色の単調さの道を歩んでいる

ひとことも口にせず　私もまた歩みをかさねる
いずこにか夏は立ちさり　輝きはゆらめきやみ
穏やかな安らぎが　たち騒ぐ心をつなぎとめる
音もなくそっと近づき　秋は安らぎをふりまき
孤独は輪のように広がり　魂は豊かにふくらむ

薄闇に沈む村々の上を　憂愁が吹き抜けていく
そのとき私の心は　満たされた気分に包まれる
鳴り響く鐘の音は　かすかな祈りをふくみつつ
夕べの静けさの中に　私の営みは終わりを告げ
秋の祈りを背にうけて　親密な言葉が降り注ぐ

大地の眠るがごとく　私はひたすら休息したい
かろやかな時間の中へ　夢想家の歩みが始まる
熱い手がやさしく　憧憬に触れたと感じたとき
そこにいたのは　心許せる友だったのだろうか
時に近くに来ていても　未だ私にはわからない

（『若き花冠』所収、拙訳）

なお、これについても章末に原文を掲げておく（注2参照）。詩についての評価はとかく断ずるのが難しく、その精緻な基準がどこにあるのか、正直いって私は自信をもって言い切ることができないが、ざっと字面を見たところの印象からいえば、この作品はなかなかの出来ばえであるように思える。ドイツ詩の音韻的な特徴として挙げられるのは、大雑把にいうと、①音節の強弱を重要視していること、②強音をもつ音節（ヘーブング：Hebung）と強音をもたない音節（ゼンクング：Senkung）が等間隔で繰り返されること、そして③ヘーブングとゼンクングの組み合わせ方は、ヤンブス（弱・強）、トロヘーウス（強・弱）、アナペースト（弱・弱・強）、ダクテュルス（強・弱・弱）といった一定の形式をもって分類されることであるらしい（山口四郎『ドイツ詩必携』鳥影社、二〇〇一年）。この観点から見ていくと、ツヴァイクの詩はどういうことになるのだろうか、ここでも私は意見を保留しておくが、ともかくこの詩集『若き花冠』は前作と同様おおむね好評をもって迎えられ、これら前後二つの詩集の刊行によって、ウィーンにおいてツヴァイクの有望な詩才が知れ渡ることになった。この『若き花冠』に関して、詩人として先輩格にあたるリルケは、ツヴァイクに宛てた手紙（一九〇七年二月十四日）の中で次のような意見を述べている。「この本は、どんなに早くそこから遠ざかりたいと思っても、大事なものとしてあなたのもとに止まるでしょう。あなたはどこに向かって成長するのでしょうか。その場所とは、毎日の静かな上昇を情熱をもって統一していくときに、真っ先に沈下していく場所、はっきりと根幹に止まっている場所ということでしょう。私が言っている善きもの、重要なものとは何か、あなたにはわかるでしょう、おそらく最良のものは、最初の本で語られたものということです」（『シュテファン・ツヴァイク書簡集：*Stefan Zweig Briefwechsel <mit Rainer Maria Rilke>*, P272, S. Fischer Verlag, 1987』拙訳）。褒めているのか貶しているのか、ちょっと曖昧な感じのする内容であるが、これが、若干の拒否を含みつつも、静謐な思索を愛する詩人リルケの精一杯の称賛の仕方ということになろう。

ツヴァイクと親交があったリルケであるから、この程度のやんわりとした批評で済んでいるが、なかには相当に厳しい批評をなす者もあった。それは前回の『ベルリン日報』の比ではなく、いわばデビュー作に対してなされる〝ご祝儀的〟なやさしさは消え失せ、さながら本格的な批評の斧が容赦なく振り下ろされたといった観を呈していた。エーリヒ・ミューザムという批評家は、次のような評を寄せている。「押しつけがましい甘ったるさと気の抜けた誇張において言及の価値がないであろう一冊の本。それは若いウィーン学団においてのさばっている高望みの方法にさえもかなっていない……回りくどいさによって印象づけられる」（前掲プレーター三八頁）。まるでニガヨモギを使って書いたような手厳しい評言であって、こうした批評を目の当たりにして、ツヴァイクが索漠たる不快感にとらわれたことは言うまでもない。

*

ツヴァイクの詩作を考えるとき、どうしても欠かせないのが同時代人フーゴー・フォン・ホフマンスタール（Hugo von Hofmannsthal, 1874–1929）の存在である。たった七歳年長であるにすぎないが、若き日のツヴァイクにとって、ホフマンスタールはライバルとしてどころか、みずからの芸術的発達にとっての一つの手本となる詩作の師匠として意識された人物である。ツヴァイクは自伝の中で熱っぽくこう語っている。「若きホフマンスタールの出現は、早熟な完成の偉大な奇蹟のひとつとして、注目すべきものであり、また今でも依然としてそうである。世界文学において、キーツとランボーの場合を除けば、このような若さで、言葉の駆使におけるこれと似た適確さの例を私は知らないし、すでに十六、七歳で、消し去るのことできない詩句と今日もなお凌駕されることのない散文とをもって、ドイツ語の永遠の年代記に名を留めたこの雄大な天才のような、理念の奔放性の遠大さ、もっとも偶然的な一行一行にまでも詩的な実質をもって透徹している場合を、私は知らない」（七八頁）。このようにホフマンスタールに対して、もう手放しの称賛を送ってやまないツヴァイクであった。ところで、この両者はその出自やら生活環境が驚くほどよく似ている。ユダヤ系の富裕な家庭から出ていること、母方にイタリア系の影響があること、名門ギムナジウムからウィーン大学に進学していること（ホフマンスタールはアカデミッシェス・ギムナジウムからウィーン大学法学部に進学し、のちに哲学部に転部した）、結婚後にウィーン郊外のロダウンに住居をもったこと、第一次大戦において現ポーランド南半部のガリチアで軍務に就いたこと、そして何よりも若くして文学に目覚めその才能をつとに周囲に知らしめたこと、これらの要素がことごとく共通している。

早熟の天才ホフマンスタールについての逸話は〝ロリス・メニコフの奇蹟〟としてよく知られている。その経緯を少しここで紹介しておきたい。一八九〇年六月ウィーンのある文学雑誌の付録に、作者ロリス・メニコフと署名された一つの詩が載った。それは、詩に心得のある人にはちょっと目を見張るようなソネットであった。ロリス・メニコフとはだれか。この時代、ギムナジウムの生徒が公けに文章を発表することは許されていなかったので、やむをえずホフマンスタールは、つい二年前に死んだロシアの将軍ロリス・メニコフの名をみずからのペンネームとして使っていたのである。雑誌の編集長は、ロリスに才能ありと認め、詩についての何か論文を書くことを勧めたが、その論文が、当時ウィーンの若き文学者グループの指導的立場にあったヘルマン・バールの目にとまった。論文を見てバールはうなった、完璧なドイツ語の詩作、このロリスとは一体だれのことだ、ぜひこの作者に会いたいものだと。バールは編集部を介して手紙を書き、一八九〇年秋このロリスなる人物と文学カフェで直接会うことにした。バールにしてみれば、さぞかし壮年バリバリの詩人が現れるものと思っていたが、そこに現れたのは、まだ髭も生えない短い少年用のズボンをはいた十六歳の少年であった。ロリスとは、当時まだギムナジウムの生徒だったホフマンスタールその人であったのだ。当代きっての批評家ヘルマン・バールの驚く姿が、さだめし目に浮かぶような光景ではないか、これが〝ロリス・メニコフの奇蹟〟として知られている出来事の顚末である。

のちにウィーンの人気作家となるアルトゥール・シュニッツラーも、先のヘルマン・バールと同じような感想を漏らしている。「われわれは突然鋭く聞き耳を立て、感嘆の、ほとんど驚愕の眼差しを交わしました。こんな完成、こんな誤りのない造形性、こんな音楽的な感情の浸透というものを、われわれはいかなる人間からも聞いたことがなかった。全く、ゲーテ以来ほとんど不可能と考えていたのです。……私は生まれて初めて、生まれながらの天才に出会ったという感情を持ちました。私は全生涯に、もう二度とあんなに圧倒された感じを受けたことはありません」（ツヴァイク自伝より引用、八〇頁）と。ホフマンスタールは既に十二歳のときゲーテやシラーを読み、十五歳のときにはホメロス、ダンテ、シェイクスピアを原典で読んでいたというから、やはり並の人物ではない。知的関心の高い父親の影響もあって、彼はほとんど遊びのようにして古典語をものにし、学校友だちとはラテン語で文通していた。そうして蓄積された知識や技法のエキスが、ここに迸り出ているということであろう。

このホフマンスタールについてのエピソードと似たような話は案外あちこちにあって、もちろんそれと同じ高いレベルにあるなどと言うつもりはないが、実は私の周囲でも同じような出来事が起こったことがある。今をさかのぼること四十年も前、場所は日本の北国の地方都市におけるある高等学校の教室である。同級生の友人Yは私に「茜色の慕情」と題する自作の詩を見せた。ほほう、髭の生えていない十六歳の生徒がこんな抒情詩をつくれるのか、私はそれを見てかなりの驚きを感じた。「桜貝より燃ゆる頬に／果てなく落つる真珠の／綾より白き涙ゆえ／我れ哀しきと覚ゆけり」……「心に秘むる熱よりも／君が瞳の燃えてけり／乱れし髪に落ち伝ふ／白き涙の闇に見ゆ」……（以下省略）……これが十六歳の少年がつくる詩だろうかと、ここで私はヘルマン・バールと同じような感想を胸に抱くしかなかった。典型的な七五調の音律に載せた抒情詩であって、内容としては陳腐といえばそういうものかもしれず、おそらく島崎藤村の『若菜集』あたりを参考にして、その辺に散らばっている言葉をとっかえひっかえしてつくられた作品だろうと想像するが、内容の重複や過剰なところは多少割り引くとしても、その言葉の収まりどころが要を得ていて、はっと言わせるものがあり、その色彩感はきわめて鮮明である。この友人Yは現在、俳人として一応の名をなしている。そのころの私は、より具象的なイメージの詩、例えばヘルマン・ヘッセなどの詩を好んで読んでいた。

晩夏のチョウ

たくさんのチョウの季節が来た。
遅咲きのクサキョウチクトウの香《にお》いの中で
　チョウは穏やかに踊り酔っている。
チョウは声もなく青い空の中から浮かんで来る。
ヒオドシチョウ、アゲハチョウ、ヒョウモンチョウ、
臆病なアキツバメ蛾、赤い燈蛾
キベリタテハチョウ、ヒメタテハチョウ、
ビロウドと毛皮でふらどられた色も豪華に
宝石のようにきらめきながら浮かんで来る。
きらびやかに悲しげに、黙々と酔いしれて、
滅んだおとぎ話の世界からやって来る。

……（中略）……

一切の美しいもの、無常なものの象徴、
あまりにもやさしいもの、豪華なものの象徴、
老いた夏王の祝宴の
憂鬱な、黄金に飾られた客！

（『ヘッセ詩集』一八八頁、高橋健二訳、新潮文庫）

このヘッセの作品は非常に〝わかりやすい〟詩であることは間違いない。東北地方の草深い田舎に住んでいた私には「ヒオドシチョウ」も「キベリタテハ」も馴染みのある友人であったから、その限りではこの作品はとてもイメージ喚起力のある〝わかりやすい〟詩ということになる。モダニズムやシュルレアリズムが幅を利かせて以降、なにか詩歌は暗喩（メタファー）を駆使して難解でなければならないとか〝わかりやすい〟ことはよくないといった風潮がなきにしもあらずであったが、決してそれだけにとどまるものではないだろう。何も私はここで自慢話をしようと思って、ヘッセの詩を取り上げたわけではなく、ポエジーの本質とは何かという根源的な問題を考える素材としてここに引用したまでである。では、ポエジーの本質とはいったい何か、それが具体的なイメージを喚起する言葉のつらなりの中に存している、という言い方ははたして可能であろうか、こういった問題を考えるため、ここでもう一度ホフマンスタールに登場してもらう。二十世紀初頭のドイツ・オーストリア文学において、その優れた詩作のゆえに評価の高いホフマンスタール、その彼が詩の本質ないしその源泉について、非常に含蓄に富んだ文章を書き残している。そのエッセイの表題はずばり「詩についての対話」である。

作中の人物をして作者ホフマンスタールは詩の本質について「詩というものはすべて心情（ゲミュート）のある状態を表現する。それが詩の存在理由だ。それ以外のことはすべてほかの形式にゆだねなければならない」と語らせた上で、詩作の源泉について「象徴とはなにか、君は知っているか。……犠牲がどんなふうに生じたのか、想像してみる気があるかな。……生贄の動物、犠牲として捧げられる牛や牡羊や鳩の血と生命のことだ。どうやって思いつくことができたのだろうか、犠牲を捧げることによって怒った神々を宥めようなどと。そういうことを考えるには、ふしぎな感覚が必要だ。……とつぜんナイフがこの動物の咽喉にさっとひらめき、温かな血が、牡羊の毛を、男の胸を、腕をしたたり落ちた。そしてその一瞬のあいだ、男はそれが自分の血だと信じたにちがいない。……その男は一瞬のあいだ、その動物のなかで死んだにちがいない。ただそのようにしてのみ動物は男の身代わりとなって死にえたのだ。動物が身代わりとなって死にえたという事実が、偉大な秘儀となり、神秘にみちた大いなる真理となった。……すべては、男もまた一瞬のあいだ動物のなかで死んだ、ということにかかっていた。……男の存在がひと呼吸のあいだ他の存在のうちに溶けあったという事実に。——これがあらゆる詩（ポエジー）の根源だ」と書いている（『チャンドス卿の手紙』所収、一三四～一四一頁、檜山哲彦訳、岩波文庫）。

ここでホフマンスタールが言っているのは、要約すれば詩の存在理由は「人間感情のふるえる息、心情（ゲミュート）のある状態」を表現することであり、またポエジーの根源は「対象物と心理的に同一化すること＝動物が自分の身代わりとなって死ぬという意識体験」を得ることのうちにあるということに尽きよう。ここから演繹されるのは、単なるきれいな言葉の並べ換えゲームではなく、歌い上げる対象との距離を縮め、その中にいかに感情移入するかが詩のよしあしを決めるという定理である。こうした理屈を援用すれば、少年時代の私が前記のヘッセの作品に親和性を抱いた理由も、たやすく説明することができる。そこで歌われている「ヒオドシチョウ」や「キベリタテハ」といった対象物は、既に私にとって身近な存在であって――つまりヒオドシチョウやキベリタテハがどのような季節、どのような場所と時間に姿をあらわし、どのような飛翔行動をとるかを私は熟知していて――、詩人ヘッセが描写しているところの、ヒオドシチョウやキベリタテハが「宝石のようにきらめきながら浮かんで来る」とか「滅んだおとぎ話の世界からやって来る」というイメージは、既に私の中にかなり明確に形成されていたからである。それゆえに、感情移入にさほどの困難を生じることなしに、それらの詩に私は素直に感応したのであった。

＊

さてツヴァイクがホフマンスタールに寄せた感嘆ぶりが尋常なものではなかったことは、既述のとおりである。七つの年齢差しかなくとも、両者間では疑似的ではあれ師匠と弟子といった人間関係がしばらくは続いた。これはずっと後の話であるが、ツヴァイクが一九四〇年パリで行った「昨日のウィーン」と題する講演の中でも、そうした人間関係が維持されていたかのように見える。「ホフマンスタールは、まさに象徴的に上部オーストリア的要素、ウィーン的要素、ユダヤ的要素、イタリア的要素をそれぞれ四分の一ずつ示しており、それらを混合させることで、いかなる新しい価値も、洗練さも、そして幸福に満ちた驚きも生み出すことができたのです。ホフマンスタールの言葉には、韻文においても散文においても、おそらくドイツ語がかつて到達したところの最高度の音楽性、そしてオーストリアでのみ成功し得た創造力におけるドイツ的精神とラテン的精神との調和があります」と（前掲『時代と世界』所収、四五頁）。このようにツヴァイクは冷静な分析眼をもって、若き日の感激を語っている。しかしながら、時間の経過とともに当のツヴァイク自身、あのロリスの化身を詩人の手本としつつも、詩作に対する陶酔の気持ちが醒めていったようである。それは、ポエジーの源泉としての体験、そしてそこから発する感情の凝縮作用が自分にはやや欠けていると感じていたからである。

一九〇三年三月ヘルマン・ヘッセ宛ての手紙において、ツヴァイクは「あの究極的に溢れ出てくるものというか、酩酊というものが私には欠けています。いつでも醒めている部分がわずかばかり残っているのです」とも述べているし、また実際に、初期の二つの詩集『銀の絃』『若き花冠』とも以後決して再版の許可を下すことはなかった。ドイツ最大の詩人といわれているのは、周知のようにヨハン・ヴォルフガンク・フォン・ゲーテである。ゲーテは生涯にわたってものすごい量の作品をあたかも〝鳥のように〟軽々と歌い続けた。何しろ七十四歳のとき、なんと五十歳以上も年下の娘ウルリーケに失恋をした体験までも詩にまとめ上げているぐらいで、要するに何でもかんでも詩にしてしまう、その活力にはただ舌を巻くばかりである。やはりゲーテはとんでもない人間であって、何びとといえども才能の枯渇を意識せざるゲーテと比較されてはかなわないと知るべきであろう。

蜜月の期間を経たのちのツヴァイクとホフマンスタールの関係は、あまりしっくりしたものではなかった。先ほどパリ講演でのホフマンスタールに対するツヴァイクの賛嘆ぶりを紹介したが、それは、あくまでも表向きの場での発言であって、公表を前提にしていない個人的な発言には、これとは少し違った響きが感じられる。それはライバル文士としての宿命というか、似た者同士がときとして見せつける近親憎悪のような感情の揺れということになるのだろうか、両者の間にはびゅーびゅーと冷たい隙間風が吹き込んでいる。ツヴァイクはある友人への手紙で「ホフマンスタールの存在の悲劇」を嘆いている。（オットー・ホイシュレへの手紙、ミュラー前掲書二一頁）ホフマンスタールは、三十歳頃から次第に詩作に行き詰まり、それまですらすら書いていた文章を一つとして書くことができなくなっていく。そしてしまいには、詩歌を放棄して、戯曲や散文の世界に新しい方向を求めていくようになるのである。こうしたデッドロックの状態について、もはやホフマンスタールには神経衰弱によって、大きな広がりをもった散文の作品を完成させる力はなく（長編小説『アンドレアス』が未完に終わったことを指している）、あれほどの詩人として才能を持っていたけれども、魔法の酩酊はこのときには既に酔い覚めの状態になっていたとツヴァイクは見ていた。

これに対して後年のことになるが、ホフマンスタールはその友人たちに向かって、金銭的に成功した作家ツヴァイクのことを「金満家ツヴァイク：Erwerbs-Zweig」と呼び、さらに、自分の詩の作風をツヴァイクは三流文士ふうの手法において模倣しようとしたと咎めている。今ふうの卑近な言葉でいえば「よくも俺の詩をパクリやがって……」とでもなろうか、ここにあるのは、何か非常に刺々しい人間関係であって、要するに畏敬や慈悲の感情が欠けている、いわゆる〝うまが合わない〟姿ということになる。ホフマンスタールが自分のことを悪しざまに言っていることを、もちろんツヴァイクは知っていた。内心ではずいぶん面白くない気分も味わったが、融和的な性格の彼は回想記のペンを握るとき、こうした悪しき感情をいっさい捨象し、当てこすった文章を綴るようなことはない。何でもかんでも自然主義ふうに暴露するのではなく、できるだけ物事のプラスの側面に光を当てるというのがツヴァイクの処世術であったから、彼の自伝には個人的な対抗意識や反駁めいた記述は全く見られない。それにしても、ホフマンスタールとツヴァイク、ともに後には詩の世界から身を引いていくというのは、この芸術ジャンルにおける持続性の難しさみたいなものを感じざるを得ないが、詩作への能力にみずから懐疑的となり、その情熱が次第に失せていったとき、ツヴァイクはどこへ向かって歩み出していくことになるのだろうか。

4 貧者の都

本稿のこれまでの記述から、ウィーンの街にはいかにも芸術家が溢れ、カフェでは談論風発の会話がひっきりなしに行われていたかのように思えるかもしれないが、それは物事の一つの側面であっても、決してそのすべてではない。だいいち町中に創造的人間が溢れているという都市など、この世にあるはずもなく、その種の人間が全体からみれば極めて少数に属しているのは明らかである。ツヴァイクは、みずからが生まれ育ったウィーン並びにそれを包含しているハプスブルク帝国について「私が育った第一次大戦以前の時代を言い表すべき手ごろな公式を見つけようとするならば、それを安定の黄金時代であったと呼べば、おそらくいちばん適確ではあるまいか。ほとんど千年におよぶわれわれのオーストリア君主国では、すべてが持続のうえに築かれているように見え、国家自体がこの持続力の最上の保証人であった」（自伝一五～一六頁）と表現しており、ウィーンの芸術文化に酔いしれていた彼にとっては、第一次大戦前のオーストリア社会はどこまでいっても甘美な夢に包まれた「安定の世界」であった。しかしながら、それはあくまでも彼の目に映じた都市や国家の姿であって、現実のオーストリア社会および国家は、さまざまな社会的ないし国家的な矛盾を抱えており、この時点ではあちこちに亀裂の兆候を示していた。

当時の市民生活の特徴を表現する言葉として、ビーダーマイヤー（Biedermeier）とかシュランペライ（Schlamperei）という言い方がある。ビーダーマイヤーというのは、波風を立てず何事も穏便に済まそうとする小市民主義や俗物主義を、そしてシュランペライというのは、服装・態度・仕事ぶりなど物事をいい加減に済まそうとする「だらしなさ」を表わす言葉である。官僚主義の非能率さを表すとき、しばしば冷やかしを込めて「繁文縟礼」という言葉を使うが、このような干からびた四つの文字に表された沈滞ムードが社会全体を覆っていた。ハプスブルク帝国の内実をよく知るには、現代のアメリカの歴史学者W・M・ジョンストンが著した『ウィーン精神――ハープスブルク帝国の思想と社会』（井上修一、岩切正介、林部圭一訳、みすず書房、一九八六年）が欠かせない研究書の一つになっているが、この六〇〇ページにも及ぶ浩瀚な書物の中で著者ジョンストンは、ハプスブルク帝国の支配の三つの柱として「官僚制」「軍隊」「教会組織」を挙げ、そのそれぞれについて精緻な分析を加えている。

それによれば、まず官僚制について、大公・侯爵・伯爵などの称号を有するわずか八十家系ほどの上級貴族が国家全体の大半の土地を所有し、高位の官職を独占するといった弊害も出ていたとされる。著者の文章をそのまま引けば「上級貴族の家系は、八十家族しかなかった。八十家族と言っても、幾重にも姻戚関係でつながっているから、ひとつの大きな閨閥にすぎない。お互い同士は親称代名詞〈du〉やニックネームで呼び合っていた。……上級貴族では、動産も不動産も、いわゆる限嗣相続で、相続人が決まっていた。領地はそれぞれ長子が相続する」（同書五九頁）ということになる。また軍隊についても、制服の見栄えはよくても対外的には連戦連敗（十九世紀後半のクリミア戦争やイタリア独立戦争など）、せいぜいのところ国内の治安維持に能力を発揮するのみで、その機能面での形骸化が進行しており、口さがない連中からは「オーストリア・ハンガリー軍とは、優れた将軍より楽隊長が集まっていたところだ」という揶揄の声も上がっていたし、さらに宗教問題についていえば、当時のハプスブルク帝国は、総人口五〇〇〇万人のうちカトリック教徒が約三〇〇〇万人を占めるという、さながらヨーロッパ最大のカトリック王国の観を呈していたが、それまで教会の手に握られていた戸籍の管理（国民の出生・婚姻・死亡などの業務）や学校教育の統制（小学校の教会による監督管理）などを国家の手に引き寄せようとして、両者間での権限争いが続いていた。このように国家を支えるべき三つの柱がぐらぐらと揺らいでおり、皇帝フランツ・ヨーゼフ一世の人格的カリスマ性が、かろうじてモザイク国家たるハプスブルク帝国の瓦解を防いでいるというありさまであった。

このほかにも、この国の支配体制を揺るがせた要素として言語問題、貧困問題、そしてユダヤ人問題などが挙げられる。まず最初の言語問題であるが、これは言うまでもなくハプスブルク帝国の多民族性に由来していて、一朝一夕に解決がつくようなたやすい問題ではない。この背景には、当時の中央ヨーロッパにおける国際情勢の変化が大きな影を落としている。ドイツ系住民が多数を占めるオーストリアでは、プロイセンとの合併によって大ドイツ国家をつくろうとする主張（大ドイツ主義）が絶えることがなかったが、一八六六年の普墺戦争の敗北によってそれは完全についえてしまう。周知のように以後、ドイツ統一はプロイセンを中心として進むことになる。また汎スラブ主義を標榜するロシアは、折りあるごとにスラブ人国家であるチェコやセルビアなどに秋波を送っており、オーストリアとしてはそうしたロシア勢力の国内浸透を防がなければならない状況に追い込まれていた。したがってプロイセンやロシアへの対抗上、オーストリアでは、その覇権を維持するため中欧における政治ブロックの確立が急務とされており、そこで登場した構想がマジャール人の隣国であるハンガリー王国との合邦であった。こうして一八六七年に成立したのがオーストリア・ハンガリー二重帝国である。この出来事は歴史的名辞ではアウスグライヒ（Ausgleich）と呼ばれていて「和協」とか「妥協」と訳されている。

さて、そこで検討しなければならないのは、オーストリアと対等の関係にあったハンガリーはひとまず措くとして、アウスグライヒ体制下でのオーストリアにおける民族ないし言語に関する問題はどのようなものであったか、これである。当時のオーストリアにおける民族別の人口比はドイツ系三六％、チェコ系二三％、ポーランド系一八％、ウクライナ系一三％、スロヴェニア系五％、イタリア系三％、セルビア・クロアチア系三％などであったが、アウスグライヒ成立に伴う一八六七年のオーストリア憲法では、その第十九条において民族の平等を保証していた。すなわちその第一項では「オーストリアのすべての民族は平等である。すべての民族は、その民族の特性と言語を守り育てる全面的権利を有する」と規定し、また第二項では「教育、行政および公共の場合においては、その地域で使われている言語の平等性が国家によって保証される」とも規定していた（大津留厚『ハプスブルクの実験――多文化共存を目指して』四二頁、中央公論社、一九九五年)。要するにオーストリア憲法では、少なくとも法文の上では国内に存在する複数の民族の平等を認めていたということである。

しかるに、それはあくまでも法律という紙の上でのことであって、現実にオーストリアで生活している諸民族が平等であったかどうかは別の次元の問題である。先に見たように全体として人口の約四割をドイツ系住民が占めていたことから、伝統的に公用語はドイツ語とされており(一〇〇年前の一七八四年、既に皇帝ヨーゼフ二世は、帝国全土の公用語をドイツ語とする法令を発布していた)、それに対する非ドイツ系民族からの反発が止むことがなかった。アウスグライヒが成立して以降、とりわけ反発が大きかったのは、人口比でも二位を占め、かつ産業革命の進行によって経済発展が著しかったチェコ人地域の住民であった。こうしたチェコ人の不満を緩和するため、オーストリア首相のカシミール・バデーニは、一八九七年に新しい言語令を発布した。これは行政事務の上でドイツ語とチェコ語の完全な平等を実現しようとしたもので、チェコ人の住む地域においては事実上、彼らチェコ人が役人の地位を独占する可能性を含んでいた。それがため猛烈な反対運動がドイツ人の中に起こり、帝国議会において激しい論戦や議事妨害が起こった。こうした混乱を前にしてバデーニは解任され、結局は新しい言語令も撤回されることになったが、これがバデーニ言語令事件と呼ばれる出来事であって、ハプスブルク帝国における多民族性を象徴するエピソードとして語られることが多い。チェコ出身の作家フランツ・カフカやポーランド出身の作家ヨーゼフ・ロートがドイツ語で作品を書いたのも、こうしたハプスブルク帝国における言語事情が関係していたのは論をまたない。

次に貧困についてであるが、これはオーストリアにおける近代産業の勃興による大企業の独占にかかわって——のちに触れるユダヤ系資本の独占という側面もある——、下層の商工業者が苦境に陥るとともに、その一部は零落したプロレタリアートと化してスラム街を形成したという経済上および社会上の問題である。当時のウィーンにおける下層労働者の生活ぶりを活写した文章を、前掲のジョンストン著『ウィーン精神』からここに引用しておこう。「ウィーンの貧困層は、一部屋に六人から八人も雑居していることが珍しくなかった。さらに貧しい人々は部屋が借りられないから、ベッドだけを借りていた（Bettgeher）。そのベッドも時間借りにすぎず、食事はパンとコーヒーだけなので、結核にかかる者も多かった。一八七三年の世界博覧会のときコレラが発生したのは、この種の人々が住む地区であった」（一五四頁）とある。

こうした貧困の課題に取り組むため、一八八八年オーストリアではヴィクトル・アードラーの指導のもとにマルクス主義政党が結成された。これは、それまであったいくつかの社会主義的な政党が大同団結したもので、その正式名称をオーストリア社会民主労働者党（通称、社会民主党）という。そしてその二年後の一八九〇年には、この社会民主党のよびかけで、普通選挙権をはじめとする労働者の諸権利の獲得をめざして、オーストリアで初めてのデモ行進が行われた。この五月一日ウィーンで行われたデモ行進（メーデー）について、ツヴァイクは自伝の中でこう書いている。「私のきわめて幼かったころのことだが、その日をことを私はまだ覚えている。労働者たちは、初めて彼らの力と集団を示すために、五月一日を労働大衆の祝日と宣言する合言葉を発し、列を組んでプラーターに行進することを決議した。……この知らせを聞いて、善良な自由主義的な市民層は驚きで身体がきかなくなった。社会主義という言葉は、当時のドイツやオーストリアにあっては、昔のジャコバン派とか、後のボルシェヴィキとかいう言葉と同じように、どこか血なまぐさい、テロのような後味を含むものであった。最初の瞬間には、この赤い一味が、家々を焼いたり、店を掠めたり、考えられるかぎりの暴力行為に出たりすることもなく、郊外からの行進をやってのけるなどということは、全くあり得ないことだと考えられた。一種の恐慌が蔓延した。全市と近郊との警察は、プラーター街に配置され、軍隊は充填して待機した。……しかし何ごとも起こらなかった。労働者たちは、妻と子供を相携えて、四列に組み、模範的な規律のうちにプラーターへと行進した。……警官や兵隊たちも親しい仲間のように彼らに笑顔を向けた」(九九～一〇〇頁)。

この間にウィーン市長だったのはキリスト教社会党のカール・ルエーガーという人物である。ウィーン工科大学の守衛の子に生まれたルエーガーは、社会の下層中産階級の苦しみを体験しながら育ち、苦学して弁護士となったのちに、ウィーン市議会や帝国議会の議員を勤めたという経歴をもっている。彼が属していたキリスト教社会党の綱領は、先に述べたマルクス主義政党である社会民社党に比べれば、徹底した階級闘争を掲げていたわけではなく、ずっと穏健であったが、それでも当時の事なかれ主義のビーダーマイヤーの市民から見れば〝過激な〟社会主義勢力ということになっていた。ルエーガーが依拠していたのは、工業化のあおりを受けて没落の憂き目に瀕していた社会の下層中産階級の立場であり、その市政における基本方針は、小さな工場主や個人商店主を独占的な大企業から守ることであった。この革新的な市長のもとでウィーン市では思い切った政策がつぎつぎと打ち出され、低所得者向けの住宅の建設、救貧施設の開設をはじめとして、ガス事業の市営化、ドナウ川の治水工事、上水道の敷設、鉄道馬車の市電への切り換え、卸売市場や中央墓地の開設といった市民生活の全般にわたる改革が実施されていった。それらは今日でも、ある種の社会福祉的な改革の先駆的な試みとして高く評価されており、当時のハプスブルク帝国において皇帝フランツ・ヨーゼフと並び称されるほどの人気があった人物とされている。人々は、その風貌からルエーガーのことを〝髭のカール〟とか〝美男のカール〟と呼んでいたという。当初、皇帝フランツ・ヨーゼフは、この人物が社会主義者であり反ユダヤ主義であるゆえにウィーン市長であることを認めようとしなかったが、市民の圧倒的な支持があったればこそ、市長職となって二年後の一八九七年、ついにこの人心掌握術にもたけた〝美男のカール〟をウィーン市長として正式に認証したのであった。

さて最後に残っているのが、ユダヤ人問題である。たった今、ウィーン市長カール・ルエーガーが反ユダヤ主義である旨を述べたが、これを十分に理解するには少々長めのページで必要である。初めに結論からいっておくと、ルエーガーが政治的な主張として標榜したのは、当時のオーストリア金融界を支配していたユダヤ系大資本に反対する立場を貫いたのであって、圧倒的多数の下層ユダヤ人に対して向けられたものではないということである。のちにドイツやオーストリアで国家社会主義者が政権をとったとき、ユダヤ人を目の仇にして恐るべき抹殺計画に邁進したが、そのような狂信的な反ユダヤ主義をルエーガーが展開していたわけではない、この点は歴史認識としてくれぐれも押さえておかなければならない。ルエーガーのウィーン市長としての統治のあり方は、概して公正かつ民主的であり、私的な面では旧知のユダヤ人の友人に対して人間的な誠実さを欠くことがなかったのは、万人の認めているところである。とはいえ、オーストリアあるいはウィーンにおけるユダヤ人問題を考えるとき、そこにはかなり根深い社会構造上の難問が存在していることを知る必要があるだろう。

ここでウィーンにおけるユダヤ人問題を一瞥しておきたい。まずそもそもユダヤ人とはどういう人々を指しているのかと考えてみる。ユダヤという国が存在していて、そこに属している国民、言い換えるとユダヤ国籍を有している者がユダヤ人と呼ばれるのであれば話は簡単であるが、現実にはユダヤ人の国家は紀元一世紀にローマ帝国に滅ぼされて以来、この世には存在していない。したがって、ユダヤ国籍が存在していない以上、これがユダヤ人であると正確に定義することは難しいということになる。一般にはユダヤ教という宗教を奉じている人々がユダヤ人だと理解されているが、これとても正確な定義ではない。なぜなら、正統的なユダヤ教を放棄した人々もまた――前述のようにツヴァイク家がそうであった――ユダヤ人に属していると考えられているからである。また人種的要素をもってユダヤ人を定義しようとする考え方が根強くあるやに身受けられるが、これとても、混血の長い歴史を考えてみれば、生物学的な血統というものを厳密に定義することは難しいし、またこうした人種的区別を云々するのは、これまでの歴史にしばしば見られたように、大変に危険な差別思想に陥ってしまう恐れがある。ヨーロッパにおいては近世以降、民族と国民がほぼイコールの関係にある国民国家が成立したが（例えばイギリスやフランスを考えてみよ）、ユダヤ人問題に限ってはこうした明快な構図を引くことができないばかりでなく、離散（ディアスポラ）したユダヤ人が、その独自の社会的習慣を守り続けながら、近世以降の国民国家の中に入り込んでいったわけである。ここにこの問題の難しさがある。現在の日本に住む我々にとって、ドイツ生まれの社会科学者カール・マルクスがユダヤ人だと言われてもピンと来ないし、スイスの世界的な物理学者アルベルト・アインシュタイン、アメリカの経済学者ポール・サミュエルソン、ロシアの政治家レオン・トロツキーがユダヤ人だと言われても、これまたピンと来ない。我々は、ここに名前を挙げた彼らをそれぞれドイツ人、スイス人、アメリカ人、ロシア人だと思っている。このような難しさと曖昧さに配慮した上で、本稿においては通例に従ってユダヤ的な出自およびメンタリティを有している者をユダヤ人と呼ぶことにする。

さて、まず話のとっかかりとして、最初にツヴァイクが自伝で書いている文章を引用する。「『共存共栄』というのが有名なウィーンの原理であった。そしてその原理はあらゆる層において、抗し難い確かな地位を占めている。貧しい者も富める者も、チェッコ人もドイツ人も、ユダヤ人もキリスト教徒も、時には愚弄し合うことはあっても静かに共同の生活をし、政治的・社会的な運動すらも、第一次大戦から初めて毒のある残滓として時代の血液循環のなかに入り込んできた、あの恐るべき憎悪というものを含んでいなかった。……リューガー（注／前出のルエーガーのこと）が反ユダヤ主義の党派の首領として市長になったときでさえも、個人的な交際では少しも変化がなかった。私も個人的に告白しなければならないが、学校においても大学においても、あるいは文学においても、かつてユダヤ人としての障害や軽蔑を経験したことは少しもなかった」（四八頁）と。このように、ツヴァイクはユダヤ人として生まれたにもかかわらず、青年期において社会的差別を受けたことは皆無であったと書いているが、それは、彼が特別に富裕な階層に属していたからであろう。もちろん、ユダヤ人はこのような〝恵まれた人〟ばかりではない。むしろ圧倒的多数は、ガリチア出身の作家ヨーゼフ・ロートが長編エッセイ『放浪のユダヤ人』の中で書いているように社会の下層に逼塞していた。「東方ユダヤ人は他に何に（注／行商人や職人を指す）なれるのであろうか。労働者になっても、ユダヤ人を雇う工場はない。土地の失業者が沢山いるのだ。しかしたとえ失業者がいなくても、――キリスト教徒の外国人すら雇わないのだから、いわんやユダヤ人など雇ってくれるはずがない。……クライネ・シッフガッセ（注／ウィーン市の北東部レオポルトシュタットにある小路）には玉葱や石油の臭い、鰊や石鹸の臭い、滌ぎ水や家財道具の臭い、ベンジンや煮物鍋の臭い、黴やハム、チーズの臭いがぷんぷんと漂っている。……貧しいユダヤ人の仕立屋はこんな横丁に住んでいるのである」（平田達治訳、五二頁、法政大学出版局、一九八五年）。

視線をずっと広くもってウィーン全体に転じて見ると、さまざまな社会階層のユダヤ人がウィーンには住んでいたことがわかる。一九一〇年におけるウィーンの総人口は約二〇〇万人であったが、そのうちユダヤ人は一八万人で、全体に占める割合は九パーセント弱であった。そしてそこには大きくいって三つのグループが存在していた。一つは、古くからウィーンに定住していたユダヤ人のグループである。彼らはドイツ語を話し、そのドイツ・オーストリア的文化の世界に完全に同化していて、社会階層的には上流階級に属しており、みずからをエリートと意識していた。財閥家として有名になったロスチャイルド（ドイツ語ではロートシルトという）などが代表例である。貴族の称号を有する者もいて、例えば前節で出てきた詩人・作家ホフマンスタールは、正式な氏名をフーゴー・フォン・ホフマンスタールといい、そのフォンという名称からわかるように、古くからウィーンに住み着いた家系をそのルーツとし、何がしかの功績によって地主貴族の称号を得た家柄であった。

二つ目は、数世代前に近隣の商工業の盛んな地域、例えばボヘミアやハンガリーからやってきたユダヤ人のグループである。彼らはみずからの苦学力行によって職業的成功をおさめ、勇躍して首都ウィーンにやってきた。既に見たように、ツヴァイクの祖父ヘルマンはこのグループの典型例ということになろう。そしてツヴァイク家の場合、さらにシュテファンの父モーリッツの代に飛躍を遂げ、爵位こそなかったが、第一のグループに限りなく接近しているというか、既に第一のグループの位置におさまっているように思える。このグループが社会的上昇を遂げるため、子弟の教育に力を注いだことは容易に想像される。人口比率では既に見たようにユダヤ人は九パーセントであるにもかかわらず、ことギムナジウムの進学率に関しては、ユダヤ人のそれは四〇パーセント近くにまで達している。そして居住分布に関して、第二グループの住居区は、第一グループも含めてであるが、第一区、そして第三から八区といったように市域の西部や南部に分布していることがわかる。

そして三つ目は、ポーランド南部ガリチアやウクライナなど遠方からやってきた、いわゆる東欧系ユダヤ人（東方ユダヤ人）のグループである。彼らは大体において貧しく、特別の専門的技能があるわけではなかったから、ウィーンにやってきても下層民としてさまざまな都市の雑役に従事することが多かった。彼らは公用語としてのドイツ語を話すこともほとんどなく、イディッシュ語（ヨーロッパ化されたヘブライ語）の話者としてとどまったから、ある意味では社会慣習としてのユダヤ的特性をいつまでも保持し続けた。そして彼らはドナウ川およびドナウ運河に近い地域、すなわち市域の東北側（東欧への始発駅がある）の第二区や第二十区に集中して住んだ。レオポルトシュタットと呼ばれる第二区では、その割合は三四パーセントにも達し、先に引用したユダヤ人作家ヨーゼフ・ロートの『放浪のユダヤ人』の文章からもわかるように、あたかもユダヤ人街を形成しているかの観があった。なお、ポグロムと呼ばれる集団的ユダヤ人襲撃の最大の標的になったのもこうした東欧系ユダヤ人であったし、またガリチアというのはあのアウシュヴィッツ強制収容所（現在はドイツ語でのアウシュヴィッツではなく、ポーランド語でオシフィエンチムと呼ばれている）が設けられた場所でもある。以上見たように、財閥もいれば成功した工場主もいる、文化人もいれば貧民もいるといった具合に、ウィーンにはさまざまなユダヤ人が存在していたのである。なお、この項の記述については、野村真理『ウィーンのユダヤ人――一九世紀末からホロコースト前夜まで』（御茶の水書房、一九九九年）に負っている部分が多い。

＊

一方では華やかな世紀末文化を擁しつつ、他方では複雑な民族問題および貧困・差別の問題を抱えていたウィーン、こうした社会状況のもとで、一九〇六年ひとりの男がこの町にやってきた。このとき十七歳、もちろんまだ無名の一介の書生にすぎない。希望に胸をふくらませて意気揚々と首都ウィーンにやってきたと言いたいところであるが、どうもそうではなかった。その男の名前をアドルフ・ヒトラー（Adolf Hitler, 1889–1945）という。もちろん、のちにドイツ第三帝国の総統として絶大な権力をふるったファシズムの権化、オーストリアを目茶苦茶にしたばかりでなく、シュテファン・ツヴァイクを絶望へと追いやり死に至らしめた、他に比肩すべくもない煽動者その人である。ヒトラーはオーストリア西部の小都市ブラウナウに税関吏の子として生まれた。とかく現代の我々は、ヒトラーといえばただちにドイツを連想しがちであるが、ドイツ系民族であることはほぼ間違いないにしても（一部にはユダヤの血が混じっているとする見方もあるらしい――ヨアヒム・フェスト『ヒトラー』赤羽達夫訳、二一頁、河出書房、一九七五年）、ブラウナウはザルツブルクの北方に位置するオーストリアの町であって、れっきとしたツヴァイクの同国人である。ヒトラーには『わが闘争』という有名な口述による自伝があるが、この本によれば、彼は最初は父親と同じように官吏となるべく、近隣の中都市リンツにある実科学校に入学したが（職業高校であって大学予備門のギムナジウムでは断じてない！）、成績優秀であったにもかかわらず、あえて画家・建築家をめざして首都ウィーンに向かったということになっている。しかしこれは事実とは異なっている。

多くの人が指摘しているように、このヒトラーの自伝には自分に都合のいいことがたくさん書かれてあり、美辞麗句にふちどられた粉飾もくしは改竄が多々見られる。真相は成績優秀とはとても言えない状態であって、成績不良で実科学校を中退し、仕方なく故郷を去らなければならなかったというのが大方の見方である。いわば起死回生の覚悟でもって、ウィーンにやってきたというのが本当であるらしい。前出のヨアヒム・フェストは、その著者の冒頭において、ヒトラーの人物像について次のように書いている。「自分という人間を覆い隠すとともに光明で充たそうというのが、彼（注／ヒトラー）の生涯の基本的な努力の一つであった。これほど徹底的に、これほどこせこせとしていると思えるぐらい強引に、自分を様式化し、一身上のことのなかに自分の姿をさぐらせまいとした歴史的な人物は、ほかにはほとんど見あたらない。彼が自分に関して抱いていた表象は、人間の姿よりもむしろ記念碑に近かった。彼は一生のあいだ、その背後に隠れようと努力した」（同書一九頁）と。いわゆる世の成功者が、みずからの若かりし頃を振り返って、その姿をよく見せようとする虚勢＝ハッタリの心理はまずわからないでもないが、それも程度問題であって、ヒトラーにあっては、先に見たような成績詐称の一件からしても、その限度を超えているといっても差し支えなかろう。実のところ、ヒトラーの出自はかなりあやふやであって、前述のとおり父親ははっきりしているが、母親がだれであるかについては未だに明確にはなっていないのだという（私生児説）。嫡出でないかもしれないという部分が、伝記作者フェストの指摘している「自分という人間を覆い隠すとともに光明で充たそう」とする心理に繋がっているのは間違いあるまい。

さて、ウィーンに出てきたヒトラーは、画家・建築家を目指して美術大学を受験するが、数度にわたりそれに失敗してしまう。いわば、この時点で無能力の烙印を押されてしまったことになる。将来の当てもなく失意の中でヒトラーは、ウィーンの町をそぞろ歩き、社会の下層に位置する補助労働者として、まさに口を糊する生活を送らなければならなかった。そのとき彼の網膜に映じたハプスブルク帝国の都は次のようなものだった。「ヴィーン――多くのものには悪意のない歓楽の縮図と考えられ、遊び人には華やかな場所と考えられるこの都市が、わたしには、いかんながら自分の生涯のいちばんあわれな時代を、まざまざと思いださせるだけである。今日でもなおこの都市は、わたしに悲しい思いを起こさせるだけである。この奢侈の都市の名声の中で、わたしは五年間の貧困と悲惨の時をすごしたのである。この五年間、わたしはそこでまず補助労働者となり、ついでちゃちな画工になり、パンをかせがねばならなかった。……空腹は当時のわたしの忠実な用心棒であった。それはいっときもわたしから離れないただひとり《原文ママ》であり、すべてにおいて忠実にわたしの分け前にあずかった。……輝かしい富といとうべき貧困とが、たがいにきわだって交錯していた。貴族主義と商業の富に、血のにじむような貧困が対立していた。環状道路の宮殿の前には、幾千もの失業者がぶらぶらしており、旧オーストリアの凱旋道路の下には運河の薄明と泥濘の中に、浮浪者が住みついていた」(『わが闘争』平野一郎・将積茂訳、四六～四九頁、角川書店、一九七三年。原著初版は一九二五年)。

ここには、ヒトラー青年時代の苦難のさまがよく描かれている。もっとも、アジテーターの天才である彼のことだから、自伝の中でことさら自分の貧しさを強調するために、悲惨な状態をオーバーに表現していると指摘する向きもあるが——ここにも若干の嘘があると指摘する論者は、ヒトラーの父アロイスは税務官吏として年金もあり、その死後は息子のアドルフには少なくない孤児年金が付いていたことを根拠している——話の大筋はたいして違っていないと思われる。実際に、下宿代を払えず行き場を失って浮浪者収容所で寝泊まりしたこともあった。浮浪生活を送っていたヒトラーが、ウィーンからミュンヘンへと旅立つ一九一三年五月まで住んでいたのは、もっぱらウィーン市内でもユダヤ人が特別に多かった第二十区であった。そこで彼は奇妙な風体の一群の人々と出会う。それが、独特のカフタンと呼ばれる丈の長い上着をきた東方ユダヤ人であるが、それについて彼は『わが闘争』の中でこう書いている。「あるとき、わたしが市の中心部を歩き回っていると、突然長いカフタンを着た、黒いちぢれ毛の人間に出くわした。これもまたユダヤ人だろうか？　というのがわたしの最初に考えたことだった。……いつもわたしが行くところで実際にユダヤ人を見た。そしてわたしが見れば見るほど、かれらが他の人間と違っているのが、ますますはっきりと見えてきたのである。特に市の中央部とドーナウ運河の北部の区域は、外見的にもドイツ民族と似かよっていない民族が密集していた。……その後わたしは幾度もカフタンをまとっているものの臭気で、気持が悪くなった。その上なお、きたない衣服をつけているし、外貌も雄々しくない」（同書九四～九五頁）と。

こうした貧民としての生活体験の中から、ヒトラーは富の偏在という社会的不平等の意識をつのらせていく。彼の自伝『わが闘争』には、オーストリア社会に対してユダヤ人がもたらす害毒が、何ページにもわたって連綿と綴られているが、その根本をなしているのは、貧困の原因が一方でユダヤ系大資本の富の独占にあるとしつつ、他方で下層ユダヤ人の「肉体的な不潔」や「道徳的汚点」を排除していくという民族浄化の考え方である。のちにヒトラーが結成した政党を「国家社会主義ドイツ労働者党：Nationalsozialistische Deutsche Arbeiter Partei」（略称 NSDAP；ナチス）というが、そこには、通常は右翼と見なされている政党にもかかわらず社会主義という異質な言葉が入っている。それはドイツ系プロレタリアートの社会的不平等を解消していこうとする、括弧付きではあるが一応の平等主義を掲げていることによる。ドイツ系住民によるドイツ国家の構築、すなわちユダヤ的なるものの排斥という考え方は、ヒューストン・チェンバレンやアルフレート・ローゼンベルクといった〝自称理論家〟の人種排除（アーリア民族優位）の思想を媒介しつつ理論構築され、のちに第三帝国においてジェノサイドという形で完全に実施されていく。話がずいぶん先まで進みすぎてしまったが、ミュンヘン時代のヒトラーが政治の世界に乗り出したころ、彼が演説の仕方とか取り巻きのつくり方といった人心掌握の手段としてモデルにしたのが、先に紹介したウィーン市長カール・ルエーガーだったといわれている。事実『わが闘争』の中には数ページにわたって〝髭のカール〟を褒めたたえる文章が綴られている。ただし、ルエーガーの名誉のためにいっておくと、前言したように、その反ユダヤ主義は大企業を支配しているユダヤ人富裕層に向けられたものであって、大多数のユダヤ人貧困層に向けられたわけではないということである。

さて話はツヴァイクとの関連になっていくが、こうして見てくると、ヒトラーの体験したウィーンというのは、ツヴァイクがその自伝で語っているウィーンとは格段に違っているのが理解される。同じウィーンではあっても、そこには全然違った都市風景が展開している。もう一度、先に紹介したツヴァイクが描いたウィーン並びにそれを包含しているハプスブルク帝国を思い浮かべてみよう。「私が育った第一次大戦以前の時代を言い表すべき手ごろな公式を見つけようとするならば、それを安定の黄金時代であったと呼べば、おそらくいちばん適確ではあるまいか。ほとんど千年におよぶわれわれのオーストリア君主国では、すべてが持続のうえに築かれているように見え、国家自体がこの持続力の最上の保証人であった」と。彼にとってのウィーンは絢爛たる芸術の花が咲き誇った「安定の世界」であった。こうして見てみると、比喩的にいえばツヴァイクにとっては「富者の都」であっても、ヒトラーをはじめとする社会的疎外者にとっては「貧者の都」といった括り方が可能なのではないだろうか。要するに、いついかなる時代にあっても、くまなく世界のどの小片をとってみても、それが幻想や錯誤でない限り、万人にとっての「安定の世界」などというものは存在し得ないということであろう。もし存在しえたとしても、それは大きな地殻変動を内部に秘めたところの「安定の世界」にほかならない。

先に本章の第二節において、ウィーンにはヨーロッパ各地からさまざまな要素が流れ込んできて、それらを融合して独自の文化を形成したと書いたが、それについて今いちどツヴァイクの言葉を借りると、「ヨーロッパの都市でウィーンほど、文化的なものへの欲求を情熱的に持っているところはなかった。……ここでヨーロッパ文化のあらゆる流れが合流した。宮廷にあって、貴族にあって、民衆のなかで、ドイツ的なものはスラヴ的、ハンガリー的、スペイン的、イタリー的、フランス的、フランドル的なものと血で結びつき、これらはすべての対立をひとつの新しい独自のもの、オーストリア的なもの、ウィーン的なものへと調和せしめて解消することが、この音楽の町の本来の天才性というものであった」（自伝三一〜三二頁）ということになる。さよう、それが、まさしくウィーンの天才性というものであろう。しかしながら、それは何も文化現象だけにとどまるものではない。

国際都市の宿命で、水が低きに流れるがごとく、優れた芸術家も集まってくれば、革命思想の伝道者もまた集まってきていたのである。ウィーンは、まぎれもなく国際政治のパワーポリティクスの舞台でもあった。やや時代は下るが二十世紀の初頭、のちにロシア革命を担ったトロツキー（Trotskii, 1879–1940、本名レフ・ブロンシュタイン）、そしてスタリーン（Stalin, 1879–1953、本名ヨシフ・ジュガシヴィリ）、さらにユーゴスラヴィア独立のパルチザンとして活躍し後に大統領にまでなったチトー（Tito, 1892–1980、本名ヨシップ・ブローズ）、こうした人々がウィーンの街路を闊歩していた。ロシア革命の指導者レーニン（Lenin, 1870–1924、本名ウラジミール・ウリヤノフ）が、革命勃発の直前にスイスのチューリヒにいて、そこから封印列車で当時のロシアの首都ペトログラードに向かったことはよく知られているが、実は、彼はチューリヒ時代を含めて都合十七年間もヨーロッパ各地を転々としていたのである。そしてロシア国内のボルシェヴィキにいろいろな指示を出していた。そのときに彼の目にとまったのが、ようやく革命家として頭角を現してきたスターリンだった。レーニンは、オーストリア社会民主党の面々から、その社会主義理論を学ばせようとして、スターリンをウィーンに呼び寄せたのである。こうしてスターリンはウィーンにやってきたが、そのウィーンでの止宿先は、ヒトラーが住んでいた場所のすぐ近くであった。なんと、その後の世界史をわがもの顔に駆けめぐったこの二人の人物、スターリンとヒトラーは、いっとき同じ町にいて、同じ空気を吸っていたのである。こうしたことは、陸続きで国境を接しているヨーロッパでは、さほど珍しいことではないかもしれないが、我々のような島国に住む日本人にとっては、はらはらするような興奮を覚えてしまう。ヨーロッパの大都市は、芸術創造の地であると同時に、国際政治の舞台でもあったということに改めて気づかされる。

どうやらウィーンという街は、見た目ほど静謐や安寧に包まれていたわけではなさそうである。ビーダーマイヤーの穏やかな表情の裏側では、どろどろした政治のマグマが渦巻いていたのである。ユダヤ問題をはじめとして、さまざまな政治問題や社会問題の種がウィーンには取りついていた。支配層においても皇太子ルドルフの政治問題がらみの自殺あるいは皇后エリザベートの暗殺という出来事も起こっている。とりわけユダヤ問題は、オーストリアのみならずヨーロッパ諸国における解決されざる政治問題として、あたかも地下の伏流水のように存在し続けた。周知のようにヒトラーは、それを利用して、みずからの挫折体験を権力掌握の手段へと転化させていったが、ツヴァイクは、なかなかそのことに気づかないでいた。これはツヴァイクも含めての話であるが、当時の大方のインテリは、ヒトラーが最初に政治の舞台に登場したとき「大学どころかギムナジウムもろくに出ていない人間に何ができるのか」という反応を示したという。それが当時の普通の感覚であったことは、まあ理解できないことではない。結局のところ、ギムナジウムを抜け出して文学カフェにつどっていた古代ギリシア・パルナッソスの末裔たちの本音は、こうであった。「若者は、文学的野心のなかにすっかり閉じこもっていて、われわれの郷土におけるこれらの危険な変化にほとんど気づかなかった。われわれはただ書物や絵を見ていたのである。われわれは、政治的、社会的問題に対して、最少の関心すら持っていなかった。われわれの人生においてこれらのうるさい喧嘩沙汰に何の意味があったというのだろう」（ツヴァイク自伝一〇五頁）と。ツヴァイクは経済力と精神力というユダヤ的遺産を媒介として、文学の道をたどることになった。彼にとってウィーンはあくまでも安定の世界であり、その小宇宙は、生涯絶えることなく返るべき原点として意識されたが、それはまさに「夢の城」と呼ぶにふさわしいノスタルジーの源泉であった。

＊注1　ツヴァイクの詩「少女」のドイツ語原文
Heut kann ich keine Ruhe finden...
Das muß die Sommernacht wohl sein.

Durchs off'ne Fenster strömt der Linden
Verträumter Blütenduft herein.

Oh Du mein Herz, wenn er jetzt käme
—Die Mutter ging schon längst zur Ruhe—
Und Dich in seine Arme nähme...
Du schwaches Herz,...was tätest Du?...

（出典／Silberne Saiten, Fischer Verlag, 1966, P17）

＊注2　ツヴァイクの詩「秋」のドイツ語原文

Traumstill die Welt. Nur ab und zu ein heisrer Schrei
Von Raben, die verflatternd um die Stoppeln streichen.
Der düstre Himmel drückt wie mattes schweres Blei
Ins Land hinab. Und sacht mit seinen sammetweichen
Schleichschritten geht der Herbst durch Grau und Einerlei.

Und in sein schweres Schweigen geh auch ich hinein,

Der unbefriedigt von des Sommers Glanz geschieden.
Die linde Stille schläfert meine Wünsche ein.
Mir wird der Herbst so nah. Ich fühle seinen Frieden:
Mein Herz wird reich und groß in weitem Einsamsein.

Denn Schwermut, die die dunklen Dörfer überweht,
Hat meiner Seele viel von ihrem Glück gegeben.
Nun tönt sie leiser, eine Glocke zum Gebet,
Und glockenrein und abendmild scheint mir mein Leben,
Seit es des Herbstes ernstes Bruderwort versteht.

Nun will ich ruhen wie das müde dunkle Land ……
Beglückter geht mein Träumerschritt in leise Stunden,
Und sanfter fühle ich der Sehnsucht heiße Hand.
Mir ist, als hätt ich einen treuen Freund gefunden,
Der mir oft nahe war und den ich nie gekannt……

（出典／Silberne Saiten, Fischer Verlag, 1966, P53–54）

第Ⅳ章　遍歴のアラベスク

1　魔都ベルリン

ヨーロッパの高級紙と呼ばれる新聞には、その第一面の下半分のスペースに文芸欄が設けられていることが多い。これは、十九世紀のはじめにパリの新聞で始まったところから、フランス語でフェユトン（Feuilleton）と呼ばれているが、こうした政治とは一線を画した上で文化一般を論じる文芸欄は、ウィーンにおいて、前章で述べたカフェの伝統と相まって——つまり実際にカフェで話されている生き生きとしたリズムの会話、そして才気煥発の知性が生かされたという意味で——独自の発展をとげた。ウィットやユーモアあるいは毒舌や揶揄を交えて、好みの話題を取り上げて気ままにしゃべるというスタイル、そこにウィーンのフェユトンの特徴がある。例えばカール・クラウスやフランツ・ブライなどの辛辣な論説（人物風刺や時事批評）、あるいはアルトゥール・シュニッツラーの短編小説などは、こうしたフェユトンの特徴をもって執筆されたものといわれている。一九〇〇年前後のオーストリアにおいて、最も権威あるフェユトンとされていたのがウィーンの『新自由新聞』であり、そこに文章を書くことを許されていたのは、良質のエスプリ精神を持ち合わせている名だたる文章家だけで、その常連といえばアナトール・フランス、ゲルハルト・ハウプトマン、イプセン、ゾラ、バーナード・ショー、ストリンドベリといった錚々たる面々であった。そして、若い世代でその名誉に浴しているのはホフマンスタールただ一人にすぎなかった。この新聞のみが他国の一流紙、すなわちイギリスの『タイムス：Times』やフランスの『タン：Temps』に匹敵すると見なされていた。

詩集『銀の絃』で文壇デビューを果たしたツヴァイクが、何とかして『新自由新聞』に自分の文章を載せたいと考えたとしても、それは当然の欲求ということになろう。彼はその機会をうかがっていた。この文芸欄の編集部は、常連の書き手のサイクルに隙間ができたときなど、それを埋めるための新たな書き手をつねに探していたからである。投稿原稿を審査する面接が、週に一回きまった時間に設けられており、ツヴァイクは大学生になってまもない一八九九年、勇気をふるってこの面接を申し込んだのであった。このとき面接に当たったのが編集長テオドール・ヘルツル（Theodor Herzl, 1860–1904）である。この人物は当時、ジャーナリストとしてはともかく、世界史的な意味ではまだ無名に近い存在であったが、のちにパレスチナにユダヤ人国家を建設しようというシオニズム運動の推進者として、中東現代史に大きくその名をとどめることになる。つまり一九四八年のイスラエル国家の建国に深く関わっている人物なのである（現在もなお混迷の続くパレスチナ紛争のルーツはこのイスラエル建国にある）。ヘルツルがシオニズム運動を展開していく契機となったのは『新自由新聞』のパリ特派員として取材に当たった一八九四年のドレフュス事件である。フランス陸軍参謀本部のアルフレッド・ドレフュス大尉は、軍事機密をドイツに漏らしたというスパイ容疑で逮捕される。いったん有罪を宣告されたドレフュス大尉は、作家エミール・ゾラなどの尽力で無罪放免となるが、この裁判の過程でフランス国内が〝排外派〟と〝人権派〟に二分されるほどの激しい論戦が続いた。これは、当時のフランス社会における反ユダヤ的な風潮を反映したものとされているが、その歴史の目撃者となったのが言論人テオドール・ヘルツルである。先のシオニズム運動の立役者としての役割とも相まって、近現代のヨーロッパ史におけるユダヤ人問題を語るとき、彼を抜きにすることはできないというほどにヘルツルには重々しい存在感がある。

さて、場面はウィーンの新自由新聞社の一室である。文芸欄編集室に招じ入れられた十九歳のツヴァイクは、その持ち込んだ原稿を恭しく編集長ヘルツルの前に差し出した。それは、短い小説と外国人作家（ベルギーの作家カミーユ・ルモニエ）に関するエッセイであった。ヘルツルは、背が高く黒いあご髭を生やしており、いかにも威厳があって何か支配者然とした印象を与えていた。その外見から、ツヴァイクは無意識のうちにアラビアあたりの砂漠で生活を営んでいるベドウィン人を想起し、まるで〝砂漠の酋長〟でもあるかのような感じを受けた。この酋長然とした編集長は、差し出された原稿を丁重に受けとり「あなたの御名前をすでにどこかで聞くか、読んだかしたように思いますが。詩でしたね？」と短く言葉を発したあと黙念とそれに目を通し始めた。そして読み終えてから、ツヴァイクに向き直って重々しくこう言ったのである。「この作品を新自由新聞の文芸欄に採用すると告げることができるのは、私の喜びです」と。このときの気持ちをツヴァイクは自伝に「まるでナポレオンが戦場において、若い軍曹にフランス騎士十字章をつけてやるかのようであった……それによって私は、十九歳で一夜にして、傑出した地位に押しあげられたのであった」（一五九頁）と書いている。文学を志す青年の嬉しそうな気持ちが伝わってくるではないか。

ツヴァイクがウィーンの高級紙にデビューするきっかけを与えたのは、奇妙な組み合わせのように思えるが、他のインテリ連中から「シオンの王様：König von Zion」と陰口を叩かれていたこのヘルツルであった。ユダヤ人問題解決のために闘い、その民族差別にピリオドを打たせることを自分の使命であると考えていたヘルツルは、ユダヤ人の民族国家を要求し、パレスチナが故郷を失った者の新たな故郷となるべきであると主張していた。しかしながらウィーンの裕福なユダヤ人の中で、こうしたシオニズムの思想に共鳴する者はほとんどいなかった。彼らは自分自身をオーストリア人と感じており、わざわざ診療所や法律事務所の商売をやめ、その邸宅をオリエントの原始的な宿舎と取り換えるなどとは夢にも思わなかったのである。ヘルツルは、力の限り若いツヴァイクを援助し、オーストリアの若い文学者に関する記事の中で、ツヴァイクのことを前途有望な才能の持ち主と持ち上げ、親しい友人に「若い詩人たちのうち、ホフマンスタール以外にはシュテファン・ツヴァイクのみに期待を寄せている」と述べたというが、これはもちろんツヴァイクの耳にも入り、この新参の書き手を大いに喜ばせることになった。しかし、ツヴァイクは、どうしてもヘルツルの言っているシオニズムの実現可能性について疑いの気持ちを払拭することができなかったから、終生この戦列に加わることはなかった。

一流紙への掲載という椿事は、ツヴァイク家に大きな波紋を引き起こした。シュテファンの家族内での地位を押し上げるきっかけとなったのである。文芸などに興味も関心もなかった両親は、息子シュテファンが書いている詩や散文のたぐいは一時の気まぐれにしかすぎず、青年時代の遊びの一種ぐらいにしか考えていなかった。ツヴァイクが大学卒業後は文筆で身を立てたいと言ってみたところで、工場経営者の父モーリッツには、息子のペンの才能がどの程度あるのか判断する術がなかったから、とうてい納得できるはずもないわけである。もし才能があるというのであれば、それを何か目に見える形で示してもらいたいと思うのが親の常で、それが示されない限り、ツヴァイクの希望がついえてしまうのは自然のなりゆきであろう。ところが、息子の文章がオーストリアを代表する高級紙の文芸欄に載ったのである、それはもうこの父親に一にも二にも発想の転換をもたらすことになった。のちにツヴァイクの妻となったフリデリーケは、その回想記の中でこう書いている。「ハプスブルク帝国の最大の新聞『新自由新聞』に、シュテファンがまだ学生だったときに原稿が掲載されたという事実は、それ自体が文学的キャリアを彼に運命づけるものだった。この出来事は、彼がこの分野で成功するかもしれないという考えを家族に抱かせた。……かくして、彼が作家になることに家族のだれも反対しなくなった」（一四頁）と。こうしてツヴァイクの職業作家への道がひとつ開けたのであった。以後、彼の新自由新聞への寄稿は三十数年間も続くことになる。

文学志向の息子に対して父はどう対処するのかという点でいえば、私はどうしてもバルザックの場合を思い出してしまう。ここでちょっと脇道に入った形で話を進める。文学などという〃危険〃な商売に身を捧げようとする息子を、父親たるもの、どう説得するか、これは容易に解決のつきにくい永遠のテーマであろう。何年修業すれば作家の仲間入りができるのか、そのような保証はどこにも存在しない。

中年を過ぎても駄作しか書けないことだってあるし、いや全体からすればそうなる可能性のほうが高く、名作などというものは、極めて稀にしかこの世に出現しない。幸運の流れ星は、息子を目指して降りているのか外れているのか、その見きわめが難しく、もし外れているのであれば、作家志望など断念させるにしくはない。一八二〇年こうした親子間の永遠のテーマに逢着したのがバルザックの父親である。

オノレ・ド・バルザック（Honoré de Balzac, 1799–1850）は二十歳の頃、作家にならんと志しパリ大学法学部を途中で放棄した（彼は自分の名前に貴族を思わせるドの名称を付けているが、それは自称にすぎないとされる）。一時、中部フランスの故郷トゥールに戻っていたが、安定した仕事の役所勤めでもしてもらいたいと言う両親を説得して、二年間という期限付きで文学修業を認められた。その間の生活費を出す代わりに、才能ありと認められる作品を書くべしという条件を父親に提示された。バルザックはパリの屋根裏部屋で飲まず食わずで創作に取り組み、そこで出来上がったのが、イギリスに題材をとった韻文五幕の悲劇的戯曲『クロムウェル』であった。さてこれは秀作か否か、その判定をしなければならないが、文学的審美眼のない父親にはその判断の下しようがない。そこで何人かの親族や友人に立ち会ってもらい朗読会を開き、その評定に耳を傾けることにした。

このときの模様をバルザックの実妹ロール・シュルヴィルが『わが兄バルザック――その生涯と作品』（大竹仁子・中村加津訳、鳥影社、一九九三年）という本に詳しく書いている。「一八二〇年四月の終わり、完成した悲劇を抱えて彼（注／バルザックのこと）は父の家に現われた。とても嬉しそうだった。勝利を期待していたのである。だから彼は朗読には友人たちに立ち会ってもらいたいと言った。……友人たちがやって来た。厳粛に朗読が始まった。朗読者の感激はしだいに冷たくなっていくばかりであった。……オノレは抗議し、この鑑定人を否認した。しかし他の聴衆も、もっと穏やかであっても、作品が大変未熟なものであるという点では意見が一致していた」（六五頁）。この冷たい評価をバルザックは拒否した。もっと権威のある判定者でないと、納得できないというわけである。そこで親族のつてを頼って名門大学コレージュ・ド・フランスの文学史教授アンドリューに判定を依頼することになった。いかなる判定を下したのか。人柄のよさそうな老教授は、丹念に作品『クロムウェル』を読んだあと、「なんでもいいが、文学以外のことをするがよろしかろう」と述べた。なんと驚くではないか！　この権威あるコレージュ・ド・フランスの教授は、言下にバルザックには才能がないことを明言したのである。市民的な手堅い職業に就いた上で、かたわら趣味として文芸創作を行ってはどうかと云々……。オノレ青年の失望たるや大変なものがあっただろう。

しかし、そんなことでめげるバルザックではなかった。暖簾に腕押しというか、河童の川流れというか、これがこの人のいいところでもあるが、彼はこれを機会と、逆境をバネにしていっそう刻苦勉励し、周知のように後年、一挙に才能の花を咲かせたのである。したがって、文学は捨てなさいという〝温かい〟忠告をしたアンドリュー教授はフランス文学史上大いに面目を失ったことになるが、まあ、バルザックの初期の作品は駄作が多いと言われているから、いちがいにこの教授ばかりは責められない。「初期のバルザックを知らない文学青年が自分の作品に対して、『まるで初期のバルザックのようだ』と批評されて喜んだとしたら、まったくの見当ちがいである。せいぜいのところ、『この作品はなっていないが、将来あるいは傑作を書かないともかぎらない』という意味の批評と解すべきである」（河出書房『世界文学全集バルザック』中島健蔵氏による解説）とのアイロニカルな声もあるぐらいである。

ツヴァイクは、このバルザックの決して名誉とはいえない挿話を評伝『バルザック』（原著の初版はツヴァイク没後の一九四六年）に縷々書いているが、その筆致には、まるで自分とバルザックとを重ね合わせて、じりじりした若い日々を思い出すかのような趣きが感じられる。ツヴァイクの文章を引いてみる。「もしも僕（注／バルザックのこと）が何かの職に就いたらもうお仕舞いだ。……商店の手代とか、何かの機械とか、その機械を動かす馬とか、そんなものになってしまうだろう。三十回か四十回ぐるぐる廻って、きまった時間に飲んだり食ったり寝たりするあの馬だ。その辺で見掛ける並の人間とちっとも違わない人間になってしまうだろう。しかも人は粉ひき場の挽臼のこうしたぐるぐる廻りを生活と呼ぶのだ、おなじ事柄の永遠の繰返しを」（五三頁、水野亮訳）と。

バルザックは、父から、著述業というやくざな仕事から手を引いて、まっとうな市民の生業に戻れと言われつづけた。このようなバルザックの心境は、ツヴァイクにも覚えがあったはずである。原稿を携えてウィーンの新自由新聞の編集室に向かって螺旋階段を上がっていくとき、ツヴァイクは数十分後に自分に下される運命の審判にはらはらし、堅実な職業を選べという父親の声を思い出していたことであろう。幸いにしてツヴァイクには編集者から合格点が与えられたから、生活の資を得るために数年間ゴーストライターという暗闇の世界に身を落とさざるを得なかったバルザックとは違って、すんなりと作家への道を歩みだした。作家という職業からくる、ある種の危険負担に耐え忍ぶとき、ツヴァイクは巨匠バルザックの若い日の名誉ならざる挿話を思い出しては、自分を鼓舞したのではないだろうか。ちなみにいうと、ツヴァイクにとってバルザックは最も敬愛する作家の一人であって、ツヴァイクは死の直前まで大作のバルザック伝を書き続けた。

*

さて、高級紙に署名入り記事を書くようになりツヴァイクの文名は上がったが、時間にたつうちに当初の感激や刺激も失せ、次第に生活上のマンネリを感じるようになった。彼を取り巻いている友人たちの多くは、ウィーンのユダヤ人ブルジョワ階級の出身者という似たもの同士、そこには同じような生活規範と行動類型しか見いだすことができない。家族との結びつきについても窮屈さを感じるようになった。彼はいわゆる〝良家のお坊ちゃん〟であることにあきあきしていたのだ。何か新しい刺激がほしい、異常なことや醜悪なものを見てみたい、もっというと〝悪への誘惑〟にさえも袖を引かれていたのである。加えて、前述のようにウィーン大学のキャンパスではバーバリズムが横行し〝愛国的〟学生たちによる刃傷沙汰が繰り返されていたから、もううんざりだった。そこで彼は、当時のドイツ語圏の大学で行われていた転学制度を利用して、ベルリン大学に半年間（セメスターの一期分）だけ転学することにしたのである。この転学システムを理解するには、少々当時のオーストリアやドイツにおける学校制度を把握しておく必要があるかもしれない。ウィーン大学が、伝統あるアカデミーであることは既に述べたが、これは、必ずしもこの大学が難しい試験を課して優秀な人材ばかりを集めたということではない。ギムナジウム最終学年の生徒はマトゥーラ（Matura）と呼ばれる卒業試験に合格すれば（ドイツではアビトゥーア〈Abitur〉という）、全国どの大学へも原則的には無試験で進学できたのである。これは、大学である以上どこに所在していても、その水準は一定に維持されているという社会的な了解が成立していたからこそ可能であった。つまり建前上すべての大学は同じレベルに位置しており、どの大学で授業をとってもそれが卒業単位として認められていたのである。

このような次第で、ツヴァイクは一九〇〇年ベルリン大学の聴講生となった。ただし、その主たる動機が個人的な自由の享受であったから、講義登録と在籍証明書をもらうとき以外、大学に行くことはあまりなかった。多くの時間は、もっぱらベルリン市内を歩き回ることに費やされた。カフェや酒場に出入し、また時には秘密の集会めいたものにも参加するなど、彼が熱中したのはさまざまな市井人に対する人間観察であった。ベルリンは一七〇一年以来プロイセン王国の首都ではあったが、一八七一年の普仏戦争の勝利によるドイツ帝国の成立を受けて、その帝都として急速に整備が進んだ町である。その点で、ツヴァイクの目には、文化的な厚みという面ではウィーンの比ではないと映じたようである。経済的にはもう既にかなりの発展が見られ、劇作家オットー・ブラームやマックス・ラインハルトのいる劇場、および十分に設備の整った美術館は、急成長の大都市に文化的な輝きを与えようとしていたが、中心街ウンター・デン・リンデン通りとその四囲以外はまだ埃のたちこめる建設途上にあって、優雅さに欠けた佇まいを見せていた。

このときのベルリンの都市風景を活写した、日本人による格好の記録が残っている。それは、成立まもない我が国の明治政府が、かの国々に派遣した視察団（岩倉使節団という）の書き残した報告書である。この報告書は『米欧回覧実記』（久米邦武編、田中彰校注、岩波書店、一九七九年）としてまとめられ、今日の我々の利用に供されているが、そこには明治六年（一八七三年）当時のベルリンの都市風景がつぶさに描かれている。「伯林ハ、普魯士（注／プロイセン）ノ国都ニテ、今ハ以テ日耳曼聯邦（注／ゲルマン連邦）ノ首都トナセリ……欧洲第四番ノ大都府トナリタレトモ、実ハ僅ニ百二三十年ニ足ラサル新都府ナリ……此府ハ、新興ノ都ナレハ、一般人気モ、朴素ニシテ、他大都府（注／パリとロンドンを指す）ノ軽薄ナルニ比セサリシニ、繁華ノ進ムニ従ヒ、次第ニ澆季《ぎょうき》シテ、輓近《ばんきん》殊ニ頽衰セリ、且近年頻《しきり》ニ兵革ヲ四境ニ用ヒ、人気激昂シ、操業粗暴ナリ」（同書第三巻、三〇二〜三〇四頁）。このように、ここには岩倉使節団が観察した当時のベルリンの様子が細かく綴られており、若干のタイムラグがあるとはいえ、ツヴァイクの目に映じたとほぼ同じ風景をそこに見いだすことができる。また、ちょっとおもしろいと思われるのは、この報告書には「府ノ四辺ニ、多ク遊苑ヲ修ム、必ス麦酒醸造ノ家ヲ設ク、都人男女ノ来遊スルモノ……麦酒ヲ酌ミ、啜飲《せついん》一頓、以テ快ヲトル、演劇場ノ内ニモ、男女酒ヲ飲ムニ厭ハス、英米ノ風ト、頓《とみ》ニ面目ヲ異ニス、飲酒ノ盛ニ流行スルコトハ、欧洲ニテ第一等ノ国ナリ」（三〇五頁）という記述があり、さすがにビール大国のドイツだけのことはあるとしたもので、ここからベルリン市民がかなりの酒飲みであったことが知られる。報告書にはさらに「酔ヲ帯ヒテ高吟朗謡、或ハ路傍ニ便溺《べんにょう》ス」（要するに酔っぱらって大声で歌をうたいながら道端で小便をしているという意味）とも書かれており、読み手としては〝ゲルマン野郎の行儀すこぶる悪し〟といった印象を受ける。

ベルリン都心からやや南に行ったところにノレンドルフ広場という一角があるが、当時その界隈は、カフェや酒場が密集したボヘミアンの溜まり場であった。ツヴァイクはそうした場所に出入りしていたが、そこで出会ったのは、プロイセン貴族の子弟、ハンブルクの船主の息子、東方ユダヤ人、ヴェストファリアの農民の一族といった人々であり、ツヴァイクがそれまで決して接することのなかったタイプの人々であった。ルートヴィヒ・ヤコボフスキーが創設した文学クラブ「来たりつつある者たち：Die Kommenden」に入会したり、交霊術的な集会に参加したり、さらにはのちに人智学の創始者となるルドルフ・シュタイナーに出会ったりもした。彼は自伝にこうも書いている。「私が突然生活するようになったサークルには、裂けちぎれた着物と、すり減った靴とのいでたちの真の貧困があったのであり、それゆえ私がウィーンでは接触しなかったような環境であった。私は大酒飲みや同性愛の人間や阿片吸飲者と同じテーブルに坐り、かなり有名な処刑された詐欺師と握手した。写実的な小説においてもほとんど信じられなかったようなあらゆることが、私が案内された小さな酒場の部屋やカフェのなかに、押し合いへし合いしていた」（一七五頁）と。そのほかに、文士くずれ、零落した破産者、秘密宗教の信者など、安全で堅実な世界に住んでいる市民から見れば、どこか背徳的な匂いをぷんぷんとさせ、尾羽打ち枯らした風情の人間がそこにいた。

当地ベルリンにおいてツヴァイクは、あるロシア出身の青年と出会ったが、それが初めて作家フョードル・ミハイロヴィッチ・ドストエフスキー（Fedor Michailowitsch Dostojewski, 1821–1881）の存在を知る契機となった。それは、この青年が、当時ドイツやオーストリアではまだ知られていなかったドストエフスキーの最大傑作『カラマーゾフの兄弟』の最も美しい箇所をツヴァイクに翻訳して朗読してくれたからであるが、このロシアの偉大な作家へのツヴァイクの傾倒は、実にこのときに始まる。彼が夜を昼につないで徘徊したベルリンには、まさにこの文豪の小説に登場するような異色の人間がうようよしていた。ドストエフスキーの小説の面白さと凄さは、ひとことで言ってしまうと、通常の健全な市民感覚からは乖離していると思われる背徳漢や白痴のごとき人々が、実は人間存在の真理をはっきりと認識しているといった点にあるということになろう。いわゆる「正常なもの」と「正常でないもの」の関係がときには逆転しており、こうしたパラドックスの醍醐味を一度知ってしまうと、その呪縛から逃れることは容易ではなくなる。例えば『罪と罰』に登場するスヴィドリガイロフや『カラマーゾフの兄弟』に登場する下男スメルジャコフは、そうした普通とは言いがたい一見〝反世界〟の住人とも見紛ごう人々である。前者のスヴィドリガイロフは、情欲を絶対化する背徳漢であるが、それは高邁な精神を有した〝確信犯〟であるところの主人公ラスコーリニコフが抱えている影の部分でもあったし、また後者のスメルジャコフは、カラマーゾフ家の家長フョードルが白痴の女に生ませた私生児であり、おつむの程度は魯鈍と見られていたが、その彼が突如として、救世主イエス・キリストを批判するといった高尚な神学論めいた台詞を吐いたりするのである。

ツヴァイクが、文豪ドストエフスキーに寄せる敬愛の念は尋常のものではなかった。そうした感情はツヴァイクの生涯を通して消え去ることはなかったが、その一つの結実が、一九一九年刊行されたドストエフスキーについての伝記的エッセイである（『ツヴァイク全集8／三人の巨匠―精神世界の建築家Ｉ』所収）。ときにツヴァイク三十八歳、このドストエフスキー論はポイントをよく押さえた大変に明快な労作であって、文章のすみずみにツヴァイクの炯眼がぎっしりと詰め込まれているという感じを受ける。その一端に触れるべく、さわりの部分だけでも以下に引用しておく。「彼の創作になるどの人物からも、一つの竪坑が、地上の生のデーモンにあふれた奈落の底へと通じており、彼の作品の世界をかこむどの壁の背後にも、彼の作中の人物たちのどの顔の背後にも、永遠の夜の闇がひろがり、永遠の光が輝いている。なぜなら、ドストエフスキーは、人生を把握し、運命を形成することによって、存在のあらゆる神秘と密接に結びついているからである。……人間としても、作家としても、ロシヤ人としても、政治家としても、予言者としても、どの点においても、彼の存在は永遠の意義をふくんで、光を放っている。どう道をつけてみても、彼の世界の終着点というところに達することはできないし、どんな問題意識を携えて突きすすんでも、彼の心の深淵の底にまで行きつくことはできない。ただひたすら感激をもって接するということのみが、彼に近づき得る唯一の手だてであろう。そしてその感激も、人間の神秘に対するドストエフスキーその人の愛と畏敬の念にはかなわぬことを恥じて、ひとえに謙虚になされなければならない」（九八～九九頁、神品芳夫訳）。

荘厳さと猥雑さ、あるいは清新さと野卑さ、伝統性と革新性、これらが奇妙に入り交じった一種の魔都ともいうべき当時のドイツ帝国の首都ベルリン。ここでの経験から、社会のルールを逸脱して生きている人間というのは、ツヴァイクにとって人間の原初的な姿というか、人間のもつ欲望の深度を推し量る一つのモデルとして認識された。なぜ非道徳的で信用のおけない人間たちとつき合うのかと、しばしば友人にとがめられたツヴァイクであったが、危険な人物に対する好奇心から彼が逃れることはできなかった。こうした偏執的な情念に憑りつかれた人々は、のちのツヴァイクの小説に頻繁に登場している。例えば小説『アモク』にしても『女の二十四時間』にしても、そこに登場する人物はかなりの異常性格の持ち主であって、そこにはドストエフスキーからの感化が見てとれるといっても決して過言ではないだろう。一群のツヴァイクの小説のうち、最もよくベルリン時代の経験がベースとなって描かれているのが『感情の混乱――R.v.D.勅任教授の手記』（『ツヴァイク全集3』所収）である。これは、優れたシェイクスピア学者である教授が、主人公の学生に同性愛的な行為を求めるという、そのまさに題名どおりの〝感情の混乱〟ぶりを描いた作品であるが、遠方からベルリンにやってきた学生という状況設定にしても、首都ベルリンの町の風景やカフェに出入りして女遊びに興ずる生活のありさまにしても、ここには驚くほどはっきりと彼の当時の経験が吐露されている。ただし作品の出来ばえとしては、二重人格的な要素を盛り込んだフロイト流心理学がうまく適用されているといいながらも、あまり芳しいものではないかもしれない。まあここでは小説の欠陥をあげつらうより、その文学的開眼の早さに注目しておいたほうが親切というものかもしれない。ともかくベルリンでの体験が、ツヴァイクの文学修業にとって一つの転回点になったことだけは間違いない。

＊

さて、ベルリン大学での半年間の聴講を終えツヴァイクはウィーンに戻ってきた。かの地での体験が濃密であればあるほど、彼は元どおりのウィーンでの生活に脱力感をもたざるを得なかった。ベルリンのカフェや酒場で出会った尋常ならざる人々のことを思い浮かべると、それまでに自分が紡いだ詩は甘ったるくて、現実の社会を知らないところからくる単なる言葉の遊戯としか感じられなかった。決められた形式に上品な言葉を嵌め込んでいるだけ、そこに盛られた情感もただの借り物ではないのかと。だとすれば、今までのやり方に何がしかの変更を加えなければならない。実はベルリンに出向く際、直前までに何とか完成にこぎつけた長編小説を持参しており、それを出版社に持ち込もうと考えていたのであった。しかし事ここに至っては、とてもそれを実行する気持ちにはなれず、彼は惜しげもなくその紙の束を暖炉の中に投げ入れた。自分自身の文体を見つけるには、他の作家の作品を徹底的に勉強しなければならないと悟ったのだ。当時のドイツ詩壇においてリーダー的存在であったのはリヒャルト・デーメルという人物であるが、このときツヴァイクは、このデーメルから、自国語での表現感覚を磨いていくために外国文学を翻訳してみてはどうかという好意的な助言を受けた。翻訳という作業は、異なった文法のもとで一方の文章を他方の文章へと置換するという大変に忍耐力を要する仕事である。労多くして益は少ないといわれる地味な仕事、もっといえば裏方の仕事であるが、最もふさわしい語彙や言い回しを探していくという、そのプロセスを通じて確実に言語能力は鍛えられていく。よし、ここはひとつ翻訳に取り組んでみようと、先輩作家デーメルの助言に受け入れることにしたのである。

こうしてツヴァイクは、デーメルの提案に従っていろいろな作品の翻訳に取りかかっていったが、一九〇二年から一九〇六年までの六年間で手掛けたものとして、フランスのボードレールやヴェルレーヌの詩、ベルギーのカミーユ・ルモニエの小説、イギリスのジョン・キーツやウィリアム・モリスの詩などが挙げられる。その中でも特にここで指摘しなければならないのがベルギーの詩人エミール・ヴェルハーレン（Emile Verhaeren, 1855–1916）である。ヴェルハーレンといっても、現在ではその名を知る人は少ないであろう。現在の日本の書店において、その名前が表紙に印字された本を見いだすことはない。わずか、分厚い『世界名詩集大成』といった書物のほんの片隅にその名前を見いだすにすぎないが、この人物こそ若きツヴァイクを熱中させた〝生ける〟大詩人であった。青春時代の約十五年間、このフランドルの詩人はツヴァイクにとって渇仰すべき導きの星であり続けたのである。

ツヴァイクがヴェルハーレンの存在を知ったのは、なんと驚くことにギムナジウムの生徒時代であるという。当時ドイツやオーストリアではほとんど知られていなかったこのベルギーの詩人に、早熟なツヴァイクは既に手紙を書いていたことが、フリデリーケの回想記から知られる。「シュテファンは十七歳のとき、ヴェルハーレンの詩を翻訳するための許可を求めて手紙を書いた。やさしくそして少々内気なウィーンの生徒にとって、ヴェルハーレンは他のベルギーのどの芸術家よりも魅きつけた人物だった」（一六頁）と。何がそれほどに魅力的だったのかといえば、溢れるような生命力と人生肯定の姿勢にあったということに尽きるだろう。ヴェルハーレンは一八八三年に『フランドルの女たち』という故郷フランドルへの称賛をうたった作品（詩）を書いているが、先のフリデリーケの回想に出てきた「翻訳するための許可を求めて手紙を書いた」というのがこの作品である。そして、好意的にもツヴァイクはその翻訳の許可を得ている。彼は、この敬愛する人物にぜひとも会いたいという気持ちに駆られ、恒例となっていた夏の旅行を利用して一九〇二年わざわざベルギーまで出向いたのである。

首都ブリュッセルに着いたツヴァイクは、その時点でこの町にはヴェルハーレンが不在であることを知らされた。知人が言うには、ヴェルハーレンはブリュッセル郊外の小さな別荘に住んでいて、この首都にはめったにしかやってこないとのこと。所在なげな様子を見て、その知人はツヴァイクに当地の芸術家を幾人か紹介したが、そのうちの一人がシャルル・ヴァン・デア・スタッペンという彫刻家であった。スタッペンから自宅に来ないかとの誘いを受け、ツヴァイクはそこへ出向き丁重なもてなしを受けた。そろそろ暇乞いをしようとしたそのとき、玄関で呼び鈴が鳴り、一人のごつい男が重い足どりで入ってきた。なんとそれがヴェルハーレンであった。なぜ彼がここに現れたのか、実はヴェルハーレンは、みずからの胸像の制作をスタッペンに依頼していて、たびたびその工房に顔を出さなければならなかったのである。ツヴァイクは、いずれヴェルハーレンとは顔を合わせることになったろうが、最初の面識はこのように期せずしての出会いだったのである。

このときツヴァイクが抱いた印象について、ハルトムート・ミュラーはその著書（前掲書三七頁）の中で概略こう述べている。ヴェルハーレンは、楽しそうで無欲な人間という印象だった、身に付けていたのは労働者ふうのシャツ襟のないビロード服、幅広の半ズボン、木製のサンダルで、その姿はブルジョアの人間というよりアメリカの農民や農業労働者に似ていた、彼の頭は皮をなめしたようで額は高く、その狭い唇の上には力強い〝ウェルキンゲトリクスふうの口髭〟がかかっていたと（注／Vercingetorix とは紀元前一世紀のガリア人＝ケルト人の部族長の名前）。この記述から浮かんでくるイメージは、早い話がとてもインテリには見えない、よれよれシャツにサンダル履き、ごつごつした体型の田舎ふうのおっさんといえば一番当たっているだろう。ウィーン育ちの都会っ子ツヴァイクにしてみれば、それまでに出会ったことがないような、質朴さの中にも活気ある愛情に包まれている自然人と感じられたのであった。のちにツヴァイクは「もし私がロマン・ロランという愛すべき人物を除くとすれば、後の人生においてもヴェルハーレンほどの美しい詩人の特性、生きとし生けるものへの純粋な一体感と出会ったことはない。彼は私が心の底から愛した人である」とフリデリーケに語っている。

ではヴェルハーレンはどのような詩人だったのだろうか、ざっと駆け足で見ておくことにしよう。彼は、ラシャ織物の小工場主の父のもとベルギーのアントワープ郊外で生まれ、ルーヴァン大学法学部を卒業し、ブリュッセルで弁護士業を始めた。そして前述のように一八八三年に第一詩集『フランドルの女たち』を出したことをきっかけとして、以後著作活動に専念した。この第一詩集は、快活な故郷賛美という特徴をもっているが、一八八〇年代後半の『夕暮』や『黒い焔』といった作品になると作風に変化が生じ、死への恐怖といった人生の陰鬱な側面も歌うようになった（第一期）。これはフランスの象徴詩のボードレールの影響下にあるとされ、ヴェルハーレンが象徴派の詩人すなわちサンボリスト（symboliste）と見なされる一因となっている。そして後年になるにつれ作風が変わり一八九〇年代の『幻の村』や『触手ある都会』ではサンボリズムが否定され、外の世界とのつながりにおいて自己の問題を解決しようとする傾向が強まり、社会主義への接近が見られる（第二期）。さらに一九〇〇年代以降の『騒がしき力』や『至上の律動』では、人間の善意と科学への信頼の上に立ち、宇宙の調和に満ちた神話を歌うことが多くなった（第三期）。以上みたように、ヴェルハーレンの作風は時期によって変化していることがわかる（福永武彦編『世界名詩大成／フランス篇Ⅱ』〈平凡社、一九六二年〉所収の渡辺一民氏の解説による)。ツヴァイクが初めてヴェルハーレンと顔を合わせたのは一九〇二年であるから、それは、この詩人の作風が第二期のサンボリズムの否定から第三期の宇宙の調和に満ちた神話へと移行していた時期に当たっている。

したがって、この時期のヴェルハーレンの詩には、近代的な生のポエジーや科学技術の成果といった事柄がふんだんに使われている。具体的には大都市、工場、機械、煤煙、硝石といった無機的な言葉が随所にちりばめられており、『銀の絃』などツヴァイクが刊行した抒情詩とはその趣がまったく異なっている。ヴェルハーレンの代表作は一八九五年の『触手ある都会』であるとされており、その中に「工場」という作品が収録されているので、実物を見るに如くはないとの思いから、その一部をここに掲げておく。

工　場

窓のひびわれに眼《まなこ》をみはり
ピッチと硝石の汚水にすがたをうつし
——ぼろをまとった貧困の街
よどむ場末をよこぎって
むかいあう影と夜の河岸のあいだ
かぎりなく汚濁をながす一筋の運河——

おそろしげに、溶鉱炉と精練所がうなりつづける。
長方形の御影石、正方形の煉瓦のむれ、
石垣でくろぐろとどこまでも
場末の街にその腕をのばし、
霧のなかに研ぎすまされた
鉄と避雷針の家並をこえて
そばだつ煙突。
仕事場には閃光をあび、腕をあらわに
労働者がこねあげる、ピッチとタール、
灼けたまぐわと紅い焰と、
そして煤煙と石炭と死と、
地獄よりもひびきのこもる地の底に
あまたの魂と肉体が身をよじり、
ならぶ街が兵舎のほうへと
ゆっくりとみちびいていく、屠殺場の下水。（以下省略）
（前掲『世界名詩集大成／フランスII』三九三頁、渡辺一民訳）

このように、ヴェルハーレンの中期以降の作品にみられるのは、機械文明に派生するところの無機質にして醜悪といってもいいような時代相である。その文体は爆発するイメージの奔流や過熱した感情によって特徴づけられており、涙、叫び、野性的な憧れ、熱気、血といった言葉が頻繁に使用されている。こうした灼熱する感情にいちはやく感応したのが、ベルリンの猥雑な都市風景を目の当たりにしたツヴァイクであった。ツヴァイクは、一九〇二年ヴェルハーレンの作品を自分の力で翻訳しようと決心し、以後二年間みずからの文学関係の仕事を一時中断し、それに掛かりきりになった。前述の「工場」という作品は、原文のフランス語がツヴァイクによって堂々たるドイツ語に翻訳されている。訳詩について若干コメントしておく。詩というものは、忠実に同じ意味の言葉に移し換えるというよりも、むしろ文意を損なわずに、いかに音律と音韻を保つかを大事にしなければならないだろう。したがって、原詩にある言葉が、訳詩には見当たらないことも少なくない。例えばこの「工場」の訳詩の場合、原詩の第一連の二行目「ピッチと硝石の汚水にすがたをうつし」および五行目「むかいあう影と夜の河岸のあいだ」に相当する言葉は、ツヴァイクのドイツ語訳には見当たらないし、また第二連の五行目「鉄と避雷針」は単に「尖塔」という言葉に置き変わっている。このように原詩とそのドイツ語訳との間には、かなりの意味のゆらぎが認められる。

さて、このような形での文章修業を伴いつつ、ツヴァイクはヴェルハーレンの訳詩に精力を傾けた。一九〇二年から始まったこの作業によって、多くのヴェルハーレンの作品が翻訳された。例えば詩集『詩選集』や『生への讃歌』、戯曲集『三つの戯曲』、評論『レンブラント』や『ルーベンス』などである。こうしたツヴァイクの活動によって、ヴェルハーレンの作品はドイツ語圏で知れ渡ることになり、またツヴァイク自身も、このベルギー詩人のための朗読会をハンブルク、ベルリン、ウィーンなどの主要都市で開催した。前出のハルトムート・ミュラーの評伝によると、ツヴァイクはデーメル宛ての手紙の中で「ヴェルハーレンの著作は、文学的にも世俗的にも私の存在を肯定する視線を与えてくれます。それによって、私は無用なものは存在しないのだという気持ちになるのです」と述懐している。最初の出会い以来、ツヴァイクは夏が来るたびにヴェルハーレンのもとを訪問するのが恒例となった。ヴェルハーレンは、ベルギー・フランス国境付近のカーユ・キ・ビクという田園村落に別荘をもっており、一年の半分をそこで農夫のごとく過ごしていたが、生粋の都会人ツヴァイクにとって、そうした深い自然に囲まれた農耕的な生活は、まさに地に足が付いているというか、生命の息吹を実感することができる貴重な体験となった。またヴェルハーレンは一年のうち数カ月間はカーユ・キ・ビクの別荘を離れて、フランスの首都パリ近郊のサンクルー（やはりここも深い緑に包まれている）で過ごすのを常としていたから、そのもとを訪れるツヴァイクには、ヴェルハーレンを取り巻くフランス語圏のいろいろな友人との接触が生じることになった。そこには有名無名とりまぜて、さまざまな芸術家や文化人がいた。こうして見てみると、ツヴァイクの交友関係の広がりは、ヴェルハーレンの知遇から得たものも大きいといえよう。

2　ヘル・ドクトル！

ツヴァイクは大学卒業の時期を迎えた。ベルリンでは陋巷を徘徊したり〝親不孝通り〟に出没するなど、あまり勉学には打ち込んでいなかったが、学位取得という両親との約束をいよいよ果たすときが迫ってきた。今や張りつめた気持ちで机に向かい、博士論文の作成に取り組んだ。ウィーン大学における博士論文の審査は、三人の試験官によるそれぞれ一対一の口頭試問によって行われるが、これをリゴロースム（Rigorosum）という。三人の試験官から出された質問について、学生はそれぞれ十五分ずつ口頭で答えなければならないが、この質疑応答は大変に難しいものであるらしい。こうした難問を突破して初めて博士の称号を得られるが、なかには教官からの厳しい質問に答えられず、立ち往生する学生もいたようである。笑い話のようなエピソードがジョンストンの前掲書『ウィーン精神』に載っている。〔ある受験者が第一問からもう答えられない。それではと教授は帰りかける。すると学生は『私は受験料を払ったのですから、試験を受ける権利があります』と頑張る。浮かした腰を下ろした教授はきっかり十五分待ってから言う。『ご苦労さま。君の沈黙の権利はたった今終わりました』〕（同書一〇六頁）と。いやはや、どこの国にもいつの時代にも、こうした学生はいるようである。この種のエピソードを聞かされると、似たような経験をした我が身をふりかえって冷や汗の出る思いがし、苦しみに悶えたウィーン大学の学生の惨状をおもんぱかって同情のひとつも言いたくなる。

一九〇四年四月七日、ツヴァイクがウィーン大学に提出した博士論文のタイトルは『イポリット・テーヌの哲学』であった。イポリット・テーヌ（Hippolyte Taine, 1828–93）とはだれか、これまたヴェルハーレンと同様、今日ではさほど聞かれる名前ではないが、十九世紀後半に活躍し、博識ぶりにはつとに定評があったフランスの哲学者・文芸評論家である。シェイクスピアやバルザックを論じたエッセイは、一時期かなりのインパクトをもって受けとめられていたという。若かりし頃、テーヌの僚友の間では「テーヌを繙く」という言葉があったぐらいその知識は豊富であり、名門エコール・ノルマルを首席で卒業したというから、これはもう折り紙付きの秀才ということになる。しかしながら、その能力がアカデミズムの場で発揮されることはなかった。なぜなら、思想傾向に偏りがあるという理由(唯物論の信奉者)をもって大学教授資格試験をはねられ、一生を在野で過ごさなければならなかったからである。

このテーヌをツヴァイクは博士論文の対象テーマとして取り上げたが、奇妙なことに自伝『昨日の世界』にはテーヌという言葉はただの一度も出てこない。その代わりに、次のような文章がさらりと綴られている。「私はついに大学生活を閉じ、哲学博士の称号を飾って家郷に帰らねばならなかった。もっと堅実な学生たちならばほとんど四年間にもわたって目を白黒させながら呑み込んだむずかしい理屈の材料全体を、今は二、三カ月で仕上げることが必要であった。……しかし私には試験はむずかしくなかった。寛大な教授は、私の公けの文学活動によって、こまごました事柄で私を苦しめるには余りによく私のことを心得ており、個人的な前相談において微笑しながら私に言うのだった。『君は厳密な論理学を試験されたくないでしょうね』。そして実際、この私にも大丈夫らしいと彼が心得ている領域に、浅く私を誘導してくれたのであった」(一八七~一八八頁)と。

大変にわかりやすい説明であるが、ここには自慢話はほどほどにしなければならないという自戒の心理が見え隠れしている。さほど苦労せずにパスしたかのような印象を与えるが、実はその裏でツヴァイクはかなりの猛勉強をしていたことがわかっている。彼は同年三月二日のヘルマン・ヘッセ宛ての手紙でこう書いている。「私は狂った人のように、この年月で哲学ドクターを取得するために勉強しました。それはまるで厄介なぼろ切れのようでした。これが、おそらく私の両親のために私が行うこと、そして自分自身にふさわしい唯一のことでした。私は猛勉強によって自分が押しつぶされると感じました。それは激情に駆られた夜によって中断されたことは何度かありましたが、休養や解放で中断することは一度もありません」（プレーター前掲書四七頁）と。このように私信においては自伝とはまったく違った記述が見られる。

そしてまた自伝の文章からは、いかにもお目こぼしで合格したかのような印象をもってしまうが、これも事実とは少し違っている。ミュラー前掲書によれば、この論文は首尾一貫して組み立てられ、テーヌの命題を理路整然とした方法で検討しており、論拠の説明においても独自の妥当な判断に至っているがゆえに、教授陣にも十分に説得的であったということになる。ここにも、先ほどと同じような照れ隠しというか、衒学的な態度を避けたいとする心理が働いていると思われる。自分は哲学向きではないとか、システマティックな思考は苦手であると吐露しているツヴァイクのことであるから、謙遜の気持ちが働くのも無理はないが、それを埋め合わせるだけの努力をしっかり積み重ねていた。ここで確認すべきは、彼が晴れて学位審査に合格したことであって、それに大いにあずかっていたのが、既に指導教官（ミュルナー教授とヨードル教授）の知るところとなっていたツヴァイクの文学活動であったという点であろう。学位審査に合格した七月、彼は家族や親しい友人たちに次のような文面のハガキを送った。「私ことシュテファン・ツヴァイク、晴れて哲学博士になりましたこと、心を込めてご通知いたします」。このようなハガキを出すことが、当時のオーストリアでは通例となっていたからである。ツヴァイクの同時代の仲間を見渡したとき、博士号を持っている作家はそうそういない。その意味で、当時の文壇では大変な高学歴の持ち主だといえるが、これが他の作家からの冷やかしの種となっていた。作家ハインリヒ・マン（トーマス・マンの実兄）は、パリのカフェなどで顔を合わせると、哲学の学位を持っているツヴァイクに「ヘル・ドクトル（博士どの）！」と呼びかけ、しきりに冷やかしたとのこと、いかにも北ドイツの荒鷲のごとき風情のハインリヒ・マンが言いそうな文句である。それに対して、まるで世間知らずの学校秀才と言われているような、いささか侮辱めいた感じを受けたツヴァイクは、むっとして新聞を取り上げ、口をきかず読みふけるふりをしていたのだという。

＊

さて、テーヌの思想がどのようなものかを明らかにすべく、もう少しこの人物の話を続ける。テーヌの思想をもっとも雄弁に語っているのは『イギリス文学史』（とりわけその序論）であるとするのがほぼ順当なところで、この論文において、テーヌは文学作品を研究することの意味を詳しく述べている。それによると「文学作品というのは、単なる想像の遊戯でも、熱しやすい頭脳から生れたぽつんと離れた気まぐれでもなく、周囲の風習の模写であり、或る精神状態のしるし」を示しているものであり、人間の感情と思想には、人種・時代・国家の違いはあれ、系統だったいくつかの共通した精神と心情が見られるというのである。例えば、この世にはもろもろの物質が存在しているが、それがいかに多種多様であっても、鉱物学の分析によって、物質はいくつかの簡単な要素の組み合わせから成立している、それと同様に、世界の文明がいかに多種多様であっても、歴史学の分析によって、いくつかの簡単な精神的形式から成立していることがわかるとしている。そうした精神的形式の要素が人種（race）、環境（milieu）、時代（moment）の三つであって、その組み合わせによって文化の発現の仕方が変わってくる、これがテーヌの主張の骨子である（『世界大思想全集23／サント・ブーヴ、ルナン、テーヌ』所収、平岡昇訳、河出書房、一九五三年）。

例えば、アジア諸国において恐ろしい専制政治や巨大な宗教的創造物が発生したこと、フランスにおいて闊達な議論志向があるゆえに自由精神のもとで社会革命が頻発していること、さらにギリシアにおいて宇宙的統一の感情およびそこから発する詩歌や芸術が発達したこと、こうした諸特徴は、すべて先の三つの要素の組み合わせで説明できるとしている。これは一種の決定論であって、いかにもすべての物事を科学的な成果（物理学、化学、鉱物学など）に依拠して分類し尽くそうとする十九世紀的な合理主義の所産のようにも見える。そうした分析がもっとも可能なのがイギリスであり、シェイクスピアやベン・ジョンソンを輩出したイギリス文学を研究することによって文明史は明らかになる。それが『イギリス文学史』を論じる際のテーヌの基本的な視角である。ついでながら言っておくと、こうした歴史的決定論は、これまで幾人もの学者や思想家によって唱えられてきたことを我々は知っているが、それらはいずれもどこか危う部分を含んでいることもまた確かであろう。なぜなら、人種・環境・時代という精神的形式の要素がもっている振幅があまりに大きく、それらをきっちりと限定することは容易でないと思われるからである。決定論をあまりに振りかざすと、人種や社会の優越論に堕していきがちである。

ツヴァイクの学位論文は、タイプ打ちの簡単な印刷物にまとめられ大学側に提出されたが、残念ながら今の私はそれを見ることができない（ウィーン大学図書館に一冊のみ現存しているとのこと）。別の形でそれを探っていくしかないが、比較的最近になって河原忠彦氏がまとめた一冊の研究書があるので、さしあたりはそれを利用することができる。同氏の『シュテファン・ツヴァイク――ヨーロッパ統一幻想を生きた伝記作家』（中央公論社、一九九八年）によれば、「ツヴァイクのテーヌ論は……テーヌのシステムにおける決定的要素を低く評価して主観的、直観的な面を強く支持している。……このような個人的、主観的な歴史の進行過程を強調することによって、ツヴァイクは本来の歴史的方法から一種の応用心理学へ移ろうとする傾向を示している」（同書三二頁）とのことである。つまり、この河原氏の指摘によれば、先ほど私が示しておいた決定論の弊から逃れるべく、ツヴァイクは歴史における主観的要素をより重視する立場に依拠していたということになる。したがって、このところからツヴァイクが、主観的要素を重んじた歴史小説の分野に勇躍邁進していった理由もおのずと了解されるのである。

さて、そこで問題にしなければならないのは、ツヴァイクはテーヌから何を学んだのか、あるいはどのような影響を受けたのかであるが、ここで私は具体的な事例に即して二つの事柄を述べようとしている。テーヌは主書『イギリス文学史』の中で、エリザベス朝の二大戯曲家ベン・ジョンソンとシェイクスピアを論じており、その中でジョンソンの代表的な戯曲『ヴォルポーネ』と『無口な女』についての詳しい作品分析を行っている。『ヴォルポーネ』というのは、遺産相続をめぐって物欲に駆られた人間が展開する、醜悪でもあり滑稽でもあるドタバタふうの喜劇である。表題となっているヴォルポーネ（volpone）とはイタリア語で「キツネのようにずる賢い人」という意味であって、それ自体がもう名は体を表している。またもう一つの作品である『無口な女』も、主人公が静謐と孤独を求めて無口な女を妻とするが、やがてその虚しさを知って、一転して陽気で快活なもとの生活に戻っていくというその顛末を描いた喜歌劇である。いずれもジョンソンの出世作となった作品であるが、のちにツヴァイクはこの二つのコメディに手を加え自由翻案の形にして、みずからの名を冠した戯曲に仕上げている。すなわち現在『ツヴァイク全集7／無口な女』所収の『ヴォルポーネ』と『無口な女』がそれである。そして、その二作品とも舞台に載せツヴァイクは破格の大当たりをとっているのである。

ツヴァイクの翻案は、笑いあり涙あり忠義あり裏切りあり、とにかく人間感情の万華鏡といった風情で、興行的に大当たりをとったのもむべなるかな、というぐらいの素晴らしい出来ばえとなっている。もちろんツヴァイクは、自作がジョンソンの翻案である旨をはっきりと明記しており、内容的にも現代的な修正を施しているが、それにしても、やはり原作あっての翻案ということになるのではないだろうか。ツヴァイクはテーヌによってジョンソンを知り、これらの翻案物を手掛けることになったのは、まず間違いないところであろう。別の言い方をすると、博士論文の時点から二十年ちかくの時間の隔たりがあるとはいえ、ツヴァイクの頭の中にはジョンソン作品のおもしろさが残っていて、その翻案化を何とか実現したいというアイデアがずっと保たれていたとも考えられる。あるいは、ツヴァイクはそれまでにつくった自作の戯曲の〝失敗〟を見て、ジョンソン作品の翻案にたどりついたということであるかもしれない。いずれにしても、ツヴァイクとジョンソンを結びつけたのはテーヌということになろう。ツヴァイクが、自伝の中でテーヌの名を出さなかったのは謙虚な性格のゆえであると述べたが、いろいろ具体的に調べていくと、実は案外そこに意図的な操作がなされたのではないかという考えが湧いてくる。つまり、かなり深いところでツヴァイクは創作上の恩恵を受けているがゆえに、テーヌの名をあまり出したくないという心理が働いていたのかもしれないと。

では、ツヴァイクがテーヌから受けたもう一つの影響とは何か、これについて今すこし見ていきたい。テーヌにはバルザックを論じた有名な論文がある。一八五八年に発表されたこの論文は、バルザックの没年が一八五〇年であるから、わずか没後八年目に出されたことになるわけで、この文豪を本格的に分析し、その偉大さを発見した批評文としては最も早期に属している。これによって、それまでは、ともすると多作乱筆の風俗作家としてのみ見られがちであったバルザックに、真っ当な光があてられたといわれている。その論文が、前出の『世界大思想全集23』に入っている「バルザック論」であるが、これを読んで私は非常にびっくりしてしまった。というのは、テーヌの文章がツヴァイクのそれと非常によく似ていることに気づいたからである。

私は以前からツヴァイクの散文の特徴として、重複する形容語句、奇抜な修辞法、無生物主語の多用といった硬質でシニックな文体はどこから由来するのか、つまりだれに影響されて練り上げたものなのか、ずっと考え続けてきた。創作上で大きな影響を受けた作家ドストエフスキーやバルザックを取り上げても、モチーフはともかく文体が似ているとはとても言えない。かといって、ウィーンの才人であるホフマンスタールやシュニッツラーに似ているかといえば、そうでもない。小説と評論と学術文の三つがミックスしたような独特の文章はどこに由来しているのかと、しばらく考えて続けてきたが、そうした問いかけがいささかなりとも溶解していったのは、テーヌの文章に最も近いのではないかと気づいたときであった。論より証拠というわけで、ちょっとしんどい作業ではあるが、ここで両者を比較してみることにする。その対象となるのは前記のテーヌの「バルザック論」とツヴァイクの「バルザック」(『三人の巨匠』所収)である。なおツヴァイクのバルザック論が出たのは一九一九年であるから、そこには約七十年の時間差があることに留意されたい。まず最初に引用するのはテーヌの文章である。

「多くの人にとって、彼(注/バルザック)の作品はひどく読みづらい。文章が重苦しく、あまりに盛り沢山である。様々な思想が混雑して、息詰まるほどに圧し合う。錯綜した筋が、その鉄の挟で精神を捉える。情熱はたがいに積み重なって唸り声を揚げ、坩堝のように燃える。その灰褐色の光と影に、現実の相貌よりも一層表情に富み、一層強力な、一層溌剌とした、無数の困惑した顰めっ面が、鋭く鮮やかに浮かびでてくるのである。次にそれらに交って、人間の蛆虫どもの穢い寄生虫や、匍い回る鼠婦《わらじむし》や、忌まわしい蜈蚣《むかで》が現われ、また腐敗物の中に生れて、夢中になって掘ったり、引き裂いたり、積み上げたり、咬みついたりする毒蜘蛛が出てくる。それらのものの上に、目を奪う妖精の群れが現われ、また、黄金、科学、芸術、栄誉、権力をもって満たし得るすべての夢のうちで飛び抜けて巨大な、悩ましい悪夢が顕われるのである」(二九七頁、平岡昇訳)。

「さて以上は、作品と素材である。こういう風にして観察家と哲学者とが、事実と観念を寄せ集めたとき、ここに芸術家が姿を現わした。やがて芸術家は次第に活気を帯びてきて、その創る人物ははっきりした色彩や形態を執り、生活し始めた。頭の中で考えた後で、今度は心に感じだしたのである。彼等の談話や行動が、おのずから頭の中に出来上がっていった。あれほど遠方からしかも非常に苦心して運んできて、営々として積み上げたこの重い金属塊に、熱気が入ったのである。やがて金属は鎔けて鋳型の中に降り、新しい輝くばかりの像が現われた。それにしても何んという努力が払われ、何んという苦労が果たされたことであろう。バルザックは詩的惑乱や、天来の妙想や、真と美に対する縦横な豊かな洞察力には、恵まれていなかった」(同書、三〇七頁)。

前段に引用したのはバルザックの文体について、そして後段に引用したのはバルザック作品の主人公の特徴について、それぞれテーヌが述べた箇所である。それにしても、なんという画数が多く堅苦しい漢字に溢れていることだろう! 蛆虫、寄生虫、鼠婦、蜈蚣、毒蜘蛛といった清潔ならざる生き物が散りばめられていて、その奇怪な雰囲気に思わず「わっ」という叫び声が出るぐらいである。テーヌはバルザックの文章を〝ひどく読みづらく重苦しい〟と評しているが、私としては、そう言っているテーヌ自身の文章も〝ひどく読みづらく重苦しい〟と評するしかなく、現代の読者のことを思えば、もう少しこざっぱりして柔らかい字面にできないものかという気がしてくるが、まあとにかくテーヌはこうした文章をもって縷々バルザックを論じている。次に掲げるのは、ツヴァイクが同じ素材であるバルザックについて書いた文章である。

「彼ら（注／バルザック作品の主人公）の性格はまだ単純であり、確固とした輪郭に欠けるが、しかしそれでも、あの有名な下宿屋ヴォーケル館の食卓のまわりには、すでに人生のすべての要素が集まっているのである。が、やがて彼らは人生の巨大な坩堝の中へ投げ入れられ、燃えさかる激情の火熱に熔かされ、そして再び冷却され、失望に身を固くし、人間社会の複雑怪奇な作用に、その金属のこすれ合うような軋轢、磁力のような誘惑、化合物の分離を思わせるような崩壊作用に、身をゆだねる。そして、その間に彼らは全く変容し、その真の本質を失う。パリと呼ばれる恐るべき強酸性溶液は彼らを分解し、浸蝕し、分離し、そのあるものは消滅させて結晶とし、またあるものは硬化させて石と化さしめる。彼らには変形、着色、混合と、あらゆる作用がほどこされ、そのような諸元素の結合から新しい化合物が生成する」（一八～一九頁、柴田翔訳）。

さてどうだろうか、この二人の著者の文章を読み比べたとき、多くの読者はそこに近似したイメージを抱くのではないだろうか。文章を構成しているいろいろな要素、すなわち語彙、用字、比喩、長短、リズムなどがずいぶん似ていることに否応なく気づかされるのである。最もよく似ていると思われる部分を抜き出してみると、この推測はさらにはっきりする。テーヌは、バルザックの作品が他の上品な作家と比べてひどく読みずらいと感じるのは「情熱は積み重なって唸り声を揚げ、坩堝のように燃える」（フランス語原文：les passions accumulées, grondantes, flamboient comme une fournaise）ためだと評しているが、ツヴァイクもまたバルザックの作品の特徴として「巨大な坩堝の中へ投げ入れられ、燃えさかる激情の火熱に熔かされ」（ドイツ語原文;hineingegossen in die große Retorte des Leben, eingekocht in die Hitze der Leidenschaften）ていることを挙げている。ここでは〝坩堝、情熱、激情〟といった共通あるいは類似の語彙が使われている。ただし、この場合テーヌがバルザックの短所として〝坩堝や情熱〟を使っているのに対して、ツヴァイクは〝坩堝や激情〟という言葉を長所として使っているという違いはあるが、テーヌの言わんとするのは、バルザックの短所が実は長所に通じているということに落ち着くから、結局のところ両者は同じことを主張していることになる。さらに、同じような事例であるが、テーヌはバルザックの文体について「重い金属塊に熱気が入った……金属は鎔けて鋳型の中に降り」（フランス語原文：La chaleur entrait dans cette lourde masse de métal ……il se fondait, il descendait dans le moule）ていくという形容の仕方をしているが、ツヴァイクもまた「金属のこすれ合うような軋轢……強酸性溶液は彼らを分解」（ドイツ語原文；mechanischen Reibungen,……bilden sich diese Menschen um,……Die furchtbare Säure löst die einen auf）するという同じような言い方をしている。ここでも〝金属、鋳型、溶液〟という共通あるいは類似の語彙を見いだすことができる。

このように随所に類似の表現が見られる。それは単に語彙が類似しているというだけではなく、文章全体から受けるトータルな匂いのごときものが全くといっていいほど同じなのである。あるいは、ここには、先に述べた無機的な言葉を多用しているヴェルハーレンの影響も混じっているのかもしれない。まあそういうことで、ちょっと突飛な譬えになるかもしれないが、私はここで日本の古代史研究で言うところの「同笵鏡」という言葉を思い出してしまう。「同笵鏡」というのは、同じ鋳型からつくられた鏡という意味であるが、古代史における交易関係を証明する手がかりとして重要なファクターとなっている歴史上の物品である。例えば日本と中国で発見されたそれぞれの鏡が同笵鏡であると判定されれば、そこに物的交流があったことが歴史的事実として認定される。そのような意味をもった言葉であるが、それをここでの推論に適用してみると、テーヌとツヴァイクの文章は同じ鋳型からつくられた「同笵鏡」という関係にあると私には思えて仕方がない。私としては、それほどにツヴァイクはテーヌからの影響を受けていると、ここでは言いたくもなってくるわけである。

ただし、ここで急いで言っておきたいのはツヴァイクはテーヌの論旨をそっくり真似ているわけではない、この点である。確かに、語彙や言い回しなど文章表現上のテクニックが類似しているが、立論そのものの基本的構造まで真似ているわけではない。テーヌは、読者を飽き飽きさせるとか、悪臭が漂ってくるとか、無駄な知識を詰め込みすぎるとか、バルザックの欠点をいろいろと列挙しているが、それはすべてこの作家の偉大さを言わんがための下準備なのである。そしてバルザックの有する性格、精神、文体、哲学などほぼすべての創作にかかわる領域にわたって細かく論じた上で、テーヌは結論としてこう書いている。「疲れを知らない歯と沢山な脚とを持った鈍重な毛虫が、自分で織り上げた厚い繭の中で眠り、やがて変態するのを、時折り見かけた人があろう。そこから、蛹の残片をからみつけ、それを食って成長した、重そうな蝶が、いかにも苦しげに出て来るのだが、それは見事な巨大な翼の力で空高く飛んでゆく。それがバルザックなのである」（前掲書三一〇頁）と。さらに論文の締めくくりの文章として「シェイクスピアとサン・シモンとともに、バルザックは、我々が人間性について持っている記録の最大の倉庫である」（三五一頁）と書いて最大限の賛辞を送っている。

それに対して、ツヴァイクの書くバルザック像は、基本的にはテーヌの考え方から外れることはないが、この文豪の偉大さを浮き彫りにさせるために、ツヴァイクはそこに政治上の天才ナポレオンをもってきて、この不世出の軍人政治家との比較においてバルザックを細かく検討している。この点が大きく違っている。「バルザックは、何もない所に、全く無から丸裸で現れた彼ら（注／作品の登場人物）に、ナポレオンが麾下の将軍に対した如く、衣装を与え、肩書と富を授け、再びそれらをうばい取り、彼らをもて遊び、彼らをけしかけ角つき合わせた。……ナポレオンが近代史のなかに自らに匹敵するものをもたぬと同様『人間喜劇』による世界の征服、凝縮された生の全領域を両手の間につかみとったこの偉業は、近代文学のうちに自らと比べるべきものを見出さぬ。が、かつて少年バルザックのいだいた夢は世界の征服であり、今彼が現実に手にしているものとて、その目論見の実現以上のものではない。彼はかつてナポレオンの肖像の下に、無駄に次の一行の言葉を書きつけたのではなかった。『彼が剣をもってしても成就できなかったことを、私はペンでなしとげよう』」（一五頁）と。このエッセイの中でナポレオンという言葉は、いったい何回登場していることか、おそらく三十回を下回ることはないだろう。それほど頻繁にバルザックはナポレオンと比較されているのである。また、テーヌとは違ってバルザックの欠点を述べた部分は一箇所とてなく、なかばツヴァイクはこのフランスの作家を偶像化しているような印象すらある。いずれにしても、ツヴァイクのバルザック論は、テーヌから借りてきたパクリなどというものではなく、今日の我々にとっても十分に再読にたえ得る、風格と気品のある立論となっている。

最後に付け足しめいた話を添えておきたい。それはテーヌに関する資料収集にまつわるちょっとした出来事である。既に明らかにしたように、テーヌの「バルザック論」の訳文については『世界大思想全集23／サント・ブーヴ、ルナン、テーヌ』に収録されており、蔵書という形で私の手元にあったが、私としてはどうしてもこのテーヌの「バルザック論」のフランス語原文を入手したかったのである。正直いって、それをすらすら読解できるほどの語学力があるわけではないが、日本語の訳文だけでは表層を撫でただけという〝もどかしさ〟は否めず、そうした一種のフィルターが掛かっている状態を脱したいと考えたのである。原文であるドイツ語とフランス語の双方について比較できれば、そんな素晴らしいことはないと。そこで私は、まずここならどんな資料でも揃っているだろうと思われる東京・永田町の国立国会図書館に出向くことにした。その際の手掛かりは先の『世界大思想全集23』の巻末にあったテーヌの「バルザック論」に関するデータであり、そこには「著者 Hippolyte Taine／原著書 Balzac／使用テキスト Nouveaux Essais de critique et d'histoir, Paris, Hachette, 1923, la douziéme édition」と記されていた。

これだけのしっかりしたデータがあれば簡単に見つかるだろうと、意気揚々として国会図書館に出掛けたが、あにはからんや、その人文総合資料室の窓口において担当者から私が聞かされたのは「ここにはありません」という返事だった。その代わり担当者は、くだんの原著書を東京大学、東北大学、九州大学、佐賀大学の関連図書館がそれぞれ所蔵していることを教えてくれた。このような経緯があり、東京に住んでいる私は、ややもして文京区・本郷にある東京大学の文学部付属図書室に出掛けたという次第である。なお、ここでもう一つおまけが付く。それはテーヌの原著書 Nouveaux Essais de critique et d'histoir

の製本状態が劣化していて、複写には耐えられないとのことであった。つまり、そのコピーを取ろうにも、紙葉を綴じている糸が切れてしまう恐れがあるので、コピーはまかりならぬとの仰せである。何しろ八十年も前に刊行された書物であるから、相当に傷みが進んでいて、なるほどこれならコピーはできまいと、その仰せに納得した。そういうわけで私は、三四郎池に面した東京大学文学部図書室の椅子に座り、数時間かけてテーヌの原文を手書きで写し取ったのであった。先に示したフランス語原文は、このような経緯で入手されたものである。

3　パリ遊学

一九〇四年、首尾よく博士号を取得したツヴァイクには、その褒美として父親からパリ遊学の機会が与えられた。一年という長期にわたってである。遊学という自由な研究の機会であるから、パリでは別に学校に通ったわけではなく、当地の文物を見たり、研究のための資料を漁ったりと、ゆったりとした時間を過ごした。既にツヴァイクは十一歳と二十歳のときパリを訪れているから、彼にとっては三度目のパリということになる。二度目の旅行は、ギムナジウムを卒業してまもなく出かけたもので、このときは憧れの詩人であったポール・ヴェルレーヌにゆかりのある文物に触れるという経験をしている。パリ第五区の学生街カルチエラタンには、ヴェルレーヌがたびたび訪れたというカフェがあったが、ツヴァイクはそこに出かけ、かの詩人が座ったカフェの椅子に腰掛け、かの詩人が愛飲したアブサンを、ツヴァイクはアルコールをたしなまないにもかかわらず、無理やり自分の胃袋に流し込んだりした。それは敬愛する巨匠にあやかって同じことを追体験するという、青春期にありがちな行動パターンにほかならない。しかし、このときの旅行はあくまでも〝かりそめの旅装〟に身を包んだにすぎないから、今回の三度目のパリ行きこそが、一年間の長期逗留を意図したという点において、彼にとっての本格的な遍歴修業の始まりとなった。

なお、この旅行が可能となったことについては、もう一つ別の理由もある。前章で述べたように、オーストリアでは大卒者は一年間の兵役に就くことが義務づけられていたが、一九〇四年に受けた兵役検査でヴァイクは「兵役義務に不適、全体的に虚弱、戦闘能力なし」と判定されたのである。つまり兵役を免除する旨、公的に宣告されたというわけである。体力虚弱がその理由であるから、あまり褒められた話ではなく、さぞかし、このときの彼は青白い文学青年の雰囲気を漂わせていたことと推察される。

さてパリにやってきて、ツヴァイクは市内のどこに住むかいろいろと思案した。学生としてなら、セーヌ左岸の賑々しいカルチエラタンに住むのもふさわしいが、もはやそういう時期を通りすぎていた。そこで、作家修業の身である彼が選んだのは、セーヌ右岸の静かな環境の第一区、そばにはパレ・ロワイヤル、国立図書館、ルーヴル博物館があるという、いかにも勉学と思索に適した地区であった。この一角にある瀟洒なホテル（ボージョレ・ホテルという）の一室が、パリにおけるツヴァイクの定宿になった（厳密には、各種の資料に当たってみると、どうも第九区のホテルに落ち着いたのが彼の最初のパリ滞在であったらしいが、そうはいっても実質的にこの第一区のボージョレ・ホテルが本格活動の拠点となったようである)。自伝の中にこう書いている。「このパレの歴史的な一角に、十八、十九世紀の詩人や政治家たちが住んだのであった。はす向かいには、バルザックやヴィクトル・ユーゴーがしばしば、私の非常に愛する女流詩人マルセリーヌ・デボルド＝ヴァルモアの屋根裏部屋まで狭い階段を百も登っていった家があった。そこには、カミーユ・デムーランが民衆をバスティーユ監獄襲撃に呼びかけた場所が、大理石のように輝いていた。そこには、貧しい微々たるボナパルト中尉が、散歩するたいして貞淑とは言えない貴婦人たちのあいだにパトロンを探した、隠れた通路があった。ここではどの石もフランス史を物語っていた。そのうえ、通りをたったひとつ歩けば、私が午前を過す国立図書館があった」(一九八頁)と。のちに、この閑静なツヴァイクの部屋を作家アンドレ・ジッドが訪れたことがあった。そのときジッドは、しみじみと「外国の人々にわれわれ自身の町の最も美しい場所を教えてもらわねばならぬのですね」と感想を漏らしたとのこと、それほどに名所旧跡に囲まれた一等地にあって、パリの歴史の息吹を感じ取りながら文学修業をするにはもってこいの場所であった

午前中ツヴァイクは近くの国立図書館に行き、そこで時間を過ごすのを日課とした。このとき彼が盛んにページを繰っていたのはヴェルレーヌやバルザックであったが、何度も通っているうちに館長のジュリアン・ケンという人物と親しくなり、かなり自由に蔵書を利用することができた。また、それだけにとどまらず、彼はこの図書館が定期的に行う特別展示についてのアドバイスをするまでになった。ジュリアン・ケンとの交友はいよいよ親しいものとなり、それが機縁となって詩人・思想家ポール・ヴァレリーと会うことができた。ヴァレリーは、ツヴァイクがギムナジウム時代から熱い視線を送っていた

文人の一人である。この十歳年長の詩人と初めて顔を合わせたとき、ツヴァイクは、みずからの熱狂した生徒時代の日々を振り返って「ウィーンの先端的なギムナジウム生徒は、あなたの詩を既に読んでいましたよ」と告げた。するとヴァレリーは驚いた表情で「あれはパリではほとんど誰も知らないのに、あなたは一体どうしてウィーンで手に入れたのですか」と語るのであった。なんとなれば、その詩はヴァレリーの無名時代に小さな文学雑誌に載った小品にすぎなかったからである。ヴァレリーは二十歳頃から同人雑誌にしきりに寄稿するようになったが、ここで言及されている小品とは、そうした雑誌(例えば一八九一年創刊の同人雑誌『ほらがい』)に掲載された一群の詩のことを指している。

午後になるとツヴァイクは、パリの町中をあちこちと散策することが多かった。この町には、人をして散策に向かわしめる生気のようなものが漂っていることは万人が認めるところであろう。目を見張る大通りが幾筋もあって、その傍らには壮麗な歴史的建造物がずらりと建っているし、セーヌ川沿いには緑陰の並木道があり、そこからは意匠を凝らした石橋をいくつも望見できる。また大通りをそれて小路に入ると、奥ゆかしい雰囲気の画廊・骨董屋・古本屋が散在していて、そこであかず時間を過ごすことができる。また道ゆく人を見れば、ヨーロッパのみならず世界各地から人々がこの町をめがけて集まっていることがわかる。シャンゼリゼ大通りではドイツ人、イタリア人、ロシア人が歩いているかと思えば、それらに混じって中国人、ギリシア人、カナダ人、ブラジル人が歩いていることも稀ではなかった。まさにパリは〝花の都〟と形容されるにふさわしい世界都市の姿を呈していた。ツヴァイクは自伝にこう書いている。「一度浮かれ歩きを覚えると、家にじっとこもっていることは容易ではなかった。街路は磁石のように人を惹きつけ、万華鏡のように絶えず新しいものを示した。疲れれば、一万軒もあるカフェの一軒のテラスに坐り、無料でくれる便箋で手紙を書き、そうしているあいだに、辻売子にその馬鹿げた、不要の小間物全部を説明させることができた。ただひとつのことがむずかしかった。家に留まったり、家に帰ったりすることである」（一九五頁）と。

本稿では既にベルリンの都市風景のところで引用済みであるが、またしてもここで岩倉使節団の『米欧回覧実記』に登場してもらう。この報告書においてパリは「欧洲大陸ノ都会ニテ、世界中、只倫敦（注／ロンドン）ヲ除ク外ハ、此ト盛ヲ較ヘル都府ナシ、其壮麗ナルニ至リテハ、実ニ世界中ノ華厳楼閣ノ地ナリ」（四四頁）と記述されている。この一文からだけでも、はや使節団の面々のパリに対する驚きが伝わってくるが、なお注目したいのはそれに続く文章であって、そこには「巴黎（注／パリ）ノ市中、往ク所ミナ遊息ノ勝地アリ、街上ノ行人モ、亦其歩忙シカラス、空気清朗ニシテ、烟煤少ク、薪ヲ以テ石炭ニ代フ、倫敦ニアレハ、人ヲシテ勉強セシム、巴黎ニアレハ、人ヲシテ愉悦セシム」（五二頁）と記されている。つい数年前まで頭にチョンマゲを載せていた謹厳実直の日本人の〝もののふ〟の目にもパリは「人ヲシテ愉悦セシム」と映じたようである。やはりこの大都会には、行人の気持ちを浮き立たせる闊達な雰囲気があったということであろう。そうしてみれば、午後になってツヴァイク青年が「人ヲシテ愉悦セシム」気分にとらわれて、さっさと街に繰り出したのも無理からぬところがあるとしたものであろう。

上記のように『米欧回覧実記』においてパリは「華厳楼閣ノ地」と表現されているが、この町がかくなる景観をもつに至ったのは、そう昔のことではない。岩倉使節団がパリに到着したのは明治五年（一八七二年）十二月のこと、そして現在の景観となったパリの都市改造が終了したのが一八七〇年であるから、我が岩倉使節団が目にしたのは、新装ほやほやの世界都市の姿であったということとなる。それがどのような姿であったのかについて、ここではちょっと歴史をさかのぼって振り返ってみることにしたい。パリといえども一気呵成に〝花の都〟となったのではなく〝だんだんよくなる法華の太鼓〟というか、長い時間をかけて整備が進んでいったわけで、そこには二つの大きなエポックがあったように見受けられる。

一つは、十七世紀後半のブルボン王朝ルイ十四世の治下である。セーヌ河畔の小邑から始まったパリは、現在ノートルダム大聖堂があるシテ島を中心にして徐々に大きくなっていった。そして当初このシテ島を同心円状に取り巻く形で防壁が設けられていた。増大する都市需要に応えるため、この防壁を取り壊した跡地につくられたのがブールヴァールと呼ばれる大通りである。こうして沿道に並木が植えられた道幅三六メートルの堂々たる街路が出現した。そのうち特に町の東西を貫く半円状の大通りはグラン・ブールヴァールと呼ばれているとのこと、すなわちこの約五キロに及ぶ骨格街路は――あえて訳せば〝大〟大通りとでもなるか――セーヌ右岸のバスチーユ広場を起点として、ボーマルシェ、サンマルタン、ポンヌ・ヌーヴェル、イタリアンなどの各大通りを経てマドレーヌ寺院に至っている。

二つ目のエポックは、ナポレオン三世およびその命を受けたセーヌ県知事ウジェーヌ・オスマンによって一八五三年から実施された都市改造である。何といっても、これが今日の都市景観を決定づける最大の要因となった。そもそも世界に冠たるフランスの首都を整備したいというのは、大ナポレオン（皇帝ナポレオン一世）が抱いた壮大な夢であったが、これを果たしたのはその甥のルイ・ナポレオンであった。彼は、王政復古期や七月王政期にロンドンに亡命していて、産業革命によって繁栄したイギリスの首都をつぶさに見ていたが、そのことが伯父である大ナポレオンの叶わなかった夢を追い求めるきっかけになった。すなわちロンドンに匹敵する世界都市をフランスにもつくり上げたいという野望を抱くに至ったのである。一八五二年から始まる第二帝政期、このときルイ・ナポレオンはナポレオン三世となり、前出のセーヌ県知事オスマンにパリ都市改造に着手することを命じた。帝政という絶対権力を背景にしつつ莫大な資金を投入することで計画は進められたが、これはまさにその時期だから実行できた事業ともいえる。なぜなら統治形態として現在一般化している共和制あるいは立憲制の民主政治のもとでは、このような強権的な事業を行うことはほとんど不可能に近いからである。逆にいうと、今次のナポレオン三世による都市改造はそれほどに徹底した大がかりな事業であったということである。ナポレオン三世は側近に「私は新しいアウグストゥスになりたい。なぜなら彼はローマを大理石の都にしたかられ」と言ったとも伝えられている（饗庭孝男編『パリ――歴史の風景』山川出版社、一九九七年）。

東西および南北にきっちりと軸線を引き（リボリ通りやセバストポール大通りなど）、それに基づいて交通の結節点には広場が設けられた（エトワール広場やコンコルド広場など）。また道路の拡張や新設にともなって建造物についても、この都市計画に合致する形で次々に一新または再建されていった（公共建築物としてはルーヴル宮、オペラ座、パリ市民病院などが一新または再建された）。さらに都市生活の機能面では、上下水道を整備しそれまで不潔であった住環境を向上させるとともに、各所に大規模な公園（ブーローニュの森やヴァンセンヌの森など）を設け市民に憩いの場を提供する一方、街灯を増設するなど暗がりをできるだけ少なくし、犯罪の抑止にも努めたのであった。もちろん、こうした大がかりな整備を進める過程で、都市中心部に存在したスラム街（シテ島のスラムには約二万人の貧民が住んでいたという）は一にも二にもなく撤去された。こうしてパリの都市改造は一八五三年に始まり、十七年の歳月をかけて岩倉使節団の『米欧回覧実記』が「其壮麗ナルニ至リテハ、実ニ世界中ノ華厳楼閣ノ地ナリ」と記述しているような都市景観がパリに現出したのである。

話は再びツヴァイクに戻るが、彼はこうした街並みをそぞろ歩いていたのである。「単にぶらつくことがすでに楽しみであり、同時にまた常住不断の勉強でもあった」と自伝に書いたツヴァイクは、さらに彷徨のみちみち次のような感慨を抱いていた。「私は当時ほうぼうの道を通って何とさまよい歩いたことだろう。なんと多くのものを見、性急に何と多くのものを求めたことだろう！　なぜならば、私は一九〇四年のパリだけを体験しようと思ったのではなかったからである。私は感覚と心とを挙げて、アンリ四世のパリ、ナポレオンと革命のパリ、ブルトンヌ物語とバルザックのパリ、ゾラとシャルル・ルイ・フィリップのパリを、そのあらゆる街路や人物や事件を含めて、ことごとく求めたのである。私はここにおいて、フランスにおけいてはつねにそうであるように、偉大な、真実のものに向けられた文学が、その民族にいかに多くのものを返しているかを、確信をもって感じたのであった」（自伝一九九頁）。

＊

さて、ツヴァイクが遊学先としてパリを選んだのは、例のベルギーの詩人ヴェルハーレンの謦咳に接していたかったという思い入れも関係している。既述のように、ヴェルハーレンは、ツヴァイクに先行すること五年、既に一八九九年にパリ郊外のサンクルーにも生活の拠点をもっていた。当然のように、一週間に二回ほどの割合でツヴァイクはこの師のもとを訪れたが、そうこうしているうちに、このヴェルキンゲトリクスふうの口髭をもつ詩人を介して、多くのパリ在住の芸術家と知り合うようになった。この点についてフリデリーケは回想記の中に「シュテファンはヴェルハーレンを通して多くの優れた人々に出会った。その中には若いパリの芸術家たちの集団があった。彼らは、この偉大な詩人の翻訳者や友人に広く門戸を開けていた」(二〇頁)と書いている。この文中に出てくる「翻訳者」とはツヴァイクのことを、そして「友人」とはフリデリーケ自身のことをそれぞれ指しているが、要するに、ここからわかるのは、友人の友人フリデリーケもその交友関係の輪の中に入ったということである(ただし一九一二年頃の話である)。彼女はヴェルハーレンから自分宛てに手紙を二通もらっており、それを非常に大事に保管していると喜々として書いてもいる。前章で述べたように、ツヴァイクはその優れた翻訳によって、各地で朗読会を開くなどこのベルギーの詩人の名前をドイツ語圏に周知せしめたが、そのヴェルハーレンは豊かな〝友だちの輪〟をツヴァイクにもたらすことで、その恩返しをしたと見ることもできよう。スウェーデンの教育改革家エレン・ケイとツヴァイクが知り合ったのも、このような交友関係を通じてであった。エレン・ケイといえば今日、教育学を学ぶ者にとっては馴染みのある名前ということになろうが、この一見畑違いにも見える反戦主義的な女流思想家も、当時ツヴァイクが親しくなった知識人の一人である。一九〇四年から数年間にわたって頻繁に手紙をやりとりするほどの仲になり、そうした親しさのゆえに一九一一年に刊行されたツヴァイクの最初の短編小説集『最初の体験』は、そのテーマが少年期の追憶ということとも関係しているだろうが、このエレン・ケイに献呈されている。なおエレン・ケイは詩人リルケともかなり親しい友人関係となっており、リルケの著作の中でこの女流思想家に献呈された本もあって、後述する部分とも関係することになるが、彼女は一時期ツヴァイクとリルケとを結ぶ媒介項としての役割を担っていたかのような印象も受ける。

ツヴァイクが彫刻家オーギュスト・ロダンのアトリエを訪れたのも、やはりヴェルハーレンの口添えがあったからである。あるときヴェルハーレンの家で、美術界の現状についてツヴァイクは一人の美術史家と議論したことがあった。その人物が、偉大な彫刻と絵画の時代は終わったと言ったのに対して、ツヴァイクは激しく反論した、今の今でもかつての偉大な芸術家たちに劣らない彫刻家ロダンがいるではないかと。甲論乙駁して、一向に譲る気配がなく水掛け論に陥りかけたとき、やおらヴェルハーレンが「ロダンをそんなに愛する人なら、誰でも彼をほんとうに識らなければならない。私は明日彼のアトリエに行きます。おさしつかえければ、おともいたしましょう」と言ったのであった。こうしてツヴァイクはロダンのアトリエを訪れたが、このときはあまり言葉を交わすことがなかった。そういうことで後日あらためてもう一つのアトリエ、すなわちパリ都心から南西約一〇キロのムードンにあるロダンのアトリエを訪れることになったのである。訪問時にアトリエのロダンは、ある婦人像を制作中であった。白い上張りをひっかけ農夫のような手に箆をもって、その制作に没頭していた。ツヴァイクが一言「すばらしい」と言うと、ロダンは「そうでしょう。でもちょっと待ってください。あの肩のあたりが……」と応じて、その艶めかしい肩の部分を熟練したタッチで直しにかかる。それからあとは、もうロダンは言葉を発せず、像に近寄ったり遠ざかったり、あるいは鏡に像を映したりしながら黙々として篦を動かし続けた。まるでツヴァイクが後ろに立っていることさえ忘れたかのようにである。偉大な芸術が今こうして生み出されている、なんという濃密な経験であろう！　まさにロダンの一挙手一投足に、ツヴァイクはみずからの肉体が感動で震える思いにとらわれていた。

このロダンの場合と同じように、ツヴァイクはやはりヴェルハーレンに連れられて印象派絵画の巨匠ピエール・オーギュスト・ルノアールのアトリエも訪問している。このように著名な芸術家があちこちで活動しているのがパリであって、芸術の都と呼ばれるゆえんでもある。いや訪問に値するのは現存する大立者ばかりではない。パリの三大墓地といわれるモンマルトル、ペール・ラシェーズ、モンパルナスそれぞれの墓地に行けば、スタンダール、バルザック、モリエール、ボードレールといった過去の巨人たちがそこに眠っている。その墓前に立てば、何ほどかの感化を受けることになる。さらに一人の天才のもとには百人の凡才が埋もれているのが真実であるとすれば、のちに著名となるであろう文化人の〝卵たち〟もこの町の処々にうろうろしている。アンドレ・シュアレス、ポール・クローデル、シャルル・ペギー、アンリ・ギルボーといった若い世代の作家・評論家たちとツヴァイクはパリ遊学時代に面識を得ている。

その中で特に触れておかなければならないのが、レオン・バザルジェットという作家である。フランス文学史上でその名をあまり聞いたことはないが、アメリカのウォルト・ホイットマンの詩『草の葉』の翻訳およびその伝記に長い時間をかけて取り組んでいた人物であって、ツヴァイクがヴェルハーレンを介して出会ったとき、既にそのために十年近い歳月を費やしていたという。一八五〇年代、当時勃興期にあったアメリカにおいて近代的自我の確立を追求してやまなかったホイットマンに傾倒していたというところから見て、バザルジェットは、文筆の徒として国家の枠を超えた普遍的なものに価値を置いていたことがわかる。その意味で熱烈な反国家主義者であると同時に熱烈な反戦主義者でもあったが、この人物とツヴァイクは兄弟のような友情を結んだのである。友だち付き合いにおける相性のよさというか、要するに〝ウマが合う〟のを感じたからである。性情は剛にしてやや頑固でありながらも、人間的には誠実で志操堅固のところが、おそらくやツヴァイクの気に合ったのであろう、何ごとも腹蔵なく話せる関係となった。

しかしながらバザルジェットは、ツヴァイクの快活で邪心のない人柄はともかく、こと作品に関しては断乎としてツヴァイクの作品を認めるわけにはいかないと言い放つのであった。そこには――初期の詩集や短編集を指していると思われるが――政治的主張や普遍的ヒューマニズムが書かれておらず、甘いセンチメンタリズムがあるだけだと見なしていたからである。その辺のありさまをツヴァイクは『昨日の世界』の中でこう書いている。「私の作品を病的なほど峻厳に拒否したのであった。それはみな現実との関係を持たない、と彼は仮借なく難ずるのだった。それは秘教的な文学であり（彼はそれを徹底的に嫌っていた）、ほかならぬ私がそんなものを書くというので立腹している、というのであった。自己に対して限りなく誠実である彼は、この点でもいかなる譲歩をもしなかった。けっして儀礼的な譲歩をしなかった」（二〇六頁）と。まあ、とにもかくにも両者の間ではそのような関係が、すなわち〝知に働けば角が立つけれども、情に竿さしても決して流されることがない〟友人関係が十年以上も続いた。

しかしついにバザルジェットがツヴァイクを認めるときがやってくる。それはツヴァイクが第一次世界大戦のさなかに反戦をテーマにした『イェレミアス（*Jeremias*, 1917）』を書いたときである。この作品は、あの政治嫌いのツヴァイクが、古代ユダヤにおける宗教的悲劇を題材としつつ、その中に初めて政治批判を含ませて書き上げた戯曲である。もちろん正面切っての政治批判というわけではなく、あくまでも旧約聖書に依りながら〝物理的に負けても、それは精神的に負けたことにならない〟という芸術上のパラドックス的な決着を付けて終わっているが、第一次世界大戦という時代状況にノーを突きつけた、つまりヒューマニズムの尊さを説いた力作である。この作品は、バザルジェットの大いに共感するところとなった。さしもの一言居士もツヴァイクの軍門に下ったというべきか、はたまた、さしもの楽天家もバザルジェットのペシミズムに擦り寄ったというべきか、私としてはここでどう判定したらよいか迷うのであるが、ともかくこういうことだけはきっと言えるものと思う、ツヴァイクが思想的転回を見せたのには種々の原因があるにしても、パリ時代のこうした交友関係もいささかは関与しているのではないかと。

周知のように、パリには芸術家やその予備軍がたくさんいるが、皆が皆ツヴァイクのような優雅な生活を送っていたわけではなく、むしろ逆の場合のほうがはるかに多い。ところが、そこはさすがに芸術の都というだけのことはあって、生活が困窮がちの芸術家には、図書館司書といった閑職による適当な収入の口が与えられることが多々あったらしい。したがって、彼らは外的な規制に縛られることなく、自由に芸術活動に専念することができたわけで、バザルジェットもそうした生活を送っている芸術家の一人であった。その高潔で質素な生活ぶりを見て、ツヴァイクはもう一つのパリの姿、つまり華やかな都会の中で生活する華やかならざる人々の姿を発見するのである。「これらの若いフランス詩人たちはみな、民衆のすべてと同じように、生きる悦びのために生活していた。勿論、彼らの最も洗練された形、すなわち彼らの仕事における創造的な悦びにおいてであった。私が新たに獲得した、人間的な清潔さを持ったこれらの友人たちは、何と私のフランスの詩人観を訂正したことだろうか。彼らの生活形式は『サロン』を世界と同じものと考えていたブルジェ（注／十九世紀末以降に活躍した保守的傾向を有するフランスの作家）やほかの有名な時代小説家たちと、何とちがっていたことだろう！　彼らの夫人たちは、われわれが国でフランス婦人について読むところによって、ただアヴァンチュールや贅沢や鏡の上の見せかけだけを考えている浮薄な女だと創造していたイメージが、犯罪といえるほど偽りであったということを、どんなに教えてくれたことであろう！」（『昨日の世界』二〇三頁）と。やはり事の真実は、人間的なふれあいでしか得られない場合があるということであろうか。どんなに目を見張る大通りや建築物を見たとて、またどんなに万巻の書物を読んだとて、そこから得られる洞察のたぐいは皮相的であることを免れないかもしれない。生きている人間とのふれあいを通じて、フランスならフランスという国土、フランス人ならフランス人という国民に対する真の理解が生まれるということであろう。最良の人々と巡りあったこと、これこそがパリにおいてツヴァイクが手に入れることができた最も実り豊かな成果であった。

生きている人間とのふれあいという点では、先のケースとはまったく逆に、最良でない人々との巡りあいも貴重な体験となる場合もある。ちょうどベルリン時代がそうであったようにである。パリには芸術家やインテリにまじって泥棒・スリ・売春婦のたぐいも少なからずいて、そうした最良でない人々ともツヴァイクは遭遇している。ツヴァイクがパリ第一区にあるボージョレ・ホテルを寄宿先としていたことは既に述べたが、そのホテルでの出来事である。二日ほど小旅行で留守にした間に彼はその室内からトランクを盗まれてしまう。パリの小さなホテルでは玄関の鍵を客人が持ち歩くという習慣はなく、必要に応じて家主が玄関部屋からボタンを操作してその扉を開けることになっていた。深夜、似たような名前を名のる男が現れたとき、眠気に襲われていた家主は、その顔を確認することなく、うっかりボタンを押して扉を開けてしまったのである。もちろん男は玄関部屋に掛かっている部屋の鍵を持ち去ってツヴァイクの室内に侵入する。そしてトランクを携えてそのままホテルから出ていってしまう。泥棒は翌日に警察に御用となるが、この男は捕まえてみるとどこか憎めないところがあって――泥棒は数十枚の踊り子や女優の写真、そして数枚のヌード写真をもっていて、ツヴァイクは同じ愛好癖があることに奇妙な親しみを感じてしまう――、結局ツヴァイクは告訴もせず無罪放免にしてしまう。これが事件の顛末であるが、実はこの出来事にヒントを得たと思われる小説をツヴァイクは書いている。それが一九二〇年脱稿の『或る職業が思いがけなくわかった話』（『ツヴァイク全集4／レゲンデ』所収、大久保和郎訳）という作品である。ここでは登場人物は、泥棒からスリに置き換わっているが、話の展開としてはほぼ似たようなものである。

〔――舞台はパリ第二区の大通り。雑踏のショーウィンドウの前で〝獲物〟を狙っているスリがいることに主人公は気づく。主人公は、スリの手の動きを観察しているうちに、ほれぼれするようなその洗練された技に感心してしまう。そして、芸術的といえるほどの素晴らしさに魅せられ主人公は、その技が何とか成功しないものかと考えるまでになる。しかし、なかなか成功するところまではいかず、スリは獲物を求めて場所を換える。そうした移動を繰り返しているうちに、あるときからスリの狙いが自分の財布に向けられていることに気づくのである。財布が抜き取られようとする瞬間、主人公はスリの手首をつかまえる。結局このスリを無罪放免にするが、それは半日間、この見すぼらしい悪党が、手に汗を握るような興奮と愉悦を与えてくれたという感謝の気持ちからであった――〕。このようなストーリーの小説であるが、ご覧のように結末において悪人の所業を許してしまうという部分が、先のトランク泥棒の一件といかにもよく似ている。本来であれば、自分に向けられた犯罪行為であるから、それに対して大いに怒りの声を上げなければならないところであろうが、ツヴァイクはそうした決着の仕方をとっていない。むしろ、社会の下層に沈殿している人間のやりとりも文学創作上の肥やしとして、むしろ前向きに受けとめられた節がある。パリは世界都市としての寛容さのゆえに、そこに最良・最悪を取り混ぜてさまざまな人間が同居している。だれがどんな風変わりな習慣をもっているか、そしてまただれがどんな人種や階級に属しているか、そういったことはパリではだれも気にかけることはない。そういう鷹揚な雰囲気があるのだ。泥棒、スリ、売春婦、ボヘミアンに対する人間観察は、この時分のツヴァイクにとっては、どうやら若い魂に刺激を与える賦活剤となったようである。

その点で、ツヴァイクのロンドン体験はまったく対照的である。彼はパリ遊学を終えた一九〇五年五月、四カ月間の予定でイギリスへの旅行に出かけた。二十世紀初頭の国際情勢においてパックス・ブリタニカ（イギリスによる世界平和）といわれるほどの繁栄を極めていたイギリスを訪問することはツヴァイクの久しい夢であった。そのため彼はロンドン西部地区のケンジントン・ガーデン・スクウェアにある下宿を借りた。しかしロンドン生活で彼が体験したものは一言でいうとイギリス人の〝冷淡さ〟であった。パリでは溢れかえるほどの友人に恵まれたツヴァイクだったが、当地イギリスでは話し相手がろくに見つからない。イギリス人の仲間うちの会話では、首相のことを奴《やっこ》さん（ジョー）を呼んでいるが、それは仲間うちの符牒であるから部外者には全然わからない。また彼らが好んで話題にするスポーツや政治の話もツヴァイクはほとんど興味がない。ちんぷんかんぷんの思いだったツヴァイクが、何とかしてイギリス人の中に入っていこうとする努力には実に涙ぐましいものがある。「英国ビールを飲みことも学んだし、パリの巻煙草から当地で行なわれているパイプに換えたし、あらゆるこまごましたことで、適応しようと努力をしてみた。しかし社交上も文学上も、真の接触には至らなかった」（自伝二三三頁）。ツヴァイクの英語力が乏しかったということも関係しているだろうが、やはり大陸的な気風のパリと違って、イギリスには親しい者だけでわかり合うという一種の島国根性的なものが根底的にあるのかもしれない。

ツヴァイクはエレン・ケイに宛てた手紙の中で「私は、ここロンドンで少し不機嫌に生活しています。

私は太陽を欲しているので、どんよりした空は心に覆いかぶさる鉛の環のように感じられます。当地では私の近くには親しい人間はほとんどいません。冷淡で思慮深すぎます」（プレーター前掲書五九頁）と書いている。そこでツヴァイクは、ロンドン滞在中の多くの時間を、大英博物館の図書室で自分自身の勉強に励むこと、そして当然の義務としてロンドンの名所見学に出かけることに費やすことにした。とはいっても幾人かの文化人とは接点があって、詩人で編集者（世紀末雑誌『サヴォイ』）のアーサー・シモンズの面識を得て、その手引きによって宗教的な厳粛さをもったW・B・イェーツの詩の朗読会に参加するようなこともあったらしい。後の話になるが、ツヴァイクが亡命地としてイギリスを選んだのは、こうした個人生活を煩わすことがない〝冷淡〟な人間関係という社会風土がそこにあったからと考えられる。

4　リルケとの思い出

さてパリ時代のツヴァイクを語るとき、どうしても欠かせないのがプラハ生まれの詩人ライナー・マリア・リルケ（Rainer Maria Rilke, 1875–1926）である。ツヴァイクが彫刻家オーギュスト・ロダンのアトリエを訪れ、その仕事への没頭ぶりを見て大いに感激したことは既に述べたが、実はこの直後の一九〇五年九月から約一年間ロダンの秘書を勤めたのが、このリルケなのである。ツヴァイクは、リルケと連れ立ってパリ市内の散歩に出かけたり、文学についてさまざまに語り合ったりしているから、パリ時代の思い出はリルケの存在と密接に結びついている。この不世出の詩人について、ツヴァイクは自伝の中で十ページにもわたって追想しており、かくも称賛に満ちた思い出話を長々と開陳しているのは、ツヴァイクの自伝においてまったく異例のことである。それは、失われた〝古き良き時代〟を懐かしんでいるノスタルジーそのものというか、それだけツヴァイクには、この詩人に対する思い入れが深かったということなのであろう。

「私が今日、彼（注／リルケ）のこと、またあのほかの、高尚な彫金術で鍛えた巨匠たち（注／ヴァレリーやヴェルハーレンなどを指す）のことを思うとき、人々から敬意を受け、手の届かない星空のように私の青春を照らしていたこれらの名前を思うとき、私には憂わしい問いが抗し難くこみあげてくるのである。このような純粋な、ただ抒情的な形象にだけ注がれた詩人たちというものが、われわれの現在の、騒々しさとあまねき混乱との時代において、果してもうひとたび可能になるであろうか、と。私が彼らにおいて愛しながら悼んでいるのは、消え失せた世代ではなかろうか。あらゆる運命の颶風によって吹きまくられている現代においては、直接の後継者を持たない世代ではなかろうか。――これらの詩人たちは、外面的な生活の何ものをも望まず、広範な大衆の共感も勲章も高位も利得も望まず、静かな努力を傾けながら、音楽にひたされ、色彩に輝き、イメージに燃える詩の一行一行を、一節から一節へと完璧に結び合わせること以外に、追求することのなかった人たちであった」（二〇八頁）とツヴァイクは自伝に書いている。このように詩界の巨星たちに対して尊敬おくあたわざるツヴァイクであるが、ここにおける彼の述懐は、戦禍によってベル・エポックを灰塵に帰さしめた文化破壊者たちへの呪詛のようにも響いている。

　ではリルケは、どのような経緯でパリにやってきたのだろうか、その足取りをざっとたどることで、この詩人の特質が浮かび上がってくる。彼は一八七五年ハプスブルク帝国治下のプラハのドイツ系中産階級の家庭に生まれた。洗礼名をルネ・カール・ヴィルヘルム・ヨハン・ヨーゼフ・マリアというが、ルネという女子名を連想させる名前を嫌って、彼はみずからの手で二十二歳のときライナーと改名している。この一件からも想像されるように、母ゾフィーはこの一人息子を幼少期にはスカートを履かせるなど女の子として育てたのだという。それに対して、一時期オーストリアの軍人であった父ヨーゼフは、息子を軍人に育てようと考えており「狼のように食らい、泥のようにぐっすり眠る」ことを要求していたというから、少年期のリルケは、父母の双方からの綱引きによって心理的に股先状態にあったと推測される。十一歳になったリルケは、父親の希望に添う形でウィーン西方五〇キロにあるザンクト・ペルテンの陸軍幼年学校に入った。規律の厳しい全寮制の学校であったから、リルケ少年は息が詰まるような圧迫感に襲われ、その反動としてひそかに詩作にふけって気を紛らわすことを覚えた。そしてここでの四年課程を終えると、さらなる教育を受けるため陸軍士官学校に進んだが、やはりここでもスクールカラーがまったく肌に合わず、わずか一年で中退、そこから彼の文学の道への転身が始まるのである。

　それにしても、彼の生まれ育ったボヘミア地方の中心都市プラハというのは、つくづく特異なトポス（空間性）を有している都市だと思わざるを得ない。大多数のチェコ人の中に少数の特権的なドイツ系住民が混在していて、チェコ人が労働者の言語としてのチェコ語を使っているのに対して、ドイツ系住民は支配階級の言語としてのドイツ語を使っている。この時代、プラハ出身の作家といえばフランツ・カフカを思い出してしまうが、カフカにしてもリルケにしても、このような極めて特異なトポスを有する都市に生まれ育ったことが、彼らに鋭い言語感覚をもたらしたといえるのかもしれない。ともかくもリルケの場合、十一歳で親元を離れたこと（両親はやがて離婚）、軍人学校の空気に馴染めなかったこと、ここに早くも彼の生涯を貫くキーワード、すなわち故郷喪失と孤独＝疎外感情が表れているといえるだろう。

そしてリルケは、独学でギムナジウム卒業資格試験に合格したあと、プラハ大学やミュンヘン大学で聴講生として学び、この間に何冊かの詩集を出しているから、やはり一種の早熟の天才ということになろう。ツヴァイクは自伝の中でギムナジウムの生徒時代に授業そっちのけでリルケの詩集を読んでいたと書いているが、それは、今ここに述べた初期の作品にほかならない。またリルケは、ロシアの文豪トルストイの博愛主義的な芸術観に共鳴するところが大きく、一八九九年と一九〇〇年の二度にわたってロシア旅行に出かけ、この文豪のもとを訪れている。こうしたロシアでの経験によって、リルケの心には深い宗教心を芽生え、それがのちに詩集『時祷集』や小説『神さまの話』という作品を生み出す原動力となった。

一九〇一年二十六歳になったリルケは、クララ・ヴェストホフという女性彫刻家と結婚し、ドイツ・ブレーメン近郊のヴェスターヴェーデという小さな村で生活を始めたが（ちなみにこの近くにヴォルプスヴェーデという似たような名称の小村があり、そこがドイツの若手芸術家の溜まり場となっていた）、その翌年にはヴェスターヴェーデの新居に家族（妻と幼児）を残したまま単身パリに向かったのである。その理由は、定期収入のないリルケは家計的にやや困窮しかかっていたこと、そしてそれを解消するため知人を通してオーギュスト・ロダンの評論（挿絵入りモノグラフ叢書の一巻）を書かないかという依頼を受けたからである。一九〇二年八月、パリにやってきたリルケは、セーヌ左岸の第六区トゥリエ通り十一番地にある集合住宅の一室を借りた。そこはリュクサンブール公園やソルボンヌ大学に近い学生街の一角にあり、その六階の部屋からは窓越しにパンテオンの丸屋根を見通すことができた。ちなみに、リルケの名を世に知らしめた長編小説『マルテの手記』の冒頭は「九月十一日トウリエ街にて――。人々は生きるためにこの都会へ集まって来るらしい。しかし、僕はむしろ、ここではみんなが死んでゆくとしか思えないのだ」（八頁、大山定一訳、新潮社、一九五三年）という文章で始まっている。パリに到着した四日後、リルケは早速ロダンのもとを訪れ取材を開始、翌一九〇三年にはリルケの評論集『オーギュスト・ロダン』が出版され――この評論集は『ロダン』という表題で邦訳（高安国世訳、岩波書店、一九四一年）が出ている――、そののち数カ月間のイタリア旅行を経て、ついには一九〇五年九月からパリ郊外ムードンにあるロダン邸に住み込むという形で、秘書役を勤めることになったのである。

このような形でパリ生活を始めたリルケであるから、当然その暮らしぶりは富貴とはほど遠く、しかも生来の性格もあって孤独がちであった。その様子は前出の長編小説『マルテの手記』の中にこまかく描かれている。「僕はここで（注／国民図書館）書物をひろげている人間の中で、いちばん貧しい男に違いない。しかも外国から来た人間だ。その僕が一人の詩人を持っている！　僕は貧しい。毎日着ている着物はもう破れかけているし、僕のはいている靴は穴があいてきた」「僕は自分の部屋のランプの前にすわっている。少しばかり膚が寒い。……僕がこんなに貧乏でなかったら、もっと別の部屋を借りることもできただろう。こんなぼろぼろの家具でない部屋、以前の間借人のさまざまの生活の残滓がくっついていない部屋に、僕は住めただろう。……僕は貧乏でなかったら、まず何よりよい暖炉を一つ買おう。そして、山から切り出した美しい太い薪を焚くことにしよう。こんな厄介な豆炭のようなものは今すぐやめるのだ。この煙は呼吸を苦しくするし、頭を痛めてしまう」（四七〜六一頁、大山定一訳）。なんという貧乏な生活であろう！　加えて、さまざまな死の想念、病院のヨードホルムの臭い、将来に対する不安、そしてその裏返しとしての少年期の思い出や故郷への愛着など、そこにはいかにも冷え冷えとした空気が漂っている。

この小説は正式のタイトルを『マルテ・ラウリッツ・ブリッゲの手記』といい、デンマーク出身の主人公マルテが移住先のパリでの生活の諸相を語るという内容であって、一応フィクションの形をとっているが、それでもなお〝私小説〟に属する作品と見られている。いや、たとえ私小説であっても主人公と作者をイコールと考えべきではないとは、よく識者の口から漏れる文句であるが、一個のトランクとわずかの書物だけをもってパリにやってきた無名作家という状況設定からして、この場合は主人公マルテは作者リルケの分身と見て差し支えないとされているようである（ただし実在のモデルが存在していたとも言われる）。今ここに引用した文中に出てきた「国民図書館＝ビブリオテク・ナシオナル」とは、ツヴァイクが毎日通っていたパレ・ロワイヤル近くのあの国立図書館（Nationalbibiothek）のことであろう。

そこで書物をひろげている人間の中でいちばん貧しい男であると自覚しているリルケ、それに対して先に見たように、この図書館長と昵懇になり自宅にまで招かれるほどの仲となったツヴァイク、この両者のパリにおける生活ぶりには大変な違いが認められる。

資産家の息子ツヴァイクは、質素であることを生活信条としていたが、やはり見る人が見ればその裕福さは隠しようもない。ここに一人の日本人の証言がある。フランス文学者の河盛好蔵氏は次のような証言を我々に残している。「私は亡き片山敏彦君から多くのことを教えられたが、ツヴァイクのことを知ったのも片山君のおかげだった。ツヴァイクはロマン・ロランの友人であり、弟子だったから、片山君は同門の好しみがあったわけだが、片山君はツヴァイクのウィーンの書斎を訪問したことがあり、その話をよくきかせてくれた。バルザックの使った文房具を、自分の机の上に置いたり、これはユゴーの愛用のステッキだと見せてくれたり、大した豪華な生活であったらしい。……私は最近、イリヤ・エレンブルグの『ふらんすノート』を読んで大いに教えられたが、その芸術的雰囲気の豊かさでは到底ツヴァイクの敵ではない。第一、パリにおける生活の仕方がちがっている。エレンブルグが苦学生であるとすれば、ツヴァイクは貴族である。金のかけかたに格段の相違がある。卑俗な見解というなかれ、パリのような町では、もうその人が才能の持ち主であれば、金があればあるほど、豊かなものをこの町から学べるのである」(『ツヴァイク全集18／メリー・スチュアート』の月報)。ああ、この羨ましいほどの金満富貴さ、これはツヴァイクのパリ時代とはいってもやや時代が下ってからのエピソードだと考えられ、したがって多少の印税も入るようになっていたらしいが、それにしてもこのリッチさは破格である。リルケの暮らし向きと比べたとき、そこには雲泥の差がある。

しかし、ここからが重要であるが、こうしたいわゆる〝落ちるところまで落ちた〟生活の中で、リルケは逆に物事の本質をとらえる目を養い、それを文学の上で結晶化させることに成功していくのである。やはり低いアングルでしか見えてこない人間の姿や社会の実相というものがあって、それをリルケのまなざしは的確にとらえている。先に触れた『マルテの手記』に見られる、さまざまな死の想念、病院のヨードホルムの臭い、将来に対する不安、少年期の思い出、故郷への愛着などは、まさにその具体例であろう。身を削るような辛酸を経験した者のみが、このような形象を純化した形で描きえるのだとすれば、やはり古来我が国に伝わる格言〝身を捨ててこそ浮かぶ瀬もあれ〟は正しかったということになる。そうなのだ、人間には一つを失えば別のもう一つが得られるという補償のメカニズムが本来的に備わっているものなのだ。例えば視覚を失えばおのずと聴覚が発達してくるし、金銭の呪縛を失えばそれに代わって知識への欲求が増してくる。このような補償メカニズムの一般則をくぐり抜けて、リルケの観察眼は鍛えあげられ、前述のツヴァイクの言葉を借りれば、その〝高尚な彫金術〟によって森羅万象の形象はリルケの綴る文字の中に閉じ込められていく。リルケの貧乏や孤独は、その内面においては実のところ充足や豊穣を意味していたといっても、あながち間違いではないだろう。

リルケが『マルテの手記』の中で詩の本質について、主人公マルテに次のように語らせているのは象徴的である。「詩はほんとうは経験なのだ。一行の詩のためには、あまたの都市、あまたの人々、あまたの書物を見なければならぬ。あまたの禽獣を知らねばならぬ。空飛ぶ鳥の翼を感じなければならぬし、朝開く小さな草花のうなだれた羞らいを究めねばならぬ。まだ知らぬ国々の道。思いがけぬ邂逅。遠くから近づいて来るのが見える別離。——まだその意味がつかめずに残されている少年の日の思い出。喜びをわざわざもたらしてくれたのに、それがよくわからぬため、むごく心を悲しませてしまった両親のこと。……静かなしんとした部屋で過した一日。海べりの朝。海そのものの姿。あすこの海、ここの海。空にきらめく星くずとともにはかなく消え去った旅寝の夜々。それらに詩人は思いめぐらすことができなければならぬ」（同書二七頁）。リルケがこのような心境に至ったのは、師匠ロダンからの影響によるところが大きいと見なければならない。芸術のジャンルが違うとはいえ、その創造行為において核心となる部分は何ら変わるところがないからである。前出の評論集『ロダン』においては、リルケがロダンから触発された芸術創造についての含蓄ある言葉をいくつも拾いだすことができる。

リルケはこう書いている。「ロダンはまず、人体についての完全な知識が重要であることを知っていた。徐々に、探究をかさねつつ、彼はこの人体の表面にまで進んで来た。すると今度は、この表面が内から規定され限定されていると全く同様に精密に、他の側からこの表面を規定する手が外側からさしのべられた。彼が自分の隔絶した道を進んで行けば行くほど、偶然は影をひめそた。そして一つの法則は他の法則へと彼をみちびいた。こうしてついに彼の探究の向けられたのがこの面（Oberfläche）であった。面は光と物との無限に多くの出会から成り立っていた。……この瞬間にロダンは彼の芸術の根本的要素を発見したのであった。いわば彼の世界を構成する細胞の発見であった。それこそ面なのであった。……今になってはじめて、すべての慣習的な造成美術の概念が、彼にとって無価値となったのである。姿勢

（ポーゼ）というものもなければ、群像（グルッペ）というものもなく、また構成（コンポジチオン）というものもなかった。あるものはただ無数の生動する面であった。あるものはただ生命であった。そして彼の見出した表現手段は、まともにこの生命に向かって行ったのである。今こそこの生命と、生命の充満とをわがものとする必要があった。ロダンは、目をどこへ向けても必ずそこに存在する生命を捉えた」（一七～一八頁、高安国世訳）と。このようにリルケは、ロダンの彫刻術をつぶさに観察することを通して徹底して〝物〟を見つめ、その表面にあらわれた生命の充溢を掬いとり、それを動きの中で表現することを学んだ。ロダンが鑿を手にして彫琢を重ねていくように、リルケはペンを手にして生命の充溢を〝遠くからでも見えるもの（weithin sichtbar）〟として言語化していくことに邁進する。

またリルケは処世上の基本哲学をどこにおくかについても、ロダンから教えられるところが多かった。「ロダンは名声を得る前、孤独だった。ただやがておとずれた名声は、彼をいっそう孤独にした。名声とは結局、一つの新しい名のまわりに集まるすべての誤解の総体にすぎないのだから。ロダンをとりまく誤解は実に多い、いちいちその誤解をといて行くとしたら、それはずいぶんひまのかかる、骨の折れる仕事になるだろう。それはまた必要でもない。それらは名のまわりにあるのであって、作品のまわりにあるのではない。作品はこの名のひびきと限界とを超えて、はるかに大きく成長し、もはや名のないものになってしまっているのである」（前掲書七頁）。このようにリルケは、孤独の中に身をまかせ、それ自身の中に価値を秘めている作品をつくりだすことだけが重要であるという基本哲学についても、この巨匠から学んでおり、その意味でリルケにとってロダンは芸術家としての〝生ける手本〟であった。この本の中でリルケはロダンの種々相をいろいろと語っているが、結局はロダンの名を借りながら自分自身を語っているという側面が強いが、さらにひとこと付け加えるなら、このコンパクトな評論集は、リルケの批評家としての確かな眼力、散文家としての並々ならぬ文章力、そして芸術全般についての深い造詣を感じさせる作品になり得ている。

では、このような詩観に基づいてリルケはどのような詩を書いていたのか、その具体例を二つここに示しておく。一つは一九〇五年刊行の『時祷集』、もう一つは一九二六年刊行の『薔薇』にそれぞれ収録された作品から、その一部を引き出したものである。前者は、既述のロシア旅行での宗教的体験を強く滲ませたもの、またリルケの死の前年一九二七年に刊行された後者は、観察対象としての薔薇の形象をみごとにとらえたもの（原文はフランス語）ということができるだろう。それぞれ非常に長い作品なので、ここではその一部を掲げるにとどめる。

おんみ、隣人である神よ、私が長い夜にいくたびか
強く戸をたたいてあなたを煩わすとすれば、
それはあなたが稀に息をされるのを聴いて、
あなたが広間にひとりでおられるのを知るからです。
そしてあなたが何かを求められる時、そのあなたの探る手に
飲物をさし出す者が其処には一人もおりません。

私はいつでも耳をそばだてています。
　ただちょっと合図をしてください。
私はすぐおそばにいます。

……（中略）……

あなたの最初の言葉は光だった。
こうして時が始まった。それからあなたはしばらく黙った。
あなたの第二の言葉は人間だった。それは不安を意味していた。
（われわれは今でもその言葉の響きに暗く包まれている）
それから再びあなたの眼が瞑想に沈んだ。

しかし私はあなたの第三の言葉を聴きたいとは思わない。

夜になると、しばしば私はこう祈る――
身ぶりの中に育ちながらとどまって、
精神によって夢の中へ駆り立てられる唖であれ。
沈黙の重い総和を
額と山々との中に書きしるす者であれ。

（『時祷集』第一部「僧院生活の書」より九頁以降、尾崎喜八訳）
（『世界名詩集9リルケ』平凡社、一九六七年）

幸福な薔薇よ、おまえのすがすがしさが
ともすればわたしたちをこんなに驚かすのは、
おまえがおまえ自身のなかで、うちがわで、
花びらに花びらを押しあてて、やすんでいるからなのだ。

全体はすっかり目をさましているのに、その奥のほうでは
ねむっている、――ひっそりとしたあの心臓の
やさしさはかずも知れず、ふれあい、折りかさなって、
はずれの口もとまでつづいて。

……（中略）……

薔薇よ、熱烈でしかも明るいもの、
聖女ローズの遺骨匣（ルリケール）
とでもいえそうな……きよらかなはだか身の
あのなやましい匂いをただよわす薔薇。

もはや誘われることもなく、むしろ身うちの
平和にとまどう薔薇、エヴァからも、またそのはじめての
おそれからも遠くはなれた、最後のこいびと――、
かぎりなく喪失を所有する薔薇。

（『薔薇』より一九三頁以降、山崎栄治訳、出典は同上）

これらの詩のいくつかの断片からでも、実生活では悪戦苦闘をくり返していたリルケが、詩の世界においては豊穣な空想力を駆使して自由にはばたいていることがわかる。ここが、ツヴァイクを魅了してやまなかったリルケの天才性ということになるのだろう。その豊かな天分をツヴァイクはいささかも疑っていないが、かといってパリ時代、両者の間でホットな会話が交わされたというわけではなかった。連れ立って市内散歩に出かけても、陽気で饒舌なツヴァイクに対して、リルケは物思いに沈みがちで言葉少なに返答するのが常で、その光景にどことなくよそよそしさが残っている。パリの闊達さに浮かれぎみのツヴァイクが、死の想念を反芻していたリルケを真の意味で理解していたとは思えない。まありルケはだれに対しても――ただし女性は除く――あまり心を開くことはなく、友だち付き合いにおいて越えてはならない一線を設けていたから、これはツヴァイクだけに責めを帰すような性質の話ではなく、やはり両者が本来的にもっている資質あるいは取り巻く生活環境の違いが、そこに反映されていると見

るべきだろう。

*

さはさりながら、ツヴァイクは、この薄幸の詩人に対して自分ができる範囲内で援助の手を差し伸べようと、いろいろと努力していたことを見逃してはならない。一つは、リルケの講演旅行について何かと便宜を図ろうとしていたことである。前述のようにロダンの秘書となることによって、リルケは一応の経済的な安定を得ることができた。その仕事とは、午前中に二時間ほどロダン宛てに来る文書や手紙などを処理をすることだけであって、それ以降の時間は自由に使えるというものであった。その報酬は約二〇〇フラン、それによってリルケの生活は——もちろんこれだけは十分ではないが——まあそれなりのレベルを維持することができた。したがって最初のうちは労働条件としては快適なものに思われたが、仕事を続けていくうちに、最初の想定よりもはるかに多くの時間と労力を必要とすることがわかってくる。このときリルケはすらすらとフランス語で返信を書くほどの語学力はなかったし、何よりも仕事の性質上、雇い主からの指図を待つという従属的な地位に甘んじなければならなかった、これがリルケの不満の種として燻ってくる。一九〇六年五月というから、リルケがロダン邸に住み込んでから約八カ月後のことであるが、ついにその不満が爆発してしまう。六十五歳になんなんとする老大家ロダンは、ほんのささいなことをきっかけとして三十一歳の駆け出しの青年詩人リルケをどなりつけてしまう。リルケは自分宛てに届いた手紙を、ロダンの目の前で開封したことがあったが、その行為をロダンは誤解して、主人の手紙を勝手に開封するとは何事か、秘書の分際で思い上がったことをするな、と怒ったわけである。ともかくこの一件でロダンはリルケをたちどころに解雇してしまう。やはり、鬱積していたリルケの不満をロダンが感じ取って、それを咎めたということになるのであろうか。遅かれ早かれそうなることは自明の理だ。なぜなら、そこそこの文名が出始めていたリルケにとって、そのような従属性にいつまでも耐えられるとは思えないからである。

そこでリルケは、生活の資を得るためせっせと講演旅行に出かけることとなった。一九〇五年秋にはドレスデンとプラハ、翌春にはハンブルクとベルリンなどに出かけている。講演の内容は、もっぱらロダンの芸術に関するものであったが、ときには自作の詩を朗読することもあった。この時分にリルケとツヴァイクの間で何通かの手紙が行き交っている（シュテファン・ツヴァイク書簡集：*Stefan Zweig Briefwechsel <mit Rainer Maria Rilke>*, S.Fischer Verlag, 1987）。一九〇六年二月、リルケはベルリンの宿舎からツヴァイクに宛てて次のような手紙を出している。

「敬愛するツヴァイク。あなたの友情にあふれた暖かい言葉に感謝します。ずいぶん元気づけられました。私は今講演旅行中にあって、しかも非常に追い立てられています。……私はウィーンに行きたいのですが、それは取り止めました。というのは、分離派（注／オーストリアの造形芸術家の団体）の連中は私を呼ぶつもりがないからです。あなたは、私が朗読会を開けそうな団体について書いてよこしました。ウィーンの例のアンゾルゲ協会（注／作曲家のコンラート・アンゾルゲによってウィーンに設立された団体）において十四日から十七日の間に私が朗読会を開けるという具合に調整され得るのであれば、私の旅行はおそらく何とかそれに合わせることができるでしょう。むろんは、私はそのために三〇〇フランを持ち合わせなければならないのですが、とにかく可能であれば、二つの朗読会を開きたいと思っています。一つはロダンの作品に関するもの、もう一つは私自身の詩に関するものです。私の旅行費用をまかなうため、そしてもう少し手元に資金を置いておきたいからです。……あなたの心からの親切を得られるべく、私はここに率直に書きますが、ブレーメンのヴォスプスヴェーデの私のところに八日までに見通しについて電話してください。どんな場合でも、私はあなたの親切な言葉に心から感謝しています」（同書二六九～二七〇頁、拙訳）。ここに引用した手紙から、ツヴァイクがリルケのため朗読会の開催に向けていろいろと尽力していることが判明する。もちろん、まだ年若のツヴァイクのことであるから、後年に見られるほどの影響力はまだもっていなかったが、ともかくその友情あふれる行為にリルケが深く感謝していることは、ここからはっきりと読み取れる。

もう一つの友情は、やや後年のことになるが、リルケの単行本の出版をツヴァイクがインゼル書店に取り次いだことである。リルケは既に二十四歳のとき詩篇ふうの物語『旗手クリストフ・リルケの愛と死の歌』という作品を書いていた。その内容は、若いクリストフ・リルケという人物が戦場において旗手に任命され、果敢にも敵の軍勢に向かって突進し、ついには戦死してしまうという筋立てであるが、今日リルケの著作の中ではそう重要視される作品ではないようである。ちょっとこまかな話になるが、この物語の主人公の名前がクリストフ・リルケとなっていることに少し奇異の念をいだく読者もいるのではないだろうか。同じリルケ姓である。実はクリストフ・リルケという人物は実在していて（オーストリアの公的資料には「帝国騎馬連隊の旗手として上部ハンガリーのツァトマルにて一六六〇年十二月二十日戦死」と出ているというそうな)、この人物とつながりがあることを示すことで、作者のライナー・リルケは自分が貴族の家柄の出身であることを証明したかったのだという。つまりリルケ家の先祖ここにありと言いたかったわけである。しかしそれはかなり強引なこじつけであるらしい(この項は、シュテファン・シャンク『ライナー・マリア・リルケの肖像』〈両角正司訳、朝日出版社、二〇〇七年〉による)。

まあそれはともかくとして、この本は当初さほどの注目を集めることはなかったが(ちなみにアクセル・ユンカー社などは、この本の絵入り増補版について商業ベースでは採算がとれないことを理由にして断ったという)、ツヴァイクは一九一二年、インゼル書店の社主アントン・キッペンベルクに宛てて推薦文を書き、インゼル社が企画していた「インゼル叢書」の第一巻にこれを採用するよう働きかけたのである。後述するつもりであるが、ツヴァイクは既にこのキッペンベルクと、すなわち出版社オーナーでありまた優れた学者的資質をもっていた人物と昵懇の仲であった。その結果、この良質の叢書の評判および当時の第一次大戦の好戦的風潮と相まって、リルケのこの作品は売上部数をぐんと伸ばし、リルケの生前だけでも一〇万部が売れことのことである。ちなみに一九五九年には一〇〇万部の大台を突破し、今日に至るまでリルケの作品中で最も売れた本なのだという。書物が売れるかどうかは通俗的な話であって、作家の価値をどうこうする話ではないかもしれないが、ツヴァイクはこのような形でリルケへの友情を形ある現実のものにしたわけである。若い頃から窮乏生活をかたつことの多かったリルケ、その財布を膨らませたのは実にツヴァイクの尽力があってこそであった。

リルケは一九二六年十二月、スイス・ジュネーブ湖畔のヴァルモン療養所で死去した。死因は白血病、享年五十一歳であった。この翌年、ツヴァイクはミュンヘン国立劇場においてその追悼講演を行っているが、ここで語られている「リルケとの別離」は実に感動的である。「今日わたしたちがともに悼む、ライナー・マリア・リルケなる人に心から別れを告げることのできるのは、ただ音楽だけでありましょうし、わたしたちのなかの彼のうちでのみ、すでに音楽は完全に音楽だったからであります。彼のくちびるに触れたときだけ、言葉はその日頃の臭気から解きはなたれ、譬喩は言葉の硬直した身体を、かやろかにあの現象の高みへともちあげたのでした。……この世にまれにしか姿を見せぬ神のような詩人という存在を、わたしたちはいちどだけ、感覚の粗末な器官とはげしくゆすぶられたたましいの感動とで、かろうじてリルケその人のなかに見ることができたのです」（『ツヴァイク全集21／時代と世界』所収、二七四〜二七五頁、猿田悳訳）とツヴァイクは語っている。

そして、講演の最後を次のような言葉で締めくくっている。「かくも高く稀有の出来事を前にして、悲しみもつつましく哀泣するのみになります。悲しみも溢れでて感謝にかわります。それゆえわたしたちは、悲嘆のただなかにおいて泣くことなく、彼を讃めたたえようとおもいます。開かれた墓穴を前にして、三度《みたび》土くれを別れの挨拶にふりかけるように、わたしたちは彼に言葉を三度投げかけようではありませんか。……ライナー・マリア・リルケ、謙譲と忍耐のこころによって、とぼしい出立から偉大な完成へと生《お》いそだったおん身を、若者に規範となり、未来の芸術家に典型となりえたおん身を、かわらず見守りきたった過去の名において、みん身をたたえ、うやまう！　ライナー・マリア・リルケ、もっとも稀れで、かつ不可欠の存在たる詩人の肖像を、まじりけなき一元純潔なるものとしてまたしめしえた者よ、われら現在の名において、みん身をたたえ、うやまう！　さらにライナー・マリア・リルケ、永遠に完成なき言語の聖堂に働く敬虔な石工よ、達せざるものを恋うるおん身の愛情のゆえに、おん身をたたえ、うやまう！　このドイツ語のつづくかぎり、おん身の詩と仕事のために、おん身をたたえ、うやまう！」（同書三〇一～三〇二頁）。

このようなツヴァイクの言葉によって、リルケの御霊は心安く天上界に昇っていったことであろう。こうして地上における一つの友情物語にピリオドが打たれたが、ツヴァイクがその後、詩作に打ち込むことはなかった。なぜか、それはリルケの詩才を知れば知るほど、みずからのその足らざるを知り、ペンを散文の方向へと転換せざるを得なかったということではないだろうか。先に本稿では第三章第三節のところでツヴァイクの詩集『若き花冠』に関するコメントとして、リルケが次のような意見を述べていたことを紹介した。「この本は、どんなに早くそこから遠ざかりたいと思っても、大事なものとしてあなたのもとに止まるでしょう。あなたはどこに向かって成長するのでしょうか。その場所とは、毎日の静かな上昇を情熱をもって統一していくときに、真っ先に沈下していく場所、はっきりと根幹に止まっている場所ということでしょう。私が言っている善きもの、重要なものとは何か、あなたにはわかるでしょう、おそらく最良のものは、最初の本で語られたものということです」（前出シュテファン・ツヴァイク書簡集）。この称賛を含みつつも若干の拒否を内包する先輩詩人リルケの感想を、ツヴァイクはどのように受けとめたのであろうか。のちにツヴァイクは自伝の中で、自作の詩について、それらは「形式に対する功名心のまさった戯れの喜び」から生じた未熟で感傷的なただの工芸品であったと極めて批判的に語っているし、またヘルマン・ヘッセに宛てた手紙の中で「私は、自分自身を叙情詩人としてまったく評価していません……あの究極的に溢れ出てくるものというか、酩酊というものが私には欠けています。いつでも醒めている部分がわずかばかり残っているのです」（ミュラー前掲書）と告白しているところから見て、みずからの詩才の限界をうすうす意識していたものと思われる。では彼はどこに向かって進んでいくことになるのか、さしあたりリルケが何度も挑戦して果たせなかったジャンルが頭に浮かんだということは十分に考えられる。すなわち戯曲、それも韻文を用いた戯曲、これがツヴァイクの次なる挑戦となっていく。

以上みてきたように、ツヴァイクがパリ遊学から得たものは大きかった。リルケとの邂逅をはじめとして、ヴェルハーレンとの再会、ロダンとの遭遇、バザルジェットその他若い作家たちとの思い出、また思わずに笑ってしまう間抜けな泥棒の所業、そして、ここではあえて触れなかったがマルセルなる愛人との秘め事、それらのシーンと結びついたパリという町は、いつ思い返してみてもツヴァイクにとって解放されたユートピアと意識された。こうした情景の一つひとつが後年のツヴァイクにとって、遍歴時代を彩るアラベスクのような回想シーンとなったことであろう。そう、アラベスクとは、意匠化された植物や星型の図案を複雑に絡み合わせ、全体として神妙で華麗な幾何学模様を描きだすイスラム美術の装飾文様のことを指している。パリ時代の思い出の一つひとつが、ツヴァイクにとって意匠化された植物文様のアラベスクのそれぞれの要素であった。「むずかしいこと、固苦しいことは何もなかった。女との関係は容易に結ばれ、容易に解け、いわばどの瓶もそれに合う蓋を見つけ出し、若い男は誰でも、陽気な、とりすまして距てをおくようなことのない女友だちを持っていた。ああ、パリでは、どんな重苦しさも知らずに生き、どんなに良く生きられたことだろう、特に若かったならば！　単にぶらつくことがすでに楽しみであり、同時にまた常住不断の勉強でもあった」（自伝一九五頁）。この町はツヴァイクにとって、生涯を通じて幸福な思い出を抱き続けさせたまさに「永遠の青春の都」であった。

第V章　赫々たる始動

1　異形者の美学

パリ遊学およびその後のロンドン旅行を終え、ウィーンに帰ってきたツヴァイクは、二十代の半ばにしてみずからの「家」を手に入れた。それは住居用建造物としての家、そして精神的拠点としての家という二重の意味においてである。後者の精神的拠点としての家とは、もちろん文筆に携わる者にとっての必須の拠りどころ、すなわち専属の出版社を意味しているが、それについては次節で述べるとして、まず建造物としての家について見ていくことにしたい。一九〇七年、二十六歳になったツヴァイクは、ウィーン第八区コッホ通り八番地に初めて自分の家を構えた（「コッホ小路」といった方が正確かもしれないが、邦訳の自伝にある用例に従って本稿では以下「コッホ通り」という名称を使う）。生家がウィーン中心部にあることは既に述べたが、この壮麗なアパルトマン内の実家には子供用の個室が備わっていない、つまりアルフレートとシュテファンの兄弟がそれぞれ自由に使えるスペース＝部屋はあてがわれていなかったのである。ツヴァイク自身が大学生となったとき、それではいろいろな不都合もあろうと、従兄弟の一人（のちに銀行の頭取になった）が父親モーリッツに対してツヴァイクを学生下宿に住まわせてはどうかと進言したのだという。この助言によって学生時代のツヴァイクは、何度か場所を代えながら自由気儘な下宿生活を送ったが、今回のコッホ通り八番地への転居は、それとはまるで性質が異なっている。ボヘミアン的な気分での一時的な移転ではなく、玄関にみずからの名前の入った表札を掲げるという、れっきとした社会的な自立を意図したものであった。

二十六歳ともなれば多くの友人は、既に結婚して子供をもうけたり、あるいは職場においてそれなりの地歩を築いたりと、将来への布石を据えた生活を送っているものであるが、文学を志しているツヴァイクの場合、その将来への道筋はまだまだ明確なものとはなっていない。はたして成功するやらしないやら、依然としてみずからを初心者ないし半人前の人間としか見ておらず、何らかの意味で決定的なものに自分を固定することをためらっていた。したがって、そこで選んだ自立のための家も、当面の文学活動を遂行する上で必要なスペースという位置づけのもと、自伝の言葉でいうと「郊外にあるこじんまりとした」住宅を選んだ。郊外とはいってもさほど遠い場所ではなく、ウィーン市庁舎の裏手、リングシュトラッセにも短時間で歩いて行けるほどの距離にある。ウィーンという街は、同心円構造という点で東京とよく似ていることは既に述べたが、当該のウィーン八区という地番は、さしずめ東京でいうと渋谷区か新宿区あたりに相当すると考えてよかろう。当時でこそ郊外という概念で括られるが、今日の目でみればかなり都心に近いともいえ、それは、ちょうど東京においても今日隆盛を見ている山手地区が、ほぼ一世紀前の明治末期にはまだまだ郊外と称され、どこか田舎ふうの風情をとどめていたのと同断であろう。

また、本人は小さな家を構えたつもりでいるが、実際には使用人が二人もいるという立派なものである。のちにこの家を訪問したフリデリーケはこう証言している。「彼の家は本でいっぱいだった。テラスへと続く長い部屋の壁は本棚で覆われていた。台所は記録保管所として使われていた。手紙の入ったおびただしい箱や新聞記事の切り抜きなどが含まれていた。そして自筆原稿のコレクションである。シュテファンの使用人は二人いて、一人は母親のような年齢の有能な秘書であって、この人は時間給で雇われていた。もう一人はやはり歳のいった賄夫であり、この人は以前は老齢のある将軍の賄いをしていたが、今はこの新しい主人に仕えていた。そして新しい主人が自分より四十歳も若いことを忘れており、シュテファンを大いに甘やかすことになった。日常事について手を動かす必要はなく、完全に日々の生活上の雑事を忘れることができた」(前掲書四四頁、拙訳)と。

したがって、若い家主は、食事や掃除といった日常的な雑事からいっさい解放され、ひたすら精神の王国の住人であり続けることができた。午前中には馬を駆ってウィーン東郊のプラーター公園まで出かけたり、友人を招いて団欒を楽しんだり、あるいは執筆に疲れると旅行に出かけたりと優雅な生活を送っていた。書斎の壁には、ロンドンで入手したウィリアム・ブレイクのペン画「ジョン王」とともに、お気に入りのゲーテの自筆原稿『五月の歌』がつり下げられていたが、そのまさにゲーテに関係ある人物が、この同じ集合住宅に住んでいることを知って、ツヴァイクは大変に驚くのである。階上の部屋に住んでいる白髪まじりの女性ピアニスト、この人はゲーテの主治医フォーゲル博士の孫に当たる人物であったのだ。この女性は、いまだ存命中の八〇歳になる母親と同居していたが、その母親（デメリウス夫人）というのは誕生時の洗礼を受けるときにゲーテおよびその義理の娘オッテリエ（アウグスト・フォン・ゲーテの妻）に立ち会ってもらったことがあったのだという。二十世紀においてもなお、かつてゲーテの神聖なまなざしが注がれた人間がこの世に存在しているとは！　なおかつ、その人物がゲーテの故郷ワイマールを遠く離れたウィーン郊外の集合住宅において自分と同じ屋根の下で生活しているとは！　ツヴァイクの感慨もひとしおであった。「ゲーテの鵞ペンを私は多年、ガラスのなかにしまいこんでいた。それをとるにたらない自分の手にとろうとする誘惑からのがれるためであった。だが、これらの生命のないくさぐさのものと比べるなら、一人の人間、ゲーテの深い、つぶらな眼がまだ意識と愛情とをたたえて注がれた、一人の呼吸している、生きている人間は、何と比較を絶したものであったろうか。――いつの瞬間に切れるかも分からぬ最後の細い糸が、この毀れやすい地上の姿によって、ワイマルのオリンピアの世界とこの『コッホ通り八番地』のさりげない郊外住宅とを結んでいたのである」（自伝二四四頁）。こうした恩寵とでもいうべき不思議な運命の糸に、ツヴァイクは感激のあまりしばし立ち尽くし、その眩暈がおさまったあと、階上の部屋にいるデメリウス夫人を訪問したのであった。

＊

ところで、この時期ツヴァイクの創作活動はどのように進捗していたのだろうか。既に彼も二十代後半、そろそろ本格的な作品のひとつも手掛けたいという心境になっていた。彼の著述家として道はウィーンの高級紙への寄稿に始まるという恵まれたものであったし、またヴェルハーレンやパリ遊学時代に知り合った芸術家たちとの交友など、作家志望の人間にとってはこの上なく恵まれた人間関係の中にあった。最初のうちは、こうした交友関係はプラスに作用したが、次第に年齢を重ねるにつれ、それだけでは済まなくなってくる。交友作家に匹敵するだけの作品を書かなければ、ひとり疎外感のみが増していく。彼がこれまで書いたものは詩、短編小説、フェユトン、訳詩であり、いずれも文学の形式からいうと比較的小さなものばかりであった。先輩諸氏からすばらしい刺激を受けている分、かえって自分の作品が卑小に見えてくることもある。当時のツヴァイクがこのような心境に襲われていたことは、次の記述からはっきりしている。「時代の最良の創造的人間との交際と友情とは、自分自身の創造においては奇妙なことに、危険な障害としての作用をおよぼした。私は余りに良く学んだために、かえってことがむずかしい状態にあった。それが私を臆せしめた」（自伝二四九頁）。これまでに書いたような〝軽い〟作品ではなく、もっと〝重い〟作品を書きたいというのが二十六歳になったこの白皙の青年の偽らざる気持ちであった。先達の事例を見れば、二十歳そこそこでしっかりと文学史に刻印されるような作品を書いている作家も少なくない。フランスのランボー『地獄の季節』しかり、ドイツのシラー『群盗』しかり、ロシアのドストエフスキー『貧しき人びと』しかりだ。よし俺もここでいっちょうやってみるか……という気持ちがツヴァイクの中にふつふつと湧いてきたことは容易に想像されよう。

某月某日、ツヴァイクは自宅書斎で読書に没頭している。彼がどのように読書に励んでいたかは、あるときはシェイクスピア、またあるときはドストエフスキーというように、その書き記した日記からおよその類推が可能である。現存する『ツヴァイク日記』のうち最古の日付けは一九一二年九月十日であって、今ここに述べようとしている時点からはちょっと先の話になるが、例えば一九一二年九月十四日と十五日の条には、読書をめぐって次のような記述が見られる。「九月十四日、土曜日。全く仕事せず読書、ただしシェイクスピアのみ（おもしろいことに、それは私をがっかりさせるのではなく、むしろ元気を与えてくれる）。その後、手紙を口述し、夕方は再びずっと読書。しかし今この時間になっていよいよ仕事を始めなければならないが、私は過ぎ去ったことにひたっている」（前掲書一二頁、拙訳）。またその翌日には「九月十五日、日曜日。再びたっぷり読書。何もなさず、夕方クラウス博士と一緒。この人物はきわめて聡明かつ善良であって、若い人々の間では特に私に親しみを感じている。ただし残念ながら、彼の才能は多方面にわたりすぎていて、実を結ぶことは難しいかもしれない。結実というのは、そう最終的には芸術の意味ではなく、人生の酵素といったものであるだろうから。私は彼をとても信用している」。さらにその翌々日には「九月十六日、月曜日。ドストエフスキーの原稿を入手、とてもうれしい。そのほかに散歩のみで一行も書かない。もっと違った書き方でなければならない。明日には早くも精力的に始めるが、それは自分への約束である」といった文章が見られる。これらの日記の記述から、そしてまた先に紹介したフリデリーケによる「彼の家は本でいっぱいだった。テラスへと続く長い部屋の壁は本棚で覆われていた」という証言から、読書家ツヴァイクの相貌が浮かんでくる。

さて話は前に戻る。一九〇五年の某月某日、ツヴァイクはヨーロッパ文学最古の作品といわれるホメロスの壮大な叙事詩『イリアス』を読み進めていた。この作品は、エーゲ海を挟んで対立していたギリシア（アカイア）とトロイア（トロイエ）との間で行われた、いわゆる古代トロイア戦争を舞台とした物語である。この物語においては、ギリシアの武将アガメムノン、メネラオス、アキレウス、オデュッセウスなど、そしてトロイア側の武将プリアモス、ヘクトル、パリス（アレクサンドロスともいう）、アイネイアスなどが登場し、目まぐるしく戦闘シーンが繰り返される。鋭い槍先が交錯し、弓弦からあまたの矢が放たれ、戦士の骨は砕け、脳味噌が飛び散るといった具合に死臭芬々の光景である。トロイア地方を流れるスカマンドロス河を鮮血で真っ赤に染め上げたこの出来事はいつ頃の話なのかというと、何しろ神話を題材としているので明確に年代を特定することは難しいが、およそ紀元前一二〇〇年頃であろうと推定されている。場所については小アジア半島のトロイア地方の都市イリオス（またはイリオン）に比定され、題名の『イリアス』はこの都市名に由来している。もともとトロイア戦争なるものは、詩人によって創作された架空の物語と思われていたが、それがかなりの程度、歴史的事実に即していると認定されたのは、何といっても十九世紀ドイツの民間考古学者ハインリヒ・シュリーマンに負うところが大きい。彼は私財を投じて三度の発掘を試み、ついにトロイア城址を含むところの遺跡の地層を発見するのであるが、その詳しい経過については『古代への情熱――シュリーマン自伝』（村田数之亮訳、岩波書店、一九五四年）を参照されたい。

ホメロスはギリシア本土の対岸イオニア地方に生まれ、自作の詩を竪琴にあわせて歌いながら放浪して歩いた盲目の詩人といわれている（生年・没年ともに不明）。その竪琴にあわせて語られた物語が『イリアス』という作品で、成立の時期は紀元前八〇〇年頃、文学ジャンルからすると文字によらない、いわゆる伝承文学（口頭詩）に属している。このような語り手を楽人（ラプソードス）といい、ホメロスの時代には彼以外にも幾人もの楽人が存在していたという。では、なぜホメロスだけが今日知られているのだろうか。当時さまざまなヴァリエーションを含む数多くの物語が存在していたが、紀元前六世紀に都市国家アテネの支配者によって編纂事業が実施されたとき、数あるヴァリエーションの中でホメロスの語ったストーリーが文字化テクストとして仕上げられ、それが今日に至るまで残ったということであるらしい（岩波書店版『イリアス』の訳者・松平千秋氏による解説）。もちろん、これにはホメロスの語るストーリーの出来ばえが特段に素晴らしかったという事情もあずかっていたのであろう。伝承文学というのは、その性格からしてだれがいつ創ったかを特定するのは容易ではないが、以上のような経緯でもって、現存する『イリアス』についてはホメロスの功績に帰せられている。

それにしてもこの『イリアス』、全体で第二十四歌から成る長大な物語である。邦訳の文庫本でも上下二巻で八〇〇ページもあるその長いストーリーを、楽人たちは記憶力だけをたよりに人々の前で語ったというのであるから、その暗唱能力にはただただ仰天するほかはない。ただし、そこには語り手としての〝語りやすさ〟の面からも、また聞き手としての〝聞きやすさ〟の面からも、一定の決まったリズムおよび常套的な枕言葉を多用するという工夫がこらされており、それが口調を整えるとともに、文章の流れを円滑化する役割を果していているとされている。例えば、一定の決まったリズムについては、その筋の専門家によると、ギリシア古典叙事詩の音律は、一つの長音節と二つの短音節からなるダクテュロスと呼ばれる脚を六回繰り返す（ただし最後の六回目だけは一つの長音節と一つの短音節）、つまり一つの文章の単位を十七音節とするのが基本形になっているとのことである（呉茂一『筑摩書房版・世界文学体系・ホメーロス』解説）。また枕言葉については、武将であるアキレウスやオデュッセウスには「剛勇無双の」「名にし負う一騎当千の」といった勇ましい形容句が乗っかっているし、総大将のアガメムノンやプリアモスには「アトレウスの子」とか「ダルダノスの裔たる」といった父称や係累を示す言葉がくっついていることが多い。このように文章構成上の枠組みをきっちりと設定することで、語り手の記憶力はいっそう強固なものとなるわけである。

蛇足ながら、ここで我が国における語りの文学や大衆芸能のことが、私の頭にちらほら思い浮かんでくる。我が国の中世における口承の軍記物といえばまず『平家物語』が浮かんでくる。それはそれで格調高くすばらしい文章であるが（例の「祇園精舎の／鐘の声／諸行無常の／響きあり」云々）、それにもまして通俗を好む私は、広沢虎造による浪曲『清水次郎長伝』に親しむ機会のほうが多いかもしれない。そこで語られる「駿河路や／三国一の／富士の山／美保の松原／田子の浦／名所古跡は／数々あれど／中で清水は／良い港／船は千石／入舟出舟／浮世荒波／度胸で渡る」（「石松と都鳥一家」の冒頭の謡いの部分）といった五七調の文句は、その古来聞きなじんだ音律や節回しによって、聞き手である我々の頭にすんなりと入ってくるし、また語り手としても記憶しやすいということであろう。

さて黙念と『イリアス』を読み進めているツヴァイクである。彼の目は、ホメロス描くところのトロイア戦争の原因や経過を述べているページを追っている。（――トロイアに拉致された美女ヘレネを連れ戻すため、ギリシアはアガメムノンを総大将にして遠征軍をトロイアに派遣する。この遠征軍はギリシア各地から集められた二十九の部隊から編成されており、そのうち主だった武将としてはメネラオス、アキレウス、ネクトル、オデュッセウスなどがいる。ところが、ギリシア軍の内部で意見対立が生じ、勇猛をもって知られるアキレウスが戦線から離脱してしまう。そのため、なかなかトロイア城を陥落させることができず、戦闘はもう既に九年目に入っている。ここでもう一度攻勢をかけるべきかどうか、総大将アガメムノンは衆議にかける。オデュッセウスは断乎攻め込むべしと主張するが、それに対して、ある奇妙な風体をした男が、女一人を奪うための戦争などナンセンスだ、ただちに戦争を止めるべきだと主張する。それがテルジテス（原文ではテルシテス）である。さほど高位にあるわけでもないにもかかわらず、王侯や武将を憚るところなく非難するテルジテス、その姿を見てオデュッセウスの怒りが爆発し、黄金の笏杖をもって激しく打擲すると、テルジテスの背中はみるみる血ぶくれになって膨れ上がる。哀れなテルジテスは、その場に居合わせている全員からの笑い者となり、すごすごと引き下がる。かくて主戦論が大勢を占め、ギリシア軍によるトロイア総攻撃が開始される。――」

はて、このテルジテスとはいったい何者なのだと、ツヴァイクのアンテナは感応する。『イリアス』の中には実にさまざまな人間が登場する。いや正確にいうと人間だけでなく、いろいろな神々もというべきだろう。両軍の武将については既に列記したとおりであるが、それ以外にもオリンポス山に蝟集するギリシアの神々が処々に姿をあらわす。例えばギリシア側の味方として主神ゼウスの正妻ヘラ、海神ポセイドン、アクロポリスの守護神アテネなどが、そしてトロイア側の味方として弓術の神アポロン、軍神アレス、多産の守神アルテミスなどがちょいちょい姿をあらわす。まあ、いずれにしても我々にとってもどこかで聞き覚えのある〝有名人〟や〝著名神〟であるが、そうした親和性のある傑物とは違って、まったく毛色の変わった人物がひとりだけ登場する。いうまでもなくテルジテスである。見目うるわしく偉丈夫が立ち並ぶなかで、それとは逆の意味で異彩を放っているこの人物は『イリアス』において次のように描かれている。「この男、頭の中は怪しからぬ罵詈雑言がぎっしりと詰まっており、アルゴス人（注／ギリシア人）らを笑わせることができると思えば、どんなことでも喚きたて、慎みもなく王侯たちに無益な喧嘩を吹きかける癖があった。イリオス城下に攻め寄せたアカイア（注／ギリシア）の全軍中、姿の醜怪さは他に比類がなく、脚は蟹股で片脚は利かず、両肩は内に曲がって胸をすぼめ、歪な頭には薄毛が侘しく生えている。常に喧嘩を売られていたアキレウスとオデュッセウスにとっては、最も憎い男であった」（前掲書五二～五三頁、松平千秋訳）と。

ここでツヴァイクの目はハタと止まった。この異形の人物を通してトロイア戦争を見てみれば、どのような人間模様が描けるだろうか、テルジテスの言っていることが正しいとすれば、旧来のギリシア神話を逆転させ得るような作品が書けるかもしれない、これがそのときツヴァイクの心に浮かんだ着想であったろうと考えられる。戦場において〝膣当て美々しい〟武将が華々しく勝利するのも、あるいは派手に討ち死にするのも、はたまた〝剛勇無双の〟勇者がついには敵方の美女を獲得するのも、物語の筋立てとしてはありきたりである。そうした典型的な英雄讃歌のパターンから逸脱したところにテルジテスは存在している、したがって、この人物を中心に据えたストーリーにするならば、それはいわば勧善懲悪に対するアンチテーゼになり得るのではないか。このような心理プロセスを経て、ツヴァイクはみずからの作品を創作する上での一つのヒントを得たものと思われる（なお参考のために言っておくと、ゲーテの大作『ファウスト』〈池内紀訳、集英社、二〇〇四年〉の中にも、このテルジテスがやはり悪役としてちらりと登場する）。

さらにツヴァイクは『イリアス』を読み進める。ホメロスの描くストーリーは、ギリシア軍のトロイア総攻撃のあと次のような推移をたどる。〔――総大将アガメムノンに対するアキレウスの憤怒は容易にはおさまらない。この憤怒はどこから来るのか。アポロンの神官クリュセスの娘はアガメムノンの捕われの女になっていた。それを取り戻すため、クリュセスは莫大な身代金を持参してアガメムノンのところにやってくる。その娘の解放をめぐってアガメムノンとアキレウスは対立し、挙げ句のはてにアガメムノンは権柄ずくで――つまり神官の娘を解放する代わりに――アキレウスからその愛妾ブリセイスを奪ってしまう。アキレウスの怒りとは、この出来事に起因していた。さて戦場ではギリシア軍の攻勢に対して、当然トロイア軍も応戦する。プリアムスの王子である大将ヘクトルはギリシア軍を水際まで追い詰め、その船団に火を放つところまで押し戻す。それでもアキレウスの怒りは解けず、アガメムノンが陳謝しても、あるいは長老や同僚が説得しても、それを受け入れることはない。そこへ親友パトロクロスがヘクトルに討たれたとの悲報が届く。ついにアキレウスは立ちあがり、狂気のようにヘクトルを追い求める。そしてトロイア城の壁ぎわで一騎討ちを演じ、ついにはこの敵方の勇士ヘクトルに止《とど》めを刺す――〕。

ホメロスの叙事詩『イリアス』はここで終わっているが、実はトロイア戦争をめぐっての出来事はこれだけでは終わらない。トロイア戦争といえば、機略縦横のオデュッセウスが仕掛けた「トロイの木馬」のエピソードを連想する読者が多いと思われるが、このエピソードは『イリアス』には含まれていない。また人口に膾炙することの多いアマゾン（またはアマゾネス）と呼ばれる女人族、その王国の女王ペンテシレイアが登場するエピソードも『イリアス』には含まれていない。ちなみに、アマゾン（Amazon）というのは、欠性辞の a- と、胸を表す mazos というギリシア文字からできており ――胸のないという意味――、女人族が弓を引きやすくするために右の乳房を除去したことから起こった名称である。南米の大河アマゾンの名は、このような女人族がその地にいると考えられたことに由来する。そもそもトロイア伝説というのは全体で八編から成る長い物語であって、そのうちの二編がホメロスの『イリアス』と『オデュッセイア』であるとされている。したがって「トロイの木馬」や「女王ペンテシレイア」の話は、作者の違っている残りの六編の中に載っているということになる。

では『イリアス』が語っていないその後のトロイア戦争のゆくえはどうなるのか、正統なるギリシア神話が伝えるその顛末は、次のような話になっている。そして、そこでもう一度あのテルジテスが登場する。（――アキレウスの活躍もあって、ついにトロイア城は陥落寸前となる。このときトロイア側に加勢したのが、小アジアのポントス地方からやってきた女人族の首長ペンテシレイアである。彼女は十二名の女戦士を率いてプリアモスのもとにやってきたが、その勇猛さもさることながら、はっとするような美貌の持ち主でもある。巧みな槍さばきでペンテシレイアは、次々にギリシア軍兵士を打ち倒し、一時はトロイア側が優勢となるかに見えたが、ついにはアキレウスとの一騎討ちによって落命してしまう。討ち取った敵将ペンテシレイアの兜を剥いでその顔を覗いたとき、アキレウスがそこに見たのは、星々を圧して夜空に輝く月のような抜群の美しさであった。アキレウスは深く後悔する。殺さずともよかったのではないか、捕虜として故郷に連れ帰り自分の妻としてもよかったと……。その様子をはたで見ていたテルジテス、彼はアキレウスのあまりに潔くない姿を見て、死んだ女の美しさに恋いこがれるとは、なんと柔弱な好色漢なのだと嘲笑する。そしていっかな悪態をつくことをやめない。それがため怒り心頭に発したアキレウスは、テルジテスを殴り殺してしまう――」(グスターフ・シュヴァープ『ギリシア・ローマ神話Ⅱ』二〇六~二一四頁、角信雄訳、白水社、一九六六年)。これがトロイア戦争でのテルジテスにまつわる神話上の話である。このように見てくれば、ツヴァイクが構想したプロットのおよその枠組みがはっきりしてくるだろう。要するに『イリアス』が大樹の幹だとすれば、その幹に今しがた見たアキレウスによるテルジテス殴殺という話を接ぎ穂して、ツヴァイクはみずからの戯曲をつくり上げようとしたということになる。

こうして一九〇七年に書き上げた詩劇がツヴァイクの『テルジテス』である。ときに二十六歳、この作品はリヒャルト・フリーデンタール編集の『*Stefan Zweig—Die Dramen*』(S. Fischer Verlag, 1964)という本の中に収録されている。先にギリシアの古典叙事詩の音律は、一つの長音節と二つの短音節からなるダクテュロスと呼ばれる脚を六回繰り返す形式となっていると述べたが、ツヴァイクの戯曲ではダクテュロスではなく「無韻五脚詩」という形式に変更されているとのことである(前掲H・ミュラーによる)。

この無韻五脚詩とはどのようなものか、私にははっきりとはわからないが（ドイツ語詩でいう強音をもつ音節ヤンブス〈Jambus；詩脚〉が五つあるということだろうか）、実際の文章を『テルジテス』の冒頭部分からわずかばかりここに引いておく。会話はすべて以下のような詩の形式からなっている。

NESTOR zu Odysseus
Galub mir, der vieler Dinge Wandel sah
Und oft im Niederschwung des Glückes Schale:
In andern Welten wirken sich die Lose
Als in der Männer Schlacht. All unser Tun
Ist nur ein Schatten ewiger Geschicke,
Und Widerstand verwehrt nicht das Verhängte.

ネストル〔オデュッセウスに向かって〕
わしの見立てでは、情勢がだいぶ変化してきて、
どうやら我がほうの運も尽きかけてきているようだな。
人間同士が戦っているのとは別の、
もう一つの世界で運命は回っているようじゃ。

すべては永遠のめぐり合わせの影にすぎないとすれば、
定められているものに抵抗などできるはずもない。
（前掲フリーデンタール編『戯曲』より一三頁、拙訳）

では『イリアス』ならびにギリシア神話の原典とツヴァイクの作品とを比べたとき、そこにどのような違いが見られるのだろうか、ドラマの状況設定として異なっているのは、大きくいって次の三点ということになろう。まず一つは、ツヴァイクは原典に登場するさまざまな人物のうちテルジテス、アキレウス、ペンテシレイア（ツヴァイクの作品ではテレイア）の三者に着目し、そのトライアングルの関係を基本軸として話を進めているということである。したがって、登場人物が数百人にも及ぶホメロスの大叙事詩は、ツヴァイクの作品においては、あたかも室内劇のような十数名だけが登場するコンパクトな構成になっている。

そして二つ目は、原典にはテルジテスが武将なのか兵卒なのか明記されておらず、ともかく低い身分にあったことだけが暗示されているが、それがツヴァイク作品ではアキレウスと同格のギリシア軍の武将に昇格している。これは、この両者を同格の身分とすることで、ある特定の行為に対してどのような責任を負うのか、それを明らかにしようとする対比的な効果を狙ったものと思われる。こうした操作によって、原典ではアキレウスの英雄物語を側面から補強する役割しかなかった人物テルジテスは、単なるエピソード上の〝小さな脇役〟から〝大きな主役〟へと変貌している。

さらに三点目の特徴として、その美貌ゆえにアキレウスが恋い焦がれた女人族の女王ペンテシレイアの位置づけが挙げられる。神話上ではペンテシレイアはトロイア陥落時にアキレウスに討たれることになっているが、ツヴァイクの作品ではその名をテレイアと変えているだけでなく、トロイア陥落前にギリシア側の捕虜となっている。つまり原典ではその美貌ゆえに「死んだ女」を悔やむアキレウスであったが、ツヴァイク作品ではその美貌ゆえに「生きている女」にアキレウスは欲情するという具合に変化している。このような「生きている女」に対して欲情するという振る舞いは『ギリシア神話』の中ではしばしば見られるモチーフであって、例えば、あの怪力ヘラクレスも美女に手を出したため、妻の嫉妬を買ってあえない最期を遂げてしまう。ツヴァイクは、こうした神話にしばしば登場する「情欲にかられた英雄」というモチーフを、アキレウスの物語にうまく取り込んで、それをテルジテスとの確執という形でまとめ上げたのである。

ツヴァイクの見方では、アキレウスは、出自や位階において最初から恵まれた環境に置かれており、富や名誉を追求するあまりその精神は硬直化している。それに対してテルジテスは、最初から失うものは何もなく、罵倒や打擲を加えられても何ら動ずるところはない。この両者が対立したときはたして真の意味で勝利するのはどちらなのか、ホメロスの『イリアス』においてはアキレウスは英雄としてのみ描かれているが、それは単なる物質的・肉体的な勝利にすぎないのではないか、ツヴァイクが提起しているのはそうした問題である。ここにツヴァイクの生涯を通じての一大テーマであるところの、敗者の中にこそ精神的な勝利は存在するという哲学がはっきり現れている。後年の作品においても――例えばこの十年後に発表された意欲作『イェレミアス』――、こうした「敗者の美学」がドラマツルギーとして通底しているように見受けられる。

なお付け足しとして一言するなら、十九世紀初頭に健筆をふるったドイツの作家ハインリヒ・フォン・クライストに『ペンテジレーア』(一八〇八年)という戯曲があって、ツヴァイクは、この作品から触発を受けて『テルジテス』を執筆したのではないかという推測も可能であろう(ペンテジレーアとは、もちろん既出のペンテシレイアのドイツ語ふうの言い方)。というのは、ツヴァイクが伝記的エッセイ『デーモンとの闘争』(『ツヴァイク全集9』所収、一九二五年)の中で取り上げているのがヘルダーリン、クライスト、ニーチェであり、そこでツヴァイクは、同じドイツ語圏の先輩作家クライストの人物像と作品とをかなり詳しく分析しているからである。はっきりとした確証はないけれども、だいぶ早い時期からツヴァイクはクライストに注目しており、この作家の中にかなり同形の資質を見いだしていたと思わせる節も少なくないし、またツヴァイクはクライスト論の中で、繰り返し『ペンテジレーア』の中から警句めいた文章を引用している。したがってツヴァイクは、先行するこの作品にヒントを得て、みずからもそれに関連する戯曲を書こうとしたのではないかとも考えたくなるわけであるが、さてその当否はいかにということになる。それを判定するには、このクライストの代表作がどのような内容となっているかについて少し立ち入って見ておく必要がありそうである。端的にいって、この作品はペンテジレーアとアキレウスをめぐる恋愛物語である。しかも、サディズムめいた色合いも持ちつつ、かなり意表をつく結末をもった物語となっており、その点で原典のギリシア神話からは大きく逸脱している。

〔――アマゾン族の社会は女子だけで構成されているから、子孫を残すための道具として定期的に〝男狩り〟をしなければならないが、そのために女王ペンテジレーアが目をつけたのは、勇名轟くギリシア武将アキレウスであった。しかし彼に対するペンテジレーアの気持ちはいつしか恋慕の情へと変じる。こうした考えのもとで彼女はアキレウスとの一騎討ちに臨むが、彼女のこのときの気持ちは次のようなものであった。「戦場でわたしが戦いながらも、彼（注／アキレウス）の愛情を求めずにはいられないという事は、わたしの罪であろうか？　彼に向ってわたしが剣を抜きはなった時に、一体、わたしは何を求めていると思うのか？　わたしは彼を幽界（オルクス）に投げ落そうと思っているのか？　わたしは彼をば、永久の神々も照覧あれ、ただただこの胸の上にひき下そうと思っているのだ！」（九七頁、吹田順助訳、岩波書店、一九四一年――旧字体を一部改変）。一方、アキレウス自身もこの女王の美貌にすっかり引かれてしまう。さてここから運命のいたずらが始まる。何としてもアキレウスを女人国の都テミスキーラへ連れて行こうとする女王ペンテジレーア、同僚の武将たちへの手前もあってそれにすんなりと応じられない勇士アキレウス……戦いは一応の両者の痛み分けとなる。そこでアキレウスは、わざと相手方の捕虜となるつもりで、もう一度戦場に出かける。しかしながら、軍神アレスの息女たる怒り心頭に発したペンテジレーアは、もはやデーモンの〝とりこ〟になっており、丸腰に近い形でやってきたアキレウスをやすやすと射止め、その肉体をずたずたに噛みちぎってしまう。やがてアキレウスの真意を悟ったペンテジレーアは、みずからの命を絶ってしまう――〕。

このように、クライストの戯曲は、ペンテジレーアとアキレウスのすれちがいの愛情物語がメインストーリーとなっている。そして、ここが肝心な点であるが、ツヴァイクの作品において主要登場人物であった例のテルジテスはここにはまったく登場しない。この特異な容貌をもった人物がツヴァイクの作品に登場したのは、英雄アキレウスの情欲を非難するためであったが、愛情物語をメインストーリーと設定したクライストの戯曲においては、もはやそのような役割を負った人物が登場する必要はないというわけである。したがって、ツヴァイクとクライストとの作品を比べたとき、前者においてはアキレウスは傲慢な勝利者として読者に示されるのに対して、後者においては誠実な愛の殉教者とでもいうべき存在として我々の前に登場する。このように、その両者の読後感にはかなり異質のものがある。やはり、両者の狙い目は別々のところにあると見たほうがよさそうである。

また、戯曲の素材の取り上げ方についても、ただちに両者の類似性を言挙げするのは軽率のそしりを免れないかもしれない。作品の素材として同じ人物を使ったからといって、性急にその影響関係を云々と論じるのはやめた方がよいかもしれない。そもそも旧約・新約聖書やギリシア・ローマ神話といった古典に題材を得る手法がヨーロッパ芸術において決して珍しいものではないことは明らかである。例えば、火を盗んだために主神ゼウスの怒りを買い、コーカサスの山に鎖で縛られたプロメテウスにまつわる神話上の挿話は、幾人もの芸術家が取り上げている。古くは紀元前五世紀に都市国家アテネの劇詩人アイスキュロスが、これをもとに『縛られたプロメテウス』を書いているし、新しくは十九世紀初頭のイギリスの作家・詩人シェリーが抒情的な長詩『プロメテウスの解縛』を書いている。また音楽の分野ではベートーヴェンが一八〇一年にバレー音楽『プロメテウスの創造物』を書いているし、彫刻の分野では三世紀末のローマ帝国下で『プロメテウスの石棺』という墓碑の浮彫りがつくられている。こうした例に見られるごとく、ヨーロッパの芸術作品において、神話や伝説のたぐいを題材とした作品は、文学のみならず美術・音楽・演劇のジャンルにおいて枚挙にいとまがないほど数多く見られる。そうしたパースペクティブの中にツヴァイクの『テルジテス』を置いてみると、それがクライストの『ペンテジレーア』に触発されて書かれたと断ずるのは、やや早計にすぎるといわなければならないだろう。むしろ『テルジテス』を執筆する中でアキレウスやペンテジレーアに関心をもったツヴァイクが、それを題材にして作品を書いている作家クライストその人に興味をもつに至ったと考えるほうが、時系列的にも順当な理解であると思われる。

＊

ところで戯曲『テルジテス』の作品としての出来ばえはどうだったのだろうか。実はツヴァイク自身があまり自信作とは考えていなかったようである。ごく一部の知識人（精神分析家ジグムント・フロイトや作家フランツ・テオドール・チョコーアなど）を除いて、多くの批評家は大した評価を与えなかったし、著者自身が自伝の中でも本作についてほんのわずかしか触れておらず、何よりも後年この作品に彼は再版許可を下ろすことはなかった。とはいっても、戯曲というのは劇場での公演を想定してつくられる作品であるし、またツヴァイク本人が卑下するほど中身がスカスカであったわけではない。これがインゼル書店から単行本として世に出たとき、早速ツヴァイクのもとには劇場側からの公演依頼が寄せられた。一九〇七年の冬、ツヴァイクが受け取った手紙の差出人の欄には「ベルリン王立劇場」と刻字され、その書面にはルートヴィヒ・バルナイなる王立劇場の舞台監督が直々に書いた「この作品をぜひとも上演したい」旨の文章が綴られていた。ツヴァイクは、天にも昇る気持ちであった。まだ若い駆け出しの自分の作品が、ドイツ帝国首都の著名な劇場の舞台にのることに大変な喜びを感じて、一も二もなく許諾の返事を出す。その舞台監督によれば『テルジテス』のアキレウスこそ、当時ドイツで最も著名な俳優の一人アーダルベルト・マトコフスキーにふさわしい役で、彼のためにずっと探していた役だと言うのであった。マトコフスキーは、根源的な激情の表現にかけては他の追随を許さない俳優であって、もう一人の代表的俳優ヨーゼフ・カインツと並んで、ドイツ演劇界の中では傑出した存在であった。舞台稽古は順調に進み、ツヴァイクは初演の日時に合わせて、既にベルリン行きの寝台車の座席を予約していた。ところが好事魔多しとはこのことか、そこに一通の電報を舞い込む。電報にはマトコフスキーが突然の病気にかかり、初演は延期せざるを得ないとあった。そして一週間後この偉大な俳優は四十二歳の若さで亡くなってしまったのである。こうして一九〇八年三月ベルリンの王立劇場での初演が予定されていたツヴァイクの最初の戯曲『テルジテス』は流れてしまった。

実はツヴァイクの戯曲の公演については、この『テルジテス』の場合も含めて不運の連続というか、何か不気味な幽霊話めいたものがまとわりついている。彼自身は「神秘的な魔力にとりつかれた」という表現をしているが、公演は何度となく正常な姿が歪められ、変更や中止を余儀なくされている。二つ目の悲運は、つい先にも名前が出てきたもう一人の名優ヨーゼフ・カインツに関係する話である。マトコフスキーの突然の死を知って、カインツはアキレウスではなくテルジテスを自分が演じたいとツヴァイクに申し出たのである。この俳優は、マトコフスキーとはまた違ったタイプで、ツヴァイクの表現を引けば「精神的な優雅、台詞技術の卓越さ、震えるような言葉、金属的な言葉の名人技」（自伝二五一頁）で芸術的に人を引きつける力を持っており、そして高度の話芸を持っている俳優であった。しかしこの話に舞台監督シュレンターは乗り気にはならず、結局カインツの申し出は実現しない。立腹したカインツは、それに代わる自分用の何か一幕物の新作を執筆してくれるよう、ツヴァイクに頼む。そういう経緯で生まれたのが一幕物『変貌した喜劇役者；*Der verwandelte Komödiant*, 1910』であるが、その初演は、カインツの既定のスケジュールを勘案して一九一二年ウィーンのブルク劇場においてと決まった。カインツがドイツ国内の客演旅行から戻ったとき、その止宿先であるウィーン市内の高級ホテル（トルテ菓子で有名となったあのザッハ・ホテル）へとツヴァイクは向かった。脚本の相談のためである。その彼がホテルの玄関番に「宮廷俳優カインツ氏にさし上げてください」と名刺を渡したところ、玄関番は驚いてこう言った。「ああ先生、一体まだご存じないのですか。あの方は今朝早く療養所に運ばれてゆきました」と。カインツはガンにかかっていた。それからほどなくして、この名優は五十二歳にしてその体を柩の中に収められることになったのである。

これだけでは終わらない。三つ目の悲運は、ウィーンのブルク劇場の新監督アルフレート・ベルガーである。ベルガーは一九一二年、ツヴァイクの悲劇『海辺の家；*Das Haus am Meer*, 1912』の演出を引き受けた。この作品は舞台がアメリカ独立戦争で、兵隊の譲渡をめぐってそれを弾劾するという内容である。劇的で効果の大きい構成と、いくつかのメロドラマ風の場面とによって、観客の興味を引くはずのものだったが、またまた奇妙なことが起こる。ベルガーは初演に立ち会うことはできなかった。リハーサル開始の十四日前に彼は予期せずに死んでしまったのである。二度あることは三度ある、三番目の運命の衝撃は、ツヴァイクの迷信深い恐怖をさらに強めたのであった。実はまだその続きがあるが、それはベルガーの出来事から二十三年後の一九三五年のことである。しかし、これ以上述べるとくどくなる恐れがあるので、ここでは触れないでおく。

2　インゼル書店との蜜月

さて前節の冒頭で触れたように、ツヴァイクが見つけたもう一つの「家」とは、作家の活動にとって必要欠くべからざる組織体、すなわち出版社であった。どんなにすばらしい著作であっても、それが手書き原稿の状態にとどまっている限り、それ自体で価値を生み出すことはない。書籍という形になって初めて作家はその存在を世に知らしめることができるし、また労働の対価としての稿料や印税を得ることができるとしたもので、精神的な価値としての名誉、および物質的な価値としての印税、ここに存するというわけである。その意味で、信頼おくあたわざる出版社というのは単なる商売仲間というよりも、それを超えた精神的な拠りどころ、いわば作家にとっての第二の家であるといっても過言ではない。二十世紀初頭のドイツの社会学者フェルディナント・テンニエスは、人間の織りなす社会集団のありようをゲゼルシャフト（経済合理的な利益社会）とゲマインシャフト（紐帯的な共同社会）の二つに分類したが、この今日すっかり有名になった定式を借りれば、著述をなす者にとって版元はゲゼルシャフトとして以上にゲマインシャフトとして意識されるはずである。

その際に、作家はその生産物である作品をただ本になりさえすれば、どこの出版社からでもいいということにはならないのが普通であって、長い間にはおのずと編集者との呼吸、装丁造本の考え方、想定される読者層、宣伝の方法など、総じていえば編集理念に合ったところが決まってくるものである。Aという作家はB社と、またCという作家はD社と専属的な出版契約を結ぶ。それは、向こう何カ年という形で期間を限定する場合もあろうし、また向後の単行本を何冊という形で刊行点数を限定する場合もあろう。ともかくこのような形で一定の期間にわたって作家と版元との間にゲマインシャフト的な関係、いやもっと正確にいうとゲノッセンシャフト(同志的な共同体)といったほうがいいかもしれないが、そうしたものが生まれる。近代から現代へと時代が進み、社会の構造が複雑化するに伴って、作家の創造行為を書籍という商品に置き換える形で、作家本人の社会的活動を側面から支える出版社の役割は、いよいよ増大していく。ツヴァイクは一九〇六年に詩集『若き花冠』を、そして一九〇七年に戯曲『テルジテス』を刊行したが、それはいずれも同じ出版社であった。そして、それ以降もかなり長期にわたってそこから本を出し続けた。彼が専属作家であり続けた出版社、それが中部ドイツの出版都市ライプチヒにあるインゼル書店である。

では、このインゼル書店はどのような経緯で設立され、どのような出版理念をもちつつ、当時のドイツ出版界においてどのような位置を占めていたのか、それについてざっと見ておくことにしたい。一八九九年、ブレーメン出身の若手詩人アルフレート・ハイメルなる人物は、芸術と文学に対する内なる強い愛情につき動かされ、月刊雑誌を創刊することを思い立った。これには、たまたま彼個人が親の財産を当て込むことができるという見通しもあったし、また彼の従弟で当時新進の室内装飾家であったルドルフ・シュレーダー、そして博識多才で着想に富んだ作家オットー・ビーアバウムからの協力が得られたという事情もあった。この文学・芸術雑誌がドイツ語で「島」を意味するインゼル（Insel）と命名されたのは、広範な読者は獲得できそうもなく、当初は孤立が予想されるところから、島にこもって名誉ある孤立を守ることに発しているのだという。その経営方針として、いかに収益が見込まれても娯楽物には手を出さず、芸術的に優れたものだけを厳選して刊行することを掲げていたというから、なるほど命名の由来もそこにあったのかと首肯されるところである。うぬ「島にこもって名誉ある孤立を守る」とはどこかで聞いたようなフレーズではないか、「砦にこもって名誉ある孤立を守る」……、何やら「連帯を求めて孤立を恐れず」という、我が国における学園紛争の世代をふるいたたせた例のスローガンを沸々と想起させる文句ではある。それはともかく、優れた文学・美術を志向した、当時としてはまったくユニークな雑誌『インゼル』の第一号が刊行されたのが一八九九年十月、その三年後の一九〇二年、この雑誌を母体として同名の出版社インゼル書店がライプチヒに設立された。ちなみに既に十八世紀の後半、伝統と格式のある大学や教会（J・S・バッハが楽長やオルガン奏者として在籍したことで知られる聖トーマス教会）を有するこのライプチヒには二十三の書籍出版販売社と十二の印刷所があったというから、ベルリンやフランクフルトなどと並んで、まさに出版都市の名に恥じない内容を備えていたということになろう。この中には、今日なお楽譜出版で有名なブライトコップ社や美装の印刷技術で知られるドゥルグリーン印刷所などが含まれる。また一八二五年発足のドイツ書籍商同業組合の本部が置かれたのもこの町であった。

同社の社標は、インゼル（＝島）に因んで二本マストの帆船を意匠化したものであるが、ペーター・ベーレンスという図案家が当時デザインしたこのマークは現在でも使われている（ただし現在インゼル社は独立系の企業ではなく、他の大手出版社の傘下に入っている）。その経営方針は、先ほど雑誌のところで述べたものと同じで、ツヴァイクが自伝に書いている文章を引けば「物質的利益への顧慮をせず、いな相続く損失を見越してさえ、売行きではなく、作品の内面的態度を、刊行の基準として決定的なものと見なす」（自伝二四七頁）ということになる。また編集方針の大きな特徴として挙げられるのは、誤字・誤植のない正確な印字、丁寧かつ豪華な装幀、および一冊ごとに個性味のある造本を心掛けたという点であろう。

これに関してある専門書はこう書いている。「この出版社は、教養ある進歩的市民層を対象に、とりわけ〝洗練された〟外装の造本、とくにインディア・ペーパー（注／辞書・聖書などの印刷に用いる丈夫で薄い西洋紙）印刷による巨匠の作品集を刊行することにより成功したのである。この出版社はまた、たとえばピエール・ボナール、あるいはジェームズ・エンソルのような近代画家の原版印刷による最初の画集を世に送り出した。この新しい芸術の世界の仲介者となったのは会社重役の息子、ユリウス・マイアー・グレーフェであった。彼はすでに第一回のインゼル叢書の中で『近代美学論集』なる一書を著していた」（E・ヨーハン／J・ユンカー『ドイツ文化史』六九頁、三輪晴啓・今村普一郎訳、サイマル出版会、一九七五年)。こうした洗練された本造りの伝統は、現在でも継承されているようである。現在、頒布中のインゼル叢書の目録(二〇〇七/二〇〇八年版)を手にとってみても、そこに「インゼル叢書は一九一二年に創刊され……以来、今日まで絶えることなく続いている。この叢書は通例では毎年十二冊の新刊が出ており、とうの昔から確固とした手引きとなっており、読者子や書籍蒐集家から高い評価を得ている。……造本についてこれまで格別の配慮を払ってきたし、その方針は今後も変わらない。すべての本が活字的に美しく調節され、イラストと色刷りをふんだんに盛り込み、耐劣化上質紙の上に印刷された上で、糸で綴じ合わされ装飾的なカバーで装丁されている」(Insel-Bücherei—Verzeichnis der lieferbaren Bände 2007/2008, 拙訳)といった同様の言葉が並べられている。

以下、インゼル書店のそれ以後の出版活動についてざっと見ていく。同社がアルフレート・ハイメルをはじめとする三人の芸術家によって設立されたことは既に述べたとおりであるが、その経営の実務に当たったのはルドルフ・ペレニッツおよびアントン・キッペンベルクという人物であった。そして一九〇六年以降、後者のキッペンベルクのみが経営管理を担当することになったが(ただし夫人のカテリーナ・キッペンベルクも経営参加)、この人物こそがインゼル書店をドイツを代表する著名出版社に育て上げた功労者ということになる。社主キッペンベルクは、単に実業人として目端が利いただけではなく、大学で世界文学を講じるという学識もあり、さらにゲーテの筆蹟蒐集の大家としても知られていた。彼は一九〇九年、六巻本のゲーテ選集を企画したが(普及版ゲーテ選集)、その読みやすさと手頃な値段のゆえ、この版は広く大衆に浸透するところとなった。これを手始めとしてゲーテの詩集、シラーの書簡集、ヘルダーリンの詩集、クライストの戯曲などが同社から陸続と刊行された。さらに注目されるのは一九一二年、小型で人目を引きつける造本の「インゼル叢書：Insel-Bücherei」を創刊したことである。今日に至るまで同社のうちで最も広く知られたシリーズとなっているこの叢書の第一巻は、本稿の第四章（第三節）において言及したようにライナー・マリア・リルケの作品『旗手クリストフ・リルケの愛と死の歌』であった。これをきっかけにして、それまでにリルケが書いた作品のすべての版権をインゼル書店は獲得することに成功した。また、同社から作品を刊行した同時代の作家としてカロッサやホフマンスタールの名前を挙げることができる。

ツヴァイクとキッペンベルクとは、単に作家と編集者（経営者）という実務的な関係だけでなく、個人的にも深い友情で結ばれていた。その親密な関係は、両者の間で交わされた往復書簡の中で跡づけることができる。例えば一九二五年四月十五日付けのツヴァイクに宛てたキッペンベルクの手紙の文面はこうなっている。「ツヴァイク博士！　復活祭当日あなたの手紙を受け取り、エジプトから帰国したばかりの私は大変にうれしく思いました。旅行はとても素晴らしいもので、そのいくつかの感慨をあなたに伝えようとする誘惑に打ち勝つのは容易ではありません。しかし、まもなくライプチヒで、ロマン・ロランを伴ったあなたと会おうと思っているので、そこでお話しします。さて、あなたはゲーテの珍品を私に送ってくれましたが、それに代わる堂々たる交換物があります。対価としてはつましいものですが、それを今日あなた宛てに送ります。今ではほとんど入手不可能になったWitiko の初版で、それを見れば愛書家のあなたの胸は高鳴るでしょう。……追伸。たった今シュトラウベからヘンデル祝祭のスケジュールの通知を受け取りました。文面は以下のとおりです。〔中略〕食卓の用意をしておきます。あなたがロマン・ロランと一緒に来て、私のところに腰掛けるものと確信しています。シュレーダーがやって来るし、ホフマンスタールもおそらくやって来ます。あなたをお待ちしてよいかどうか、当日の宿の手配や拙宅での食事の準備もありますから、できるだけ早く知らせてください」（前掲ハンス・アーレンス『Der grosse Europäer STEFAN ZWEIG』シュテファン・ツヴァイク宛てキッペンベルクの手紙）。キッペンベルクが学識のある趣味人であることは既に述べたが、そうした同形かつ対等の文化人としてツヴァイクはキッペンベルクに接していたのであり、両者の折々の対話の中からさまざまな出版企画が生み出されていったこともあったらしい。今ここに取り上げたインゼル叢書が生まれた背景として、ツヴァイクは誇らしげに自伝にこう書いている。「幾百万の部数によって、この始めは『象牙の塔』であった出版社のまわりにいわば強大な世界都市を建設し、『インゼル』をドイツの最も代表的出版社たらしめたインゼル叢書は、このようにして私の提案で成立したものである」（自伝二四九頁）と。第一次大戦が終了した一九二〇年代になると、ドイツ全体が激しいインフレーションに見舞われ、出版界もそれまでにないような厳しい時代を迎えた。むろんインゼル書店もその例に漏れず、読者の購買力の低下に苦しんだが、その中でキッペンベルクが採った戦略は、従来のラインアップの枠から飛び出すことであった。こうして企画されたのが新たな選集（神秘主義の作品を含む）の刊行、そして新たな雑誌の創刊であり、また外国文学に照準を当てた「世界文学集：Bibliotheca Mundi」の刊行であった。この陣容にはドストエフスキー、トルストイ、シェイクスピア、エミール・ゾラ、ヴァージニア・ウルフ、ウィリアム・B・イェーツ、ポール・ヴァレリーなどが並んでいる。実はこの企画についても、キッペンベルクに対するツヴァイクの提案が少なからず影響している。

そこで話はツヴァイク自身の著作についてであるが、既述のように彼は一九〇六年二十五歳のとき、この発足まもないインゼル書店から詩集『若い花冠』を刊行した。そして以後ほぼ三十年間、この出版社の専属作家としてその執筆活動を展開した。一九一〇年『個別研究・エミール・ヴェルハーレン』、翌年の短編小説集『最初の体験』を手始めに、それ以降の主要な作品はほぼすべてインゼル書店から刊行している。以下箇条書きふうに列記すると、一九一七年『イェレミアス』、一九二〇年『三人の巨匠』、一九二二年『レゲンデ・永遠の兄弟の眼』、一九二五年『デーモンとの闘争』、一九二七年『人類の星の時間・初版』、一九二九年『ジョゼフ・フーシェ』、一九三一年『精神による治療』、一九三二年『マリー・アントワネット』となる。かくのごとく社主キッペンベルクの恪勤に負うところははなはだ多い。ちなみに、それ以前はどうかというと詩集『銀の絃』はベルリンのシュスター&レフラー社から、小説『エリカ・エーヴァルトの恋』が同じくベルリンのエゴン・フライシェル社から、さらに評論『バルザック――その世界像』がシュツットガルトのロベルト・ルッツ社から出ているが、これらの版元はいずれも、どちらかというとパブリシティの小さい出版社ということになろう。版元が一定しないというのは習作時代によく見られる現象であって、一般的なパターンとして文名が確立するまでの間そうした試行錯誤が続くのが常である。しかるに一九一〇年頃を境として、ツヴァイクの作品は前記のように、ほぼ判で押したようにインゼル書店から刊行されている。そういうわけで二十六歳から四十二歳まで、つまり作家として世に出て脂の乗った時期を迎えるまで、インゼル書店というゲノッセンシャフト的な「家」に住み続けたことができたのは、よき出版人のもとでの良心的な編集理念に共鳴したこともあって、ツヴァイクの最も欣快とするところであったろうと想像される。

このようなツヴァイクの事例を見る限り、著作者が専属出版社を見つけるのは、そう難しいことではないように思えるが、多くの著作者がこのような幸福な出会いを果しているわけではなく、実はツヴァイクの場合は上首尾に属するレアケースといってよいのかもしれない。専属先を見つけるまでに何度も出版社を代えているケースは、ドイツ文学史の上で決して珍しいことではない。例えば十八世紀末以降の古典主義の巨匠ヨハン・ヴォルフガンク・フォン・ゲーテである。彼はその専属出版社を見つけるまでに、なんと六回も版元を代えている。もちろん、これにはゲーテ時代のドイツ出版界が抱えていた特別の事情（版権の帰属の曖昧さおよび海賊版の横行など）、あるいはゲーテ個人の性癖（高額の原稿料の要求および出版人に対する蔑視ないし不信感など）といった彼にまつわる特有の条件も考えなければならないが、それにしても六回とは半端な数ではない。そうしてみると、ゲーテは出版社を何度も代えた、あるいは代えざるを得なかった作家の代表格といったところだろう。

一七七四年ゲーテが初めての大当たりをとった小説『若きヴェルテルの悩み』が出版されたのはライプチヒのヴァイカント社からであった。ときにゲーテ二十五歳、この小説がドイツのみならずヨーロッパにおいて圧倒的な反響を呼び、主人公ヴェルテルに倣って自殺する読者が続出するなど、異常な熱気をおびた社会現象を引き起こしたことは今や語り種になっているが、ゲーテが翌年ヴァイマール公国のカール・アウグスト大公の招聘に応じて同地に赴いたことから（政務が忙しくなったこと、また自然科学への興味が増したことという事情もある）、このヴァイカント社との関係は自然消滅的に切れてしまう。そして次作の戯曲『シュテラ』を上梓したのはベルリンの版元ミュリウス社であったが、それを経てゲーテは、ゲオルク・ヨアヒム・ゲッシェンという人物がライプチヒに創設した新参のゲッシェン社と一七八六年に出版契約を結ぶ。全八巻の『ゲーテ著作集』を刊行するという契約は、この三番目の会社と結ばれた。この著作集のうち既刊の作品をおさめる一巻から四巻までは順調に刊行されたが、新たに書き起こす五巻以降は苦戦の連続となった。おまけに一七八六年からゲーテは二年間にも及ぶイタリア旅行に出発してしまったので、この企画はそれ以降遅々として進まないという状態が続いた。印刷や装丁に気に食わないことが多々あり、結局ゲーテはみずからの版元をゲッシェン社から別の会社に乗り換えてしまう。これが四番目のベルリンのウンガー社である。若き創設者ヨハン・フリードリヒ・ウンガー（三十五歳）はプロの印刷業者・出版業者・活字デザイナーとしてそれなりの名声があった人物であり、ゲーテは一七九四年みずからの自信作『ヴィルヘルム・マイスターの修業時代』の出版契約をこの出版社と結ぶ。しかしここでも造本についての完璧さを求めるゲーテと、経済収益性をも追求さざるを得ないウンガーとの間で増刷をめぐってのトラブル（契約違反の二重印刷）などが発生する。

そこで、またしてもゲーテは版元をベルリンのフィークヴェーク社に変更する。一七九七年、名作の誉れ高い叙事詩ふうの物語『ヘルマンとドロテーア』が刊行されたのはこの出版社である。このような変遷を経て、声望ゆるぎない大作家ゲーテが最終的に落ち着いたのは、チュービンゲンのコッタ社という版元であった。ヨハン・フリードリヒ・コッタなる人物が、父祖以来の小さな書店を引き継いだのは一七八七年のことであったが、このフリードリヒ・コッタのもとで同社は出版業者としての力量を蓄え、ヨハン・フリードリヒ・シラー（あの疾風怒濤の時代をゲーテとともに創出したシラーだ！）の社外協力者としての奮闘もあって、当時の最大のドイツ語作家ゲーテの獲得に成功するのである。そして一八〇六年コッタ社から『ゲーテ全集』が刊行されるに及んで、ゲーテはこの会社の専属作家となり、それ以降の『詩と真実』『ヴィルヘルム・マイスターの遍歴時代』『西東詩集』『ファウスト』といった作品をすべてこのコッタ社から刊行している。なお同社は一八一〇年に本社をシュトゥットガルトに移している（この項の記述については、もっぱらジークフリート・ウンゼルト『ゲーテと出版社――一つの書籍出版文化史』〈西山力也ほか訳、法政大学出版局、二〇〇五年〉に依った。なおこの著者ジークフリート・ウンゼルトは、長らくズールカンプ社で編集者として技量を磨き、戦後インゼル書店がズールカンプ社に合併されたのを受けて、キッペンベルク亡きあと、そのインゼル書店の社主を努めた人物である）。このようなゲーテの変節ぶりを見ていると、もちろんそれはゲーテという正枢密顧問官という肩書を併せもつ当代の大作家だけに許された〝我が儘〟ということになろうが――したがってゲーテの場合こそ稀有なケースと言わなければならないかもしれないが――、それにしても翻って、この事例をツヴァイクとインゼル書店との関係にスライドして考えてみれば、そこで切り結ばれた著者と版元の関係は、平坦な一本道というか、波風の立たない、そして尊敬と慈愛に満ちた友好的なものだったとつくづく思わざるを得ないのである。

＊

さてこのように見てくると、ツヴァイクが文壇に登場したこの時代、何かインゼル書店だけがドイツ出版界において突出していたかのような印象を与えるかもしれないが、実は十九世紀末から二十世紀初頭にかけてはドイツという国家自体が大きな転換期に差しかかっていて、この時期は社会構造に急激な変化が起こった頃合いに相当している。今日のドイツにおいて大手出版社と呼ばれる企業、あるいは小なりといえども著名とされる出版社がこの時期に続々と誕生しているのは、まさにそうした時代の反映であって、インゼル書店の創業もこうしたトレンドの中での一つの出来事としてとらえるべきであろう。その辺の事情をさらに理解するのに、少し歴史のおさらいをしておいたほうがいいかもしれない。周知のように一八七〇年、プロイセンとフランスとの間に普仏戦争が勃発したが、その戦勝をきっかけとして翌一八七一年一月ドイツ第二帝国が成立した。パリ近郊のヴェルサイユ宮殿で開かれていた講和会議のさなか、プロイセン国王ヴィルヘルム一世がドイツ皇帝の地位に就くことが恭しく宣言された。これによって一八〇六年の神聖ローマ帝国の崩壊以来、約四十もの領邦に分裂していたドイツは一応の国家統一を達成した。まあ神聖ローマ帝国といっても、それが通常の意味での国家とは言いがたいが、ともかくこれを第一帝国と見なすことで、この一八七一年に成立した統一国家をドイツ第二帝国と称している。この出来事は、何といってもドイツ史において英仏並みの近代市民社会の成立を促したエポックメーキングな事象として把握される。大枠としてとらえれば、政治的には強固な君主制原理に、また経済的には農場領主制に依存するという前近代的な遺制を残しながらも、産業化社会へと転換していくその分水嶺となっているといってよかろう。

ただし、ここで留意しなければならないのは、国家統一とはいっても、そこではもう一つのドイツ語圏の大国オーストリアが除外されていることである。もともと統合の仕方については、プロイセン主導による小ドイツ主義の考え方と、オーストリアも含めるという大ドイツ主義の考え方があった。その見方からすれば、一八七一年成立の第二帝国は前者の小ドイツ主義に基づいているということになるが、いまだ大ドイツ主義という見果てぬ夢を捨て切れない一群の人々も存在していた。見果てぬ夢を使嗾するデマゴーグ、そしてそれを受け入れようとする一般大衆……そこにその後のドイツの悲劇、すなわち第三帝国の悪夢が胚胎していたという言い方も成り立つだろう。

おっと、話が少し先走ってしまったかもしれない。ここでの主眼は、長年の悲願を達成したドイツが、それ以降いっきに近代化の道をたどったということであった。重化学工業を中心とする各種産業の興隆、人口の急増およびその都市への流入(労働者階層の急増)、新しい市民文化の勃興などなど、十九世紀の末葉から二十世紀を跨いでの間、ドイツはそのもてるエネルギーを放出して、急速に近代国家=経済大国へと変身していく。例えば一八七一年から一九一三年までの数値を見ると、工業の生産額(具体的には素材産業としての銑鉄の生産)は一七〇万トンから一九三〇万トンへと十一倍も増え、それに対応して労働者の実質賃金も二倍となっている。また人口について見てみると、ドイツの総人口はこの間に四一〇〇万人から七〇〇〇万人へとほぼ倍増、さらに都市への人口流入についても、例えば首都ベルリンの人口は九〇万人から二〇〇万人へとやはり倍に膨れ上がっている(成瀬治ほか著『ドイツ現代史』山川出版社、一九八七年)。

こうした社会的背景のもとにあっては当然、文化芸術の領域においても新しい波が起こってくる。その新しい波とは「古典主義」から「自然主義」「表現主義」への移行といってもよいし、また別の言い方をすればゲーテやシラーに代表される「古き良き富裕市民」の文化から、ゲルハルト・ハウプトマンやトーマス・マンに代表される「新しい中産市民」の文化への移行といってもよいだろう。表現主義とは、現実をありのままに描く自然主義に抗して、二十世紀初頭のドイツで展開された作家の内面的・主観的な感情表現に重点を置いた芸術運動のことを指している。自然主義であれ表現主義であれ、こうした新規のニーズに応えるため一八八〇年以降、新しい出版社が第二帝国治下のドイツ社会に続々と誕生するのである。以下、そのうちのいくつかの出版社について時系列で見ていく。

一八八六年一〇月一日、ハンガリー出身のユダヤ人ザムエル・フィッシャーは、弱冠二十六歳でベルリンに小さな出版社を立ち上げた。それが今日ドイツを代表する総合文芸出版社にまで発展したS・フィッシャー社である(社名は創業者ザムエル・フィッシャーに由来し、現在はフランクフルトに本社を置いている)。同社が飛躍のきっかけをつかんだのは、自然主義の大御所ゲルハルト・ハウプトマンの作品を出版したことに加えて、一八九五年以降トーマス・マンの全作品を世に出すことができたからであった。目端のきいたザムエル・フィッシャーは、時代の潮目が古典主義から自然主義や表現主義へ移っているのを見逃さなかった。若い世代の文化的流れを汲み取るべく新しい雑誌『フライエ・ビューネ(自由舞台)』を創刊し、そこに集まってくる新鮮なエネルギーをうまく自社の商品に転化していくことに成功した。こうしてS・フィッシャー社は、それまでの老舗の出版社を凌駕して、ドイツを代表する文芸出版社へと発展していくのである。ちなみにいうと、老舗の出版社とは、先に名前が出てきた『ゲーテ全集』の版元として知られるシュトゥットガルトの古典派の牙城コッタ社、あるいは一八二八年、アントン・フィリップ・レクラムがライプチヒに創設したレクラム社（一八六七年『レクラム文庫』を創刊した版元として知られ、この文庫は現在なお存続中で、既刊点数は二八〇〇。このレクラム文庫が日本の岩波文庫のモデルになったといわれている）などである。

S・フィッシャー社の専属となった作家を列挙してみると、ゲルハルト・ハウプトマン、トーマス・マン、ヘルマン・ヘッセ、アルトゥール・シュニッツラー、フーゴー・ホフマンスタール、ヤーコプ・ヴァッサーマンなど、そこにはドイツ文学の大物がずらりと並んでいる。まあ専属契約といっても、五年とか六年の期限が設けられていて、永久にその関係が続くわけではないが、紛れもなく現代ドイツを代表する総合文芸出版社である。その証拠らしきものを示すとすれば、一つのメルクマールとしてノーベル賞の受賞者を挙げることができるかもしれない。一九〇一年にノーベル賞が創設されて最初の五十年間に文学部門でノーベル賞を受けたドイツ語圏の著作家は七人いるが、そのうち、作家以外の著述家やスイス人作家を除いた、つまり純粋な形でのドイツ語作家として挙げられるのは四人、そのうち三人までが（G・ハウプトマン、トーマス・マン、ヘルマン・ヘッセ）このS・フィッシャー社と関係ある作家ということになる。なお現在、ドイツにはズールカンプ社という有力出版社があるが、これはS・フィッシャー社の幹部だったペーター・ズールカンプが第二次大戦後に本家本元のS・フィッシャー社から分離独立してできた会社である。

また一八九三年には、ケルン出身のアルベルト・ランゲンは、パリ遊学中にノルウェーの作家クヌート・ハムスンの知遇を得て、もっぱら北欧系作家の作品を出版するため、同地パリに出版社を興した。これがアルベルト・ランゲン社である。同社はのちにミュンヘンに移転し、風刺週刊誌『ジンプリツィシムス』を発行する。この週刊誌はヴィルヘルム二世時代において最も痛烈な風刺を飛ばした媒体として知られているが、若き日のトーマス・マンが文学修業をした雑誌としても知られている。

そして一九〇八年には、エルンスト・ローヴォルトが自分の名前を冠したローヴォルト社をクルト・ヴォルフを協力者に得てライプチヒに設立した。もともとは銀行員になるはずであった二十一歳のローヴォルト青年が、出版業への熱い思いやみがたく、会社を興すに当たってその手ほどきを受けたのは、あのインゼル書店の社主アントン・キッペンベルクであった。専属作家としてはロベルト・ムージルやヴァルター・ベンヤミンといった名前が挙げられる。ローヴォルト社は、第一次大戦および第二次大戦の二度の戦争のあいだ廃業に追い込まれるという苦難に直面したが（またローヴォルトはその廃業していた一時期、S・フィッシャー社に入社し、社主ザムエル・フィッシャーの薫陶を受けたという）、ローヴォルト自身は、その持ち前のヴァイタリティーを発揮して、戦後の一九四六年ハンブルクに本拠を移して再興を果たした。この会社の特徴は、取り扱う領域を文学や美術だけに限定せず多角経営を目指したこと（ノンフィクション、社会科学、スポーツ関係、百科事典など）、そしてイデオロギー的立場として一方に偏しない、つまり右翼から左翼まで幅広く取り込んだ形で出版事業を展開したということであろう。

ハンブルクに本社を移して以降、ロロロ叢書（ro-ro-ro：そもそもの由来はローヴォルト輪転機小説〈Rowolt Rotationsmaschine Roman〉の略称）と銘打ったシリーズを刊行するなど、文学に限らない幅広い領域をカバーした総合出版社として、現在その知名度は高い。一九六〇年にハンブルク郊外の広大な敷地に立地する本社および付属の建物群を見れば、同社がドイツにおける巨大な出版文化の担い手であることがよくわかるとのことである（山口知三ほか著『ナチス通りの出版社』人文書院、一九八九年）。なおローヴォルト社の創業時の協力者（共同経営者）だったクルト・ヴォルフは、早々にエルンスト・ローヴォルトと袂を分かって、一九一二年みずからの名を冠したクルト・ヴォルフ社を設立したが、同社はフランツ・カフカ、マックス・ブロート、フランツ・ヴェルフェルなどを擁する表現主義の作家の一大結集点ともなった。

さらに一九〇九年には、グスタフ・キーペンホイアーなる人物が、ドイツ古典主義文学のゆかりの地ワイマールで書籍販売業を始めた。彼の狙いは、単なる書籍販売業ではなく出版業を興すことにあり、その資金を得るための当面の本屋稼業であった。そして経営のよろしきを得て、彼はほどなくキーペンホイアー社を同地に創設した。このヒューマニズムとリベラリズムの精神に満ち、しかも楽天的で鷹揚な性格の社主キーペンホイアーのもとに多くの作家が集まってきたが、そのなかには地域的にはユダヤ系や東欧系といった、正当なるドイツ古典主義から見ればその周縁部に位置している作家、また思想的には社会主義に与する左翼系の作家も少なくなかった。同社に参集した作家としてはヨゼフ・ロート、アルノルト・ツヴァイク、アンナ・ゼーガース、リオン・フォイヒトヴァンガー、ベルトルト・ブレヒトなどが挙げられる。同社の社屋は、創業のワイマールからポツダムへ、そしてポツダムからベルリンへと移転したが、社業の発展には三人の若手ユダヤ人が深く関わっている。フランクフルト大学でドイツ文学を専攻した二十五歳のフリッツ・ランツホフがキーペンホイアー社に入ったのは一九二五年のことだった。そしてまもなくランツホフの大学時代の友人二人も相次いで入社する。一人は原稿審査を担当するヘルマン・ケステン、そしてもう一人は営業担当のヴァルター・ランダウアーである。ランツホフとランダウアーが営業を、そしてケステンが編集を担当したが、この有能なる三人のユダヤ人によってワイマール共和国時代にキーペンホイアー社は大いに躍進することになった。この状態を擬して世間では〝ユダヤ人三頭政治〟と評していた。

ナチスの時代になると、多くの作家が亡命を余儀なくされたが、そうした亡命作家に援助の手を差し伸べたのは社主キーペンホイアーその人、そしてまたオランダ・アムステルダムのクヴェリードー社に移籍したランツホフであった。クヴェリードー社は、亡命したドイツ語作家に対して門戸を開き、その支援を惜しまなかった数少ない出版社として有名であるが、そこを舞台にして反ファシズムの論陣で辣腕をふるったのがランツホフである。彼は、作家クラウス・マン（トーマス・マンの長男）とともに亡命作家のための文学雑誌『ザムルンク』を創刊したが、このように政治文学の推進者としての役割を担い続けたのは、もとをただせばグスタフ・キーペンホイアーが有する自由圧殺に対する抵抗の精神を継承しているからであろう。第二次大戦中、キーペンホイアー本人はドイツ国内にとどまったため、戦争の末期にたまたま連合軍の爆撃を受け、高射砲の破片によって右腕を失うという不幸に見舞われたが、そのとき彼が吐いた言葉は「残念ながら総統のためには死ぬことができなかったようだ。いずれにしてもこれで、ゲシュタポのまやかしの調書に署名しなくてもよい幸せな境遇になったよ」であったという（前掲『ナチス通りの出版社』による）。いかにも太っ腹のリベラリストの面目躍如といったところである。

以上見てきたように、二十世紀を跨ぐこの三十年ほどの間にドイツにおいては、それぞれに特徴ある出版社が相次いで設立されている。上記以外にも基幹的な新聞・雑誌を有するウルシュタイン社、美術系のカッシラー社、左翼ばりばりのマーリク社などの名前を挙げることができるが、それらに言及するのはもはや煩瑣であろうから、ここでは割愛するが、私が言いたかったのは、一九〇二年に創業したインゼル書店もそうした新しい時代の波の一つとして設立されたということ、そしてそれは抒情詩人として出発し、穏健なコスモポリタンを志向していた若き作家ツヴァイクにとって、最も居心地のよい出版社であったということである。左傾したキーペンホイアー社では肌合いが合わなかっただろうし（ただし一九二六年の戯曲台本『ヴォルポーネ』はキーペンホイアー社刊）、右も左もごった煮ふうの商業色の強いローヴォルト社でも違和感があっただろう。また大御所がずらりと並んだ文芸専門のS・フィッシャー社とは、著者と版元との出会いの関係において、たまたまその時期を失しただけかもしれない。ともかく、邂逅はすべて天命のしからしめるところというか、明快にして良心的な編集理念、そしてキッペンベルクという稀有な出版人の存在、そうした要素が両々あいまって、ツヴァイクが落ち着いた先はインゼル書店ということになった。

この会社についての彼のお気に入りぶりを、今いちど自伝の中からここに引いておく。「説明書や便箋さえも、この野心的な出版社においては、情熱をこめた配慮の対象にまで高まった。たとえば、三十年間にただのひとつの誤植も私のどの著書にも発見した覚えはないし、社の手紙においてさえ訂正された行を発見した覚えはないくらいである。すべてのものが、最も微細な個々の点までが、模範的であろうとする野心に貫かれていた。……二十六歳にしてこの『島』の常任市民権を附与された私の悦び、私の誇りは、想像できるであろう。この一員たることは、外に向かっては一種の文学的地位の高まりを、同時に内に向っては強められた義務づけを、意味するものであった。この選ばれたサークルに足を入れた者は、自己に紀律と抑制とを課さねばならなかった。けっしていかなる文学的安直も、いかなるジャーナリスティックな速成をも犯してはならなかった。なぜならば、一冊の書物の上にインゼル書店のマークがあることは、幾千、やがては幾千万の読者に、その模範的な印刷技術上の完成と同じく、内的な質の保証をも、前もって裏づけているものであったからである」（自伝二四七～二四八頁）。

さて、ここでちょっと余談めいた話を差し挟んでおく。ここまでドイツの出版事情を書いてきて、近現代史における日本とドイツの国情がとても似ていることに改めて驚かされるわけである。近代国家としてドイツ帝国がスタートしたのは一八七一年であるが、それは、ちょうど我が国における明治維新に匹敵している。十九世紀後半というその時期においても、近代化の改革の中身においても。すなわち市民革命を経ずにして確立された皇帝親政の統治のあり方、大土地所有に基づく領地農園制（日本の場合は寄生地主制）、軍国主義を念頭においた急速な産業社会化などである。というよりも、新生日本が社会システムの近代化のモデルとしてドイツに範を採ったといったほうが正確な物言いとなろう。そういうわけだから、我が国においてもドイツと同様一八九〇年以降になると、新しい社会モデルに対応した出版社が続々と設立されている。そしてそのうちのいくつかは幾星霜を経て、現在の日本を代表する出版社にまで成長しているが、そのありさまは歴史のアナロジーというか、よくぞここまでというぐらいよく似ている。

一八八六年（明治十九年）といえばベルリンにS・フィッシャー社が設立された年であるが、その同じ年に京都・西本願寺の有志が集まって反省会という組織が結成された。これが中央公論社の前身である。同会は翌一八八七年その機関誌『反省会雑誌』を『中央公論』と改め、東京へ進出し一九一四年（大正三年）には株式会社・中央公論社となった。それ以降、さみだれ式に新潮社（一九〇四年・明治三十七年）、講談社（一九〇九年・明治四十二年。前身を大日本雄弁会という）、岩波書店（一九一三年・大正二年）といった今日の日本を代表する出版社が続々と東京に誕生している（版元が東京に集中しているという点はドイツとは事情が違っている。かの国では良い意味での地方分権が浸透している結果、それらはベルリン、ライプチヒ、フランクフルト、ミュンヘン、ハンブルク、シュットガルトなどに散在している）。そして、ここから先は私の勝手な想像であるが、それらをドイツの各社と比較したとき、新潮社は文芸出版の最大手という点でS・フィッシャー社に、講談社は右から左まで何でも呑み込む利殖精神という点でローヴォルト社に、岩波書店はアカデミズム的教養主義に特化したという点ではレクラム社、もしくは左翼系リベラルの立場から時代状況に抗するという点でキーペンホイアー社に、それぞれなぞらえることができるかもしれないと思うのである。ではインゼル書店はどうか、丁寧な造本と芸術志向という点で中央公論社、もしくは一九四〇年（昭和十五年）と社歴は浅いけれども、創業者のインテリ志向と良質な編集方針という点で筑摩書房あたりになぞらえることができるのではないだろうか。これが、揣摩憶測に基づいた印象批評にしかすぎないことは私とて十分に承知しているが、あえて早見表のような形で比較の物差しを当てがうとすれば、ツヴァイクという作家は、ドイツ語圏の出版界においてそのような地点に位置していたと私は見ている。

ところで、先に述べたツヴァイクとインゼル書店との関係において、その著作の刊行が一九三二年の『マリー・アントワネット』をもってぷつりと切れていることに気づかなかっただろうか。そうなのである、両者の蜜月関係は実にこの年次をもって終わってしまう。それを語るのは、あまりに話が先走りすぎてしまうので、ここでは簡単にとどめておかなければならないが、結論からいうとナチスの台頭によってツヴァイクはその著作をインゼル書店から出すことができなくなるのである。ナチス政権が成立した一九三三年以降、ツヴァイクの著作、例えば『エラスムスの勝利と悲劇』『メアリ・スチュアート』『権力とたたかう良心』『埋められた燭台』『マゼラン』といった作品はいずれもウィーンのヘルベルト・ライヒナー社という版元から刊行されている。ナチスは徹底した反ユダヤ政策を展開した。その結果、インゼル書店で発行予定の書物のうち約三十点が不適格と判定されたが、その中にもちろんユダヤ人作家ツヴァイクの作品も含まれていた。そういうわけで、インゼル書店は、禁書指定から外れている作家、例えばゲーテなどの古典作家、あるいはハンス・カロッサやラインホルト・シュナイダーといったアーリア系の現代作家の作品を刊行して凌ぐしかなかったし、またツヴァイク自身も危機を察知して、いち早くロンドンに移住してしまった。そこで、かつての版元を失ったツヴァイクが採った行動は、ヘルベルト・ライヒナーという人物を口説いて、みずからの著作を刊行する新たな出版社を設立することであった。それがウィーンに設立されたライヒナー社なのである。急造された出版社であるから、その仕事ぶりにインゼル書店のような丁寧さを期待するのは無理であった。ツヴァイクは一九三六年のフリデリーケ宛ての手紙の中でこう述べている。「ライヒナーから本（注／『権力とたたかう良心』のこと）を受け取ったが、出来がよくない。インゼルとはまるで違う。……カッセルから本を受け取ったが、私が言ったのと反対にカルヴァンの像が上になっていて、カステリオが軽視されている。これでは一週間と留守にできない」（飯塚信雄前掲書一三四頁）。このようにライヒナー社の本づくりの杜撰さを嘆いているが、インゼル並みの出来ばえを期待するほうが無理というもので、それは逆にかつての版元インゼルの造本がいかに優れていたのかの証明となっている。

そしてさらに一九三九年以降には『心の焦躁』『アメリゴ』『昨日の世界』『未来の国ブラジル』といったツヴァイクの晩年の著作はストックホルムのベルマン・フィッシャー社から刊行されるようになる。この社名は、賢明なる読者においては例の最大手S・フィッシャー社と似ていることに気づかれることだろう。図星とはこのことだ、両者の間にはやはり浅からぬ関係がある。S・フィッシャー社の創業者がザムエル・フィッシャーという人物であることは既に述べたが、同社がナチスの政策によって分社を余儀なくされたとき、社主ザムエル・フィッシャーはその娘婿ベルマン・フィッシャーを押し立て、遠くスウェーデンのストックホルムに新会社を設立した。もちろん、その目的はユダヤ系と認定された作家の版権を海外に移転するところにあったが、これが当該の会社がベルマン・フィッシャー社と名乗ったゆえんである。ナチスが崩壊した戦後すぐ、この二つの会社は統合され新しいS・フィッシャー社として再スタートした（その際にズールカンプ社が分離独立したことは既に述べた）。そして文芸出版の最大手として、ドイツの出版界において今日あるような堂々たる地位を築いている。ベルマン・フィッシャー社から版権が委譲された分を含めて、現在ツヴァイクの作品のほとんどがS・フィッシャー社から発行されているのは、こうした事情による。これには、おそらく著者の死亡後一定期間が経過したのちに生ずる、著作権の消滅という問題も絡んでいると思われる。

さて最後に、戦後のインゼル書店の推移について簡単に見てみよう。一九四三年暮れ、ライプチヒにあった同社の社屋は、連合軍の空襲によって灰塵に帰してしまった。戦争も末期となり、ドイツ分割が浮かび上がってきた状況下で、キッペンベルクはドイツ西部のフランクフルト・アム・マイン近郊のヴィースバーデンに支店を開設した。また戦後ほどなくして、同社の本貫地であるライプチヒでの営業も再開された。こうして同社はソ連の占領下にある東ドイツではライプチヒにおいて、米英仏の占領下にある西ドイツではフランクフルト（ヴィースバーデンから移転）において出版活動を展開するという二社体制となった。周知のように戦後ドイツは東西二つの共和国に分裂したが、そのうちめざましい経済成長を遂げたのは、もっぱら自由主義体制を採った西ドイツであった。こうした経済力の東西格差を勘案すれば、インゼル書店の重心がライプチヒからフランクフルトに移ったのは当然の結果ということになろう。しかしながら、インゼル書店の経営そのものが、戦前のドイツ出版界において占めていた優位の位置を取り戻すことはできなかった。かつてのドル箱・インゼル叢書に類する小型本シリーズが、戦後は堰を切ったように各社から発売されているからである。それゆえに苦戦の続いたインゼル書店は、フランクフルト事業所が一九六三年以降ズールカンプ社の傘下に入り、そしてライプチヒ事業所が一九七七年以降キーペンホンアー社グループの一員となった。自由競争のもとにおける私企業の消長はいかんともしがたいが、そこに至るインゼル社の推移は、かつての専属作家ツヴァイクの眼には果してどのように映じるのであろうか。なおおり、現在では、ドイツが再統一されたのを受けて、二つに分かれていたインゼル社も旧来の一社体制に復して現在の同社の会社案内のクレジットでは本社フランクフルト（リンデン通り29-35）、支社ライプチヒ（リヴィア通り2）となっている。そしてズールカンプ傘下のインゼル社から出ているツヴァイクの著作はわずか『永遠の兄弟の眼』『人類の星の時間・五編物』『未来の国ブラジル』の三つにすぎない。

3　ロマンスの炎

ウィーンの都心から南西に約一〇キロほど行ったところにロダウンと呼ばれる地区がある。ドナウ川の両岸に広がるウィーン盆地の西側と南側には「ウィーンの森」と呼ばれる丘陵地帯が迫っているが、その南麓に開けた新興住宅地がロダウンである。ちなみに丘陵の南半部をフェーレンベルゲ（Föhrenberge）というが、フェーレとはドイツ語で「松」のことであるから、これを日本語に置き換えれば、さしずめ「松山」ということになろう。一九〇八年の夏、このロダウンにある庭園レストラン・シュテルツァーにおいて、当時ウィーンで最も有名な俳優であり、また最も独創的な民衆歌手であるアレクサンダー・ジラルディの送別会が開かれていた。ベルリンへと旅立つジラルディを囲んでの最後の夕べであったから、この宴には彼を慕う多くのファンのみならず、かなりの数の芸術家が駆けつけた。その盛況ぶりは、待機の辻馬車がレストランの手前から長蛇の列をなしていたことからも察せられよう。店内ではホイリゲと呼ばれる地元産ワインが振る舞われ、ジラルディの歌声とともに「ワインをどんどんいけ、旅立ちのときは迫れり!」といった声が賑々しく響いている。さぞかし遠い昔からウィーンっ子は、事あるごとにこのような〝酒と歌の生活〟を楽しんできたのだろうと思わせる光景である。この夜シュテルツァーを支配していたのは、陽気なざわめきの中にいくぶんかのメランコリーを含んだ熱気であり、若い作家・詩人たちが陣取ったテーブルにはシュテファン・ツヴァイクの姿もあった。

その隣のテーブルには、三人の男女からなる別のグループが座っている。二人の男とはK(クレーメンス)という名の文学青年とその友人の若い医師、そしてもう一人はフリデリーケという整った顔だちの二十六歳の女、もちろん三人はそれぞれに気心の知れた間柄にある。フリデリーケの頬はワインの酔いでかすかに赤味が差していたが、その彼女にKがささやく、隣のテーブルに座っているのはシュテファン・ツヴァイクという新進作家だと。いささかの文学的野心をうちに秘めたKは、むろん文壇の動向にも通じていたから、この二十七歳のツヴァイクなる作家がこれまでにどのような作品を書いているかをとくと承知していた。既に六年前『銀の絃』という詩集を出していること、フランスの詩人ヴェルレーヌについての優れた解説を書いていること、そして近年『テルジテス』という戯曲を書き上げ評判になっていることをフリデリーケに教えた。もともと学芸分野への志向が強かった彼女のこと、同伴の男友だちから寄せられた情報によって、この若々しくも涼しげな風貌をした新進作家に大いに関心を持つことになった。それは、ある意味ではツヴァイクとて同じことで、隣のテーブルで頬を赤らめ談笑しているほっそり美人に少なからぬ関心を寄せたのであった。彼らの視線が、わずかの距離を挟んでしばし交差する。「フリデリーケ、君を見てシュテファン・ツヴァイクが微笑んでいるよ！」とKが声を上げたとき、彼女の頬にはいっそうの赤味が差していた。このときの印象を、のちにフリデリーケは回想記の中に「ミューズによって豊かな才能を授けられた若い男に、彼女（注／フリデリーケ自身のこと）は急速に親近感を感じた。彼はこのときメランコリーとは無縁の表情をしていた」と書いている。ちなみにミューズ（ムーサ）とは、ギリシア神話に出てくる学問芸術をつかさどる女神のことである。それはさておき、Kという男はなんという幸運の使者であったことだろうか、その親切心に幸いあれ！　当時のフリデリーケは、後述するような理由で心理的に落ち込んだ状態にあり、そうした悩みごとを解消させようと、Kは彼女をジラルディの送別会にわざわざ誘ったのであった。

さてここに出てきたフリデリーケとはいかなる人物か、本稿では既に何度もその名前が出てきているので、もうおわかりだと思うが、のちにツヴァイク夫人となり、その夫についての詳細な回想記を書き残した女性である。このときの彼女のフルネームをフリデリーケ・マリア・フォン・ヴィンターニッツ（Friderike Maria von Winternitz, 1882–1971）という。一九〇八年ロダウンのレストランでツヴァイクと顔を合わせたとき、彼女は既に夫がいる身の上であった。二年前に結婚式を挙げており子供も一人さずかっていた。したがって、あの熱気に包まれたシュテルツァーにおいて、両者の間でいくぶん思わせぶりな視線が交わされたとしても、それを機にいっきに交際が始まるという、通常の意味での若い男女の出会いではなかったのである。では、どのような経過でもって、彼女は新進作家ツヴァイクと結ばれることになったのだろうか。前夫とてなかなか手ごわい相手であったろうに、その亭主に三下り半を突きつけるのは、さぞかし大変なことであったろうと想像されるが、それを乗り越えての彼らのロマンスのなりゆきをこれから見ていこうというわけである。

この恋愛物語の全体像については、以前にも触れたようにツヴァイクの自伝には、まず皆無に等しいほど記載されていない。そこでは私事は明かさないというポリシーがしっかりと貫かれており、ひとかけらの愛情生活をも窺い知ることはできない。ただし目をこらして読んでいると「女友だち」という曖昧な言葉を使った箇所がいくつかあって、それがこの女性を表していることにようやく気がつく程度である。そのようなわけで、このラブストーリーの経緯をたどっていくには、フリデリーケの書いた回想記（およびそれぞれの書簡や日記など）に依拠するところが少なくない。その際、フリデリーケもなかなかの文章家であるから、その叙述の仕方には、文学的粉飾というか独特の韜晦さがあり、これまた事実をストレートに述べるというスタイルにはなっていない。先に見たような自分自身を三人称で表す「彼女は……した」という表現、あるいは「私はこのロマンスを部外者であるかのように語ろうと思う」という文体上の操作は、その端的な現れといえる。

ついでながら、このフリデリーケという名前についてもここで一言ふれておく。Friderike と書いて、これをフリデリーケと呼んだり、フリーデリケと呼んだり、さらにはフリーデリーケと呼んだりと、音引き（長音）をどこに置くかについて物の本にはかなりのばらつきが見られる。一般に外国人の氏名について音引きをどうするかという問題は、日本人にとって一種のアポリア＝難題といえるだろう。似たようなケースはいくつもあって、例えばエリザベートとするかエリーザベトとするか、あるいはホフマンスタールとするかホーフマンスタールとするか、ペンを執る人の裁量に委ねられている面なきにしもあらずである。原語の発音では、音引きを前方に置くのが一応正しいとされているが、それが確たる基準として浸透しているのかどうか甚だ怪しい部分もある。ドイツの首都は正しくはベルリーンであるが、普通にはベルリンで通じているし、また音引きを嫌って作家トーマス・マンをトオマス・マンと表記している文学者もいる。あれやこれやを考えて、このツヴァイク夫人について、本稿では既に聞きなじみがあると思われるフリデリーケという表記を採用することにした。ことのついでに駄弁をもう一つ。フリデリーケという名前を聞くと、どうしても文豪ゲーテのことが思い出される。二十一歳のゲーテがシュトラスブルク大学に通っているとき、可愛さのあまりに詩作の対象としたのが牧師の娘フリーデリーケであった。ゲーテは次のような詩を残している。「フリーデリーケよ、眼をさませ。／おまえの碧い瞳のかがやきが／一瞬、夜を／すずしい朝にかえるだろう／小鳥のしずかなさえずりが／おまえを呼んでいる。／わたしの可愛いいもうとよ、／眼をさませと呼んでいる。……以下略」（新潮世界文学『ゲーテ』大山定一訳）。要するにここに歌われているほどに、この名前はドイツ語圏ではごくありふれた女性名ということになるのであろう。ただしこの場合には Friederike というスペルで、ひとつ余計に e が付いているので日本語表記では前後に二つの長音が入っている。

＊

こまごました詮索はそれまでとして、話を本筋に戻すことにしよう。フリデリーケの本名、すなわち結婚前の名前をフリデリーケ・マリア・ブルガーという。彼女が生まれ育ったブルガー家は、親族から多くの軍人や役人を輩出している、もともとの出自からいえばユダヤ系であるが、既にカトリックに改宗したという家庭である。その点では家庭の宗教的背景としては、先に述べたようにツヴァイク家と同様ということになる。父は軍隊を将校として退役したのち、北英（ノース・ブリティッシュ）保険会社のウィーン支店長をつとめていたし、また叔父の一人はハプスブルク王家のルドルフ皇子の副官をつとめるほどの高位の軍人であった。ちなみにというと、ルドルフ皇子というのは、ハプスブルク帝国の正統なる世継ぎでありながら、一八八九年うら若い令嬢と心中事件を起こし三十歳という若さで落命した悲劇の皇太子である。この事件はハプスブルク王朝のいわば裏面史の一ページを刻む悲しみのエピソードとしてよく知られており、のちに『うたかたの恋』という題名の映画がつくられたほど、世間の人々にもよく知られた出来事である。さてこのルドルフ皇子に関連して、フリデリーケは子供時代の記憶としてこう書いている。「叔父は皇帝フランツ・ヨーゼフに私的に謁見し、亡きルドルフ皇子の海軍サーベルを賜った。これらの子供時代の記憶は、多くのサインのある皇帝の写真から呼び覚まされる。例えば叔父の応接室にある軍人の胸像、ロココ風に描かれたフリゲート艦の美しい絵、記憶は私の家庭教師の影響によっても強められた」（フリデリーケ回想記六一頁）と。こうして見るとブルガー家は、社会構成からいうと中産階級の上層あたりに位置する、精勤さと堅実さを旨とする家庭であったということになろう。フリデリーケは大学こそ出ていないが、当時のウィーンで中等教育の名門とされたルイスレン学院で学び、のちには教育学・心理学・フランス語などの教育コースを修め、教員資格を得るほどの学識をもっていた。

そのフリデリーケが二十四歳のとき結婚した相手が、官吏フェリックス・フォン・ヴィンターニッツである。フォン・ヴィンターニッツという称号からわかるように、彼女の婚家は少なくとも七つの州の知事や宮廷参事官を数えていたという高貴な家柄であり、この結婚によって、彼女はフリデリーケ・マリア・フォン・ヴィンターニッツを名乗ることになった。彼らがどのようにして知り合ったのかというと、ダンスのレッスン場で知り合い、互いに誠実そうな態度にひかれ、加えて音楽鑑賞という共通の趣味をもっていたという、まあよくあるタイプの健全な若い男女のめぐりあい、それが交際のきっかけであった。家柄が比較的にかよっていたこともあって交際は順調に進んだが、話がただちに婚約にまで至ったわけではなかった。当初ヴィンターニッツ家においては、フェリックスがいまだ法律を勉強する学生の身であって、しかるべき職に就くまで事を急ぐべきでないと考えていたこと、さらに欲をいえばフェリックスの結婚相手としてもう少し裕福な家庭出身の女性が望ましいと考えていたこともあって、この婚約に難色を示していたのだという。そうではあるが、ヴィンターニッツ家の人々、とりわけ当時のオーストリアにおいて社会的な要職に就いていたフェリックスの父親は、フリデリーケの聡明かつ鋭敏な稟質、および明朗快活にして忍耐づよい性格を知るにつれ、そうした難色の態度を徐々に改めていった。それどころか、彼はのちにはむしろ彼女の文芸活動を支援するまでになっていく。婚約に際してブルガー家が持参した担保金はつつましいものだったが、ヴィンターニッツ家はそれを諒とし、その一部をフェリックスの学資に充てた。こうしてヴィンターニッツ家の息子は学業を終え、晴れて国家公務員の職に就いた。そして彼らは一九〇六年ウィーンのミノリテン教会で結婚式を挙げ、ウィーン市内の北東部、都心からそう離れていないデーブリンクという地区に新居を構えたのであった。

二年という比較的ながい婚約期間を経てのゴールインである。翌一九〇七年には待望の第一子アリックス・エリザベートが生まれた。実はそれまでフリデリーケは人に勧められるまま、ある私立学校の教師をつとめていたが、育児に専念するため教職から退かなければならなかった。それでも、この女児はいたって健康に生まれついていたから、たとえ教職を犠牲にしたとしても、フリデリーケの母親としての喜びには格別のものがあった。このように見てくれば、彼らの新生活には前途洋々たる未来が開けていた……と言いたいところであるが、必ずしもそういうことにはなっていない。時が流れていく中で、彼ら夫婦の性格に根本的な違いがあることが明らかなっていく。フェリックスは母親が早死にしたこともあって、父親の手で育てられたが、何かと忙しい父親は十分に息子を見てやることかできない。そういうわけで、知らず知らずに甘やかされて育ったフェリックスには、享楽的で付和雷同というか、友人に引きずられて漫然と日々を送る傾向があった。それに対してフリデリーケは、きちんとした目的意識をもっており、そのうえ性格が真面目ときているから、家事においても趣味（文芸創作）においても、日ごとすぐれた成熟ぶりを示していた。フリデリーケが困惑したのは、一つはフェリックスが経済観念に疎かったということである。彼は財政面についてからっきし責任感がなく、これでは家計に支障をきたすのではないかと不安になることも一再ならず。家計の処理はおのずと思慮深い夫人の手に委ねられることになった。もう一つは、フェリックスが文学や芸術にあまり関心を示さなかったということ、フリデリーケに言わせれば、自分が関心を寄せている事柄について夫に語りかけてもろくな反応が返ってこない、そのことが不満の種となる。自分の言うことを聞こうとしないし、また聞くこともできないとなれば、苛立ちが増していくのは自然の道理である。ひとことでいえば、この夫婦は一方が即物的・浪費的であり、もう一方が精神的・倹約的ということになろう。要するに、経済観念や趣味嗜好のベクトルがそれぞれに別の方向をむいていたのである。彼女は回想記にこう書いている。「結婚は二人の人間を結びつけていたが、その相手というのは子供の発達段階をまだ脱していなかった。彼女（注／フリデリーケのこと）の中のすべてのものは成熟と深化を求めて闘っていたが、それに対して彼女の夫は一般的な文化の集積で満足していた。音楽や自然への愛情にしてしかり。困難の状況に直面したときでさえ、固執する惰性にとらわれていた」（四〇頁）と。

一九〇八年の夏、体調不良を訴えたフェリックスは、胃腸障害と診断され、ただちに市内の医療施設に入院した。看病のため夫のもとに出向く妻の姿、それはまったくもってありふれた光景である。しかし、病室の中へ入ったフリデリーケが感じたのは、そこに流れているのは一種異様の雰囲気であった。はっきりいえば、フェリックスが同室のある女患者と親しくなっていることを示す兆候であった。夫は浮気心にとりつかれているのではないかという不信の念が湧いてくる。このような場合、異状を察知する女の鋭い勘＝センサーが、事態の計測を誤ることはまずないだろう。フリデリーケには何ともいえない不快感が襲ってくる。それはやがて怒りの感情から落胆の感情へと移行していく。心理的にへこんでしまったフリデリーケ、その様子に当然、周囲の友人は気がつく。何とか彼女を元気づけることはできないかと友人のKが考えていたとき、ちょうどその時分、ロダウンの庭園レストランでジラルディの送別会が開かれることを彼は思い出した。そこで話は本節での最初のシーンに戻ることになるが、悄然たるフリデリーケを励ますため、Kはそこに彼女を引っぱり出すことにしたのである。

既に述べたように、ロダウンでの一夜は、アルコールによる陶酔と陽気なざわめきのうちに過ぎていった。フリデリーケにとってはまたとない楽しいリラックスのひとときであった。一夜あけてみると、それらの一切合切が、何か夢の中の出来事のようにも感じられるが、シュテファン・ツヴァイクという作家が自分を見て微笑んでいたことなどを思い出すと、それはやはり手触りたしかな現実の出来事であったのは疑いようがない。彼女は、新しい生気が体内に湧いてくるのを感じて、くだんの新進作家の作品を読むことにした。最初に手にしたのは詩集『銀の絃』である。そのページをめくると「安らぎを求めて私の心はさまよっている／それはある夏の夜の出来事であろうか／開け放たれた窓越しに菩提樹の／夢想的な花の香りが漂っている……」といったフレーズが目に入ってくる。少年の異性へのあこがれ、未知へのおののき、葉うらのそよぎ、馥郁としたかおり、そこには若々しい感性から発したしなやかな抒情が波うっている。次に『個別研究ヴェルレーヌ』のページを開く。ヴェルレーヌの人と作品について心理学的観点からの分析がいろいろと書かれていて、この著者の明晰さと成熟ぶりがはっきりと読み取れる。それにしてもこの若さでこれほどの……とフリデリーケは思わざるを得ない。なんとなれば、序論によればこの初稿はツヴァイク二十歳のときに書かれたものと記されてあったからである。

そして戯曲『テルジテス』を読む。既述のように、この作品には美丈夫の英雄アキレウスに対比される形で不格好な姿のテルジテスが登場するが、そのテルジテスが、捕らわれの女将テレイアに向かって吐く言葉にフリデリーケは釘付けとなる。「私の心を埋め尽くしているもの、黒ずんだ岩のように私の人生全体に覆いかぶさっているもの、それは苦痛にほかならぬ！　……君が望むなら、私はそれを君に貴重な贈り物として分け与えよう。若い時分から苦痛は私の同伴者だったから、絶え間なく落ちる涙が止むとしても、また運よく燃えさかる岩が冷却するとしても、みずからの心に忠実であろうとするなら、私は喜んで苦痛の中に戻っていく」。このような重々しい内容のテーマを、いまだ人生経験の少ないツヴァイクが軽々と扱っている（ように思える）――テルジテスは、ひょっとすると作者ツヴァイクの分身かもしれないとも思う――。英雄は勝者にあらずという奇抜な着想に基づいて、ポエジーに富んだ言葉のやりとりの中で、苦痛は快楽に通じるという両価性を含んだドラマが進行する。しかも、韻文という一定のフォルムをもった古典時代の様式美をもそなえて。半端な才能の持ち主ではないとフリデリーケはつくづく思い知ることになった。ツヴァイクとの出会いに関して先に彼女の言葉として「ミューズによって豊かな才能を授けられた若い男に……急速に親近感を感じた」という文章を紹介したが、それは正確にいうと、自宅に戻ってツヴァイクの作品を読み終えたあとに、彼女が抱いた作家本人への感想ということになろう。

さてそれから二年が過ぎた一九一〇年、ヴィンターニッツ家に二人目の子供ズザンネ・ベネディクティーネが生まれた。この二番目の娘は、長女アリックスとは違って、とかく病気になりやすい傾向があった。一つ治るとまた一つといった具合に大変に世話がかかる。そしてついには二歳のとき一種の代謝機能の障害を抱えてしまう。ただでさえフリデリーケには自由に使える時間が少なかったが、それにズザンネの病気の世話が加わったから、じっくりと腰を落ち着けて詩歌文芸を考えるなどという時間はますます減ることになった。夫の文学への無関心はもう仕方がないとしても、豊穣な思索の時間をもてないことにフリデリーケのいらいらは募る。このようなフラストレーションが溜まりつつある状況の中で、またひとつ夫フェリックスのちゃらんぽらんぶりが露呈する。こともあろうにギャンブルで大きな負債をつくってしまう、その穴埋めのためフリデリーケは実家から何がしかの借金をしなければならなかった。それ以上に痛かったのは、フェリックスがその父親の信頼を失ってしまったことである。父親は、若夫婦の家計に対してそれまで何くれとなく資金援助をしていたが、息子の不行状に怒ってそれをストップしてしまったのである。夫婦間の不協和音は鳴りやまず、容易に収束する気配は見えない。

しかしながら、フリデリーケにとってそれを埋め合わせるメリットがこの結婚には存在していた。それは先にも少し触れたが、義父つまり夫フェリックスの父親に関わる話である。義父は枢密顧問官にして外務省広報局の高官であり、またオーストリア最大の作家ジャーナリスト協会「コンコルディア」の会長をつとめるほどの文化人でもあった。当然、新聞ジャーナリズムに相当の影響力を持っており、文才ある義理の娘にその作品をマスメディアに発表できるよう取り計らった。フリデリーケのエッセイ『夏の手紙』がウィーンの新聞に載ったのも、またハンブルクの新聞に劇評が載ったのも、この義父の口きのおかげであった。現在、ドイツで発行されている文学年鑑を見ると『故郷の呼び声』や『生の反射鏡』という作品の著者としてフリデリーケ・マリア・ブルガー・ヴィンターニッツという名前が掲載されているが、それは言うまでもなく、今ここで取り上げているフリデリーケの作家としての業績の一端を示すものである。こうした成果の裏には義父の後押しが少なからず働いている。これに関連して、もうひとつ奇妙な因縁がある。義父はオーストリアでは権威あるバウエルンフェルト賞の審査員をつとめていたが、一九〇六年にツヴァイクがこの賞を受けたときの審査員の一人がこの義父であったのだという。のちに夫婦になるシュテファンとフリデリーケ、そのいずれもが、ぐうたら息子フェリックスの父親の世話になっているわけであるから、やはりここは奇妙な因縁というしかあるまい。

＊

一九一二年の夏、つまりロダウンの庭園レストランでの出来事があってから四年目のことであるが、フリデリーケは再びツヴァイクと顔を合わせることになった。当時ヴィンターニッツ夫妻の住居がウィーン市内のデーブリンクにあることは既に述べたが、このときフリデリーケは病弱な下の娘の療養もあって、一時的に夫とは離れてウィーン都心から北西五〇キロほど離れた森の別荘（ガルス・アム・カンプタル）で過ごしていた。七月二十四日、たまたま時間があいたので彼女は久しぶりに単身ウィーンを訪れ、フェリックスと市内のレストラン・リートホーフで夕食をとることにした。ここにはもう一人、あの友人Kも同席していた。Kはこのときフリデリーケに進呈しようと、インゼル叢書に入っているヴェルハーレンの詩集『生の讃歌』を持参していた。その訳者はもちろんシュテファン・ツヴァイクである。三人が座っているテーブルの先には、もう一組の客人がいて、やはり歓談しつつ食事をとっていた。ああ、ここでもまた、もうひとつ人生の扉が開いていた。奇遇といえばあまりに奇遇、なんとあろうことか、その一人が当のツヴァイク本人だったのである！　フリデリーケもツヴァイクも、自分がいま目にしている相手が誰であるかはすぐにわかった。彼は、自分が訳した詩集がテーブルに置かれているのを見て「それは私の本ですね」とフリデリーケに微笑を浮かべながら声をかけた。そして両者の間でしばしの言葉のやりとりがあった。このときの印象を彼女は回想記にこう記している。「彼の態度はロダウンのときのような少年っぽい浮わついたものではなく……もはや若いボヘミアンではなく、見ばえのいい、ぱりっとした服装の、明らかに過剰とも思える言葉をあやつり、女性の扱いにも手慣れていた。……『テルジテス』の詩人ではなく『変貌した喜劇役者』の明るい著者だった」（三九頁）と。

またしても偶然事が起こったわけだ、そこにはいかなる運命の導きがあるのだろうか。これに関連して、以下に記すのは単なるエピソードの域を出ない程度の話であるが、フリデリーケの回想記にちょっとおもしろい挿話が載っている。それによると、フリデリーケとツヴァイクの出会いは幼年時代にまで遡り、ツヴァイク七歳、フリデリーケ六歳のとき、同じリゾート地に両者はたまたま居合わせたことがあったのだという。一八八八年の夏、フリデリーケは家族に伴われてオーストリア・アルプスの湖畔のリゾート地に出かけた。その地で教会の塔が倒れ、残骸の中に一人の男が埋もれてしまうという出来事があった。のちに夫婦となって思い出話をしているとき、フリデリーケが持ち出したこの教会倒壊の出来事をツヴァイクも記憶していたのである。同日同時刻に二人は同じものを見つめていた。「これぞ運命の赤い糸！」とフリデリーケが思ったかどうかはわからないが、いかにも女性が好みそうな挿話ではある。彼女はこれについて「奇妙な出来事がたくさんあり、我々を一緒にさせようと運命づけていることは明白であった。子供のころ既に我々は出会っていた。運命の予兆は――この神秘的な力をどのような名前で呼ぼうと――我々が成人に達して以後は、はっきりと感じられるようになった」と書いて、それがあたかも予定調和的な天啓であるかのような受けとめ方をしている。

さてフリデリーケはほどなくウィーンを後にし、娘の待つガルス・アム・カンプタルの森の別荘に帰っていった。彼女はツヴァイクの訳した作品『生の讃歌』を熟読し、うっとりするような気分にひたった。そしてリートホーフでの再会を反芻しながら、いよいよ意を決してツヴァイクに宛て手紙を書くのである。「親愛なるシュテファン・ツヴァイク様」で始まる一九一二年七月二十五日付けの手紙、それが以後三十年にも及ぶ文通の最初の手紙となった。

「親愛なるシュテファン・ツヴァイク様。私は昨日、半日と一夜ウィーンにいました。……そこで好ましい偶然が起こりました。私は数年前、ジラルディのお別れの夕べが行われたシュテルツァーでの夏の夜にあなたをお見かけしました。……そして昨日、あなたはリートホーフで私の隣に座ったとき、ある友人が私に『生の讃歌』を持ってきました。ウィーンからの帰路、車輪が揺れているなかで、私はそれを読みました。一面に喜ばしげな太陽のもとに野原が広がっていました。そして、あなたに挨拶を送ることが、私は不自然なことだとは思えません。讃歌はすばらしいものです！　そのいくつかを覚えていますが、その言葉を私は非常に愛しています。……あなたが返事をくだされば嬉しいのですが、そうしてくださいとは書きません。しかし、もしあなたがそうしたいと思ったときには、ローゼンブルク・アム・カンプの局留めマリア・フォン・ヴィンターニッツ宛てで書いてください。敬具」（シュテファン／フリデリーケ往復書簡集、原題は Friderike Zweig *Stefan Zweig—Unrast der Liebe*, Scherz Verlag, 1981）。

そして、フリデリーケは自分がこれまでに書いた作品（エッセイ『夏の手紙』）を、この手紙に同封した。ツヴァイクからの返信はすぐにやってきた。返信には、彼女の作品の文章がすぐれていること、自分がリートホーフで送った微笑の意味を悪くとらなかったのを嬉しく感じていること、そして彼女自身についてもっと知りたいと思っていることが書かれてあった。嬉しさのあまりフリデリーケは、紫色のインクで書かれたその文面を何度も読み返した。そしてガルス・アム・カンプタルの田舎ふうの郵便局の電話ボックスに駆けつけ、電話を介してツヴァイクに、そのうちぜひとも会いたい旨を伝えたのである。どうもこの辺のやりとりを見ると、文学に渇望していたフリデリーケのほうが新進作家ツヴァイクに対して熱を上げている感じである。夫との生活では満たされない文学や芸術への関心を、才気煥発の教養人ツヴァイクによって呼び起こされたのであろう。なお、ツヴァイクには『未知の女からの手紙：Brief einer Unbekannten, 1922』という短編小説があるが、内容的にはちょっと異なっているものの、このときのフリデリーケとの一件が創作のヒントになったものと思われる。その内容は、ざっとこうである。〔主人公の小説家Rが旅行からウィーンの自宅に帰ると、一通の分厚い手紙が届いていた。差出人は未知の女だった。手紙には、その女がかつて主人公Rと同じアパートの別室に住んでいて、Rにずっと思いを寄せていたこと、そしてたった一人の幼い娘が今しがた病気で死んだことが書かれてあった。さらに手紙を読み進めると、その死んだ娘の父親というのは実は……こうして手紙を読んでいる自分（すなわちR本人）であると……どうしてそうなったのか、その理由は……」というもので、現実にはちょっとあり得ないような荒唐無稽ぎみのストーリーであるが、小説の設定にはフリデリーケとの一件が色濃く反映している。

さて、フリデリーケからの情のこもった手紙を受け取ったツヴァイクである。すぐにでも彼女の家を訪問したい気分であったが、夏にはベルギーのヴェルハーレンのもとを訪問するのが恒例となっていたから、この新しい女友だちとの再会を期待しながら、三週間の日程でベルギーへと旅立った。そして帰国した九月二十四日、ツヴァイクはいよいよデーブリンクのフリデリーケの家を訪問した。前年にインゼル書店から出したばかりの短編小説集『最初の体験』をプレゼントとして携えてである。このときの様子をツヴァイクは日記にこう書いている。「一九一二年九月二十四日。月曜日。午後ヴィンターニッツ夫人のもとにいた。ただもう本当の意味で感覚の鋭い女性とのすばらしい会話であった。それは、まさに人間の考え出すことができる最も繊細なもの、エネルギーをもった魂の率直さであって、それが彼女の存在を大きなものにしている」（一五頁）。ツヴァイクがそれまで付き合ってきたのは、どちらかというとエロスの対象としての女性であった。それだけにフリデリーケのような文学や芸術を語るタイプの女性は、彼にとって新鮮な魅力を放っている存在であった。またフリデリーケは女性としても十分に魅力ある容貌を兼ね備えていたわけで、その辺のところを忖度すれば、ツヴァイクにとって彼女はミューズ（芸術の女神）でもあり、またアフロディテ（美の女神）でもあったということになるだろう。

今度は攻守ところを変えて、フリデリーケがコッホ通り八番地のツヴァイク宅を訪問する番となった。彼女はこのとき、夫のいる身で独身男性の家を訪問することに気が引けたのだろう、直接ツヴァイク宅に向かうのではなく、コッホ通りの近くに住んでいる友だちの家に行くという形をとった。つまり、ツヴァイク宅への訪問が偶然であるかのように装うためである。コッホ通りに入ると、いよいよ目的の家が目前に迫ってくる。そこでフリデリーケがデーブリンクの自宅に電話をかけ、置いてきた娘の体ぐあいを付き添いの看護婦に聞いてみると、その返事はこうであった「ズザンネの病状が悪化しているので、すぐ帰宅してほしい」と。フリデリーケにしてみれば、ここまで来てツヴァイク宅を訪問できないとは残念である、しかし子供の病状は緊急を要する、はてどうしたらいいのか〝行くべきか、行かざるべきか〟というハムレットの心境であったが、それはやはり母親としての義務感がまさり、結局はデーブリンクの自宅へと引き返すのである。この一件についてフリデリーケは回想記に「自分は、新しい友人との再会を期待するあまり、この小さな患者から、彼女が必要としていた温かさを奪ったのだろうか。子供は母親の態度の変化を気づいたのだろうか。『さようなら』の言葉に常ならぬおざなりなものを感じたのか！」と書いている。母として子供を気づかう気持ちと、女としてツヴァイクに寄せられていく気持ちの間を彼女がブランコのように揺れているのを、我々はこの挿話から感じることができる。

十一月十二日、フリデリーケは初めてツヴァイク宅を訪れた。このときのフリデリーケの感想については本稿では既に紹介しているが（本章第一節のコッホ通り八番地への転居の部分）、確認の意味でその様子をもう一度ここに引いておく。「彼の家は本でいっぱいだった。テラスへと続く長い部屋の壁は本棚で覆われていた。台所は記録保管所として使われていた。手紙の入ったおびただしい箱や新聞記事の切り抜きなどが含まれていた。そして自筆原稿のコレクションである」。では訪問を受けた側のツヴァイクはどのような感想をもったのだろうか、その様子をツヴァイクは日記にこう記している。「十一月十二日。火曜日。各種の用件あり。ロマン・ロランに関する文芸記事を書く。私は以前にもまして彼のことを愛している。その後、ヴィンターニッツ夫人が私のもとにいた。物静かで内気な態度で私を際限なく引きつける彼女は、寄る辺なさのゆえに確固としており、静けさのなかにも善良さを兼ね備え、女性らしい聡明さを持っている。私は断じてエロティックな観点から彼女に近づいたのではない。そうしたものであれば、我々の関係は台無しになったであろう。何も贈り物をしなかったのは、この一時間だけの幻想および抑制的な姿勢を保つ方がより魅力に満ちたものと感じられたからである」（二九頁）と。このような次第で、交友関係における両者の距離がどんどん縮まっていっていることがわかる。

一九一二年十月、ツヴァイクの戯曲『海辺の家』の初演がウィーンのブルク劇場で行われたが、それに続いて翌月には北ドイツの大都市ハンブルクでの公演が予定されていた。このときフリデリーケは、みずからの出版企画の打合せのためベルリンに行くことになっていたが、その所用を済ませたあと欣然と公演地ハンブルクへと向かった。それはこういうわけである。当初この公演の劇評について、あのオーストリア作家ジャーナリスト協会の会長である義父が書くことになっていたが、義父は多忙のためそれを文才があると見込んだ義理の娘に頼んだのであった。劇評の依頼元はハンブルクの新聞『ハンブルガー・フレムデンブラット』である。あえて訳せば『ハンブルク外報』とでもなろうか。したがって、この旅行はフリデリーケにとって公的な任務を負ったもので、親しい男友だちツヴァイクの後を追いかけてなどという個人的な性質のものではなかったが、それにしても彼女にしてみれば嬉しい旅行であった。もちろん宿舎はツヴァイクとは別であるが、彼女が泊まったホテルの部屋には当のツヴァイクから贈られた花が飾られていた。ハンブルク公演はウィーン以上の成功をおさめ、またフリデリーケの劇評もおおかた好評をもって迎えられ、以後しばしば彼女はハンブルガー・フレムデンブラットへの寄稿者となった。

公演の終了後、フリデリーケは生まれてこのかた海を見たことがなかったので、この機会を利用して、ハンブルクにほど近いかつてのハンザ同盟の港湾都市リューベックを訪れることにした。バルト海につながるリューベック湾の付け根にあるのがトラーヴェミュンデの海岸である。それを目にしたときの印象を彼女はこう書いている。「一度も海を見たことがなかった。それが目の前にあった。トラーヴェミュンデ近くの人気のない荒野から、彼女（注／フリデリーケのこと）は十一月の嵐によって荒れている海を見た。彼女の感情は巨大な白波より激しく高ぶっていた」（四九頁）と。ここで言及している高ぶりが、ツヴァイクに対する恋愛感情に基づいていることは言うまでもない。なおリューベックといえば、作家トーマス・マンの実家つまり代々穀物商として財をなしたマン商会の立派な建物がある土地として思い出されるが、そういえばトーマス・マンの出世作『トニオ・クレーゲル』（一九〇三年）にはこのトラーヴェミュンデ海岸がくわしく描写されている。フリデリーケはリューベックでツヴァイクと落ち合った。そして近郊のワイン貯蔵所に行き、ワイングラスを傾けて二人だけで、少し早いツヴァイクの三十一回目の誕生日を祝った。そのとき彼の口から「祝いは今日で終わらない。祝宴は真の誕生日まで続けることにしよう」という言葉が発せられた。この日だけで終わらせるのではなく、二人の関係が永続することを望んだツヴァイクの初めての言葉だったと、フリデリーケは感慨深げに回想している。こうして彼らの友情はいっそう深いものになっていったが、それはもはや単なる友情ではなく、真率な態度に基づく愛の告白というべきであろう。

さて、これまで長々と語ってきたフリデリーケとツヴァイクの恋愛物語にも、いよいよ大団円が迫ってきたようである、というか、冗長に堕さないために、そろそろこの一件には結末を付さなければならない。ツヴァイクとの仲が深まっていく中で、フリデリーケには当然、愛情の冷めきった夫フェリックスとの間で離婚問題が浮上してくる。フリデリーケは娘の転地療法のため一時的にせよ、最初は南チロル地方に、次にはウィーン近郊のバーデン高原（ウィーンの南方二〇キロにある保養地）に生活の拠点を移していた。その一方で夫とその父親は元どおりウィーンに住んでいたから、実質的な別居生活となっていた。このような状態は、かえってフリデリーケにとっては好都合であった。文芸創作に充てる時間を確保できただけでなく、彼女のもとをツヴァイクが訪れやすくなったからである。執筆に疲れたツヴァイクは、たびたびバーデンにあるフリデリーケの仮寓を訪れ、例えば執筆中のエッセイの対象であるドストエフスキーについての見解を聞くなど、文学的な相談を持ちかけることも度々であった。ほどなくして離婚協議は具体的な形で進み、ついに一九一三年、フリデリーケのよき話し相手であったあの尊敬すべき義父には秘密にしておくという条件付きで、この婚姻にピリオドが打たれた。義父も知らず、子供たちも知らず、外面的には何もかも以前と変わりはない、本人たちだけが知っているという奇妙な離婚の成立であった。

ともかく、こうしてフリデリーケにとってフェリックスとの愛情問題には決着がついたが、それがただちにツヴァイクとの再婚へと繋がっていったわけではない。いや正確にいうと当時、法律上の壁があって、ストレートに再婚への道を歩めなかったのである。オーストリア＝ハンガリー帝国は宗教的にはカトリックを国是としており、カトリックの教義に基づいて制定された法律では、離婚はできても再婚はできないことになっていたからである。この辺の事情を、前出のある研究書は次のように説明している。「官僚制と軍隊に次ぐオーストリアの伝統の第三の砦は、ローマ・カトリック教会であった。一九〇五年の時点で全人口四六〇〇万人のうち、カトリック教徒が三三〇〇万人、東方帰一教会の信徒が五〇〇万人であったから、ハープスブルク帝国は、ヨーロッパ最大のカトリック王国といってよかった。……社会民主党や自由思想家が、反教会陣営の先頭にたってしきりに批判したのは、初等義務教育と結婚に対する教会の管轄権であった。カトリック教徒が他の宗派の者と結婚した場合、非常に多くの面倒や不利益を覚悟しなくてはならなかったため、一九一四年、帝国内には、正式な結婚手続きを経ていない夫婦が、推定で一〇〇万組ほどいた。第一次大戦がはじまると、内縁の妻が、夫の死後、何の援助も受けられなくなることを避けるため、一九一四年の八月から十月までの間に、この種の内縁関係のうちウィーンで一一万五〇〇〇組、ブダペストで三万七〇〇〇組、プラハで二万六〇〇〇組が正式な結婚として追認された。『ローマと手を切ろう』運動（Die Los-von-Rom-Bewegung）が広く支持された大きな理由の一つは、実はカトリック教徒たちが、離婚の自由を認める結婚を望んだからであった。カトリック教徒たちは、いったんプロテスタントになって結婚式を挙げ、それからまたカトリックに戻るというようなことまでした」（前掲ジョンストン『ウィーン精神』八九頁、みすず書房、一九八六年）。

このように当時は、再婚について不寛容の社会制度になっていた。離婚が成立しても再婚は認められていない。したがって結論から先にいえば、ツヴァイクとフリデリーケの両人は一九一六年そろってあの思い出の地ウィーン郊外のロダウン地区に移住し、ほとんど同居に近い状態となるが、その時点から法律改正がなされる一九二〇年までの四年間は、法的にはいわゆる内縁関係という位置づけになる。

フリデリーケとの新生活に際して、ツヴァイクには解決しておくべき重大な問題がひとつあった。それまでに付き合っていた女性ときれいさっぱり別れること、その手の問題である。愛情問題の火種は完全に消しておくに如くはない、それが万古不易の賢者の知恵というものであろう。パリ遊学を終えたのちにも、研鑽を積むためあるいは友人たちとの交友を続けるため、ツヴァイクはたびたびこの町を訪れていたが、そうした生活の中で一人の美しい女性と知り合いになった。マルセルという名の美しい女性であるが、彼女は早くに結婚したが夫との折り合いが悪く、既に離婚してパリ市内で服飾店（ブティック）をいとなんでいた。不幸な結婚のため〝愛に飢えていた〟この女性とツヴァイクの関係は、ありていにいえば愛人、もしくはその言葉が強すぎるのであれば恋人といってもいい、そういう関係である。まあ独身のツヴァイクのことであるから、このような交友があったとしても別段とやかく言うことではないだろう。ただしフリデリーケという婚約者が現れるまでの話であれば……。ツヴァイクはたびたびパリを訪れては、マルセルと情事を重ね「本物のエクスタシーの完全な勝利」(ツヴァイク日記、一九一三年三月十一日の項)とか何とかいって、快楽の世界を楽しんでいた。彼がパリを〝永遠の青春の都〟と呼んでいるのも、こうした事情も絡んでいたわけである。

そして驚くべきことに、やや後年のことに属するが、この事実を包み隠さずフリデリーケに教えているのだ。作家としてのストレスがいかに強いものかを知っているだけに、フリデリーケは、こうしたツヴァイクの行為を「文学のため仕方がないもの」と黙認しており、「彼の幸せの状態を維持することが私の喜びである」と自分に言い聞かせている。それはまた、ツヴァイクがたびたび陥った陰鬱症=メランコリーを解消するための一つの方便であるとも彼女は見なしていた。このような事実を知ってしまうと、何かフリデリーケがひどくかわいそうに見えてくるが、彼女はツヴァイクの才能に惚れ込んで、それを手放すまいと涙ぐましくも〝じっと耐える女〟を演じていたのだ。ハルトムート・ミュラーが書いているところでは、ツヴァイクは、フリデリーケを愛情を込めて「上品な小うさぎ:Oberhaserl」と呼び、また旅行に出かけては何人もの「下品な小うさぎ:Unterhaserl」を喜ばせていたという(前掲書五三頁)。まあそうは言いながら、さしものツヴァイクも最終的にはフリデリーケのためを慮って、これを潮とばかりにパリのマルセルとはいっさい縁を切ったのである。そして、清廉潔癖の人フリデリーケも陥落する日がやってくる。ツヴァイクは「私は性愛から近づいたのではない」と抗弁しているが、若き日のツヴァイクは、あのヴェネチア出身の恋愛術の達人カザノヴァのような行状に憧れる気持ちもあったから――のちにツヴァイクはカザノヴァについての詳しい評伝を書いている――、その後に逢瀬を重ねるうちに、ついにフリデリーケは「ウィーンのカザノヴァ」の魔の手に落ちていくのである。ただし、それはフリデリーケにとって決して不快で迷惑な魔の手ではなかったはずである。

さて、その後の経過を以下にざっと見ておく。一九一八年に第一次世界大戦が終わった。七〇〇年も続いたハプスブルク帝国が終わりを告げ、新生のオーストリア共和国がここに誕生した。帝政から共和政への移行にともなって、オーストリアでは大幅な法律改正が行われ、かつて再婚を厳しく規制していた婚姻法はその効力を失ってしまった。旧制度のもので呻吟していた多くの内縁関係の男女——前掲のジョンストンの本の言い方では「正式な結婚手続きを経ていない夫婦」——に光明が差してきたのである。このような社会情勢の変化を受けて一九二〇年、ようやくにしてツヴァイクとフリデリーケの正式な結婚が認められた。ときにツヴァイク三十九歳、フリデリーケ三十八歳であった。法的に認知された二人が、その愛の巣をいとなんだのはもはやウィーンではなく、オーストリア西部の町ザルツブルクであった。良き伴侶を得たツヴァイクは、心身ともに安定期を迎え、また作家としての技量もいちだんと増し、転居したザルツブルクの宏壮な館において、まさに水を得た魚のごとく、ばりばりと執筆活動に邁進していくのである。なお、ザルツブルクに転居する前に脱稿したツヴァイクの平和主義的な戯曲の大作『イェレミアス（エレミヤ）』はフリデリーケその人に献呈されている。やはり彼女の存在なくして、この意欲作は仕上げることはできなかったということであろうか、ただし、そのときはまだ正式結婚が許可されていない時期であったから、その献辞はフリデリーケ・マリア・ツヴァイクではなく、フリデリーケ・マリア・フォン・ヴィンターニッツと刻まれている。

おわりに

本書の第一章において既に述べたように、私がシュテファン・ツヴァイクという作家を初めて知ったのは一九八一年のことだった。今の時点（二〇〇八年）から見ると実に二十七年の歳月が過ぎたことになるが、それにしてもずいぶん時間がたったものだと改めて思い知る。〝はるけくも辿ってきたわが半生の巡礼の旅〟といった常套的でありながらもそこはかとない感傷が混じったフレーズがふと口から漏れる。我々は日々の暮らしの中で、爽やかな印象をもたらす人と出くわすことがある。簡単な挨拶ぐらいは交わしても、まだ立ち入った話をするまでには至っていない、そのうちじっくり内輪話でもしてみたいと思いながらも、時がたつうちに交わす言葉はしだいに減っていく、そして記憶の中でのみ爽やかな残像が生きつづける、私が当初ツヴァイクに抱いていたのはその程度のことであった。しかしこれまた既に述べたように、その出会いが彼の生誕一〇〇年目に当たっていたという「奇しき因縁」のせいだろうか、そう言い切ってしまうのはあまりに神秘主義的にすぎようが、ともかく今日、私をしてペンを握らせその生涯を点検してみようという気持ちを起こさせるほどに、この作家は私の中にめりめりと入り込んできたわけである。さらに想像をたくましくしてツヴァイク死没の七年後に私がこの世に生を受けたことを思えば、すなわち、あのように慌ただしく彼が白鳥の歌をうたうことなく、もう七年も命数を長らえていれば、この同じ天球の上で同じ空気を吸っていたことになったのだなという、ややロマンティックな気分に傾いた嫋々たる思いが駆けめぐる。そうすると人名事典のページの上で既に「歴史的人物」の仲間入りをしたこの人が、時空を超えて急に身近な存在に思えてくるのである。

本書におけるこれまでの記述から、ツヴァイクの公人＝職業人としてのイメージは徐々に輪郭がはっきりしてきたとしても、では彼の私人＝市井人としての姿はどのようなものだったのか、いまだ漠としたところがある。そこで、その辺のところを〝おわりに〟を綴るための綾として少し紹介しておきたいと思うのである。端的にいってツヴァイクという作家は、その人柄や行動についてもまた作品の評価についてもつくづく誤解が付いてまわる人だという感じを受ける。性格の複雑さがそうした誤解を生んでいるのだろうか、それは周囲の人々から受ける毀誉褒貶が激しいと言い換えてもいいかもしれない。同僚作家であれ、批評家であれ、友人であれ、彼についていろいろな方面からの証言や評言を知れば知るほど、誤解に取り巻かれているという感慨はいっそう深くなる。ここでは紙数の関係でそれを細かく述べることはできないが、一例だけでもここに引いておくことにしたい。ツヴァイクの人間像について、彼の身近にいた人間はどのように見ていたのか、長年の友人である作家そしてまた有能な編集者でもあったヘルマン・ケステンは、次のような貴重な証言を残している。

「彼は柔軟な心を持っていた。平和と作家たちの友だちだった。幾百万の読者と友人を持っていた。非常に沢山の作品をのこしたし、ほとんどあらゆるヨーロッパの国々にわたって若いすぐれた作家たちを掘出したり、忠言をあたえたり、助けたり、保護してやるいとまをみつけだした。彼は大きな勇気を持った心配性の人だったし、市民の誇りをいだく百万長者だった。名誉欲があり、しかも高潔さを愛した。高潔たらんとつとめ、人目につかず多くの高潔な行いをした。しかも、公けの栄誉はすべてこばむという古い共和主義者らしい態度をまげなかった。……（中略）……ツヴァイクの自伝を読んだ人は、彼が無色の生彩のない人間だったと思うかもしれない。ところが反対に、奇妙な複雑な人間だった。一筋縄では行かない面白い人、好奇心に富み、策略をこのみ、いつもくよくよと気をつかい、すべてを計算に入れ、感傷的で、人助けをおしまず、しかも冷淡、楽しむことを知っており、矛盾に満ちている。……文学上の逸話については宝庫だった。明朗なペシミストで、死にたい死にたいと言っている楽天家だった。自分を皮肉ることは全然なかった。心底から謙虚な人間だったが、自己と世態をあまりに悲劇的にうけとりすぎたのだ」（飯塚信雄訳『現代ドイツ作家論――わが友詩人たち』一二八～一三三頁、理想社、一九五七年）。このように書いている。ちょっとびっくりするような性格分析である。これを読むと、何か反対語をわざと羅列しているような感じさえも受けるが、明朗なペシミストとか、死にたい死にたいと言っている楽天家というあたりは、なるほどそうかもしれないし、言いえて妙であると納得させられたりもする。一見あい矛盾する要素が一つのパーソナリティの中に同居しているというのはよくある話ではあるが、これほどまでに全面的に反対要素が入り込んでいる事例は珍しいのではないだろうか。要するに、ケステンは、ツヴァイクが反対要素が交錯する〝矛盾の人〟であったと証言しているわけである。

またケステンは、ツヴァイクが慈善の人であったことも明らかにしている。引用した文中の前段の「人目につかず多くの高潔な行いをした」および後段の「すべてを計算に入れ、感傷的で、人助けをおしまず」という部分がそれに当たる。職業作家としてのツヴァイクは成功者であったこと、例えば一九二七年に『人類の星の時間』が発売されたとき、弾指の間に二五万部も売れたことなどは既に本稿で述べたとおりである。そして生家が裕福だったこともあって、彼は生涯、他の職業に就くことなしに作家としてのみ生きた。二十世紀のドイツ文学史の上では、このような人はそう多くはないだろう。例えばフランツ・カフカにしても、ヨーゼフ・ロートにしても、作家のかたわら給与生活者を続けたり、ジャーナリズムのための雑文書きをしなければならなかった。特に後者のロートの場合、それが格好いいものではなかったのは、異国での住所不定のホテル暮らし、契約特派員という名の放浪生活を強いられ、今でいうホームレス生活というか、パリ・セーヌ河畔で新聞紙にくるまって寝たこともあったということからもはっきりしている。

その罪ほろぼしというわけであろうか、ツヴァイクは、経済的に恵まれない作家仲間に援助の手を差し延べ、少なからぬ資金を提供していたことも一再ではなかった。もちろん金回りがよかったからであるが、いかにも善人ツヴァイクを表している出来事ではある。困窮する友人作家がいると、ツヴァイクはその友人との会食時などに、テーブルクロスの上に数百マルク分の紙幣をそっと差し出したこともあった。貧窮の放浪作家ヨーゼフ・ロートは、かなりの金額をツヴァイクから受け取っているはずである。こうした光景が、いろいろな作家に対して何度となく繰り返されたことを、トーマス・マンはツヴァイク追悼文の中で書いている（ハンス・アーレンス前掲書所収「ツヴァイク十年忌に当たって」）。二十世紀ドイツ文学の重鎮トーマス・マンは、平素はツヴァイクの作品に対して辛口の批評をなした人であるが、その彼が、まあ追悼文ということもあってか平素の筆法をゆるめ、ゆとりある人間の義務として社会慈善的な視点を失うことはなかったツヴァイクのこうした行為を称賛しているのである。

＊

あれやこれやで、私は次のような戯れ歌を――やめろと言われても――口づさみつつ、かの人のことを心に思い浮かべる。〔――オーストリアはウィーンなる／環状道路（リングシュトラッセ）のゆうまぐれ／そぞろ歩きの優雅人《みやびと》の／その風情こそゆかしけれ／たれならむとぞ名を問えば／姓はツヴァイク名はシュテファン／せっせと動くそのペンで／書きも書いたり百万行／収める祠《ほこら》ありとせば／ビブリオテークの奥之院／奇しき丸文字金釘流／何が何でも見たいのじゃ／この文人《ふみひと》の夢のあと／とこしえまでも忘れじと／敷島の男子《おのこ》はひそやかに／仏にかけて誓います／枝野先生の引いた道／腰こそ曲がれ顔までも／流汗淋漓とこの道を／歩む我こそめずらしや／捨ててはおけぬ愚か者／腰痛治すにゃ刃物はいらぬ／バッカスアポロの助けもいらぬ／椅子に座らぬ堅い意思／それさえあれば高尾山／天狗の技にもまさるべし／それでも座る唐変木／莫迦は死ななきゃ治らない／天行健なり悠久の／ドナウの流れは目《ま》のあたり／雲海はるかアルプスの／栄えある光仰ぎつつ／しっかとそびゆ大聖堂／そのうるわしき鐘の音《ね》は／才子佳人を誉むごとく／四囲四方にとどろめく――〕

まあ、このような戯れ歌が口をついて出るということは、ひとまず何がしかの事を成し遂げたという達成感があるからです。何はともあれここに「追想のツヴァイク――灼熱と遍歴（青春編）――；Eine Untersuchung über Stefan Zweig —Sein glühendes Wanderjahr—」を仕上げることができました。〃はるけくも辿ってきたわが半生の巡礼の旅〃などと恰好つけて言ってみても、全体からするとまだ半分にも達していないわけで、引き続き緊張感をもって第二部「壮年編」以降に取りかからなければならないのですが、やはり今の今は安堵感を伴った満足感がふつふつと湧いてくるのを禁じ得ません。東洋出版の方々・とりわけ水野編集長および石田副編集長には大変にお世話になりました。ここに深甚の感謝の念を表する次第です。

二〇〇八年五月　窓外の金木犀が薫風に揺れている日に

藤原和夫（三閤山人）　識

参考文献

I　ツヴァイクの著作

1　原著書（発行順の主要作品　※仮の邦題を含む）

Silberne Saiten ; Berlin, 1901『銀の絃』詩集
Paul Verlaine ; Berlin-Leipzig, 1905『ポール・ヴェルレーヌ』個別研究
Die frühen Kränze ; Leipzig, 1906『若き花冠』詩集
Tersites ; Leipzig,1907『テルジテス』戯曲
Emile Verhaeren ; Leipzig, 1910『エミール・ヴェルハーレン』個別研究
Erstes Erlebnis ; Leipzig, 1911『最初の体験』小説集
Das Haus am Meer ; Leipzig, 1912『海辺の家』戯曲
Der verwandelte Komödiant ; Leipzig, 1913『変身した喜劇役者』戯曲
Brennendes Geheimnis ; Leipzig, 1914『燃える秘密』小説集
Jeremias ; Leipzig, 1917『イェレミアス（エレミヤ）』戯曲
Angst ; Berlin, 1920『不安』小説

Der Zwang; Leipzig 1920『圧迫』小説
Drei Meister; Leipzig 1920『三人の巨匠』伝記的エッセイ
Romain Rolland. Der Mann und das Werk; Frankfurt a.M., 1921『ロマン・ロラン――人物像と作品』エッセイ
Amok; Leipzig 1922『アモク』小説集
Die Augen des ewigen Bruders; Leipzig 1922『永遠の兄の眼』歴史小説
Der Kampf mit dem Dämon; Leipzig 1925『デーモンとの闘争』伝記的エッセイ
Volpone; Potsdam, 1926『ヴォルポーネ』翻案戯曲
Verwirrung der Gefühle; Leipzig 1927『感情の混乱』小説集
Sternstunden der Menschheit; Leipzig 1927『人類の星の時間』歴史ノンフィクション五編
Drei Dichter ihres Lebens; Leipzig 1927『三人の自伝作家』伝記的エッセイ
Reise nach Rußland; Wien, 1928『ロシア紀行』エッセイ
Das Lamm des Armen; Leipzig 1929『貧者の羊』戯曲
Kleine Chronik; Leipzig 1929『小さな年代記』小説集
Joseph Fouché; Leipzig 1929『ジョゼフ・フーシェ』評伝
Rahel rechtet mit Gott; Berlin, 1930『ラケルの愛』小説
Die Heilung durch den Geist; Leipzig 1931『精神による治療』評伝
Marie Antoinette; Leipzig 1932『マリー・アントワネット』評伝
Triumph und Tragik des Erasmus von Rotterdam; Wien-Leipzig-Zürich, 1934『エラスムス・フォン・ロッテルダムの勝利と

悲劇』評伝
Die schweigsame Frau ; Berlin, 1935『無口な女』翻案戯曲
Castellio gegen Calvin oder Ein Gewissen gegen die Gewalt ; Wien-Leipzig-Zürich, 1936『権力とたたかう良心』評伝
Der begrabene Leuchter ; Wien, 1937『埋められた燭台』小説
Begegnungen mit Menschen, Büchern, Städten ; Wien-Leipzig-Zürich, 1937『人間、書物、都市との出会い』エッセイ
Georg Friedrich Händels Auferstehung ; Wien-Leipzig-Zürich, 1937『ゲオルク・フリードリヒ・ヘンデルの復活』歴史ノンフィクション
Magellan. Der Mann und seine Tat ; Wien-Leipzig-Zürich, 1938『マゼラン――その人物像と偉業』評伝
Ungeduld des Herzens ; Stockholm, 1939『心の焦躁』長編小説
Brasilien. Ein Land der Zukunft ; Stockholm, 1941『未来の国ブラジル』ノンフィクション
Die Welt von Gestern. Erinnerungen eines Europäers ; Stockholm, 1942『昨日の世界――あるヨーロッパ人の回想』自伝
Schachnovelle ; Buenos Aires, 1942『チェスの話』小説
Zeit und Welt ; Stockholm, 1943『時代と世界』評論集
Amerigo. Die Geschichte eines historischen Irrtums ; Stockholm, 1944『アメリゴ――ある歴史的誤解の物語』評伝
Balzac. Der Roman seines Lebens ; Stockholm, 1946『バルザック、その生涯の物語』評伝（リヒャルト・フリーデンタールの補筆）
Europäisches Erbe ; Frankfurt a.M., 1960『ヨーロッパの遺産』エッセイ（フリーデンタール編――『モンテーニュ;Montaigne』を含む）

Rausch der Verwandlung; Frankfurt a.M., 1982『変身の魅惑』長編小説（クヌート・ベック編）
Stefan Zweig Tagebücher; Frankfurt a.M., 1984『ツヴァイク日記』（クヌート・ベック編）
Auf Reisen; Frankfurt a.M., 1987『ツヴァイク旅行記』エッセイ（クヌート・ベック編）

2　邦訳の作品

『ツヴァイク全集』（全21巻、みすず書房）
第1巻『アモク』（渡辺健、関楠生、野村琢一、辻瑆、高辻知義訳、一九七三年）短編集〈薄暮の物語／女家庭教師／燃える秘密／ある夏のできごと／アモク／女と風景〉
第2巻『女の二十四時間』（関楠生、内垣啓一、渡辺健、辻瑆、藤本淳雄訳、一九七三年）短編集〈異常な一夜／未知の女の手紙／月あかりの小路／女の二十四時間／ある心の破滅〉
第3巻『目に見えないコレクション』（相馬久康、辻瑆、関楠生、吉田正己、大久保和郎訳、一九七四年）短編集〈感情の混乱／目に見えないコレクション／レマン湖畔の悲劇／レポレラ／書痴メンデル／不安／チェスの話〉
第4巻『レゲンデ』（西義之、大久保和郎訳、一九七四年）歴史小説集その他〈永遠の兄の眼／ラケルの愛／第三の鳩の物語／似ていて似ていない姉妹の物語／埋められた燭台／或る職業が思いがけなくわかった話／圧迫〉
第5巻『人類の星の時間』（片山敏彦訳、一九七二年）歴史読物
第6巻『心の焦躁』（大久保和郎訳、一九七四年）長編小説
第7巻『無口な女』（内垣啓一、近藤公一訳、一九七六年）戯曲集〈ヴォルポーネ／貧者の羊／無口な女〉
第8巻『三人の巨匠』（柴田翔、小川超、神品芳夫、渡辺健訳、一九七四年）伝記的エッセイ〈バルザック／デ

イケンズ／ドストエフスキー／モンテーニュ〉
第9巻『デーモンとの闘争』（今井寛、小宮曠三、杉浦博訳、一九七三年）伝記的エッセイ〈ヘルダーリン／クライスト／ニーチェ〉
第10巻『三人の自伝作家』（吉田正己、中田美喜、堀内明訳、一九七三年）伝記的エッセイ〈カザノヴァ／スタンダール／トルストイ〉
第11巻『ジョゼフ・フーシェ』（吉田正己、小野寺和夫、飯塚信雄訳、一九七四年）評伝および講演〈ジョゼフ・フーシェ／明日の歴史〉
第12巻『精神による治療』（佐々木斐夫、高橋義夫、中山誠訳、一九七三年）評伝〈フランツ・アントン・メスメル／メリー・ベイカー＝エディ／ジグムント・フロイト〉
第13〜14巻『マリー・アントワネットI・II』（藤本淳雄、森川俊夫訳、一九七四年）評伝
第15巻『エラスムスの勝利と悲劇』（内垣啓一、藤本淳雄、猿田悳訳、一九七五年）評伝およびエッセイ〈エラスムス・フォン・ロッテルダムの勝利と悲劇／世界大戦中の発言／ヨーロッパ思想の歴史的発展〉
第16巻『マゼラン、付アメリゴ』（関楠生、河原忠彦訳、一九七二年）評伝
第17巻『権力とたたかう良心』（高杉一郎訳、一九七三年）評伝
第18巻『メリー・スチュアート』（吉見日嘉訳、一九七三年）評伝
第19〜20巻『昨日の世界I・II』（原田義人訳、一九七三年）自伝
第21巻『時代と世界』（猿田悳訳、一九七四年）評論集および講演〈時代と世界／ヨーロッパの遺産／人間・書物・都市との出会い〉

＊

『落第生』（池内紀訳、岩波書店、一九八九年）小説
『バルザック』（水野亮訳、早川書房、一九五九年）評伝
『未来の国ブラジル』（宮岡成次訳、河出書房新社、一九九三年）エッセイ
『変身の魅惑』（飯塚信雄訳、朝日新聞社、一九八六年）長編小説

Ⅱ　ツヴァイクに関する伝記・研究書・書簡など

フリデリーケ・ツヴァイク『シュテファン・ツヴァイク』（Friderike Zweig, *Stefan Zweig*, translated by Erna McArthur, W.H.ALLEN & CO.LTD.,London, 1946)（ドイツ語原書からの英訳。元夫人による詳細なツヴァイクの伝記で、身内だけが知る貴重な証言が多い）

フリデリーケ・ツヴァイク『愛の不安——往復書簡から見た人生と時代』（Friderike Zweig, *Stefan Zweig Unrast der Liebe. Ihr Leben und ihre Zeit im Spiegel ihres Briefwechsels*, Scherz Verlag, Bern-Müünchen, 1981)（一九一二年の出会いから一九四二年の死までほぼ三十年間も続いた夫婦による往復書簡）

ドナルド・A・プレーター『シュテファン・ツヴァイク——焦燥の人生』（Donald A. Prater, *Stefan Zweig—Das Leben eines Ungeduldigen*, Carl Hanser Verlag München-Wien, 1981)（豊富な資料を盛り込んだ詳細なツヴァイクの伝記。現在のところこれにまさる包括的な伝記は存在していない。なお原著は英文であって（*European of Yerterday--A Biography of Stefan Zweig*, Oxford University Press, 1972)、本欄に掲げる標題の書はそのドイツ語訳）

ドナルド・A・プレーターおよびフォルカー・ミヒェルス『図版シュテファン・ツヴァイク』（Donald A. Prater und Volker Michels, *Stefan Zweig. Leben und Werk im Bild*, Insel Verlag, Frankfurt a.M., 1981）（写真や絵でツヴァイクの生涯をたどっている。前項の『シュテファン・ツヴァイク——焦燥の人生』の拡大版といったところか）

ハンス・アーレンス編『偉大なるヨーロッパ人シュテファン・ツヴァイク』（Hanns Arens, *Der grosse Europäer Stefan Zweig*, Kindler Verlag, München, 1956）（トーマス・マンやカール・ツックマイアーなど多くの著名人がツヴァイクの事績や思い出を語った追悼集的性格の書物）

ドナルド・A・プレーター他編『シュテファン・ツヴァイク往復書簡（ヘルマン・バール、ジグムント・フロイト、ライナー・マリア・リルケ、アルトゥール・シュニッツラー）』（Stefan Zweig, *Briefwechsel mit HermannBahr, Sigmund Freud, Rainer Maria Rilke und Arthur Schnitzler*, S. Fischer Verlag, Frankfurt a.M., 1987）（編者ドナルド・A・プレーター、ジェフリー・B・バーリン、ハンス＝ウルリッヒ・リンドケン）

ドナルド・G・ダヴィオ編『シュテファン・ツヴァイク／パウル・ツェヒ——往復書簡　1910-1942年』（Donald G. Daviau (Herausgeb.)“ *Stefan Zweig Paul Zech Briefs 1910-1942*; S. Fischer Verlag, Frankfurt a. M., 1986）（パウル・ツェヒという作家についてはあまりよく知られていないが、一八八一年に西プロイセンの教師の家に生まれたツヴァイクと同時代の人物。ボン大学などで学び、鉱山労働者や地方公務員として勤めたあと文筆生活に入り、一九一八年には詩集『黒色領域』によってクライスト賞を受けた。ナチス政権の成立後には南米に移住し、一九四六年ブエノスアイレスで死去した。この書物にはツヴァイク発信の手紙七十一通とツェヒ発信の手紙五十通が収録されている）

ロマン・ロラン『シュテファン・ツヴァイクとの往復書簡』（Romain Rolland, *Correspondance avec Stefan Zweig 1910-*

1940, par Dragon Nedeljkovic, Editions Klincksieck, Paris, 1970（ロマン・ロラン全集38『書簡Ⅳ』所収、山口三夫訳、みすず書房、一九八三年。ツヴァイクの生涯において最も強い影響を与えたのがロマン・ロランである。その両者の出会いから別れまでが詳細に綴られた書簡集。時期的に二度の世界大戦を挟んでいることもあって、両者の芸術観・政治観・戦争観などの違いが浮き彫りになっている）

ハルトムート・ミュラー『シュテファン・ツヴァイク』（Hartmut Müller, *MONOGRAGH Stefan Zweig*, Rowohlt Taschenbuch Verlag GmbH, Hamburg, 1988）（コンパクトではあっても、最新の成果を取り入れつつ豊富な内容を盛り込んだツヴァイクの伝記）

ウルリッヒ・ヴァインツィール編『シュテファン・ツヴァイクの勝利と悲劇』（*Stefan Zweig—Triumph und Tragik*, herausgegeben von Ulrich Weinzierl: Fischer Verlag, Frankfurt a. M., 1992）（書籍や雑誌などに載ったそれぞれの文筆家の短い文章を集めて編集したツヴァイクに関する文献集。生誕百周年を記念して編まれた顕彰的性格も持っている）

マリオン・ゾネンフェルト編『シュテファン・ツヴァイク――〈昨日の世界〉のヒューマニストの現在（Marion Sonnenfeld, *The World of Yesterday's Humanist Today*, Proceedings of the Stefan Zweig Symposium. State University of New York, 1983）（この書物には「永遠の故郷喪失者の理想――シュテファン・ツヴァイクとユダヤ精神」「精神史家から見た昨日の世界」など興味深い文献が少なくない）

ランドルフ・J・クラヴィター『シュテファン・ツヴァイク文献解題』（Randolph J. Klawiter, *Stefan Zweig: a Bibliography*, Chapel Hill,U.S.A, 1965）（ノースカロライナ大学『ドイツ文学研究』第50巻所収）

ジェフリー・B・バーリン他編『シュテファン・ツヴァイク往復書簡（ラウール・アウエルンハイマーおよびリ

ヒャルト・ベーアホフマン)』(Jeffrey B. Berlin (edited), *The Correspondence of Stefan Zweig with Raouel Auernheimer and with Richard Beer-Hoffmann*, Camden House Ins, Columbia, South Carolina, 1983)(アメリカの研究者によるツヴァイク研究の書物。ノースカロライナ、サウスカロライナ両州とも、ニューヨークやカリフォルニアなどと並んで『ドイツ文学研究』が盛んなところであるらしい。なおこの書物には巻末に詳しい文献解題が載っている)

ヘルマン・ケステン『わが友詩人たち』(Hermann Kesten, *Meine Freunde die Peoten*, Frankfurt a. M.-Berlin-Wien,1953)(飯塚信雄訳『現代ドイツ作家論——わが友詩人たち』理想社、一九五七年)

飯塚信雄『ヨーロッパ教養世界の没落——シュテファン・ツヴァイクの思想と生涯』(理想社、一九六七年)

河原忠彦『シュテファン・ツヴァイク——ヨーロッパ統一幻想を生きた伝記作家』(中央公論社、一九九八年)

Ⅲ　一般図書

1　歴史・社会

成瀬治/黒川康/伊東孝之『世界現代史20　ドイツ現代史』(山川出版社、一九八七年)

矢田俊隆/田口晃『世界現代史25　オーストリア・スイス現代史』(山川出版社、一九八四年)

W・M・ジョンストン『ウィーン精神——ハープスブルク帝国の思想と社会』(井上修一、岩切正介、林部圭一訳、みすず書房、一九八六年)

池内紀編『ウィーン——聖なる春』(国書刊行会、一九八六年)

森本哲郎『世界の都市の物語・ウィーン』(文藝春秋社、一九九二年)

宝木範義『ウィーン物語』(新潮社、一九九一年)
平田達治『輪舞の都ウィーン——円形都市の歴史と文化』(人文書院、一九九六年)
良知力『青きドナウの乱痴気——ウィーン1848』(平凡社、一九九三年)
中島義道『ウィーン愛憎』(中央公論社、一九九〇年)
塚本哲也『エリザベート——ハプスブルク家最後の皇女』(文藝春秋社、一九九二年)
ヴィンセント・ブラネリ『ウィーンから来た魔術師——精神医学の先駆者メスマーの生涯』(井村宏次/中村薫子訳、春秋社、一九九二年)
野村真理『ウィーンのユダヤ人——十九世紀末からホロコースト前夜まで』(御茶の水書房、一九九九年)
矢田俊隆『ハプスブルク帝国史研究——中欧多民族国家の解体過程』(岩波書店、一九七七年)
大津留厚『ハプスブルクの実験——多文化共存を目指して』(中央公論社、一九九五年)
加賀美雅弘『ハプスブルク帝国を旅する』(講談社、一九九七年)
大西健夫/酒井晨史編『オーストリア——永世中立国際国家』(早稲田大学出版部、一九九六年)
ワルター・ホーファー『ナチス・ドキュメント 1933—1945』(救仁郷繁訳、ぺりかん社、一九六九年)
アドルフ・ヒトラー『わが闘争』(平野一郎/将積茂訳、角川書店、一九七三年)
ヨアヒム・フェスト『ヒトラー』(赤羽達夫訳、河出書房新社、一九七五年)
村瀬興雄『アドルフ・ヒトラー——独裁者出現の歴史的背景』(中央公論社、一九七七年)
ヘルマン・グレーザー『ヒトラーとナチス——第三帝国の思想と行動』(関楠生訳、社会思想社、一九六三年)
ダニエル・ゲラン『褐色のペスト——ドイツ・ファシズム=ルポルタージュ』(栖原弥生訳、河出書房新社、一

九七二年）
E・ヨーハン／J・ユンカー『ドイツ文化史』（三輪晴啓／今村普一郎訳、サイマル出版会、一九七五年）
山口知三／平田達治／鎌田道生／長橋芙美子『ナチス通りの出版社――ドイツの出版人と作家たち一八八六～一九五〇』（人文書院、一九八九年）
山口知三『ドイツを追われた人びと――反ナチス亡命者の系譜』（人文書院、一九九一年）
潮木守一『ドイツの大学――文化史的考察』（講談社、一九九二年）
山本尤『ナチズムと大学――国家権力と学問の自由』（中央公論社、一九八五年）
ジークフリート・ウンゼルト『ゲーテと出版社――一つの書籍出版文化史』（西山力也／坂巻隆裕／関根裕子訳、法政大学出版局、二〇〇五年）

＊

『米欧回覧実記』（久米邦武編、田中彰校注、岩波書店、一九七九年）
島田雄次郎『世界の歴史7――近代への序曲』（松田智雄編、中央公論社、一九六一年）
尾鍋輝彦／和歌森太郎『決定的瞬間史』（雪華社、一九六五年）
中野好夫『世界史の十二の出来事』（文藝春秋社、一九七八年）
橡川一朗『西欧封建社会の比較史的研究』（青木書店、一九七二年）
増田四郎『ヨーロッパとは何か』（岩波書店、一九六七年）
ヴァン・ローン『人間の歴史の物語』（日高六郎／日高八郎訳、岩波少年文庫、一九五二年）
木村尚三郎『世界の都市の物語・パリ』（文藝春秋社、一九九八年）

宝木範義『パリ物語』（新潮社、一九八四年）
饗庭孝男編『パリ――歴史の風景』（山川出版社、一九九七年）
松村劭『ナポレオン戦争全史』（原書房、二〇〇六年）
オクターヴ・オブリ編『ナポレオン言行録』（大塚幸男訳、岩波書店、一九八三年）
河野健二『フランス革命二〇〇年』（朝日新聞社、一九八七年）
小松伸六『ミュンヘン物語』（文藝春秋社、一九八四年）
大佛次郎『ドレフュス事件』（朝日新聞社、一九七四年）
シーセル・ロース『ユダヤ人の歴史』（長谷川真／安積鋭二訳、みすず書房、一九六六年）
ヨーゼフ・ロート『放浪のユダヤ人』（平田達治訳、法政大学出版局、一九八五年）
フレデリック・モートン『ロスチャイルド王国』（高原富保訳、新潮社、一九七五年）
雑誌『歴史読本』「謎の歴史書・古史古伝」（新人物往来社、一九八六年）
竹内実編『ドキュメント現代史16　文化大革命』（平凡社、一九七三年）

*

『大航海時代叢書I』第1巻所収「マガリャンイス最初の世界一周航海」「アメリゴ・ヴェスプッチの書簡集」（ともに長南実訳、増田義郎注、岩波書店、一九六五年）
井沢実／泉靖一／中屋健一監修『ラテン・アメリカの歴史』（ラテン・アメリカ協会編、中央公論社、一九六四年）
ヘルマン・シュライバー『航海の世界史』（杉浦健之訳、白水社、一九七七年）
長沢和俊『世界探検史』（白水社、一九六九年）

織田武雄『地図の歴史』（講談社、一九七三年）
コロンブス『コロンブス航海誌』（林屋永吉訳、岩波書店、一九七七年）
山田憲太郎『香料への道』（中央公論社、一九七七年）
チャールズ・ギブソン『イスパノアメリカ――植民地時代』（染田秀藤訳、平凡社、一九八一年）（イタリア人学者マニャーギのヴェスプッチに関する学説についての言及あり）
合田昌史『マゼラン――世界分割を体現した航海者』（京都大学学術出版会、二〇〇六年）
イアン・カメロン『マゼラン』（鈴木主税訳、草思社、一九七八年）
本多勝一『マゼランが来た』（朝日新聞社、一九九二年）（本多氏については他に『アメリカ合州国』『殺される側の論理』『戦場の村』など）
バルトロメー・ラス・カサス『インディアスの破壊についての簡潔な報告』（染田秀藤訳、岩波書店、一九七六年）
石原保徳『インディアスの発見』（田畑書店、一九八〇年）
ルイス・ハンケ『アリストテレスとアメリカ・インディアン』（佐々木昭夫訳、岩波書店、一九七四年）
色摩力夫『アメリゴ・ヴェスプッチ――謎の航海者の軌跡』（中央公論社、一九九三年）
E・ウィリアムズ『コロンブスからカストロまでI・II』（川北稔訳、岩波書店、一九七八年）
竹田英尚『文明と野蛮のディスクール――異文化支配の思想史1』（ミネルヴァ書房、二〇〇〇年）
岩波書店版『近代日本総合年表』（第三版、一九九一年）
佐々木毅／鶴見俊輔ほか編『戦後史大事典』（三省堂、一九九一年）
毎日新聞社編『シリーズ二〇世紀の記憶――一九六八年／バリケードの中の青春』（毎日新聞社、一九九八年）

島泰三『安田講堂――一九六八～一九六九』（中央公論社、二〇〇五年）
東大全共闘編『ドキュメント東大闘争――砦の上にわれらの世界を』（亜紀書房、一九六九年）、『美と共同体と東大闘争』（角川書店、一九六九年、三島由紀夫との共著）
佐々淳行『東大落城』（文藝春秋社、一九九三年）
角間隆『赤い雪――ドキュメント連合赤軍事件』（読売新聞社、一九八〇年）

2 文芸に関する評論・研究

クラウディオ・マグリス『オーストリア文学とハプスブルク神話』（鈴木隆雄／藤井忠／村山雅人訳、書肆風の薔薇、一九九〇年）
岡田朝雄／岡田珠子著『立体・ドイツ文学』（朝日出版社、一九六九年）
鈴木隆雄編『オーストリア文学小百科』（水声社、二〇〇四年）
『国立国会図書館所蔵・主題別図書目録――外国文学（ドイツ編）』（日外アソシエーツ社、一九八五年）
山口四郎『ドイツ詩必携』（鳥影社、二〇〇一年）
ヴェルナー・フォルケ『ホーフマンスタール』（ロロロ・モノグラフィー叢書／横山滋訳、理想社、一九七一年）
ロール・シュルヴィル『わが兄バルザック――その生涯と作品』（大竹仁子・中村加津訳、鳥影社、一九九三年）
霧生和夫『バルザック――天才と俗物の間』（中央公論社、一九七八年）
E・R・クルティウス『バルザック論』（大矢タカヤス監修、小竹澄栄訳、みすず書房、一九九〇年）
渡辺一民『フランス文壇史』（朝日新聞社、一九七六年）

イポリット・テーヌ「バルザック論」「イギリス文学史序論」（世界大思想全集23『サント・ブーヴ、ルナン、テーヌ』所収、平岡昇訳、河出書房、一九五三年）
シュテファン・シャンク『ライナー・マリア・リルケの肖像』（両角正司訳、朝日出版社、二〇〇七年）
西村賀子『ギリシア神話——神々と英雄に出会う』（中央公論社、二〇〇五年）
菊地昌典『歴史小説とは何か』（筑摩書房、一九七九年）
西義之『戦後の知識人——自殺・転向・戦争犯罪』（番町書房、一九六七年）および『ヒットラーがそこにやってきた』（文藝春秋社、一九七一年）

3　文学作品（ノンフィクションを含む）

ホメロス『イリアス』（松平千秋訳、岩波書店、一九九二年）
ホメロス『オデュッセイア』（松平千秋訳、岩波書店、一九九四年）
ホメーロス『イーリアス』（呉茂一訳、筑摩書房、一九七一年）
グスターフ・シュヴァーブ『ギリシア・ローマ神話Ⅰ・Ⅱ・Ⅲ』（角信雄訳、白水社、一九六六年）
ヴィクトル・ユーゴー『レ・ミゼラブル』（豊島与志雄訳、岩波文庫、一九八七年）
ロベルト・ムージル『特性のない男』（池内紀編訳『ウィーン世紀末文学選』所収「カカーニエン」）
ヨーゼフ・ロート『ラデツキー行進曲』（柏原兵三訳、筑摩書房・世界文学全集57、一九六七年）
ヴェルハーレン詩集（福永武彦編『世界名詩大成／フランス篇Ⅱ』所収、平凡社、一九六二年）
ヴェルレーヌ詩集（鈴木信太郎／河上徹太郎訳、筑摩書房、一九七四年）

フーゴー・フォン・ホフマンスタール『チャンドス卿の手紙』所収「詩についての対話」（檜山哲彦訳、岩波書店、一九九一年）
ライナー・マリア・リルケ「時祷集」（尾崎喜八訳、平凡社版『世界名詩集9リルケ』所収、一九六七年）、『マルテの手記』（大山定一訳、新潮社、一九五三年）、『ロダン』（高安国世訳、岩波書店、一九四一年）、『リルケ書簡集』（大山定一他訳、人文書院、一九六八年）
ハインリヒ・フォン・クライスト『ペンテジレーア』（吹田順助訳、岩波書店、一九四一年）
トーマス・マン『トニオ・クレーゲル』（高橋義孝訳、新潮社、一九〇三年）、『ドイツとドイツ人』所収「ボン大学との往復書簡」（青木順三訳、岩波書店、一九九〇年）
クラウス・マン『転回点』（第一巻「マン家の人々」小栗浩訳、晶文社、一九七〇年）
ヘルマン・ヘッセ『ヘッセ詩集』（高橋健二訳、新潮社、一九五〇年）
ヘルマン・ヘッセ／トーマス・マン『ヘッセ＝マン往復書簡集』（井出賁夫／青柳謙二訳、筑摩書房、一九七二年）
アルトゥール・シュニッツラー『輪舞』（中村政雄訳、岩波書店、一九五二年）
リットン・ストレイチー『エリザベスとエセックス――王冠と恋』（福田逸訳、中央公論社、一九八七年）
サルトル『嘔吐』（白井浩司訳、新潮社、一九六九年）
ドストエフスキー『悪霊』（江川卓訳、新潮社、一九七一年）、『死の家の記録』（米川正夫訳、新潮社、一九六六年）
アンナ・G・ドストエーフスカヤ『夫ドストエーフスキイの回想』（羽生操訳、興風館、一九四一年）
ジュール・ヴェルヌ『月世界へ行く』（江口清訳、東京創元社、一九六四年）

ジョージ・オーウェル『一九八四年』（新庄哲夫訳、早川書房、一九七二年）
三好徹『まむしの周六——萬朝報物語』（中央公論社、一九七九年）
鶴見祐輔『ナポレオン』（潮出版社、一九六九年）
高橋和己『憂鬱なる党派』（河出書房新社、一九九六年）
三島由紀夫『花ざかりの森』（新潮社、一九六八年）
芥川龍之介『藪の中』（岩波書店、一九五六年）
森鴎外『独逸日記』（筑摩書房・森鴎外全集13、一九九六年）

4 芸術・思想

林達夫『芸術へのチチェローネ』（林達夫著作集1、平凡社、一九七二年）
三澤寿喜『ヘンデル』（音楽之友社、二〇〇七年）
クリストファー・ホグウッド『ヘンデル』（三澤寿喜訳、東京書籍、一九九一年）
礒山雅『J・S・バッハ』（講談社、一九九〇年）
相倉久人『現代ジャズの視点』（音楽之友社、一九六七年）
堀内敬三／井上武士編『日本唱歌集』（岩波書店、一九五八年）
ロバート・キャパ『ロバート・キャパ写真集』（沢木耕太郎訳・解説、文藝春秋社、一九八八年）
エラスムス『痴愚神礼讃』（渡辺一夫訳、中央公論社、一九六九年）
モンテーニュ『エセー』（荒木昭太郎訳、中央公論社、一九六七年）

マルクス／エンゲルス『ドイツ・イデオロギー』（古在由重訳、岩波書店、一九五六年。他に〈廣末渉訳、河出書房〉などいくつかの版あり）
レーニン『帝国主義論』（和田春樹訳、中央公論社、一九六六年）
ベリチコフ編『ドストエフスキー・裁判記録』（中村健之介訳、現代思潮社、一九七一年）
シャルル・フーリエ『四運動の理論』（巖谷國士訳、現代思潮社、一九七〇年）
サンシモン『産業者の教理問答』（坂本慶一訳、中央公論社、一九七五年）
坂本慶一『マルクス主義とユートピア』（紀伊国屋書店、一九七〇年）
ピエール・プルードン『財産とは何か』（鑓田研一訳、平凡社、一九三一年）
ロバート・オーウェン『オウエン自叙伝』（五島茂訳、岩波書店、一九六一年）
三木清『哲学入門』（岩波書店、一九四〇年）
北一輝『国体論及び純正社会主義』（みすず書房、一九五九年）
橋川文三『黄禍論』（筑摩書房、一九七六年）
高山亮二『有島武郎とその農場・集団――北辺に息吹く理想』（星座の会、一九八六年）

藤原和夫（ふじわら　かずお）

1949年、岩手県宮古市生まれ。東京都立大学人文学部史学科卒業。出版社の編集者、高校教師（世界史）を経て、現在は翻訳業に従事。

追想《ついそう》のツヴァイク
灼熱《しゃくねつ》と遍歴《へんれき》（青春編《せいしゅんへん》）

二〇〇八年一一月二一日　第一刷発行

定価はカバーに表示してあります

著　者　藤原和夫《ふじわらかずお》
発行者　平谷茂政
発行所　東洋出版株式会社
東京都文京区関口1-44-4, 112-0014
電話（営業部）03-5261-1004　（編集部）03-5261-1063
振替　00110-2-175030
http://www.toyo-shuppan.com/
印　刷　日本ハイコム株式会社
製　本　株式会社三森製本所

　ISBN 978-4-8096-7583-6